花東婦好

周芬伶——著

目次

人物關係圖

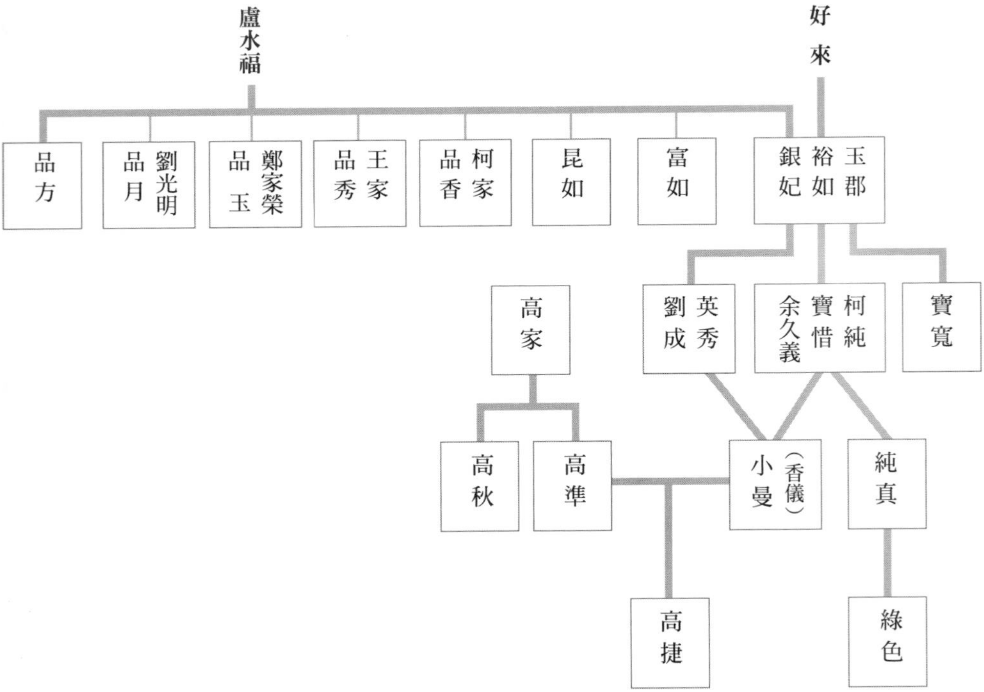

盧水福
好來
品方
劉光明
品月
鄭家榮
品玉
王家
品秀
柯家
品香
昆如
富如
玉郡
裕如
銀妃
劉英秀
成
柯純
寶惜
余久義
寶寬
高家
高秋
高準
小曼
（香儀）
純真
高捷
綠色

序

通靈少女之恆春古調

——讀周芬伶《花東婦好》

張瑞芬

寫這篇文章的八月中旬，就那麼巧的，我剛頂著烈日從禮那里部落回來。

這讓人足足曬脫一層皮的魯凱排灣部落，是八八風災後遷村而來，具體位於屏東縣瑪家鄉涼山瀑布附近，林廣財〈涼山情歌〉不就這麼唱的：「屏東縣是懷念的故鄉，瑪家鄉涼山村的小姐我愛你。」走了一步，眼淚掉下來的，不是林班工人，而是車行暈吐的我。那潮州車站舊圓環前的燒冷冰還在胃裡翻騰，眼前晃動的是曬到紺紅半生熟的遊客，黑得油光閃閃的端盤子排灣姑娘，而為我們導覽百合國小的魯凱族青年小凱，那膚色已經遠遠超越老滷湯，呈現一種深沉的炭石黑，完全吸光的那種。生平第一次，我覺得我以前一個字也沒讀懂周芬伶，她的耐熱耐曬，她的屏東潮州，那植有木瓜樹的小鎮與如同被詛咒了的悲劇家族。她的母系銀河——五魁寮河、力力、赤山、萬金、大武山、平埔馬卡道族，檳榔樹與香蕉林，遺傳自母系的深目高顴，菱角嘴，藝術天分和黑色叛逆的血液，神奇的浪人與狂人的組合。這裡面，一定有些什麼，有些我從未明白的事。

什麼樣的書，可以足足寫了十年？《花東婦好》接續了今年初《濕地》而下，多麼大氣明迷，音聲朗朗的四個字。七〇年代河南安陽殷墟花園東方出土的婦好墓葬，兵氣加瘋氣的女子，三千年前美貌武勇兼備的美少女戰士，連結一八七一年宮古島漂流來台遇害的琉球王妃愛沙，日治時代東港女畫家盧寶惜／品方白色恐怖受難史，以詛咒與救贖為脈絡，將串起怎樣的一個南方且驃悍的故事？

從企圖心與說故事的結構與技巧上來看，《花東婦好》絕對是周芬伶近期最佳之作。就女性小說家寫台灣歷史的角度，也補足了歷年少見的南方觀點。作者自己倒是有不得不寫的理由：「人人都有自己的疾病史與創傷史」。從二〇一一年《雜種》〈婦好〉一文開了頭，三千年前一怪咖（或稱酷妹。女巫兼戰神，既是武丁的寵妃，又封有領地，十九歲就帶一萬三千兵馬征討鬼方，左右各執一銅鉞，一人能敵百人）。這故事成了周芬伶一塊心病，「想把婦好的故事寫成一部小說，一個甲骨文與怪女子的故事」。

《花東婦好》這個長篇，橫跨兩岸三地數個時空，除了屏東潮州的人文地理，還延伸出去四〇年代留日藝術史、瘧疾疫病防治、二二八與白色恐怖政治氛圍、大陸骨董收購史。琉球漂民遇害的牡丹社事件與三千年前殷墟婦好墓則作為詛咒的遠因，相互對應，體製驚人。這書的寫法重重疊疊，章節繁複，前面沒寫清楚的，後面換人稱補強。人物雖多，倒不複沓，收放自如，極為好看。

它等於一次性的把周芬伶多年寫作關注的主題總綰起來，政治、歷史、性別、藝術與文字，連女女戀的性別挑戰（品方與高橋）也沒落下。甘耀明《邦查女孩》伐木史寫的還是半虛半實，史料上的故事，周芬伶《花東婦好》可真是近身肉搏，是自己的，也是自己理念的延伸。

《花東婦好》是一部魔幻兼寫實的女人生命史，奇特的是以詛咒與救贖串聯全書。主軸是盧寶惜及潮州夫家柯氏一族，這原漢雜處，閩客相鬥的沒落小鎮，正是周芬伶生身之地。寫了三十幾年，周芬伶似乎第一次下定決心正視母系的原罪與歷史。這黑色的血液，悲劇的源頭，是和父系福佬族群迥然不同的山海世界。兩邊都是大家族，人多濟濟，祖母各有雙份，但「漢人、平埔加排灣」的混融基因，則源自於她的外曾祖父。

周芬伶父系曾祖是河南遷至福建的漢人移民，母系外曾祖父則姓洪，舊籍車城（古名柴城）。柴城原為排灣族所有，排灣族稱此地為Kabeyawan（漢人音譯為「龜壁灣」），為抵抗清兵占領，構築木柵作為防禦，故有柴城之稱。漢人通譯與地方官在此霸占原民妻女與財物無數，周芬伶外曾祖父日據時代即是專辦原民米糧交割的，如山大王一般，見稍有姿色的原住民婦女便強占為妻，因此後人血統極為混雜。

周芬伶《絕美》〈我的紅河〉，《母系銀河》的〈關鍵詞：密碼〉、〈父家與母家〉，《汝色》〈與沉重的黑〉、〈與蜻蛉故鄉〉都曾反覆述說過母系的背景。《浪子駭女》卷四〈玫瑰叛變〉李姓曾祖染指番女並殺其夫而受「我的靈魂將糾纏你們一千年」的詛咒；《影子情人》〈影子母親〉裡素素尋訪卡將的故鄉楓港，方知洪姓曾祖當年娶排灣平埔二妾，打造了一個母系為主的女兒國。這些文本都曾不同程度的透露了楓港、車城、歸來、潮州、泗林這一條周芬伶母系（屬於大武山與原民森林）的歷史星圖。這麼多原住民血統「假黎仔」的姨婆，「深凹且憂鬱的眼，赤足長衫，辮子盤在頭頂，生命特別美麗卻脆弱」，在《醜醜》、《小華麗在華麗小鎮》、《妹妹向左轉》裡，也都影影綽綽的出現過。

母系愛美不羈，纖細狂暴，富藝術天分，但也同時瘋癲脆弱且背負原罪，是因為「我們身上流著黑色的血，那是前人洗也洗不清的罪孽」。而這體會，也反映在周芬伶自己「與父系的理性格格不入」的認知上，〈關鍵詞：密碼〉一文就說：「我的心有一片曠野，在山與海之間，我不知在其間行走多少年，總是邊走邊唱，那是曠野中寂寞的高音。」「我要去尋找那片曠野和海洋，那裡有個包黑頭巾穿黑長衫的女人，她的臉望向海那邊，她在看什麼呢？……她的苦楚中一定也有我的。」

一曲平埔族的悲歌〈思想起〉，道盡當時女人的苦楚，這基本是山地怨女的哀歌，而不是漢人的。《花東婦好》〈萬年寶惜〉裡，詳細描述此一情景，「她們成群結隊走在山海之間，唱著帶有哭音的歌曲，楓港、牡丹、滿州、獅子鄉皆是如此。」思想起，落山風，恆春古調，鬼哭狼嚎，女人從海邊走進山裡，要做人細姨了，心中忐忑：「唉喔枋寮那過去仔依嘟是楓港／唉喔喂／希望阿哥仔相痛疼／唉喔喂／細姨仔娶來是人人愛／唉喔喂／哎喲放捨大某仔尚可憐／唉喔喂……」。

《花東婦好》裡，山城女孩英秀就是這樣十二歲從車城被轉賣到海邊東港盧家為僕的。這也是《花東婦好》一書的主場景。盧家在東港是殷實人家，寶惜有五個美貌姑姑，品香、品秀、品玉、品月、品方，人稱東港五君子。英秀出身卑微，漢人大扁臉，在盧家一屋子時髦洋裝美麗少女中不知所措，寶惜只大英秀四歲，西洋混血，鬈髮膚白淺瞳如金絲貓，二人身分懸殊，卻結下姐妹情誼。寶惜母親玉郡為大某，銀妃是細姨（如周芬伶大小祖母）。嫡母出走，庶母當家，寶惜與弟弟寶寬受盡薄待（寶寬又如周芬伶父親翻版，一生抑鬱）。

寶惜與姑姑品方習油畫膠彩，柯純學雕塑，同赴東京美術學校留學。品方與女老師高橋親密異常，柯純則不避忌血緣亂倫，迷戀舞蹈家堂姐柯清清。一九四三年在回台的高千穗丸上柯純因船被魚雷擊沉殞命（這些留日畫家如黃清埕、女友桂香、陳海英等俱有所本，盧寶惜就是陳進的影射）。寶惜帶孕嫁入潮州柯家，這個帶有原罪與詛咒的家族。柯家曾祖柯土水，好色狠毒，祖居車城，發跡後移居潮州。當年在八瑤灣事件中搶奪了愛沙等人財物，後轉任地方官，搶奪原民財物與美女，娶妾無數（十足周芬伶曾外祖父寫照）。祖父任日本官員保鑣，娶日本妻。黑色血液開出毒花異草，柯純外表混血漂亮，個性卻狂亂異常。柯家因受了愛沙詛咒，男丁於戰禍與瘧疾中紛紛死去，幾成「寡婦樓」。寶惜入門即寡，命運多舛，繼品方以台共被捕後，為了避禍，入獄前將與山地醫師余久義生的女兒香儀改名小曼託付給英秀，英秀遂成小曼養母。寶惜與柯純的孩子取名柯純真，純真後與女友生下綠色，由寶惜撫養長大。

小曼愛上保釣政治犯高準，生下高捷，這宅男網路小說家後來遠赴河南殷墟，追索甲骨文字與古董挖掘史，並打算以婦好故事寫成小說（也因此衍生出周寧、骨董王和成明、成雅各這幾個跑龍套的腳色）。於是故事三股擰成一股。商朝皇后婦好、琉球王妃愛沙，以及東港盧家千金寶惜，三人皆貌美如花，體有異香，卻可惜「美人無美命」，青春殞命。這美麗而夭亡的悲劇，家族、女性與文字的宿命，是詛咒也是救贖。用一句話來概括全書四百餘頁的話，那就是——女人困鎖於詛咒中，終究因使用文字而得自由。

聲稱自己「沒有歷史癖，只有文字戀」的周芬伶，這回猶如文字火燒田（賴香吟語）一般的《花東婦好》，就像白鶴將自己的羽毛混織金線一般，密密層層，原漢混融的家族歷史，巧妙織進了由婦好、愛沙，以及寶惜／品方三方共構的女性生命史。婦好和愛沙都是巫女兼王妃，前者被大妃替身黑魔法害死，後者則自殺前詛咒柯家斷子絕孫。寶惜嫁進柯家，最終她與姑姑品方也因留學日本陸續被白色恐怖株連，都死於被捕與自殺。姑姪二人在屏東女中任教之際，於三地門排灣部落寫生，不但結識排灣醫師余久義與魯凱護士夏玫瑰，也留下了不朽的畫作。

這故事的尾聲是，婦好花樹圍繞，咒願詛葬，長眠千年，終未受驚擾；愛沙的頭顱最後與身體歸一，送回琉球安葬，化解了怨念；寶惜的通靈人孫女綠色，能見到亡者，因找到品方姑婆祖的日記與畫作，終於還原歷史，洗刷冤屈，為品方與寶惜兩人舉辦了畫展。這盧家百年史，就結束在小曼在東港終於找到母親寶惜的老家，看見屏東女中展出的母親和品方的畫作，並遠赴哥倫比亞，尋獲親生父親余久義捐贈當地政府的香儀樓。曾經相戀的高捷和綠色，驚覺彼此原來是表姐弟，祖母同是傳奇中的寶惜。

通靈少女，恆春古調。這麼一個有關墓葬與詛咒，有關通靈，有關深山部落，以及透過文字得到救贖的故事。構築了這麼紛繁的人事，跨越三度時空如蟻穴連結，重重疊疊如迷宮，作者的中心思想是，「如果生命是一本書，我們都活在一個詛咒中，它是原罪的另一種自我安慰的說法，東方人沒有原罪概念，於是創造了詛咒。而所有的原罪與詛咒，追求的不過是救贖。」人總想去除框架，以獲得自由，然而真正的自由是不存在的。甲骨破片，婦好墓葬，那是神的文字，也是文字的神，瞬間即永恆。它彷彿告訴了我們，亙古以前就有一個女力時代，女人能文能武，撐起了半邊天，也承擔了不該她承擔的原罪。《花東婦好》〈閒花〉中，甚且將安陽殷墟與恆春半島對比。武丁與婦好所生活的河南安陽，在舊石器時代晚期，與台灣的長濱文化相當，與車城龜山生活狀況更為接近，都是小丘與半山腰，下接平原，同樣缺海鮮，口味偏鹹而嗆。女人的命運，步步驚心，彷彿演了一齣穿越劇。

近幾年讀周芬伶文字，透明貼身到了極致，幾有不忍之情。中年已過，生死離苦，命運的霜雪，瞬間掩至。《濕地》的「番外」諸篇，固然傷悲滿眼，卻也見出她如婦好一般高舉巨鉞號令萬方的決心。她十年磨一劍，霸氣挑戰那未曾寫出的家族原罪與女性／文字的宿命，但真實人生裡，她還是那初出道時的絕美「沉靜」，講話永遠慢吞吞，囁嚅著，落半拍。她一方面是非常靈心藝術的，同時又是物質至上的戀物癖。自稱「身軀乾枯，靈魂充盈」，玉器古玩，青瓷水晶加香奈兒包2.55，無一不精。

這讓我想起，婦好若在今日，上陣前夕是準備華服彩妝假睫毛，還是霍霍然磨刀劍斧鉞呢？女巫兼戰神，不但打仗神勇，陣仗華美，還學富五車，掌醫藥占卜，身兼史官，又能引領時尚，擁有骨頭細雕的玉簪無數。她的死亡，象徵女性世代凋亡，此後殷商母系國度從此沒落，由崇尚理性的周朝逐漸取而代之。

生命實難，腦的結構如蟻穴般令人瘋狂錯亂，我們的語言與文字，或也只是腦部的異常放電吧！透過寫小說的亞斯伯格男高捷與通靈少女綠色的對話，周芬伶說出了自己的病狂與執念：「只有寫字或唸著文字才能忘記活著的痛楚。」「詛咒是有力量的，巫也一直沒有消失，它只是轉化了。」

如周芬伶所說，我們的腦袋給我們的歡樂是如此短暫的，痛苦卻如此深長。所謂巫者，是靈感者，也是腦部異常放電的人。因此我們都是綠色通靈人，兩行中可以看出另一行，眼中能看到他人的心思。因為聰敏，所以稍縱即逝，異常脆弱。藝術與文學，是彼岸花，亦是沙羅麗，魔魅之花，永不凋零。

如果生命是一本書，我們都活在一個詛咒中，寫之不盡，至死方休。《花東婦好》這一闕通靈少女的恆春古調，告訴我們詛咒是有力量的，巫也一直沒有消失，它只是轉化了而已。

二〇一七年八月十八日

（本文作者為逢甲大學中文系教授）

高秋

一直到多年後搬離那棟房子，捷才知道緊鄰他們家的那幾棟灰色大樓是監獄。怪不得附近沒別的房子，而賣花的母親買得起他們居住的三樓透天厝，住在監獄旁長大的他到底跟別的小孩有什麼不同，他不知道，只知道幾乎沒有朋友，同學也不到他家來，家門口那條小路，沿著監獄的外圍，蔓延幾公里，散落幾座野墳，後面通向一條河，河的對岸有小村莊，常見村人與牛車在其中行走，為什麼沒有人走向這邊，連牛車也不來？難道這裡是毒土毒地？他很想過橋到那村莊玩，偶爾遠遠看見村童在小路上追著跑，便幻想加入他們，在夢中他也曾在那裡爬樹啊抓青蛙什麼的，其實他從未過河的對岸，母親為什麼不許他過河呢？他因此常生悶氣，坐在河岸邊丟石頭，幻想對面村莊住著什麼親戚，偶爾會來看他們，但事實上一個也沒有。他的活動範圍被框在監獄與河流之間，以家為支點，形成一銳角三角形，他常在小路上玩，堆石頭或踢毽子、跳橡皮筋跳房子，因為沒有人會經過，整條馬路都是他的。

母親的花店就在小路與大馬路的交會處緊鄰著監獄，招牌只有「花店」兩字，說是花店倒像葬儀社，買花的都是探監或收屍人，少量的鮮花，花色豔得像水彩塗上的紙花，還有大量的花籃或花圈，那花垂頭喪氣接近凋零，花籃是歡迎出獄者的，花圈是燒給死刑犯的，所以同時賣金銀紙與水果塔、罐頭塔，母親不讓他到店裡去，她偶爾在家摺金元寶紙蓮花，他也跟在身旁一起摺，於是他知道，也似乎看到了，母親的一切。

「花店」這兩個字對她具有象徵意義，母親用這兩個字對抗那龐大的監獄機構，她以一間小小的花店與它並置，服務受刑人，也用花朵作為棲身所，並將他藏在花店之後，遠離花店，於是他又知道母親的店常有男人來去，而她以摺金紙紮紙人來回答自己心如死灰，她堅持用花店這兩個字而無店名，因為她希望開的是真正的花店，不可能有其他，摺金紙紮紙人是無可奈何的現實，連這些他都早早知道了。

只有幾次，從小路靠監獄的那頭走來幾個中年男子，沒有一個相同，而且分別只出現一次，一個男人送他一把玩具手槍，另一個送他一本童書，一個送他錢，他盯著送錢的男人看沒有拿，直覺他跟母親有某種關係，因此懷著敵意，恨恨地跑走；母親是個美麗的女人，這讓他敏感到神經質，母親隨便一個顧盼或不必在場，他就知道她在做什麼想什麼，她的聽覺因為劇創嚴重受傷，常傾著耳朵一臉迷茫，而且越來越嚴重，她想隱瞞這件事，假裝聽見時的熱切表情，這些他都知道，更加強他不願說話的欲望，母親好像也不在意聽不聽得見，兀自活在趨近無聲的世界，他也喜歡這種充滿安全感的無聲狀態。還有一個男人試圖跟他說話，最後無趣地走開，他是一個不說話的孩子，要說只會發出奇怪的夭語「uytree, desdmn」，沒人聽得懂他說什麼，母子心靈相通是無需言語的。十歲才會說話，那已是搬離那棟房子之後的事；最後一個男人遞給他一張紙條，那時他剛上小學四年級，那個男人皮膚黑沉眼睛很大，雙眼皮很深（他知道自己長大必定像他且長得一模一樣），黑棉布褲腳飄飄的，好像要飄到天一方，黑色如夜空般的褲腳停在正在地上亂塗的他的面前，輕拂著他的臉頰上方，那男人撿一根樹枝，寫了兩個奇怪的字：

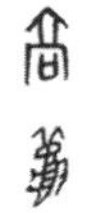

那兩個像圖畫的字他記得很清楚，還跟著在地上寫了好幾次，之後常出現在他的夢中，男人慢慢地在地上寫完字，遞給他紙條就走了，他的衣衫飄飄，頎長的身影像皮影人一樣消失在小路那頭。

紙條上面的字體也很奇怪，查字典也查不到，他把那張紙特別藏好，覺得這個男人是他父親，文字與情感有關，有一天他要破解字條上的謎，這也關係到他的身世之謎。

母親是白皮膚，他是黑皮膚，更加肯定他有著黑沉的血統。

當然這些事都沒讓母親知道，玩具槍與童書藏在神明廳角落，母親幾乎不上三樓，紙條放在抽屜夾層，每天都拿出來看，蠅頭小楷寫的奇怪文字，像一張批命紙一樣，浮現著父親、母親與他疊合在一起的臉。

像父親的男人出現不久，他們搬離那棟房子，住到市中心的公寓，母親開了真正且更大的花店，他才開始進入講人話的時期，人一旦肯說話就有朋友，有朋友就想往外跑，如此變成一個正常人，他的生命被剖成兩半，前半是立體性的悽楚，像冬日白霧凝結不去的河面，兀自放映的電影；後半扁平失去特色，再也無法讓他自憐自傷盡情想像，只有那張字紙證明他的父親曾經穿越茫茫冬霧而來。

搬到市區不久，他大約十一歲，有次半夜起床，看見母親的房門沒關緊，想前去關好，在很暗的房間中，只有窗外照進的月光或街燈的光混合，母親在床上自慰，睡袍拉到乳房上，以一種奇異的姿勢撫摸自己的乳房與私處，就像古文字上那個「女」字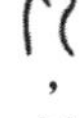，斜曲柔婉，母親原來是有情欲的女人，這於他是大發現與大負荷，因為母親還這麼年輕，他得幫她找個男人。

其實追求母親的人很多，母親只為太愛他而不接受，此後他主動對那些男人示好，這時他漸漸開口說話，才發現自己口才不遜，只是不想說而已。他像母親的婚姻經紀人，為母親挑丈夫，經過一再淘汰後，其中有個做小生意的中年男子，年紀比母親大八歲左右，妻子死去多年未再婚，他有一張很世俗的笑臉，彷彿連睡覺也在笑，他追母親的方式讓人沒壓力，總是有什麼需要幫忙時就會出現，也不死纏爛打，爭風吃醋，還給母親出意見。他不是條件最好的一個，但肯定能保護母親，給她一般女子該有的正常生活。

他的小心眼小動作母親都看在眼裡，裝作不知道，但他知道母親會接受他的安排，經過一年的考驗期，為此他的口才與社交能力大大進步，直至他們真的走在一起。

母親與繼父結婚後，他終於放下心，把母親交到另一個男人手裡，母子相通又相依的連結解開，原來他把自己當作母親的保護人，故有著陰沉的心，就像一個成年男子，暫時填補父親的位置，現在終於可以放下這沉重負擔。繼父是個熱心到有點雞婆的男人，對他們母子都很好，後來捷還跟了他的姓，從高捷成為劉捷，但不能改變繼父是陌生男人的事實，他與他沒有文字贈與或象徵關係，就沒有感情牽扯。

高中他特地去學書法，才知那神祕男人送他的紙是用小篆抄寫的《心經》，他為此失落甚久，經文後用小篆寫著「弟子心照敬抄」，心照像法號，那這些字都白寫了，這麼多奇怪的字把他的生命再度化為一張白紙。

於今只留下那兩個奇異的文字，查了古文字資料是「高秋」，兩個字皆是象形，高字像一座高的樓閣。用高樓表示高的意思，秋字像一株禾成熟的樣子。這是父親的名字吧？看他的樣子是外省男子，又回到他的對岸故鄉去吧？或者高秋代表著他的心情，就像放在高樓裡的稻禾，乾枯冷傲，他必是喜歡寫字的讀書人，算一算他們在監獄旁住了至少十年，那他至少關了十年，犯了什麼罪要關這麼久？

他想像父親是個殺人犯或搶劫犯，然這些在戒嚴時期都是死罪，難不成是貪汙或偷盜？然黑衣男子有張正氣的臉，不可能是雞鳴狗盜之徒，他讀許多政治與歷史書籍找尋父親的身影和自己的身世，解嚴後二二八加白色恐怖的資料大量湧出，在眾多名字中皆找不到高秋的名字，難道是別號，或者那男子對他開了一個玩笑？雖是如此，他始終相信那兩個字具有深意，且跟他的身世密切相關。

因為那兩個字，引發他對文字的迷狂，尤其是古文字和各式各樣的史料，他用大量的文字包裹自己，隔絕現實世界，就好比童年那棟巨大的監獄讓他陷於失語的空白，於今只有文字能治療失語的靈魂。文字中有圖像有聲音有意義，也有預言，那時他尚不知什麼是文字的結構與解構，於是只有被文字建構。

他始終相信拿字給他的必是父親，只有奇特的情感能以文字傳達，父親必是從監獄服刑完畢走向他，他知道母親為了他離家出走，住在監獄旁等他出來，他並不想回來，用他抄寫的經文傳達，並表示來過，看過，走過，不想回頭。

許多事光靠感覺就能明瞭，許多話不必說就該清楚，但許多謎永遠沒有解答，只有那伴他多年的文字，日日照面，兀自流著字的汁液，字的精血。

大學畢業服完替代役那年，收信時有一封來自對岸陝西西安的信，信封是牛皮紙以毛筆書寫，很有古意，寄信人署明「高秋」，那兩個字像探照燈一樣讓他睜不開眼因而濕潤，他偷偷打開信，信中寫著：

小曼姐如晤：

台東一別十數年，別後一言難盡，時在念中，今我臥病已久，病況不佳，還好尚有叔姪照顧，勉強度日。兩岸現已開放觀光，原盼還有相見之日，然弟病體衰弱，如今恐是不能了，小捷想必已長大成人，想我一生深負你母子，思之不能闔目，然雲樹之思，故人渺渺，唯有望風思念，願身體安康，萬事順心。

高秋敬筆

信是用鋼筆寫的，捷將信恢復原貌，放回信箱中，真的有高秋這個人，而且必定是他父親，多年來的猜測終於有了證據，他的心情翻騰不已，思前想後，他的病一定很重，捷決定瞞著母親去看他，怕這次不見再也見不著了，說不清為什麼要瞞，反正現在母子之間話更少。

那是九〇年代中期，大陸內地還很封閉，飛到西安，看這千年古城大都是老舊的灰房子，一點顏色也無，人們蹲在田埂上聊天曬太陽，像麻雀掛在天線上排成一排，舊城牆下搭著一個個臨時戲棚，許多陝北的農民趁年前秋收後來唱野台戲，臉皮紫黑的高大漢子臉上抹著胭脂連粉也沒上，扯著喉嚨唱眉戶戲或秦腔，戲服有上沒下，有頭套沒衣裝，沒一個周全，但從他們高亢蒼涼的聲腔中，他聽出眼淚，幾千年的歷史都在那裡面了，那令他著迷的到底是歷史還是歌聲？

喝完一碗紅米粥吃一大塊鍋盔，他才開始問路，西安人的口音不容易聽清，問了好些人才找到高秋的住處，地處碑林附近，是間中等破落的房子，許多小孩光著屁股在門前玩，一個中年男子見了他問：

「找誰啊？」

「請問高秋先生在嗎？」

「啥先生，你說啥？」

「高秋……同志。」

「他去ㄏㄨㄚㄩㄢ。」

「發生什麼事去法院打官司？」

「是ㄏㄨㄚㄩㄢ。」

「花園，去逛花園？」

「不不，是去畫畫的ㄏㄨㄚ院。」

「哦，是畫院。」

「真是，搞半天，你台灣來的，看你面熟，莫非是高準的什麼人哪！」

「高準，是什麼人？」

「高秋的哥哥，死在台灣，聽說被國民黨斃了，在哪有妻有子呢。」

「我就是高捷，高秋的兒子。」

「高秋沒兒子啊！你準是……」

「高秋沒兒子？」

「高準在台灣有個兒子，你們像一個模子打出來的。」

「……這？」

「反正你是我們家的，準沒錯！唉呦，這天可要掉下來了，終於盼到你了，今天我可是真格高興高興了！」

「您是？」

「高興，是高秋的堂弟。」

「我帶你去找高秋。」

高興騎腳踏車載著高捷，好在那時還沒發胖，瘦小的高興載著他感覺很怪，可這一路上相載的還不少，有老子載兒子，也有那兒子載老母親，愛人相載的更多，也有那載瓦斯桶的，一路上滿滿是腳踏車，街景看來灰撲撲，矮的是民房，更顯公部門不當的巨大，跟台灣五六〇年代差不多，就是古蹟特多，到哪都能望見大雁塔。

畫院靠碑林一帶，那一整條街密集著書畫店、裱褙店與文具店，畫院中正有一個人在揮毫，許多人圍著觀看，看見高捷進來，動作一致地看他，那時台灣人在內陸跟外國人差不多罕見，尤其跨進這只屬於文人雅士的地盤，眼光並無不善而是好奇，顯見這是個穩定而保守的圈子，只有揮毫者專心致志毫不受影響，高興高呼一聲「高秋」，那頎長的身材與有著深深刻紋膛黑的臉，明顯地衰老，但那就是常在他視網膜中浮動的臉，那人的臉顫動一下，想快速奔來卻僵在原處手腳抖個不停，他又中風了，捷從小被視為災星，也就是病亂啟動者，這也不是第一次，可他不想害死至親，眾人連忙把他送到附近較大的醫院，經過急救，整整躺一個禮拜才出院。那段時間高捷和高興輪流守候，得空時去看了秦俑，就目前看到的陪葬坑已夠嚇人，秦始皇在地下挖了比照皇宮的地宮，他的墓室應該更為嚇人，他喜歡想像那看不見的，這就是歷史與文學的魅力，像王寶釧破窯和木蘭墓那種假古蹟是對歷史的褻瀆，開放初期大陸製造了許多假古蹟，光木蘭墓就有三處，木蘭是文學想像人物，怎麼就該有墓？黃帝陵也有好幾處，高捷沒興趣看，他喜歡逛市場，在市井中看來來往往的人群，這裡回民多，羊肉吃得多，路邊地上到處擺放著剛宰好的羊，除了羊肉，豬、雞、魚鮮都是冷凍，看來也只有吃羊了，在路邊吃了一碗羊肉泡饃，油汪汪的，腥味重，饃倒是好吃，現烤軟綿，但看那碗缺一角，心中想不妙，果然不久就跑廁所，聽說來大陸一定要拉幾次才會好，這是水土的洗禮儀式。

住院到第五天，取下呼吸器，可以說話但說不清，比手畫腳的張嘴就嗆個不停，只有高興約略猜出他要講什麼：

「前幾年中風幾次，手腳不利索，話早就講不清了，以前就這樣，只有我猜得準他說什麼。我知道你要問什麼，問吧！」

「我父親……」捷才開個頭，高秋說個不停，言語困難遲緩，兩手亂揮加強表達，但是沒一個字聽得懂，高興在一旁說：

「他說當年你祖父跟著國民黨軍隊到台灣當小兵，栽培高準到美國留學，因為參加保釣運動成為黑名單，兄弟都被約談，因而想回歸中國，哥哥高準因為到過北京見周恩來，回台灣時被判以通匪罪槍決，高秋被判十年牢役，嫂嫂也就是你母親是在台灣認識結婚的，高準被槍決時，她正懷著你，幫丈夫收屍後住在監獄旁十年，只為按時探望小叔。其實這個死刑判得太重，他們都有美國綠卡，大可逃到美國，也許高準想用他的命保弟弟；也許在保釣中高準是個頭，又寫了許多反國民黨的文章，可以說是祕密處決，也可以說是殺雞警猴。這件事在媒體鬧得沸沸揚揚，國外人權團體與媒體都聲援他，但事情發生太快，沒人救得了。」

捷的心中黯然，原來父親早在他出生前就死了，而他認定為父親的是他叔叔，母親既然守候他十年，將感情從父親轉到小叔身上，那他為什麼不帶走他們，反而一走了之呢？他永遠記得那個午後，叔叔急急離去的身影。

「你父親的死引起許多民憤與猜疑，你叔叔原先判十五年，後來時逢黨外運動提早出獄，因為謠言很多，一直有人跟蹤，你母親要他離開台灣，他就先到美國，原先想接你母子到美國，台灣那邊沒過關，於是他一個人輾轉回到故鄉，就這樣分離十幾年，中間只通過幾封信，因你叔叔在台灣曾加入國民黨，在這裡也很受懷疑，行動不自由，也發展得不好，他始終牽掛你母子。」高興一邊說，高秋在旁一邊拭淚。

許多事不用說就知道，許多事說出來全走樣，已編好的劇本被改得面目全非，他希望高興不要說，高秋不要哭，那他會永遠擁有那個奇異的午後，還有他認定的偉岸父親。

「我長得像他……我父親……」

「像，像極了，高秋也像，你們都是一個模子打出來的。」

說完他從包包裡，拿出一個鐵鏽斑斑的餅乾盒，說是高準留下的遺物，捷打開餅乾盒，看見母親與自己的照片，一捲鈔票裡有美金也有外匯券、糧票，加起來頂多幾千台幣，還有幾塊甲骨殘片上有文字：

「這是真品嗎？他喜歡研究古文字？」

「是高秋的，他喜歡古文字，也喜歡書法，他收藏多年了應該是真的，說是要送給你當禮物。」

「父親呢？他也喜歡嗎？」

「喜歡！他也寫得一筆好字呢！」

「有父親的字嗎？」

「都沒有了，出事後都燒了！」

有些人以文字為贈，這或許過於沉重，有些人張口結舌帶走所有的文字，這是父親留下的空白，這空白如此空虛，縱使畢生塗寫也無法填補，這是父親欠他的，而他將以無盡的文字來還，高捷望著老病到脫形的叔叔，這是高秋嗎？他早已是無父之子，讓人無法面對這個事實，一切的訛亂錯迕令他心顫，不住想起十歲那個下午，北方男子飄飄的黑褲角，內心的悲哀隨著暮色越來越黑。

穿黑大衣的男子
如露如電
如夢
幻泡
影

蟻穴

一隻螞蟻正在搬米麩之類的粉粒，捷掰下一小塊手中麵包放在螞蟻面前，它繞了過去，另一隻來攔取，比蟻身大兩倍的麵包壓著它的細小身體看來是不可能的任務，但它仍慢慢移動，蟻工聽從指令，它們將使命必達地將食物送到不知名的目的地，有時捷就跟隨它們的路徑盯著看幾個鐘頭，這是他喜愛的遊戲，像蟻群般從不知厭倦，它們是溫和安靜的勞動者，只要稍加驅趕，馬上星雲四散。

跟螞蟻比起來，白蟻較像微型猛獸，它們築的巢都是外顯的，在牆上或樹幹，沒幾天的工夫，樹皮化為粉塵，它們的唾液像硫酸般具腐蝕性，沒多久樹倒塌，整扇門吃光，如果從木地板吃上來，可以吃出大窟窿，吃的聲音類似時鐘秒針那樣響亮而規律，可它們總會找無人清靜的地方啃噬，牙白的小蟲聽說與蟑螂同科，生命力極強，捷唯一的一雙全新的名牌鞋，因捨不得穿放在櫃中的雜物箱中，白蟻吃透木頭，穿過木箱，把皮製的球鞋吃掉三分之二，捷拎著那沾滿橘色土粉的剩餘，那上面爬滿白色小蟑螂，真噁心，丟到遠處的垃圾桶。

這細小如粉塵般的白蟻，可以吃垮一棟樓房，它們是廢墟與腐朽的創造者，統領著衰頹世界，每當雨後，白蟻群飛，它們看來像擊垮般脆弱，那該是交媾後的自毀性死亡，一碰即跌落，或者盲目地撞著窗戶，粉身碎骨，斷掉的翅膀像皮屑掉一地，一隻隻橫屍地上水窪，沒有人想對付這麼脆弱令人厭煩的小蟲，然而它們為產卵而來，也為產卵而死，這是他們的佯死計謀，不久生猛的幼蟲將吃光一切。

人的腦中有愛勞動無殺傷力的螞蟻：也有凶猛的嗜殺細胞，捷從小就被這些嗜殺細胞啃噬，他罹患亞斯伯格症與僵直性脊椎炎，然而這些名詞在那醫療不發達的時代，只能說是無病之病或者某種殘障，讓他覺得連呼吸都感到痛楚，活著即痛楚，他覺得自己活不過四十，也許他所來自的祖先是早衰的族群，他自己搜尋資料，才知自己的問題都來自腦部，亞斯伯格症即是某種腦病，它是在腦細胞發展中產生的障礙，並擾亂了腦部發育，免疫系統被認為在亞斯伯格症中有重要作用。亞斯伯格患者常同時具有外周邊和中樞免疫系統的炎症。異常的免疫功能加強相關的行為障礙，可說是免疫系統和神經系統之間的交互作用，最顯著的是社會交往和溝通障礙或語言文字障礙。這些異常在胚胎早期就開始，懷孕母親突然激活的免疫系統，如環境毒物或感染，可引起種種異常，並破壞大腦發育。

那麼是一種如何黑暗的遺傳或傷害，導致母親與他的異常，或者愛本身就像白蟻般，在春天的雨後如棉絮翻飛，盲目交媾且碰撞，或者我們的言語與文字，愛欲或所有的想像也都只是腦部的異常放電，或自我毀滅，在腦的深處結了一個巢，網狀分布，如蟻的巢穴。

亞斯伯格症患者最明顯的是強迫性與重複性行為，捷從小在緊張時就數數字，一二三四，一二三四，不緊張時也數數，好像腦袋中有個自動計算機，自從那個黑衣男子出現，他對文字的迷戀取代數字，只有寫字或念著文字才能忘記活著的痛楚，它的腦袋裝著活物，會咬人的活物，他也能感受母親也在忍受那噬骨般的痛，痛到令人無法言語。

他們是一樣的，雖然母親從未言語，但他就是知道，他們是白蟻那一族群。

腦的結構如同蟻穴，神經元的走向如同蟻走，一切的感知如同蟻聚，視覺看到的形象儲存為意象，而意象累增會成為靈感，靈感可以感通古今，如果腦中缺少松果腺體，就會早早成為睡眠障礙者。捷從很小時就常失眠，他可以感受到自己的腦有螞蟻在行走，它們走向所有陌生之地，他們像被解放的恐怖分子或武裝部隊，將以摧枯拉朽之力摧毀一切，有時半途而廢或中道死亡。

如同「醫學之父」希波克拉底說的：

人們應該知道，歡樂、喜悅、笑和運動、以及悲傷、痛苦、沮喪和哀慟都來自於腦而非其他任何地方……因為這個器官，我們變得瘋狂和錯亂，畏懼和恐怖在白晝或者夜晚攻擊我們，我們做夢、不時走神，關心不該關心的事情，忽略當下的狀況，變得頹廢和笨拙。我們承受的所有這些都是出於腦，當它不再健康……

我們的腦帶給我們的歡樂是如此短暫，痛苦卻如此深長，然而什麼是愛呢？是恨的對面，還是無愛的對面，愛是死亡的預示吧？就如同雨是白蟻交歡的預示，這其中有愛嗎？無法測量也無法確認，只有交歡後的死亡可以測量與確認。

那麼只有數字與文字能鎮定神經，然而腦之蟻並不滿足於眼前，它要走向遙遠萬古之處，直至天地玄黃宇宙洪荒。

中國人對於文字的迷狂至少有三千多年的歷史，捷在網上搜尋著有關甲骨文的一切資料，從龜甲與獸骨上的卜辭解讀它們的意思，還真是有意思，女子拿著掃帚就是王的妻子，引伸為凡女子出嫁後即為婦。男子之妻為婦，有人主張婦與美同意，因此出嫁之女方為美，中國的文字富於生命感，有形的象形、無形的指事、兩文相合為意的為會意，兩文相合一文為聲的是形聲，意義相同，而形體不同的為轉注如芳、香；無字借字的為假借如某公的公借公平的公，稱人為公就希望他公平主事，現代人稱某人為公反當作笑話。

創造這些文字的人要得到多大的靈感？古代人必然比我們聰明，尤其那最聰明的，因為他們更專注，因專注而能神入。古人的智慧，就好比他們衝破腦中的蟻穴，或者讓它們全部充滿電，怪不得倉頡造字，天雨粟，鬼夜哭，那是破腦而出，或腦力噴發的可怕能量，一切都歸諸於腦，然倉頡是否也是亞斯伯格患者才執迷於文字，或者方塊字就是自閉與僵直性脊椎炎的產物，它們四四方方，僵直的筆畫，不都像僵直者自閉者的受困狀態，他能感知造字的痛苦，甚至那些巫者卜筮者，也都是腦部異常放電的人，以前的巫者主祭占卜，文字即天文，神的語言，只掌握在少數人手裡，現代人每個人都識字，但不懂文字的神祕與神奇，捷從小家裡書架上的書少得可憐，母親為了生活幾乎放棄閱讀，書架上有一本屠格涅夫的《羅亭》與小仲馬的《茶花女》，他很快就厭倦舊俄小說的虛無與浪漫主義小說的誇大，他喜歡摸得著看得見的事物，譬如月曆或便條，他可以看半天，什麼是「中華民國」什麼是「國曆」什麼是「新曆」？這幾個字令他迷惑，還有便條上書「來收米錢未還，明日再來，悵悵」，悵悵這兩個字跟米錢連在一起顯得奇怪，借據也很童話：「茲借某某一萬圓整，月息一分，約定兩年內歸還，如有拖欠情事，得請公親作主追討，或訴諸官府。」誰是公親呢？現在還有官府嗎？這些假設性的語句令他跌入奇想之湖，另外幾本命理書與政論雜誌還有歷年的農民曆翻到快爛掉，還有一本仙人掌出版社出版的《文字學》，出於某作家之手，後來歸隱田園成為現代陶淵明，並寫出《田園詩》那樣感天動地的文字，那本《文字學》是是捷的枕邊書，也是啟蒙書，讓他打開眼睛看見文字掀起粟雨與鬼哭，或者打開作者腦部的蟻穴，以及其自閉與僵直。其時他不知作者將會退隱，現在想來，他為什麼會寫這樣一本冷門的書，表面是文字，只有文字能撥動潛意識那根神祕的弦，其實是腦部的蟻穴已然築成，他將回歸蟻穴，因著嚴重的自閉與僵直，讓他拋棄一切俗見，脫胎換骨，然後寫完這本書，他提早從公職退休，隱居萬隆老家，過著無論漢魏的田園生活。

是那本書引導他真正認識文字，並在文字中脫胎換骨，拋棄一切俗見，並找到自己的蟻穴，他將像溯流而上，奔往那網狀與放光的所在。

捷從小在日記中塗塗寫寫，高中就在網路上寫小說，點閱率破萬，這只是開始，對使用文字的人來說，這只是試筆。

他在大學時修過文字學與甲骨文，可惜都在打混，沒學到什麼，那時他已在某網站發表文章賺錢，是另一種文字狂，同學中喜歡寫作的好幾個，每天讀的不是卡夫卡就是喬伊斯，只有他讀金庸與漫畫，他們成天存在啊死亡啊掛在嘴上，有人每天抄十幾小時經典作品練筆，以求得類似的腔調，專攻各大文學獎，譏笑捷寫三流文字，三流就三流，他喜歡寫字，也想成為真正能掌握文字的人，一般人不懂文字的真義，他是少數真正懂的，其他人包括大作家，都是鬼畫符，並非真正懂得文字。

之後讀到詩鬼李賀的詩〈李憑箜篌引〉才知箜篌發出的聲音像玉碎一地又類似鳳凰叫，詩雖然看不懂卻更引發他對古文明與文字的興趣，原來文字也可以如此流動富於形象：

吳絲蜀桐張高秋，空山凝雲頹不流。
湘娥啼竹素女愁，李憑中國彈箜篌。
崑山玉碎鳳凰叫，芙蓉泣露香蘭笑。
十二門前融冷光，二十三絲動紫皇。
女媧煉石補天處，石破天驚逗秋雨。
夢入神山教神嫗，老魚跳波瘦蛟舞。
吳質不眠倚桂樹，露腳斜飛濕寒兔。

特別喜歡這首詩，只因裡面有「高秋」二字，那他自以為的父親名字典故是出自此詩嗎？然而可哀的結果不是高秋而是高準，他不喜歡高準這兩個字，也無法接受不喜歡的字構成的父親，父親的構成比諸於星辰，星星的位置與名字都是固定的，他指認了一顆星，無法再接受另一顆，除非把宇宙拆掉重來，他更願意幻想父親是遠古之人，喜歡音樂，而且是絲弦中國古樂，他們都擁有古老的靈魂，因此無法適應這個世界，父親短暫的一生是否也預示著他的未來？只要活到三四十歲就好，在這之前他要完成一本文字之血肉靈魂之書。

落花人遠

「像我們這樣只會寫繁體字的，回鄉後很危險，你除了要快速學會簡體字，最好能混進畫院，只有那裡的人還可寫寫古字，因此你一定要學書畫。」

在高秋還是中學生時，大他十歲的哥哥高準就常如此叮嚀他，時不時給他撕掉封面的簡體書如魯迅的《野草》、丁玲的《太陽照在桑乾河上》……那時這些書都是禁書，越禁越有人想看，私下流通來流通去，那些文字跟他一般讀的課外讀物不同，六七〇年代翻譯作品當道，如《約翰克里斯朵夫》、《雙雄死義錄》、《塊肉餘生錄》……翻得文不文白不白，good moring 翻作「好的早晨」，還有什麼是塊肉，讓他想到動物屍體，後來才想到像他們這樣的人就是塊肉，他們的一生就是餘生錄，多麼具有象徵意義，許多翻譯書寫出的文字是「翻譯體」，如「你底髮際有夢一般的線條」「你底眸子底有黑夜的星子」那時流行眸子、蒼穹、窗櫺、啜泣……這些字詞，形成特有的文藝腔，中學生寫文章都是這些蒼白而空洞的句子，比較好的像他喜歡鍾梅音的《海天遊蹤》、林海音的《城南舊事》，前者帶人神遊海外，後者讓人喜歡北平，裡面有真實的生活，柏楊的書也受歡迎，但讀了魯迅就知這才算大號人物，丁玲的《沙菲女士的日記》算是另一種文藝腔，但中後期的作品回歸平實更有力量，這是中文書寫啊，是現代文字的活水源頭而不是行屍走肉，他有被洗滌的感覺，因為是禁書更擁有神祕的快樂。

高準幫他請了書畫老師，彼時國文課寫作文還是要用毛筆字，學校也有書法課，但他始終學不會握筆，還是用原子筆的手姿，寫出來的字自然不像樣，沒有粗細筆法，他羨慕高準的一筆好字，想跟哥哥一樣會寫字，在那年代字寫得漂亮才算有品級，板書好的老師備受尊敬，寫字是一種重要配備，字好的同學上可代老師抄黑板，下可幫人寫情書，字醜是致命缺陷，他的字不算醜，但也稱不上漂亮。每週到老師家學畫，一般都從研墨開始，墨分五色，然後練顏真卿，老師總有七十歲了，老縮得像小孩，新娶一年輕妻子，身材十分胖大，還生了兒子，看來倒像是職業奶媽，可孩子都是趴在老父身上，他一面搖還在襁褓中的愛子，一直催他寫，然後畫竹子，「你就儘管寫！」有時看不過去，一手抱孩子一手示範幾筆，看他的字畫實在普通，又不太教，大哥幹嘛花大錢請他教？後來才知道老先生是孫立人的左右手，退役的少將，跟父親同屬一個部隊，他書畫普通但收集的碑帖看過的好字很多，出身書畫世家，聽說祖上還是清代畫院畫師。中國的畫院歷史久矣，早在漢元帝即在宮中設畫院，一九五六年中共進行簡體字改革同時，同一年，畫家葉恭綽和陳半丁共同提出「擬請專設研究中國畫機構」的提案。於是北京中國畫院於一九五七年五月十四日正式成立，畫院成立時，入院的畫家由文化部直接聘任。由齊白石任名譽院長，葉恭綽任院長，陳半丁、于非闇、徐燕孫任副院長。還好有畫院的庇護，得以讓書畫家繼續使用古文字，也就是繁體字。

國畫家臨帖寫字，理所當然使用古文字，只有落款時寫簡體即可，畫院保留著一部分古老的精緻文化藝術，還有所謂人民藝術家，畫的都是以工農兵為主，對於民間藝術的保留也有貢獻，如民間藝術與手工藝，如民歌、地方戲、剪紙與刺繡等的提倡，讓通俗文化進入藝術殿堂。

只對精緻文化有興趣的台灣，讀孔孟看京劇，這對台灣人來說都是天方夜譚，相對壓抑民間藝術的發展，那時「台灣」、「鄉土」都是禁忌的字眼，兩岸各自唱不同的調。

常常他搞不清自己是誰身在何方，不就是海天遊蹤的一塊肉嘛！他對父親沒什麼印象，五歲時，父親受孫立人案牽連，因奔走過勞而早死，之後長兄如父，大十歲的哥哥就是他的天，高準樣樣走在前面，各方面表現優異，他說什麼就是什麼。

「我學書法的原因是愛好文字，尤其是正體字，我極度排斥簡體字，那是文字的妖魔。還好我們來了台灣。」

那又為什麼要他學簡體，他一面學一面嘀咕，有一次還戲寫幾句牢騷：

亲不見，爱無心，
产不生，厂空空，
面無麥，运無車，
导無道，儿無首，
伫無腳，飞單翼，
有云無雨，开关無門，
乡裡無郎，义成凶，魔仍是魔。

只有魔字不變，簡體果然是魔，後來被高準看見，跟他說：

「你知道自古以來，一直存在著簡體字嗎？譬如這些字都是簡體。」高準邊說邊寫出一列：

鬚——须
衆——众
並——并
從——从
憑——凭
與——与
網——网

「以上後面都是小篆，後來變得繁複一些，另外一些是古文或奇字與或體字，我列一張表給你。」

無——无（奇字）
雲——云（古文）
麗——丽（古文）（邐——逦）
處——处（「処」為小篆，「處」為或體字，「處」字流行以後，「処」反而成為俗體字）
邇——迩（古文）（彌——弥；獮——猕）

災——灾（或體字）
煙——烟（或體字）
漢——汉（俗體字）
勸——劝（俗體字）
觀——观（俗體字）（覲——觐）

原來繁中有簡，簡中有繁，他對繁簡無偏見，跟哥哥一樣是好古之人，這是為什麼他們最後都走向研究最古老的文字的原因。

第一次從老師手上看到龜甲上甲骨文，就被那些文字迷住，原來他不識字始終不識字，是甲骨文讓他開了眼，知道文字的魅力，那是自然之文，也就是天文，最早是與上天問訊，最後成為文字之始，他以心以眼描摩那些文字，並渴望掌握天機。

哥哥懂的他要懂，哥哥擁有的他要得到更多，高準自己節儉近於自虐，能少一餐就少一餐，能用走的絕不坐公車，連腳踏車都捨不得買，只要有好東西一定先給他，他還記得哥哥領第一份打工薪水，買了一大串香蕉，一小捆荔枝，巴巴地從公館步行抱回景美住處，進門全身汗濕狂喝水，一直催他吃，哥哥知道他愛吃水果，看著他連吃好幾根香蕉，又吐了一地荔枝皮殼，豔色的熱帶水果連皮殼都美麗，他自己吃得很不安說：

「哥，你也吃點。」

「唉啊！你知道我不吃水果。」說著一邊拿掃帚掃地，荔枝燥熱，高秋吃得滿臉通紅直紅到眼眶，哥哪裡不愛吃水果，他是捨不得吃。

剛上高一，哥牽了一輛簇新的腳踏車回來，那時他已在補習班教書，自己騎的是破老爺車才幾百塊，給弟弟的都是最好的。什麼都能給，女朋友也給嗎？第一次見到小曼，他才十六，小曼十八，她剛考上大學的那個暑假，還穿著高中制服，說大兩歲，倒像兩人的小妹妹，個頭小小的，臉龐像月兒般放光，高秋一見到小曼就呆傻了，眼前一片模糊，五官都沒看清，腦中一陣麻，更何況看清？不，永遠看不清的，只要她的千分之一就能讓人醉死，這千分之一像鉛塊一般取代身體的某部位，時不時發著疼痛，原來初戀真的會想死，初戀加上單戀非死不可，他的枕邊放著《少年維特的煩惱》每晚讀到哭，瘦到只剩五十公斤，細長的少年有著纖細不為人知的心事，他開始討厭高準是他哥，哥什麼都讓他，女朋友也能嗎？熱戀中的高準沒猜著弟弟的心事，只把他當小孩，連出去約會也帶著他，三人在公園裡不是拚命打蚊子，就是狂聊天，哥有時撩撩小曼的頭髮，分手時捏捏她的手，哥是個能忍的真君子，他倒成了小人。

高準在美國那幾年，把弟弟託給小曼，她隔幾天來看他，抱著鮮花像花神芙羅拉，拎著他愛吃的水果還有對他們來說很奢侈的麵包與西式糕點，當時一個奶酥麵包就要兩塊錢，跟一碗麵差不多，吃又吃不飽，至於奶油蛋糕最小一個也要十元，真不是人吃的，小曼像小姐姐般照顧她，走時留下滿屋子香氣，果香、麵包香、花香、體香，他在這複雜的香中輾轉反側，「我不能搶哥哥的女人，但我愛她，神哪，只要分一點給我就好。」

兩個人是極好的玩伴，有時他載她，有時她載他，逛書店或游泳，高秋比高準行的是能游水，在學校還是校隊常常比賽拿獎，小曼剛在學熱極了，從公共游泳池一路游到碧潭，兩個穿泳衣的少年少女像奧林匹克的阿波羅與芙羅拉，小曼的雙層黑色泳衣極保守，更顯出她玲瓏有致的身材，高秋雖瘦但瘦得好看，寬肩，雙腿修長精壯，兩人在水中你捉我，我捉你，玩得像孩童，高準太嚴肅，在高秋面前她更能放開自己，就算水中的肉體輕觸她也不討厭，高秋是小弟弟，是高準的一部分，像一叢玫瑰的分枝，連延伸出來的這部分也可愛。當他以第一志願考上師大國文系，高準開心極了，寄來一筆數額不小的美金，每隔兩個月他都按時寄錢來，這次包括給他治裝的費用，高秋的成績可以上台大，為了替哥哥省錢寧願讀公費的學校，現在他是大人了，小曼陪他逛西門町買花襯衫喇叭褲，穿衣時他照花前後鏡，拚命擺姿勢耍寶，扭腰擺臀唱：「How Can I Tell Her About You……」小曼在一旁笑得彎腰：

「好像那個那個唱歌的……」

「灰狼羅伯對不對？」

「對對對！」高秋輪廓深，大眼睛高鼻子，比高準帥，小曼漸漸也覺得了，兄弟各有各的好，高準穩重高秋熱情，那天回到高秋住處，兩人情緒都很亢奮，書櫃上有一瓶金門高粱，高準興致來時會喝一小杯，也只一小杯，高秋一點酒量也沒，他把酒取下來說：

「今天真是太高興了，應該浮一大白！」

「不要吧！我不會喝酒！」

「我也不會，但只一小杯，跟哥哥一樣。」還學高準像老頭子慢慢啜飲的樣子，小曼掩著嘴笑。

後入口如火燒喉，兩人拚命用手搧嘴。

「乖乖！酒這麼難喝還有人愛喝。」兩人玩乾杯遊戲，高秋的喝完了，小曼只喝半杯就醉倒，之後的事兩人都不復記憶，醒來時衣裝不全，兩人在沙發椅上緊緊抱在一起，高秋驚得滾下椅子，小曼醒來穿好衣服奪門而出。

應該有親吻吧？或者愛撫？但確定沒進入，就算這樣已是嚴重的不倫與背叛，此後兩人再也不敢見面，高秋申請住宿，每天抄經文懺悔，他愛小曼，就像崇拜女神一樣，褻瀆他的神讓他充滿罪惡感，初初寫楷書、然後是行草，最後是金文小篆，他的字快速進步，連國文老師兼書法家都讚賞。

小曼思索著該把這件事說出來，還是掩埋在心底，正猶豫間，高準回國，準備快速結婚雙雙赴美，結婚前夕，高秋割腕自殺，緊急送醫之後，小曼跪在高準面前和盤說出一切，並說：「我們還是不要結婚了！我配不上你。」高準聽完表情更嚴肅，背著手沉吟走來走去，然後抱起小曼說：「你們都是我最愛的人，一個已經幾乎付出性命，你們一個都不能少，過去的事一句都不要再提好不？我們還跟從前一樣。」

小曼發怔了好一會才點頭，好大滴的眼淚落在手上，連小曼也嚇一跳。

高準看著高秋的字寫得真好，最近寫得最多的是「落花人獨立，微雨燕雙飛」，如果狂愛與劇痛可以文字表達，有多少重量就有多少文字，高秋寫的字滿滿一紙箱，他能體會這一切，所以他選擇原諒，雖然胸中常有撕裂般的痛苦，但他已經變了，只有更大的愛才能包容小愛，更大的悲憫才能原諒小悲哀。文字裡有天機，「落花人獨立，微雨燕雙飛」這兩句有點悲涼的文字中有天機嗎？

真正的天機是監獄，當情治單位帶走高秋那天，他正在舊住處讀魯迅的《朝花夕拾》，書架上許多沒有封面的簡體書都成了罪證，入獄後兄弟關不同牢房，跟世界上所有政治犯都一樣，就是不能用筆。

死刑犯不能探監，高準在破布上咬破指頭寫下甲骨文兩字，輾轉送到小曼手上，算是遺言：

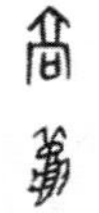

小曼知道高準要他照顧高秋，或者嫁給高秋。但她已經是半個死人，這樣的愛一次就夠了，任何的愛她再也無法承受。

高秋出獄後也絕不再回頭，他已死過兩次，一次因小曼而死，一次因哥哥的死而死他覺得塵緣了卻，從此皈依佛陀。

回到大陸，因老師以前的關係得以在畫院棲身，西安的書畫家自成一派，人稱「西安畫派」，以陝北粗獷的風土民情為主，畫院字寫得好的很多，但多以古詩詞為題材，他專攻古文字，算是較冷僻的。其中麥浪的畫很出名，畫價喊到幾千人民幣，他專畫鍾馗等豪邁人物，也畫陝北的棗林與綁白頭巾的漢子，因為太出名，偽作甚多，有一日盜匪侵入他家，把他活生生打死。這裡的民性強悍，連文人也愛幹架，比較起來他很退縮，一個死過兩次的人，就像畫院前的老狗，奄奄一息地守住一個門。

落花人已遠，很遠。

花店

花店就在市區有名建築師蓋的大樓，牆面都是植物，位於精華地段高級住宅區，裡面有誠品及設計師品牌服飾及精品，花店就在轉角，緊臨著進口手工巧克力店，這裡充滿香氣與各種複雜的氣味，櫥窗擺著各品流的插花作品，巨大而凌厲，每盆看來殺氣騰騰，讓人不敢欺近，以為這是高級的花店，其實價格很平實，女老闆小曼圍著圍兜，包著頭巾，就像編織的女孩一般纖細而衰弱，她臉上恆常沒有笑容，甚至沒有表情，人們因仰慕她的美貌與謎樣的傳說而來，她只管插花，不管說話，一切的事物都由看來大她許多的丈夫包辦，夫妻像父女一般，其實她的年齡早過了四十五，卻始終保持著女孩的身形與表情，丈夫也只大她八歲，卻像大了二十，快禿光的頭髮白蒼蒼。

她的聽力受創於那一連串監獄執行的槍決，自從打聽到高準被關的監獄，透過許多人的幫忙與家庭革命離家出走，她懷著孩子住到花店前主人的家，也就是她後來住的房子，花店常為死刑犯辦後事，因而對裡面較為熟悉，還能傳遞些食物與消息，獲知高準行刑的時間，她依時跪坐在刑場牆外，傾耳貼著牆，希望以耳看見裡面的一切，那個夜晚特別寧靜，靜到聽得見裡面的聲音，囚徒腳上的鐵鍊拖著走的腳步，哭喊、嘆息、喘息、掙扎……然後是行刑前的死寂，時間被切分成一格格的靜止畫面，直到天色微白，突然響起尖銳的槍聲，像對著她耳朵開射，捂耳時覺得耳朵刺痛，心臟一陣抽搐便昏死過去，醒來時已在床上，她發著高燒睡了三天，醒來才知日期不對，監獄常不按牌理出牌，故意放出錯誤訊息，之後還是依時去聽壁，如此一再折騰，她的聽力因此嚴重受損。

花店的老夫婦將她視為女兒般照護，沒幾年老夫婦相繼過世，她以親生父母之禮守孝，然後接管花店，並不時去探望高秋，聽他訴說高準的事，漸漸聽不清高秋的話，聽不見的世界好像沒真實感，連悲哀也淡去，往事倒是清晰如畫且有光彩，她不討厭這樣的感覺。

她常覺得一切事物的不真實性，在大悲大慟的死亡場面，沒什麼感覺，只想著為死者多做些什麼，母親英秀來自南部的一個漁港，家裡有船隻有肉鬆鋪子，她雖是小老婆的養女，但和大老婆的女兒寶惜情同手足，兩人年紀相當，姐妹雖無血緣卻是投緣，兩人情意深厚，英秀常捧著小曼的臉說長得好像寶惜，都是金絲毛，大眼睛，高鼻子，菱角嘴，鵝蛋臉，跟英秀後縮的大餅臉小暴牙，父親國字臉大闊嘴一點也不相像，莫非是至親來投胎，母親捧著她的臉從抽泣到低嚎，令她覺得自己的生命是個錯誤。在二二八與五〇年代白色恐怖事件中，英秀的姑姑品方、姐姐寶惜被追緝捕殺，全家陷入政治風暴，姐妹約好不相認，她與丈夫帶著孩子搬至台北，還把女兒的原名香儀改為小曼，讓小曼覺得身上存在另一個我，一個叫香儀的鄉下壯碩女孩，在遙遠的南國海邊奔跑，一個是蒼白空虛的影子在台北的邊緣遊蕩，為什麼偏偏叫小曼？因要改名時母親無意翻到當時人人愛讀的徐志摩日記，覺得陸小曼的名字很美很像外省人就此決定。中國人相信改名命運也隨之改變，對小曼來說，那是一層保護膜，將她與世界隔絕，連行動力也漸漸消失，她的動作很慢，英秀常怪罪名字沒改好，小曼變大慢。英秀只有她一個女兒，保護得密不通風，可說是在無菌室長大的，連出門也不許，家裡鮮有人客朋友來訪，偶有人客，母親以眼神令她入內，縱使好奇心使她硬要多留一會兒，母親也不要她打招呼或回答，養成她見人不理有話不答的個性。每年班上的旅遊都沒她的份。母親很會做糕點，就在萬華開了家西點麵包店，在傳統的糕點鋪殺出一片天地，小曼討厭麵包的香氣，屋子整天充塞那霸氣的奶油與香料的混合蒸氣，連衣服家具也被薰透，常有人說她身上有庫尼姆麵包的味道，那是她最厭吃的一種。有人貪那麵包香，每天出爐時就有人排隊等候，其時西式麵包在台北是高級食品的代名詞，台灣自日治時代傳入麵包，但在一九三〇年之前一般人家還不能接受，還是以台式糕餅為主，「胖」是經由日語的「パン」（pan）再流傳成為台灣話「pháng」並沿用至今。台語的吐司發音為「食パン」（發音似修胖），五〇年代是個轉變的關鍵時期，海派與洋派的時代「胖」開始崛起，台灣由於曾受日本殖民統治五十年，所以在麵包食用的習慣上，仍以日式軟麵包為主流。後來才漸漸加入西點的元素，那時老大房的西式海派點心菠蘿麵包，明星咖啡屋的俄式麵包，席捲台北人的味覺，這也是戰後土洋糕點大戰，因著官方與宋美齡、蔣方良的喜愛，一家又一家西點麵包店開張，一家又一家本土糕點沒落，西點麵包店都有那明亮的玻璃櫃，裡面擺著五顏六色的奶油蛋糕與西點麵包，花樣繁多，本地人又擅長研發新產品，原來講究發麵無餡的西式麵包，變成加各種餡料的甜品，台灣人愛吃甜，因糖越多越代表富有的心理作祟，遂把糕餅與麵包結合變成土洋混合體，像那最受歡迎的庫尼姆、奶酥、果醬口味的麵包，重點就在於那死甜滿滿的餡料，讓人分不清是餅還是麵包。英秀店裡最熱賣的四方形起司奶酥麵包及圓形像貝殼般的椰子夾果醬麵包，都是英秀研發的，她是個烘焙天才，婆家是紅豆餡的大盤供應商，在老家東港也開過糕餅店，她敏感地聞到台北人的口味變了，買來老大房的吐司麵包與明星的俄國辮子麵包與德國結，她邊吃邊說；「軟的很軟，硬的很硬，但以奶油與起司為主體，發麵很重要，吐司無味德國結鹹味重，阿兜啊不愛吃甜，可是不對啊，他們做的蛋糕又是死甜，香氣與口感確是不同，但為什麼不包餡料呢？吃來空空的，很寂寞啊，台灣人愛喜氣不愛寂寞的麵包，又愛吃甜，來中西合作一下。」英秀說話自有自己的辭彙，傻氣又精準，帶點詼諧，對食物充滿研發熱情，於是把長方條的吐司變成圓筒形，一節一節像甘蔗，並加入葡萄乾增加甜度，結果熱賣到不行，每天下午三點出爐，不到四點賣光光，一條三元，不能說便宜，那時一碗麵兩元，西點麵包的食材大都進口，成本凶自然賣得貴，但一條三元的吐司可以吃兩餐，或是一家人的下午點心。西式餐飲當時是種時髦，像冰淇淋、牛奶、咖啡、牛排大舉入侵，在日治時代還是有錢人的享受，戰後成為人人的夢幻逸品，加上美軍進駐台灣，崇洋者眾，西式糕點席捲台北。

台式糕餅餡料以白豆沙為主，紅豆沙、綠豆沙、烏豆沙、蓮蓉、鳳梨算是變種，在這基礎上做變化，五仁中有土豆仁、肉角，可也有鳳梨絲、豆沙絲做底，因此做餅最重餡料，豆沙是主角；現今台灣人不愛豆沙愛奶油果醬，那就把餡料改一下。沒有餡怎會好吃，她做出的麵包一定要有餡，只有菠蘿麵包算是日式的、餡在外頭而已，有的內外都有餡，像椰子果醬麵包，外裹奶油與椰子粉內敷厚厚的草莓果醬，一個賣兩三元，熱賣到不行。

做西點最重打蛋與發酵，這兩種已過香，再加一整條奶油，或大塊起司，焉能不香死人，其時大家無不迷戀此種氣味，只有小曼聞到想吐。奶油味似乎籠罩所有，其中層次很豐富，起司味在烤時最霸氣，發出刺鼻的焦香味，像花腔女高音一樣會覆蓋所有味道，雞蛋味較為冷靜，冷香四溢；香草粉的味道像肥皂水，很香但木木的，果醬遇熱成熔岩，水果味早已消失，只剩糖飴味。母親忙時像撲火，大粒汗小粒汗直流，不要她近身幫忙，但她的生活被麵包擠壓到變形，香氣凝結不散，像毒氣一樣二十四小時無間斷，連她的心靈也受侵犯，為了自衛，她幾乎不吃麵包，常常跑到陽台種花。屋頂上的陽台原不適合種花，在陽台還是陽台時，她在上面放過風箏，自己紮的蝴蝶風箏，那搶眼的橘色成為她反抗與追求自由的旗幟，來回在十幾坪大小的陽台跑十幾趟，橘色的蝴蝶還是飛不上去，試了好幾天終於放棄，然後她看到鄰家陽台種在奶粉罐的玫瑰與彩色辣椒開得好好，想起家中有許多廢棄的奶粉罐與果醬罐，便拿了幾個上來，跟鄰家要點花種試種，剛開始三株有一株活，漸漸地每株都被她救活，從此她有了自己的祕密王國，領土並一點點擴大，幾乎是奇蹟式地搭起薔薇花架，薔薇科容易些，她要挑戰爬藤植物如黃金葛與紅瓶刷子樹，她喜歡紅瓶刷子花，毛茸茸的一長串，台灣的氣候就適合這些爬藤植物，她搬來裝牛奶的木頭箱，填土後栽種施肥，烈日炎炎她都曬黑了自己也沒發覺，那年頭沒有防曬概念，英秀店裡從早忙到晚，只要女兒不出門做什麼都可以，有日發現女兒從牛奶曬成麥子了就把她叫住：

「你是不是偷跑出去玩，這日頭赤焱焱，你要曬成黑人牙膏嗎？不准出去，否則手腳都綁起來。」

「媽，我沒出去，我只是在陽台種花。」

「種花做什麼？又不能吃？」英秀為求證，偷偷上去陽台看了一下，一看不得了，陽台都成了空中花園，這一邊欣賞一邊用袖子拭淚，女兒被關在家真是可憐，也沒個玩伴，竟想出這些花樣，不是壞事啊，遂記起養祖父也愛花成癡，這花朵般的女兒能不愛花嗎？

隔天小曼的枕畔多了一頂寬簷草帽，那時草帽只有上流淑女才戴，一般人不是戴斗笠就是撐傘，母親買的草帽還有緞帶花朵點綴，一定是舶來品店買來的，買給她的都是最好的，父母用的都是補補靪靪，她不想這樣啊，父母子女雖非平等，她不要父母如此卑微，好像他們之間有著奴役關係。從小她吃穿都是最好的，就像那頂帽子，遠遠超出家境所能享有，她在超支幸福，一直到最後成為負債者。她意識到這一切都將是悲運前的繁華，一切都有徵兆，很小的時候她就相信物質中也有精神意涵，它們不但不是對立，還是我中有你你中有我的狀態，她試過點火靠近玫瑰，花朵枝葉都在顫抖，花也有精神感知，每天花十分鐘跟花草說話，它們會長得更漂亮，這不是萬物有靈論，而是物我一體，跟天人合一、物化不同，人與物是相互滲透的，從小她在一堆食物中長大，那些物品已化進她的生命，物我一體，但她討厭那些反向物質，也就是跟自己氣質不合的物質，而花草是正向物質，可以滋養她的心靈。當她建造好屬於自己的心靈王國，家也不復是牢籠了，她更喜歡待在家了。

有一天輕度颱風來襲之前，已是小風小雨，她將花栽防護好，盆栽一盆盆往裡搬，瞬間風雨變大，穿著雨衣還是淋濕，來來回回十幾趟，連內褲都濕了，她洗了個熱水澡，躺到床上立刻睡死，直到凌晨風雨變小，她走到陽台，看損失不算嚴重，開心地在陽台上胡走亂歌，雨已經停了，風還很大，她想起那只蝴蝶風箏，拉在手上，邊跑邊放，蝴蝶像有生命一樣飛高又飛高，終於上了天，她高興得流下眼淚，這是她的旗幟，她的空中之國！

高二升高三那年暑假前，母親讓她補習，她有了外出機會，在補習班中她盡量安靜低調，總是趁人多時進教室坐在角落，但她是發光體，怎麼躲都沒用，一群男生追她追得無處可逃，還好老師高準護著她，他的年紀約二十六七，剛從台大歷史研究所畢業，教的卻是英文，濃眉大眼五官輪廓一看就是外省人，理著小平頭看來很有精神，口音還有方言腔，但比一般老先生好很多，他教書認真說話幽默，常惹得大家笑堂，小曼很少笑，好笑的話她反應慢，托著腮嘟著嘴一臉迷茫，經常是慢慢回味，要過半小時才意會過來，這時才淺淺一笑，就算如微風般輕微也被高準抓住了，深深看她一眼。她做什麼都慢九拍，說話已夠少還特別慢，做事也慢，寫字更慢，功課也不好。母親每天早晨幫她準備好制服、書包、便當，急呼呼地催她，她還在梳頭照鏡，幾乎是用推的把她推上最後一班校車，許多次來不及只有搭計程車，學校在天母，一跑就去了半天營收。

有次發完考卷，她又考不及格，下課時被高準叫住，小曼低頭呆立著還搞不清狀況，高準說：

「我觀察你很久，你不是程度不好，而是寫字慢，卷子常寫一半，有寫的對八九成，你字寫這麼漂亮幹嘛？一直塗改，漂亮得像印刷體，這毛病要改。把字練快一點，否則考試很吃虧。」

高準說了半天，小曼也不應，她身上飄出一股好好聞的味道，淡淡的牛奶甜香，讓他有點恍惚，他討厭香水的髒香，但這若有似無的香很潔淨，高準沉吟半晌說：

「你字漂亮，幫我刻鋼板寫講義如何？有酬勞，但很少。可以在這裡寫也可以拿回家寫，寫多了看會變快不？」

小曼把老師的話回味好幾遍才點了頭。那時刻鋼板很普及，在鋼板上襯著藍色油墨紙，用鋼筆重重寫，然後以此為底，用手動的油墨滾筒複印，如此可印出一兩百份文書或卷子，在複印機未發明之前，這算是最簡便的印刷術，小曼喜歡寫鋼板，因為可以慢寫，她也喜歡油墨紙的孔雀藍色調與碘酒般的氣味，讓她想到遠方的海洋，她可以沉浸在其中好幾個鐘頭，像繡花般把字寫得寬大漂亮，她的字像男人般大器，工整如印刷體，寫著寫著一雙肘都染藍了，洗也洗不掉，現在她躲也躲不住了，只要兩片藍印子出現男生就鼓譟：

「藍印子變老師的私人祕書，下課還要加課！」
「她故意不洗掉，恨不得人人知道他們的醜事。」
「藍印子假清高！」
「還仙女咧？早有一腿了。」
那時候難聽的話僅止於此，不是那時的人較善良，而是語彙貧乏，就算這樣，已夠嚴重，話傳到英秀耳中，馬上禁止她上補習班，因離聯考只剩一學期，請了家教在家中補習，來應徵的是高準的學生，現已考上師大，小曼沒有反抗也沒有辯駁，她已愛上寫字，現在速度快一點，大多數人練過鋼板再寫字，運筆如飛，高準沒教小曼什麼，只是抓到她的重點，寫字快答題多，成績好很多，這讓她考上大學的最後一個志願——文化文藝組。
那時考上大學非常不容易，對只讀小學的父母來說是天大的事，英秀謙卑地向家教老師千感謝萬感謝，家教老師說：「不要謝我，要謝高準老師，都是他一手遙控的。」
看來兩人暗中有情好一段時間，算算一年多總有，居然把爸媽瞞得死死的。英秀深知小曼一旦鐵了心，八百匹馬也拉不回，就特地停工一天跑到羅斯福路高準的住處，高準見了英秀恭恭敬敬請她上座，倒了杯黑松汽水，杯子才放下，英秀趴地一聲跪下，高準扶不起她便也跪下，兩人相跪，一分一秒過去，眼看天快黑，還在比賽誰更持久，高準看英秀沒有起來的意思，他的頭在水泥地上叩叩作響：
「如果你不答應放過她，我是不會起來的。」英秀故意偏頭不看他，以免被看出心軟的弱點。
「伯母您不要這樣，哪有長輩跪晚輩的？」

「為了女兒我什麼都願意，再說你是她恩師啊！恩師高一輩，高輩不欺小輩，可憐我只有這個女兒，你們絕對絕對不能在一起。」

「為什麼？」

「你不知道，我們從台灣尾逃到台灣頭，躲躲藏藏，只因為我們是二二八與白色恐怖受難家屬，你父親是彭孟緝的部下，也就是殺我家人的外省人，也是仇人，我不可能同意這件事，你死心卡緊！」英秀一急閩南話都出口了。

「我爸是軍人，軍人只是聽從命令行事，再說他歸他，我歸我，我在台灣長大，沒有省籍問題，那是上一輩的事。」

「血海深仇啊！我沒辦法原諒！」

「我娶了小曼，就是台灣的女婿，心會向著你，孝順你的，伯母。」

「要死，你們都談到婚嫁了？你們……」

「我們是清白的，我不會亂來，我是認真的。」

「那你要答應我三件事。」

「您先起來，十件我都答應。」

「你先聽我說完，第一、不能碰政治，政治是垃圾鬼。第二、等她大學畢業才能結婚；第三、帶她出國，離開這裡較安全，你不知道那恐懼是一輩子的，我每天都提著心過日子，你要給她安全的生活。你先答應，我才起來。」

「我答應，本來我就準備到美國去，康乃爾大學已經答應給我獎學金，如果不是為了小曼，我早出國了。我保證四年內拿到博士學位，那時小曼剛好大學畢業，我一找到工作就把她接過去。您放心吧！我母親早死，您就是我母親。」

聽到這裡，英秀嗚嗚哭泣，已有鬆懈的意思，高準趁勢把她拉起來坐。英秀哭得更凶：

「我的好姐妹，我的好姑姑啊！你們死得好冤啊！我怎能對不起你們，我早該死，早死早相會哦！」

事情算是說定，高準出國念書，小曼念大學，他們靠著書信聯繫，小曼喜歡寫信，好像是寫鋼板的延續，你看！果然每件事都有前兆，而且牽動下一件事。她享受寫信的感覺，一封信寫一天，寫兩句嘆口氣，然後去看花，然後梳頭，然後發呆，累積到一個程度再一起寄出，彷彿交出愛情講義，那時國際郵費貴，她用幾近透明的淺藍信紙，以減輕重量，幾乎跟油墨紙一樣，這又是什麼樣的前兆呢？愛一個人就是欠他如大海一般多的文字，情有多深，字就有多少，她以文字燃燒情感，寄存於遠方的人，這種文字債有可能一輩子都還不完，但這是多麼自然而澎湃的債務，只要一張紙一枝筆，文字汩汩流出，跟一個不在身邊的人談戀愛，愛更是無處不在，愛自己會延伸，開疆闢地直到天盡頭，愛一個高準這樣寬闊的人，燃起如宗教般的熱情，他跟一個悲戚的大時代有關，連結著偉大的遠景，好像從觀眾席走上舞台，變成革命愛情劇的主角，她被這樣的熱情與曝光弄得熱血沸騰，心在顫抖並喃喃自語：

是不是過於哀愁，遠方的人兒，請將哀愁繼續傾倒給我，讓我失重，失去時間，酣睡在你的文字之上，讓藍色繼續暈染擴大，直至變成海洋……

他們沒想到彼此的文字傾倒，最後都便成情報單位的檔案資料，在釣魚台事件後，美國留學生，尤其是讀康乃爾大學的留學生都成為情報人員的吊餌，沒有一個放過，他們在情話中找機關，無限解讀。

長髮自成流，小曼的頭髮漸漸長到肩頭，那年頭女孩流行留一頭披肩長髮，從高中畢業那一刻開始留，經過一個漫長夏天剛好長到肩上，於是就有小女人的味道，像她這樣在未讀大學就被定下來，班上也有一兩個，都是長髮飄飄，小曼自覺被定型，立刻去剪了莎岡頭，那時她正在讀莎岡的小說《日安憂鬱》，那充滿靈氣的臉是否預兆著不平靜的一生，然她的日子過得安靜又富於節奏，就像一本書，一頁一頁翻過去。前兩年高準念得很拚，功課很好，眼看課快修完，爆發釣魚台事件，留美學生幾乎不念書都在搞活動，當時康乃爾大學是活動的重鎮，高準起初為了遵守承諾，盡量不涉入，只是看了許多政治歷史書籍還有當時活動發行的小冊子，這個活動看來是小事件，卻牽動台灣人的愛國熱忱與身分認同危機，像他這樣的外省人，生在大陸，長在台灣，一句台灣話都不會說，愛著一個台灣女子，他有一半是台灣人，那另一半呢？父輩離開老家時他才兩歲，對故鄉西安一點印象也沒有，現在他看到大陸來的同學，還有中共的宣傳文件，也讀魯迅、趙樹理的小說，看來中共建國初期形勢一片大好，所謂宣傳當然謊言居多，兩邊都在說謊，但真相只有一個，就是中國要強大，不要再受西方列強欺侮，這種期盼不分大陸台灣留學生，一時同仇敵愾，那時小曼一天一封信，他則是兩三天一封，這穩定了他的心，無論同學如何激他都無血無淚，不參加就是不參加。事件鬧了一年多，很多人放棄學業回歸大陸，他跟著一個研究東亞史的美國人教授西恩寫論文，他在這領域小有知名度，常到國外發表論文，高準幫他提旅行箱，到處跟研討會，西恩教授娶韓國太太，住在郊區的房子不奢華也不簡樸，也不像學者的家一屋子書，他喜歡收集古文物，有中國青銅器、佛像還有高麗青瓷，師母美麗又很會打扮，他以為韓國人都是蒙古臉，小眼睛大餅臉，真正的韓國美女真是美，這也是老師研究熱忱的源頭吧！他是東亞與韓國史的專家，所謂的東亞史其實是以中國為核心的。他們的生活有愛意也有厚度，這就是他未來家庭的藍圖，一個研究東亞史的學者與一個可人的妻子組成的美滿家庭。

有一次西恩教授要他準備在韓國召開的「東亞政治與文化國際研討會議」，並邀他同行，將博論的一部分先行發表，他覺得躲開這政治風暴也好，再說管吃管住免機票，還賺到資歷，這個機會太好了，一張機票要一千美金，在那時是台灣一般人一年的收入。出國的事由師母一手安排，地點在漢城，六七〇年代交替之際，韓戰剛過幾年，南北韓硬打成兩半，在漢城青瓦台附近戒備森嚴，軍隊與坦克車在大馬路上操演，韓國人很有古風，穿傳統高麗衣裳的還很多，晚上宵禁，比台灣的白色恐怖更恐怖，跟著老師師母倒是吃好住好，只是那紅豔的泡菜讓他拉了兩天肚子，怪不得叫「君不吃」，小米酒「同同汁」倒是很有台灣原住民的風味，喝了竟不拉肚子了，為此凡吃什麼先來一杯「同同汁」。開完兩天會，入夜有黑頭車來接，兼夜趕路，車子開得又急又快，不知要開往哪裡，高準不敢問，老師跟師母的臉很嚴肅，他因太累在車上睡著了。

夜裡車子衝過三十八度線，早上醒來已看到牡丹峰，高準心裡恐慌卻不敢說話，老師小睡一兩個小時，醒來後對著牡丹峰讚嘆：

「真有氣勢，怪不得被稱為聖山。」

「回到家鄉內心真是太激動了！」這是他第一次聽到師母講韓語。

在比青瓦台更巨大的平壤總統府萬景台，見到北韓總統金日成，他長得蒼白高胖，面容嚴肅，身穿黑色列寧裝，出身貧農與行伍的他看來很斯文，他說：

「緣故者（意即緣分很深的知交老友）你和他們不同，你是我最尊貴的客人，是我最好的朋友，你和我一樣，你說話不要站起來。」

西恩教授成了金日成眼前唯一破例的人，其他人縱使是自己的兒子回答金日成的問話時，也必須站起來。

「老朋友，你要在我這裡起碼住上一個月，好好地把朝鮮周遊一下，各地各處都去看看。」金日成殷切挽留西恩教授。

「我這趟來有重要的訊息傳達，還必須向周先生報告，下次吧！」

「緣故者，我的老朋友，那總要好好地接受我的招待，尤其是多年不見的真莉，她可是我在東北老戰友的女兒，可惜他死了好多年，見到你們如同見到故人。」

接著他們浩浩蕩蕩到達宴會廳，擺出的宴席十分驚人，長桌上擺滿數十道菜餚，光精緻小菜就有十幾道。作工繁複的各式肉捲、烤肉、火鍋、甜糕、麵食堆如小塔，還有烤全羊，食物混合東北與特有的北韓風，與南韓不同，平壤的平民食物以冷麵、泡菜包飯最為有名。平壤冷麵由蕎麥麵製成，麵湯略帶梨子的甜味，非常爽口，加點芥末會更好吃。泡菜包飯則是在泡菜湯裡拌上冷飯、泡菜和香油的一種食物。當然在國宴上是看不到這些食物的。

高準陪站在老師身旁，被那氣派的接待場面嚇呆了，早該猜到西恩老師左傾的政治立場，但那時美國學院向左看的人不少，西恩老師不太談政治，只在有人批評中國窮時，他會含蓄地說；「均貧比貧富不均要好。」美國也有白色恐怖，一時風聲鶴唳，西恩教授卻藏得很好。雖然只有半個小時的談話，他覺得自己的命運已然轉變，熱狂者的危險來自於他那無名的熱情，如野火般燒到哪就是哪，當他將西恩老師作為奮鬥的標的，那是一個起點，可是那只是外表上的成功光環吸引著他，當他觸及他的內心，才知他是更為可怕的熱狂者，作為愛爾蘭移民第二代，在社會的底層努力往上爬，年輕時去過莫斯科、延安，娶了北韓將軍之女，在冷戰時代，為東方與西方傳遞訊息，他不是革命者，而是熱狂者。跟這樣的人走在一起很危險也很刺激，好像整個世界因此展開，在你的眼前無限擴大，又像是在一場馬拉松賽跑中不經意地跑到最前面，將庸眾拋在腦後，他現在能瞭解那些革命者或參加釣魚台運動的同學，並非有什麼命好革，而是熱狂將人導引至無君無父無人之地。

平壤城內遍布盛大的百年柳樹，流經市區的大同江兩岸更是柳樹成蔭，彷彿停留在古人的時空中，到處是楊柳、小舟、碧水、綠洲，因而有「柳京」之稱。北韓人愛柳樹，西元十二世紀北韓著名詩人鄭知常曾寫下「紫陌春風細雨過，輕塵不動柳絲斜」這般讚美柳樹的詩句，那是韓國與中國不分的時代，當中國已有驚天動地的改變，這裡彷彿停留在古代。平壤更早以前稱箕城、黃城、西京、西都、鎬京、長安…，自比為長安，可見他們認為如此宏偉江山不亞於中土。此外，平壤風景如古畫，花木如織錦，自古以來就有「第一江山」的美稱，如今在市內玉流橋畔練光亭上懸掛著一塊匾，上面就是古時文人書寫的「第一江山」四個醒目的大字。北韓人迷戀「天下第一」這個語詞，有各方各面的天下第一，摔角天下第一，圍棋天下第一，智商天下第一，從沒看過哪個民族那麼強調智商的，大概民族性好勝，人生是以求勝為目的，連小攤販賣的炒年糕都掛著「天下第一」

的招牌。

在北韓住兩天，在一個夜裡，黑頭車又來了，這次將他們載過鴨綠江，過鐵橋直奔北京，住在友誼賓館一天後，與周恩來見面，那時毛澤東身體已不好，很少露面。與周恩來會面在中南海，一間比北韓萬景台大廳更大的會客室，大到像體育館的空間說話都有回音，大家都像耳語般說話，西恩教授與周恩來坐得很近，這次他說的是中文夾英文，中間的口譯員像念經般也以耳語的音量進行，也許坐得太遠，高準沒聽清說什麼，會面大約一個半小時左右，接著他們在釣魚台賓館用餐並住宿。

雖然還沒有出去外面，從窗外看出去這一帶園子大到驚人，氣勢更是不凡，連看多美國大場面也不能想像，跟在冷冰冰的北韓不同，這裡是中國，有他的故鄉還有綿綿無盡的文化鄉愁，站在這裡好像自己有了膽有了魂，長大為三丈金剛，他的眼睛像金剛怒張著，我怎麼回得去？來過這裡，再回頭已百年身。

回到美國之後，西恩教授絕口不提那幾天的事，又回到純樸的學者生活，真是能演啊，高準每每看著西恩那無事般的臉，心中的血快從口中噴出來，他到底想些什麼？不怕高準出賣他嗎？是的，眼下他的論文是掐在他手裡，但只要找到工作不要這學位也可以，不是很多人沒畢業就離開了嗎？像D、像H，他們都準備輟學回歸大陸，在事件之後，他才接觸這些回歸派，如果不是因為小曼，他也想去看看，在沒有希望的年代，天上冒出紅星星，那麼扎眼卻又那麼迷人。

在這段期間，小曼被約談過幾次，當她看到他們的情書複本攤在情報人員與她之間的大桌上，三年多的信流成一條信河，因為太驚駭而至臉上沒表情，經過十幾分鐘她才流出兩行淚，偵訊人員時硬時軟地說：

「他去了北韓和匪區，見了金日成與周恩來，他回不來了！他不是在海外被槍殺，就是在回國的機場上被捕，你已被限制出境，你寫信要他趕快自首，否則會死得很難看。」

「嘖嘖，這麼好的年輕人，還有美麗的未婚妻，你們還這麼年輕，應該有美好的未來，我會給你們機會，你好好勸他回頭。」

全程她沒講過一句話，想不知什麼時候會被留下來，出不去了，她覺得應該提早準備，在隨身手提行李包中放著一條乾淨的毯子、一丈白棉布，一把木梳，還有母親給她的金戒指，手上戴著高準為她戴上的白金戒指，平常她是不戴的，素著一雙手。聽說女政治犯最痛苦的是沒乾淨的內衣褲換，那些白布至少可裁三套內衣褲，戒指可以換現金，買些有的沒的。

信是不敢寫了，國際電話支支吾吾說不清楚，只有請朋友轉告他不要回台灣，想到也許一輩子要這樣分隔兩地，她夜夜咬著棉被哭。

可高準在學成之後還是回來了，他沒有被槍殺，也沒有在機場被逮捕，而是選在他們結婚後剛滿月那天。

一切都是算計好的，就在他們最幸福最無防衛時，幾個黑衣人在凌晨從床上帶走他，小曼跪在地上扯住高準的褲腳哭求：

「帶我一起走，求你們了，我們死也要死在一起。」

高準以悲戚的眼神看著她，撕破被小曼扯住的褲角，牽起她的手揉一下，帶著破褲角走了，小曼抓著那留在手中僅有的一小塊布，小格紋的棉質睡褲，穿得快要分崩離析，她飛快從床角拿出那預備好自用的坐監包，追上前塞在高準手中。

那之後她像得了重病，躺在床上三天三夜，英秀抱著女兒哭：

「查某仔，你哪會這呢歹命，才結婚一個月哪！」

「阿母，我沒歹命，我足幸福！」小曼似睡非睡發了囈語，英秀守著女兒不敢離去。

第四天，小曼清醒坐直身體，英秀歪在一邊睡著了，小曼輕輕將母親扶到床上睡好，收拾簡單的行李，清洗身體換身衣服，留下最後一封信：

阿爸阿母：

我要去跟他，不要找我，就當我死了。我沒歹命，我很幸福，不孝女小曼拜別。

之前之後的事對她來說都很模糊，只有那一行絕情文字老在她腦海中轉，那是她寫的嗎？她真的在那個事件中嗎？自從喪失聽力，她多出一個我，一個冷冷旁觀自己的我遠遠回顧，那些人那些事。

只有捷來看她時會展露作為母親那隨時會哭出來的神情，她覺得虧欠兒子，有著滿腹的解釋與愧疚語言，真正面對面時一句話也說不出，因而顯出慌亂的樣子，捷因此很怕來花店，母親專注地看著他，好像牽動全身的神經注意兒子的一舉一動，生怕漏失臉上任何的表情與變化，這讓他緊張不安，其實他內心在想什麼，她都能抓個八九分，而母親想什麼他不敢說百分百，倒也透明如水，她戀愛時一定也是如此百分百地看著情人，將自己化為烏有；他受不了這樣沉重的愛，多年來她用這樣的愛將自己囚禁，並囚禁他人，也許那個蒼白時代過於貧乏，以致愛成為主要內容，比監獄更像監獄，離開那棟監獄旁的房子後，他就決定中止那樣的愛，成為旁觀者，不受情愛主宰。他保持跟母親若即若離的關係，常常只站在遠處凝視母親，在兒子不在的場合，她顯得安詳而堅定，更像她自己，捷喜歡這樣的母親。

小曼遠遠地看見捷向她的花店走來，她手中的紫鳶花掉落下來，好久沒見他，她知道他一定看見那封信，也去了西安，知道自己的身世並不好受吧？不知多少次想啟口說明他的身世，但這孩子太奇特了，好像有部分還留在她子宮中，沒有完全分娩，不用說他也會知道她的心意，她說不出口，而他也不想說話，好像他們之間的話語都被高準帶走了。

捷到花店想幫忙做些什麼，一下子不是打翻玻璃瓶就是撞倒花桶，小曼以焦急的眼光支持他，她可以感覺他眉眼的挑動及臉部肌肉的牽扯，捷實在太沮喪，賭氣地說：

「我不懂花，走了！」臨走還踢倒門口的傘架。

每次都這樣，火燒房子似地逃出來，他跟世界隔著一道牆，永無溝通的可能，就算再多話語也無救，這是母親造成的，但他不恨母親。

跟女人的關係也是如此，他與綠色之間也隔著一道牆。

與綠色相識於她常去的冰宮，在一棟破舊荒廢的十樓大商場，原來人潮洶湧的大廈，因為鬧區轉移，生意蕭條紛紛關閉，華麗的大樓像火燒過般如巨大蜂巢，一格一格小店鋪玻璃落地窗看得見凌亂的內部，像人體內臟被掏出來般不堪，倒閉的店中留有一些破家具，服裝店的人體模特兒被扒光衣服，有的還斷手斷腳，美語中心的牆上塗鴉已經掉漆，琴行裡有架破鋼琴不知為什麼沒搬走，一家仍在營業的超商小到只有兩坪左右，架上只有一排飲料，店裡點一盞小黃燈，顧店的老頭坐在門口打瞌睡，好像路邊的餓殍般臉部凹陷僵硬。捷在其中行走，一層比一層荒涼，已然死去的大樓像巨大的地宮，早已無生命跡象，然就在透明的電梯往上拉時，不知第幾層，見到如廢墟般的大樓出現一座圓形冰宮，幾個少年少女在其中滑行，他恍如掉入異次元時空，裡面滑得最好的是一綁馬尾的女孩，她穿著粉藍舞衣正在做空中翻滾，他不自覺走向包圍著冰宮的鐵絲網，看那些如音樂盒上的舞者，鐵幕中也有動人的景象，他被眼前的景象嚇呆了，癡看許久差點掉下眼淚。

綠色像蜻蜓般畫個漂亮的弧線朝他滑過來，在鐵絲網的那邊跟他對話：

「喂！你找人嗎？站在這裡鬼鬼祟祟快一小時了。」

「記得這裡有個錶店，我來修錶，沒想到店都不見了！」

「一直是這樣啊！這裡曾經很熱鬧，經過一場大火再重蓋，店都開不久就倒，人也越來越少，沒人才好，以前冰宮擠死人，吵得要命，現在好安靜都沒人。」

「你天天來？」綠色笑而不答，輕盈地溜走，她不算美麗，但此時此刻，她連同這個夢影般的冰宮，美麗非凡。

捷每隔幾天都來冰宮，不確定是什麼吸引他，當了幾個月癡漢，那時他們都很瘦，兩個人倚在欄杆邊聊天，高中生一般，細長條的人兒像漫畫中的人物，單薄而奇幻，綠色不多話，都是他在講，不知道為什麼有那麼多話要講，他明明是不愛說的人，當男人打算追一個女人，他就得當好一陣子滔滔雄辯的演說家，直到把女人帶回家。帶回家後很快成了一對，綠色爽快不囉唆，兩個很快地住在一起，這才終止雄辯時期，兩人漸漸回復安靜。

冰宮中的仙女帶回家，走進現實，兩個人只是普通的同居者，捷半夜醒來看著身邊的綠色，覺得陌生，他懷念那個冰宮中的少女，現在只能在幻想中不停滑行並變換腳步。

她身上有股淡淡的香，類似母親的，不是肉體，而是氣味，這也許是他迷戀她的主要原因。

通靈人綠色

綠色最近這幾天老是看見死去的祖母寶惜，有時是她在準備早餐時，有時是開車上班時，寶惜就坐在身邊說話：

「眼睛瞎的人不是真瞎，還是看得見的，你相信嗎？就好像人死了也不是真死了，他們用另外一種方式活著。」

「你在那裡過得好嗎？」

「我在這裡過得沒有不好，只是你想過我嗎？」

「我想過你，但從我有記憶你就病了，阿嬤。」

「但我知道你的長相，瘦瘦小小，細粒仔，圓鼓臉，大眼睛，像你二姑婆祖品秀，心很細很活！」

「我是很平凡的人，粗粗笨笨的，你記錯了。」說著寶惜已不見了，這種早晨對話很短但很頻繁。

綠色趕到山城下警察局上班的女警隊，最近局長為革新警察形象，重組女警大隊，跑馬拉松、跳啦啦隊、游日月潭、騎自行車……綠色還上了女警隊的宣傳海報，在一排霹靂嬌娃中排最後一個，沒自信的她低著頭，臉上畫著濃妝，掩飾臉上的坑坑洞洞，她是裡面長得最平庸的一個，但眉宇間還有著秀氣，女警不像外面人想的都是英氣美麗的霹靂嬌娃，多的是粗壯跟美無緣的普通女子，恐龍妹也是有幾個，比較下綠色不算醜，還有一絲女人味。

綠色小時候被當寶貝養，重點式教養，鋼琴、芭蕾、畫畫、柔道、溜冰樣樣來，長得也有模有樣，從小她就能看到「黑暗之物」，但不敢跟任何人講，中學時最嚴重，每晚都與鬼魂同枕，有時演群戲，鬧一整夜，弄得她夜夜失眠，發育沒發好，個子跟小學生差不多，還長滿臉毒痘，整整治治好幾年都沒好，後來就成橘皮臉，躲在家當宅女，在網路上她的匿名就是「橘子皮」。

美女與才女的養成計劃全完蛋，連大專聯考也落在最後一個志願，綠色覺得人生無望，放榜那天，看見一群穿警察服裝的男女在她眼前飄過，這難道是預示？她不但能看見過去，還能預見未來，於是便去投考警察學校，沒想到個子在及格邊緣的她，考了個高分，雖是如此，綠色在警校幾乎天天哭，舍監以前是管女監獄的，宿舍裡一件自己的東西都不准看見，內衣用具都是公家發的一模一樣，很醜的白色運動型內衣，背後交叉的帶子特別粗，更顯出虎背熊腰，每個人都很像黑社會老大姐，只差刺青。在學校不得私下活動，連走路都得排隊，同學路隊相逢也要敬禮。這些軍事化管理還沒什麼，最怕是成天的柔道、空手道，摔來摔去，什麼黑帶白帶，最後不是不孕症就是脊椎側彎，連髖骨都走位。綠色摔到後來，三兩天就去復健，隊裡的學姐學妹大都如此。綠色最怕的是打靶，她怕槍聲怕極了，靶場也多的是孤魂野鬼，鬧得她幾乎都瞄不準，氣到教練在她面前站成大字說：「綠色，你射我好了，你能射到我，我絕不報仇，還給你錢！」

這樣也能混到畢業，上課幾乎在打瞌睡，一些如白霧般的影子在房子裡飄浮，綠色趴在桌上對他們說：「我已夠倒楣，你們還來纏我做什麼？」大都是前朝人物，穿著大旗衫的女子或唐衫老人，有的頭髮鬍子都是又白又長，綠色閉上眼睛繼續睡，講台那邊的老師不知何時走到身邊說：「綠色！你天天睡不怕睡成豬啊！」綠色恨死自己的名字，也恨死那個老師。

綠色是家族裡不知第幾個冠母姓的，父親也冠母姓盧，聽說是祖父早死，祖母盧寶惜的主意，給她取了這麼奇怪的名字到底何意，讓她老被取笑「綠豆」、「色色」、「民進黨」，這世上名字那麼多，為什麼偏偏要叫綠色。

「快！緊急呼叫，彰化車站南下軌道五百公尺處有人墜車，第一小隊快去支援！」

綠色聽到呼叫趕忙前去，在鐵路局最常見的就是這類意外死亡，最近景氣不好，臥軌自殺的人也變多了，以前大都是不慎被撞的中年老年人，現在都是情場失意的年輕人或失業的中年人，月台果真是傷心的所在？前陣子有對情侶約在車站見面，不知何故才上車沒多久就跳車自殺；也有在車上吵架的女同志，兩個一起跳車身亡。這種死法屍身都很慘，隊裡有很多人不敢去看，綠色覺得肉體死亡不算什麼，靈魂無所歸依及痛苦才是問題，她趕往死亡現場，人群包圍中，她已看到死者的靈魂在泣訴：「不是說死了就不痛苦了嗎？怎麼還是好痛好痛！」

「後悔也來不及了！再忍耐一下，過幾天就不痛苦了！」綠色一看就知是為情而死的憂鬱症患者，年紀頂多二十出頭。

「自殺後悔怎麼辦，其實我沒真的那麼想死！」

「通常都會後悔的，不管是真想死或不想。」

「真的？有點受騙的感覺，什麼死亡是最好的解脫！」

「本來就是，死不能解決什麼的，有些沒解決的問題會一直留下來，有時一百年也解決不完。」

「是啊！其實我不是自殺，是被害死的，你能幫我嗎？」說完身影漸漸淡去。

「等等……」

被害死的？那這是刑事命案，應該往上報告，但以她的陰陽眼用來辦案，上級會相信她嗎，畢竟她只是人微言輕的一線二女警，一直以來，她一直隱藏自己的通靈能力，連男友捷也不知道，和他做愛時她會靈魂出竅，浮在屋頂冷冷看著，他的嘴唇乾澀，面無表情，身體在上遠隔著她，三年了一成不變的招式，有時她想捷的腦袋跟身體是分開的，或者他只剩腦袋沒有身體，或者有身體沒有靈魂，他是所謂的網路小說家，專寫些科幻武俠加歷史一套二三十冊的小說，只在租書店看得到，據說還有一兩萬的銷量，每天寫一萬字是正常，搞得又宅又胖。她從來不看他的小說，就像他從來不關心她想什麼。他們是在溜冰場認識的，冰宮中的愛情回到現實像融化的冰雕，她是不是他眾多女友之一呢，她不想知道，像她這種人是不可能擁有真感情的，通靈者的致命傷就是感情，好像被鬼魂掏空，六親無緣。

「隊長，我……」綠色想向上級報告她的發現。

「什麼事，我要開會，快說。」女隊長五步作三步快走，綠色跟著她後退一步。

「落軌的女生車禍，我覺得有問題。」

「哪個，最近那麼多。」

「彰化車站。」

「什麼問題？」

「離車站太近，而且有掙扎的痕跡，她的衣服都被抓破了。」

「離站太近，更有可能是意外，誰會在一離站就殺人？再說，哪個落軌的衣服不是稀八爛？你想太多了！」

「她的胸口有抓痕，手臂也被抓傷。」

「也有可能落軌時男友要救她抓傷的。」

「那她手中扯下男的頭髮怎麼說？我只是希望進一步調查。」

「綠色，好，你以為自己是大神探嗎？」隊長的牛眼瞪著她的一線二警徽有十秒，提醒她的低微，然後就走了。

「你不要不信我的話。」綠色站在原地自言自語，心想反正已經說出來，自己也心安。

天快亮了，綠色想睡但在床上翻來覆去睡不著，乾脆起來上網，查看捷的信箱跟臉書，天啊，他不知跟哪個野豬妹在短短一個月內，通了近五百多封信，五千多則聊天室留言，原來他寫小說還有夾帶，怪不得沒日沒夜地上網，他們做過愛了吧，就在這張床上，她似乎聞到令人難以忍受的體液味道，這是什麼感情，她把自己弄得這樣不堪，綠色起床整理行李，一直整到一個東西都不留，好像她從不曾來過一樣，如同狐鬼夜半來天明去。

整理好的行李全部搬上車，天已亮了，她看到早晨的第一道陽光射中她濕潤的眼眸。

她要請假，請一個長假，然後請調，調回南方。

綠色的車子一直往南下的方向開，開到老家東港，漁港的魚腥與鹹水味塞滿她的鼻腔與胸口，這是她多年來一直想逃避的，現在終於回來了。

老家只剩一個遠親一家人住著看房子，孩子雖多，偌大的老房子還是空蕩蕩的，曬著長排的衣服，離開這個城市到外地十年了，這個房子常在她的夢裡出現，房子總是擠滿人，她推開一間又一間房間，想找一個安靜的地方躲起來，但都客滿了，像滿載的船艙，跑上閣樓儲藏室，看見一對男女正在做愛，急急跑下樓，發現廚房有地窖，拉開沿著梯子往下走，在黑暗中有兩個女人抱在一起驚恐地說：「誰？是誰？」她窘到想哭，那些人的面孔都很陌生，沒有一個她認識。

這個城鎮變化太多，變得越來越陌生，它的全盛時期在晚清到戰前，戰後因海港淤塞，漸漸沒落，那時幾乎沒什麼商業活動，重心移往潮州，直到九〇年代因屏鵝高速公路，大鵬灣的建設，又加上年年舉辦的鮪魚祭，觀光客紛紛湧入，海產店與連鎖店一家家開張，不斷拓寬馬路蓋大樓，又找回再度的繁榮，而潮州卻因此沒落了，這兩個城市彷彿世仇般，一個興起，另一個就沒落。

綠色記得小時候海港就已淤塞，聽上一輩的人常說以前家門口就是港口，那海水讓樓房晃動，來往的漁船、貨物無數，那繁忙與繁華訴說不盡，如今海水後退至大鵬灣，早期的港口與碼頭現在變成大馬路，移動的海水與城市，像夢一般虛幻。

綠色出生於七〇年代末期，其時東港市面十分冷清，馬路狹窄，小巷又多，小時候她像遊魂般常在巷弄中穿來穿去，換過五個保母，其中一個把她當親生女兒看，成天用揹巾揹著她，一直揹到五六歲，綠色因此被養嬌了，常向她撒嬌：「劉媽媽，你抱抱我，抱一下就好。」後來劉媽媽因失明沒辦法帶她，她還常自己找路回去，劉媽媽看到她也不讓她走了，留她住幾天，晚上捨不得睡覺，抱著她一直摸她的臉，那是她唯一的愛的印象，寶惜死在獄中，父親因癱瘓長住療養院，姑婆祖把她託給保母看，種種冰冷讓她拚命想從這個家逃出去。

綠色已經忘記劉媽媽長什麼樣子，小時候常有人說她們長得很像，就像母女一般，當姑婆祖找到她硬把她們拆開時，綠色每每哭到嘔酸水，姑婆祖嘆說：「到底是野種，誰對她好就跟誰。」

現在她想找到劉媽媽家，卻找不到，每個巷弄都很像，走進去就迷路了，記得靠近市場，走一小段路就看得見海，濃濃的魚腥味，害得她一直不愛吃腥羶，那時沒人要吃鮪魚，東港人最愛的是加網魚和土魠魚，一兩就要二三十，劉媽媽捨得買給她吃，小小尾煎得焦香，她懷念那味道，口中似乎充滿黑加網魚香味。

現在她住在老家，利用一樓舊店鋪開家二手店，主要是網拍，為此要求調回家鄉，家裡的肉脯店變成車庫，太浪費了，她得找點事做，自從台灣景氣掉下來，名牌如潮水般湧進二手店，都說名牌可保值，連黃金都會跌，LV全新的只剩三折，其他更不用說，才開張沒多久，十坪大的店面擠滿名牌包名牌鞋，那些說完全沒用過的包包，儘管用保鮮膜包著，還是聞得到舊貨的味道，舊貨的味道其實就是人的味道。所有沾到人氣的物品都帶著人的味道，悲傷的、虛榮的、淘氣的、豪邁的……譬如那天拿著香奈兒 2.55 包進門的年輕女人，那包說是全新未使用，黑色的菱格很膨皮，小羊皮有絲絨般的光澤，這的確是新品的特質，然而包包卻充滿滄桑味，她頂多二十歲出頭，有一雙妖媚的眼睛，通常寄賣的動機很簡單，缺錢、太多用不著、捨不得用或者分手之後的訂情物，統統會集中到這地方來，它們都有棄婦的神情，然而眼前的 2.55 包卻是繁華過後的感傷，綠色說：

「這種包新的就要十幾二十萬，放著還會增值，為什麼要拋售，現在景氣不好，賣不到好價錢。」

「這是我滿二十歲的生日禮物，我媽帶我去挑的，她是個很有品味的女人，今年春天她過世了。」

「是乳癌吧？」女孩盯著綠色的臉看很久，臉孔抽動了一下，感覺激怒了她。

「你為什麼這麼肯定？」

「因為我也是乳癌患者啊，對這種癌特別敏感，如果遺傳性的好發於三十歲左右，另一個高峰是四十五到五十，你母親應該未滿五十。我母親、祖母都死得早，否則她們應該也有。」

「我媽過世時正好五十，她發現時已是第三期，撐了兩年就走了。我們家並不富裕，母親雖是富家千金，持家卻很節儉，兩年前她帶我去買這個包，她說她二十歲時，外祖母帶她到巴黎，帶她去買這包送她，這裡有傳承的意味，我想那時她已經知道自己活不久了。」

「看你也不是很喜歡，母親卻執拗著要買給你，為什麼不把她自己那個送給你。」

「當年她是在家庭革命中逃出來嫁給父親，聽說什麼都沒帶。有時我常想，她不嫁給父親，也許就不會得病，她過得很寂寞、很辛苦，活活切掉自己的生命根源，應該很痛苦。」

「那就不會有你。」

「要我幹什麼呢？這世界沒我根本沒差。」

「別這麼想，我連母親都沒見過，父親在我很小的時候就死了，現在又得這種病，但我還想多活幾年，我想為祖母辦畫展。人死了不是總結，而是另一個開始。」

後來包包以高價轉手，女孩常來找她聊天，有時在店上待一整天，母親的靈魂還跟著她，綠色看得見那個雅氣的女人，盯著櫥窗中的 2.55 包，她捨不得離去，讓女兒住在悲傷之中，她們還需要一段時間才會真正分離，綠色並不涉入。

週一公休的日子，綠色固定到室內泳池游泳，一游就是五百公尺，來回剛好二十趟，泳池在近潮州大賣場的地下室，是以前的體育館改建而成，旁邊有個小小的溜冰場，是滑輪鞋的，多年前她就在這裡學的溜冰，那時奧運中的溜冰冠軍是中國人，人稱「搪瓷娃娃」，她看轉播看到發迷，心想著有一天也要成為溜冰選手，遇見捷時她確實有這可能，就差夢想一步，這一步就是天差地別，現在她看到溜冰的人心都會絞痛，夢想比玻璃還脆弱，她看著溜輪鞋的孩子，感到鼻子發酸。

輪鞋是祖母寶惜買給她的，白色小羊皮製，那麼小號也只有日本人會做，那是五歲左右，她好動整天想往外跑，寶惜託人從日本帶回，親自為她穿上，牽她在溜冰場溜了幾圈，寶惜想必喜歡會溜冰的女孩，每有溜冰節目她總看得目瞤光光，為了這光她跌倒都不敢哭，學了幾天就會了，她是溜冰池中年紀最小的，卻是溜得最好的。

在溜冰池旁看過她的有劉媽媽、幾個姑婆祖，有一個還拄著拐杖，她們都喜歡會溜冰的女孩，她得替她們完成這夢想。

這是寶惜阿嬤給過她最多的關懷，就算只有這麼一些些，也足夠回憶一生。人與人之間的相互贈與不必太多，只要有光，就有一條走不完的路。

萬年寶惜

不記得老至幾歲的英秀，近來躺在床上整日不動，連進食的欲望也無，臨海的房子，聽得見海潮的聲音，通常下午兩三點漁船回港時最熱鬧，碼頭那邊人聲沸騰，到傍晚時連腳步聲也無，這個世界對她已是無形無色，聲音也只剩時間的意義，老時鐘走動的聲音，鄰居早晚拉鐵門的聲音，小朋友上學與放學的聲音，電視的聲音，六點卡通、七點新聞、八點連續劇……以前她還聽連續劇，近來她完全退縮至自己的世界，記憶因此更為五彩繽紛，她不記得失明多久，只覺得自己潛入另一個七彩房間，在那裡往事如畫，一幕接一幕上演。

英秀常面對著海坐一下午或一整天，正確的說她先失去空間感，然後才是時間感，黃斑部病變讓她漸漸失去視力，剛開始把直線看成曲線，海平面突然失去分際，然後削掉邊角，然後兩邊，存餘的影像只有中間，顏色也在變幻中，藍色的大海閃著黃光，或者綠樹變成血樹，這些變化好像有計劃地自我進行，她不在其中，或者說她的心自有圖像，與之相抗。

這時望著海最讓她安心，海看似日日一般，卻是每時每刻都在變化，就像她的思緒，細到像針尖一般，一點點小波動都不會放過，如海上燕鷗叫聲的喜怒哀樂，潮汐的變化，海浪的深淺，她已經不需要眼睛，也不需要視覺，在這個七色變幻的城市，往事與故人在色層之間沉浮，那裡面只剩幾個名字，連身影都很模糊，這些名字在呼喊著她，她得仔細聆聽：寶惜、小曼、高準，柯純、久義……

英秀到盧家之前住車城，車城古名柴城，清康熙末年至雍正年間，原為排灣族所有，依排灣族語 Kabeyawan（庫匹亞旺）而記名，之後遷移至此的漢人轉音而改為龜壁灣，為抵抗清兵佔領，構築木柵於四周作為防禦，故有柴城之稱，在這四重溪與保力溪交織之所，物產豐富，兼有最純淨之溫泉，古來為各族必爭之地，也是個血跡斑斑之地，原民被佔領後，每年必須納貢，美女盡為所有，財物與美女經過通譯與地方官，皆化為烏有，一個通譯納妾無數，如同山大王般擁有驚人的財物，所生的孩子在不斷的混血中成為新人種，通常被稱為平埔；他們共同的特色是有一雙深凹憂鬱的眼睛，女人穿藍色長衫，頭髮編為辮子纏在頭頂，纏頭巾赤足，頭上頂著竹籃，男人都逃往山裡去，母系的排灣更是女系了，她們成群結隊行走在山海之間，唱著帶有哭音的歌曲，楓港、牡丹、滿州、獅子鄉皆是如此，在山與海之間的豐饒之土，曾有著異樣的繁華，而每年必至的落山風，又像千年的冤魂鬼哭狼號，這裡的民歌最為悲戚，就像〈思想起〉所唱的民族，音樂家呂炳川曾在屏東四屏溪、台東山區採集到思想起的音樂，依據當地節奏、唱法等研判，認為〈思想起〉是由平埔族的西拉雅族所演變而來的，是一種漢化民謠，它的哭音是個特色，基本也是怨女之哀歌：

思想起

日頭出來啊滿天紅
噯唷枋寮那過去仔伊嘟是楓港　噯唷喂
希望阿哥仔相痛疼　噯唷喂
噯唷痛疼啊小妹仔做工人　噯唷喂
思啊想起
恆春過了仔是車城
噯唷花言那巧語啊伊嘟未愛聽啊　噯喲喂
阿哥仔講話是那有影　噯喲喂
噯喲土槍啊做路是也敢行　噯喲喂
噯唷～　阿哥仔喂
看到那邊的阿哥啊在叫阮
思啊想起
綠竹開花啊綠葉青
噯唷大某那娶了啊伊嘟娶啊細姨　噯喲喂
細姨仔娶來是人人愛　噯喲喂
噯喲放捨大某仔尚可憐　噯喲喂
噯唷～　阿哥仔喂
我想那個細姨仔不通娶

裡面的「伊都」、「噯喲喂」是小調的女人哀嘆聲，女人走過枋寮、楓港、恆春、車城，一直在行走中走唱，枋寮、恆春都在海邊，楓港、車城在山上，女人從海邊走進山了，要做人細姨了，另一個作為大某的女人在山中唱，不要再娶了，被拋棄的痛苦真是痛到噯喲喂。

生活在這塊土地的女人，大都有一段不堪的往事與創傷，以致她們的眼窟更凹，眉骨更高，臉也拉長了。在這裡很容易生女，因為母系、女系的基因太強，以致男丁缺乏，強悍的女人當家，她們在夏日豔陽中很快就變黑了，撐著黑傘在路上行走，小腿一個比一個粗壯，然而一到冬天又變得白淨可人，她們同時擁有黑與白的基因。混種較美麗，但也更脆弱，她們年輕時常是美豔驚人，可早衰是她們的共同命運，或過勞、或酗酒、吃檳榔、精神錯亂而形容大變，才中年就成殘花，一身是病，早早夭亡者甚多。

這是女系的土地，在山與海之間，一切的繁華與美麗特別短暫。

英秀倒是百分之百漢人，如何在這原民區保持純種，這算是少見，從她家人長相可看出他們的基因如何頑固地代代相傳，大餅臉單眼皮與暴牙，如果是混過就會有狹長臉凹眼睛高眉骨，車城的到處是這種混種，至於真正的排灣漸漸退居大武山，或一混再混，直到不知源頭。英秀母親連生五女她最小，兩個姐姐已送人養，父親種洋蔥賣皮蛋維生，家裡也有幾分地，勉強還可維生，她才出生沒幾天，父親在海上喪生，母親認為她滿頭又粗又黑的頭髮剋父，還未滿月就送人，最初送給恆春的養羊人家，老夫婦在街上有家羊肉爐店，她六七歲就到山坡上養羊，養父母把她當小媳婦養，家事樣樣要學，才八歲就會幫忙燉羊肉端盤子招呼客人，沒想到十歲時養父得肝病過身，她又被送

南國蕉葉下
的母女

進盧家，那年她十二歲，比寶惜小四歲。

第一次到盧家，她穿著藍色土布大旗衫，是她最好的衣服，可惜會掉色，曬成甘蔗色的皮膚上染上一片片藍斑，她常搓到破皮也擦不掉，一身斑像得皮膚病般讓人不敢接近，養成她低頭不語的笨煞樣，養母把她又黑又粗的頭髮紮成一根掃把似的長辮子垂在腦後，滿屋子燙鬈髮穿著時髦洋裝的美麗少女，她們圍著她嫌她土笑她醜，只有寶惜含笑吟吟看著她，寶惜那天穿粉色洋裝，白皮膚淡色眼睛，她從沒見過這麼美的人兒，盧家的女兒雖美，但一個比一個精括又排斥她，只有寶惜有真性情真活氣，人又和善，她主動過來拉她的手叫：「小妹。」

在寬闊貴氣的廳堂中，她想放聲大哭，被賣來賣去，身分越來越尷尬。

她跟寶惜親是命定的，寶惜是光她是影，兩個人生命相連，她這麼想，不知寶惜也這麼想嗎？只有一個人時她才是自己，那時的她靈活而俏皮，會追著羊說話，爬到樹上採果子，天生會找吃煮吃的，在廚房時她氣定神閒，只要看過吃過的菜就能做出來，還會自己變化，創造新的菜色，第一個養父是唯一知道她天分的人，可惜已經死了。她在廚房像個神人充滿靈感，只有寶惜知道她的才能，並以崇拜的眼光看她做菜，盧家人貪吃漸漸也知道了，今天要吃這個明天要吃那個，廚房穿梭的人像流水一樣，她們更喜歡觀賞她做菜，小小的個子爬上爬下，飛刀切菜，神速擀麵，一雙巧手能變出百種花樣，她像個天才特技演員，敬業地服從自己的天分，把自己的才能發展到極限，而越多人圍觀更讓她想盡情表現，她知道這是她賴以生存找到價值的唯一方法，藉以對抗殘酷的命運。

廚娘的悲劇是只能活在人們的需索中，她對美食一點欲望也沒有，只要有人說：「英秀，我好想吃你做的豆沙包子！」她拚了命也要做出來，在水深火熱中蒸出一籠包子或做完菜，她常拿著自己的搪瓷杯裝一杯茶米茶，虛脫地坐到天井裡發呆，一口飯也吃不下，真餓到頭昏把剩飯連鍋巴刮得一乾二淨，倒點醬油挖一大湯匙豬油拌一拌，三兩口就是一頓，多年來她只吃這一味，鍋巴越嚼越香，多少人識得此中滋味？

通常她吃飯時寶惜會蛇入廚房，跟她坐在矮凳上搶著吃：

「要死了！你不能吃這個，我熬了紅棗銀耳湯，給你舀一碗！」

「不，妹妹好吃的留起來偷吃，分我一點，否則告密！」

「我的大小姐，那可是查某嫺吃的豬食，別笑我啦！看你櫻桃小嘴這麼會吃，將來嫁不出去哦！哪像我一口暴牙只有吃鍋巴的份！」

「暴牙很可愛啊，我是大小姐查某嫺命，哪吃不得，我最愛吃了！嫁不出去拉倒！」於是兩人在漆黑的廚房你一口我一口分食那堆焦黑之物。

人說百年修得同船渡，那多少年才修得分吃一塊鍋巴？

兩人也有嘔氣鬥嘴時，寶惜與英秀都是嘴笨之人，罵人只一句：

「你家蚤庄來的人啦！」鎮上的人有許多人從佳佐或更南的海城遷移而來，小時候來走親戚都是佳佐人，佳佐台語念來很像家蚤（蟑螂），有蟲災都說「著肉蝨家蚤」的，對寶惜而言，從那佳佐來的人跟蠻荒之人差不多，原來佳佐為原住民一族所在，漢化後居住平地，現居赤山萬金一帶，地處大武山下，再上去就是原民山區，有時說人土土番番就罵：「你是赤山萬金人哦！」

英秀回寶惜：「你紅毛番啦！」在鎮上真有一些皮膚白得透明，頭髮為褐金色，長得像外國人的，混血混到變超級白，說真的很詭異，但也被一般人歆羨，說是洋娃娃真可愛。

這場爭吵就以血統作頭，也以血統作結。血統在這裡很混亂，很細微地分出彼此，可沒人說得清楚自己的血統與所從何來，像是飄移的肉蝨家蚤，寄存於不可知的祕密縫隙，膚色從極黑、甘蔗黑、紅黑、黃黑、黃褐到黃白、白、透明白，但以白為美大抵不變，透明白就成奇觀。

上公學校時，日本老師講台灣曾經被荷蘭人佔據，本地人可能混有西洋人血統，許多同學不約而同看寶惜，寶惜已經被看慣了，只要說到西洋人或東洋人，大家就看她。她的心裡糊成一團，但有個很小的聲音在心裡說：「我就是我，我是王爺的女兒。」

東港舊名萬年郡，是台灣尾最大的港口，當時台灣兩大港「北西港，南東港」最為有名。寶惜出生在大正十二年的王船祭中，那年剛好點到盧姓王爺。寶惜家姓盧，家人都說她是王爺的女兒。

那年的王船祭十分盛大，以竹子搭成紙糊的王船長四十幾尺寬七尺，造船師有一百多人，由年長有經驗的漁民擔任，光搭竹子就是大工程，耗時一個多月，然後糊紙上彩，畫龍畫鳳，又要造神像，所費從開斧到完工需一百天左右。王船依古時候中國官員乘的官船搭造而成。

「火燒王船」是三年一科東港迎王祭典當中最重要的儀式，王船是代天巡狩千歲爺返天述職的交通工具，在祭典最後一天，透過王船火化遊天河的方式送走王駕，一併將地方上的邪煞、瘟魅、疫病等不祥之物帶走，達到淨域安民的目的。

主辦祭典的東隆宮建於清康熙四十五年（西元一七〇六年），位於東港漁港碼頭不遠處，盧家就在廟後那條街，許多商號圍繞著宮廟建起，香鋪、米鋪、魚鬆鋪、布莊、百貨行帶起這小鎮的繁榮經濟。據說當年東港鎮鎮海里發現一株漂上岸的神木，上書「東港溫記」，顯示溫王欲在台灣定居，於是東港居民依神木的長度興建溫廟，名為東隆宮，此即為台灣溫王信仰的開始。溫王爺姓溫名鴻，相傳生於隋煬帝大業五年（西元六〇九年），山東省濟南府歷城縣人。唐朝貞觀年間（西元六二七～六四九年），唐太宗李世民微服出巡時遇險，溫鴻因捨身救駕有功，皇帝親賜進士出身，當時救駕者共三十六人，亦一併賜封進士，三十六人義結金蘭。後來三十六進士奉旨巡行天下，不幸在海上遇險，三十六人同時罹難，太宗痛失功臣，相信他們成神之說，追封「代天巡狩」，並建超級巨船，王船上御書「遊府吃府，遊縣吃縣」。

東港人靠打魚維生，相信溫王爺特別搭王船來到東港，那漂流的浮木即是王船的殘骨。傳說是東港多瘟神，清朝十個巡守九個死在任上，於是多年來都有請五府千歲燒王船送瘟神出海的祭典。

在王船火化之前，東隆宮依照慣例舉行「和瘟押煞」的道教儀式，借重道士的道法，將頑劣的瘟煞疫鬼，逐一押上王船。

東隆宮為感謝五位代天巡狩千歲爺為民驅除邪祟，還舉辦了盛大的「宴王」儀式，代天府內，以進士宴之品級，擺設了一百零八盤象徵「滿漢全席」的豐盛筵席，作為歡送餞別之禮。一般信徒則在門口擺流水宴，認識不認識的都來吃，東港人好客熱情，吃東西送東西很澎湃，連小吃都比其他地方大碗且實在，東港的吃在南部是有名的。

其中燒王船是祭典的高潮，大約天未亮清晨五點左右，其時王船四周長串鞭炮都點燃發出激烈的巨響，在火光四竄中，大家呼喊著：「王船啟航了！」高大的王船在大火中燃燒，上千人在岸邊送王船離去，看著焚燒中的王船漸漸化為灰燼，其過程如同震撼劇場，撼動每個人的心。許多人拍照，只為捕捉王船焚燒的瞬間，許多人不忍離去，鎮民及來自全國各地的神轎，麕集在長長的沙灘上迎接來自海上的王爺，沙灘上同時擠滿乩童、神轎、抬轎的壯漢、虔誠的善男信女，人龍從沙灘、海中、鎮上一直延伸到東隆宮前，整個海之鎮都是儀式廣場，人人如癡如狂，為迎接數百年來護佑著他們的王爺，善男信女身上戴著幾十幾百斤重枷鎖在海邊向祂告解，因著漁民生活的艱辛與無助，他們需要心靈的依靠，只有藉著如此自毀與毀它的儀式進行，是的，那是一個毀滅的過程，火燒王船即是毀滅與再生的過程，讓所有人戰慄與臣服，也讓平凡的人參與神祕與神聖的世界。

好幾次英秀與寶惜一起隔著一段距離涉入水中撩起衣裙，王船似乎有著其大無比的吸力，讓千百人紛紛下海跟隨，直至海水淹至腰部，人快要浮起才退回幾步，英秀喜歡這祭典，好像海水洗滌一切髒污與痛苦，直至回神過來，她們一起打水戰，撿貝殼抓小螃蟹，弄到一身都是海腥味才回家，這時養母銀妃拿竹條追打過來：

「死查某嬰仔鬼，又去海邊弄得臭摸摸，不知跟你說多少遍，女人不能下海或摸王船嗎？會衰小的，不聽就打！」

打完夜裡，銀妃替她抹青草膏，搽時淚漣漣說：

「你怪阿娘嗎？打在兒身痛在娘心，現在我才知道，雖然你不是從我肚子出來的……」

「阿娘，我知道你疼惜我，以前我沒人疼，現在只有你……」

「你知道就好，在這個家我沒身分地位，你要認分，不要跟她們大小姐比評，讓人笑話。」

「不能跟寶惜玩嗎？」

「她母親跟我像仇人一般，她知道了，寶惜會挨罵，你知道嗎？」

「噢，那偷偷的也不行嗎？」

「不要太招人耳目，她母親的目睭金熾熾在看哩！」

小時候寶惜照鏡時常常感到困惑，微鬈的頭髮是亮褐色，高鼻子，白皮膚，淡褐色的眼珠有點透明，整個人幾乎也是透明，還帶著驚駭的神情，連自己都被自己嚇住，真的是抱錯的嗎？幾個姑姑最愛逗她，大姑品香抱著她說：「這隻金絲貓千萬別讓她跑了，金絲毛，番啊種！」品香一張大肉餅臉，蒜頭鼻，就是皮膚白，唇紅齒白，滿臉呆相中救回一分姿色。寶惜掙脫品香的懷抱，又被二姑品秀抱住：「看你跑到哪裡去？菱角嘴！」品秀嬌小可愛，活潑聒噪永遠長不大，她扭著寶惜的身體，像兩隻小貓咪扭在一起玩，寶惜以為這是嫌醜的話，抹著眼淚不敢哭出聲，這時三姑品玉又抱住她：「可憐啊！沒娘的孩子，誰叫你長得像外國人！」品玉長得很甜，聲若銀鈴，整個人好像被蜜泡過似的，寶惜掙脫品玉的懷抱，又被四姑品月抓住：「洋娃娃眼睛大，明天給你做親家！」品月是姐妹中最美的，高鼻子深眼睛，寶惜最像她，兩個卻像剋星，寶惜被這一折騰早哭成淚人兒，這時小姑姑品方扠著腰出來說話：「你們別老愛捉弄她，我是她的靠山，來！跟小姑姑走！」品方是西洋式的古典美，小方圓臉露出不明顯的腮骨，眼睛大而深，那被稱為希臘鼻最顯赫，側臉很美，有人說像英格麗・褒曼，正是那時代追求的西洋美，跟東方古典美格格不入，她們也覺得這種美是種新威脅，更需要消滅。

品方把寶惜帶到她的房裡，重打被眾人抓散的辮子，一面用手帕把哭得花花的臉擦乾淨，一面說：「她們是見風一面倒，欺侮你娘不在，又嫉妒你漂亮！」品方只比寶惜大八歲，年方十六，就像寶惜的大姐姐，寶惜哽咽說：「她們嫌我醜！」「誰說的！來！我畫給你看，金絲毛，大眼睛，高鼻子，菱角嘴，方圓臉，好個大美人！」寶惜看品方一下子就畫好一幅美人圖，看來菱角嘴並不難看，大眼睛也還好，就是有點西洋味！品方喜歡畫畫，又會自己裁洋服，款式都是日本雜誌的時髦款，像她今天穿的水藍蓬裙繫腰帶洋裝，走在街上人人看。

寶惜的母親玉郡，原是鎮上金祥興布莊的千金小姐，嫁進盧家時，帶來一盒子珍珠寶石，每天只忙著穿珠花，裁新衣，家事樣樣不會，脾氣又壞，常從屋裡叫罵到大門口，「破落戶！厝頂都快落下來，裝什麼勢面！」存心要盧家難看，公公水福雖是保正伯，丈夫裕如也在漁會當總幹事，家裡也有船，也有烏魚子行，但人丁極旺，出手又大方，也就是空殼子，經不起玉郡一再叫罵，荒廢家務，沒幾年小妾銀妃就進門了，這女人雖是白玉樓出身，個性乖覺又能幹，沒多久就抓住所有的家事和人心。玉郡明裡暗裡打罵銀妃，有一次還打到街上去，眼看銀妃快被打倒了，裕如的兩個弟弟昆如、富如都過來幫銀妃打玉郡，兩老就看著玉郡在街上被自己兒子打。玉郡氣不過回娘家住，說是幫娘家照顧店面，後來為杜絕人言自己開裁縫店。那年寶惜五歲，弟弟寶寬三歲。

玉郡出去，銀妃儼然成了正的。家裡大小事一把抓，才發現這個家實在難扶持，幾個小姑小叔都未嫁娶，全家十幾口光靠幾條船和裕如的薪水度日，一家人都貪吃，大肥大油外加甜鹹點心，吃得幾個小姑個個都是楊貴妃體態，一般人家還要吃幾頓番薯籤，他們家非蓬萊米飯不吃，餐餐都要有肉，好魚更是少不了，漁市最貴的土魠、加網魚捕來留著自己吃，一餐吃掉兩條加網魚，一大塊土魠，點心好幾頓，還得常常變花樣。還好銀妃見過大世面，什麼樣的大宴小酌沒見過，她還是台北下來的藝旦呢！想方想法變花樣吃，她最擅長的白玉樓「撒嬌菜」，有螺肉魷魚頭湯、櫻桃烤肉沙拉、蝦米肉，還有梨子熬銀耳櫻桃等湯品，因為得一口一口餵客人，因此被稱為「撒嬌菜」，銀妃用小火爐三天兩頭熬這些私房菜討好大家大官還有丈夫，吃得屋頂漏水也不修。再下來是重穿，照說男人穿較隨便，可他們家的男人，沒穿西米羅不上街，小姑一個比一個愛妝愛水，光是吃就會吃窮，更何況是穿？玉郡在的時候還有個後援，可她就是光身一個，不得不學著裁衣賺點外快貼補家用。她和品方合買一台裁縫機，沒日沒夜的接衣工。

大家大官、小姑小叔侍候得好好的，那兩個眼中釘就顧不著了。寶惜每打開便當就怕同學看見，已有餿味的飯上只有蘿蔔乾和她最怕的筍乾，弟弟天天哭：「我要吃烘肉！」好吃的都沒他們姐弟的份，吃飯也不能上桌。銀妃給什麼就吃什麼，通常是只有湯湯水水的剩菜。有時品方會偷留些菜給他們姐弟，寶惜全倒給寶寬，看弟弟吃得狼吞虎嚥，她眼眶發熱，滿心委屈地想媽媽。

媽媽其實住得不遠，就在街頭的夜市出口，好幾次姐姐牽弟弟站在門口張望，不久玉郡氣呼呼地走出來說：

「要來就大大方方進來，這樣縮頭縮腦像什麼樣子，讓人家指指點點的，盧家人是死了了是不是，把你們穿得像乞食囝仔，來這裡現寶是不是？」

玉郡的母親好來牽他們進去說：「好了好了，你這樣大聲小聲，大家都圍過來看，你是恨不得全世界都知道是不是？」

進門後，外嬤給姐弟倆擦手臉，吃糕餅，貪吃的寶寬吃得兩腮鼓鼓的。玉郡又說：

「飫虎虎，是幾天沒吃飯？他們一家夭壽死人，苦毒你們這麼小的小孩！頭毛鬖芽芽！像什麼款！」說著就去拿剃刀來給寶寬剃頭，剃得寶寬哇哇叫，拚命躲，捂著冒著血絲的頭，不久又被玉郡拉回來，好像不剃這個頭不肯罷休，好來在一旁喊：「妳手勢嘛卡輕吔！流血流滴啊！」寶惜坐在大藤椅上，看櫃子上五顏六色的布，一管一管像蠟筆一樣，屋裡的陽光色彩十分富足，地磚亮得像鏡子，怪不得媽媽喜歡娘家。玉郡把寶寬理了個大光頭，頭頂上血跡斑斑，這才滿意地為姐弟換新衣服，做好的小衣服一大疊穿不完，就包個包裹，裡面又塞些吃的玩的，末了又在寶惜口袋塞些錢。

姐弟倆偷偷摸摸回家，才進門就被幾個姑姑團團圍住，寶惜怕被責罵先哭起來：

「我不要，媽媽硬要塞給我的。」

「奇怪！又沒罵你，哭什麼，你媽有錢，愛給什麼就給什麼。」品香說。

「是嘛！拿越多越好，人講查某仔賊，你下次去盡量拿。」品秀說。

「寶寬理個和尚頭，要去做小和尚了！」品玉說。

「你媽的手路也太壞了，一粒頭破好幾個坑，頭殼像田土，一犁一犁。」品月說。

「東西還你，都是尪仔衫，而且是大旗衫，土死了，你媽只會做古裝，誰要？有給錢嗎？充公。」品秀說著就要去搜寶惜的身。

「你們未免太過分，是她媽要給她的。」品方說。

「不過是逗逗小孩，誰要她那幾塊銀？不是要去看電影嗎？走啦走啦！是要等到人走茶涼嗎？三輪車在外面等！」說著一群姐妹綺綺裊裊的一陣風似地出去了。

寶惜把衣服一件件疊好放進衣櫃裡，她一向和品方睡一房，寶寬跟叔叔昆如睡。幾張紙鈔數數也有幾十元，用手帕包好，塞在衣櫃角落。

隔天寶惜去找時，錢不見了，品方見寶惜大哭，在一旁勸她：

「不要問誰拿的，小孩子本就不該給這麼多錢，唉！不要她的人，倒要她的錢！」

寶惜也有快樂的時候，每當盧家的船進港時，她拉著弟弟的手去看，碼頭上人聲沸騰，滿載的船像挖到寶藏，銀亮銀亮的大小魚貨從船上丟到碼頭，三四尺長的土魠，五六尺長的鯊魚，還有數不清的烏魚，長兩三尺肥又圓的是母的，肚子裡的烏魚子比黃金值錢。如果說魚貨是銀，烏魚子就是金了。當烏魚子一副副擺在竹簍裡曬，院子屋頂上滿滿是金澄澄的金子，南部的陽光曬得變金橘色，品質在台灣數一數二，那味道有點腥，夾著奶油的香味，寶寬到處看一面嚥口水一面說：「好想吃哦！什麼時候可以吃？」「飫鬼！不能摸，聽說摸了會發黑！」上等的烏魚子是金澄色，而且大又厚。他們全家人吃不膩，從冬至吃到過年，幾乎餐餐有，配著大蒜吃。兩老愛吃烏魚膘，嫩得像豆腐，銀妃把它炸過去腥，就著大蒜蔥頭煮成湯，一上桌沒兩下夾光光。幾個小姑小叔愛吃烏魚米粉，銀妃也處理得不腥不膩。烏魚季是進補季，下港人就愛吃這味。因為是自家魚貨，可以大吃特吃，寶惜寶寬也可以吃個飽。

盧水福喜歡種花，院裡院外種滿花，盧家是紅磚造的二樓閩式街屋，向著街口的門面有仿巴洛克的雕花，店面鋪著紅地磚，賣肉鬆和烏魚子，充盈著甜腥香氣，進去有個小天井，小花園裡種著紅白茶花，還有一棵日本楓樹，因為水土不服有些矮小，冬天時葉子變紅，頗為豔麗，另有一棵桂花樹顯得特別高大，花圃上搭一個薔薇花架，角落一叢曇花跟屋齡一樣老，總有五十年歷史。花照顧得極好，紅紅綠綠肥肥壯壯。二樓陽台上罩著濾光網的是蘭花架，裡面養著品種名貴的卡多麗亞蘭，每年都要拿幾盆出去參加比賽和展覽。

春蘭夏薇秋桂冬茶，四季開花，四季飄香，每年曇花開近百朵，引來許多人圍觀，有一年開了整整一百朵，新聞記者都來拍照，那個晚上大開賞花宴，銀妃準備許多點心，幾個女孩也穿得花枝招展，品香穿粉紅碎花洋裝，品秀是乳白兩件式洋裝，品玉穿淡綠坎肩繫腰蓬裙，腰圍只有二十一寸，品月穿米黃直身蕾絲洋裝，品方穿白色水手服，她們的衣款都是從日本婦人雜誌抄下來的；寶惜穿母親做的水藍大旗衫，夾在她們之間就像個小丫頭。可這不妨礙她的快樂，曇花盛開時足足有碗公那麼大，每一朵都像探照燈一樣，散發著逼人的美麗和香氣。天井裡擺滿藤椅和竹凳，寶惜拿張小凳子貼著花坐，真想採一朵藏起來，品方在寫生，銀妃哼著小調教品香品秀唱歌，品月摘一籃子薔薇，品玉的銀鈴嗓子喊著：「花娘仔，分我幾朵插房間！」裕如和兄弟朋友在房裡打麻將。兩老在一旁喝茶，笑咪咪看著繁花似錦，也看著如花似玉的女兒們，感覺人生至樂莫過於此。

曇花盛開時也就是凋零時，過了午夜，花兒漸漸萎謝，這時幾個女孩紛紛來剪曇花，將初謝的花泡茶喝，聽說皮膚會像曇花一樣白。品方拿著一朵萎謝的曇花說：

「花謝得這麼快！真令人惆悵！」

「曇花盛開時就像一張人臉，聽說可以看見你未來的丈夫，你們看仔細了沒？」品月說。

「有！我看見一個禿頭的大胖子！」品香說。

「我看見一個大麻子！」品秀說。

「我的是白面書生！品玉你呢？」品月說。

「很傻很傻，哈！騙你們的，我什麼都沒看見！」品玉的甜嗓坐再遠都聽得見。

寶惜覺得好睏，眼睛都快張不開，她在花瓣裡彷彿看見一張極為清秀的臉，臉上卻有著惡意的戲謔。

每年的七月又是另一個進補季，東港人固定是從初一拜到十五，以十五慶中元拜好兄弟最為壯觀，家家戶戶門前擺了供桌，三牲四果一共得湊齊十二盤，有些人家連豬頭都上桌，鳳梨也堆得老高。寶惜跟著興奮大半個月，打從五六月院子裡就抓來好幾隻雞鴨鵝圈養，糯米也磨成粉準備炊粿，銀妃的手腳快，殺雞殺鴨都自己來，光雞蛋就煮幾十顆，寶惜負責剝蛋殼，幾個姑姑也來幫忙，還有烤肉的，好像在野餐。拜到十五那天，雞煮成麻油雞，裡面還放好幾份腰子。三四隻一大鼎，每個人盛一碗公，接著是鹹粿、麻糬蘸花生糖、芋泥，吃得大家直搓肚子還跳一跳。寶惜年紀雖小，吃得比姑姑還多，寶寬更是餓鬼一樣吃不飽，姑姑們笑他是好兄弟，祭品都到他肚子裡。

作醮時，人人齋戒七天，年輕人守不住，姑姑們帶著寶惜寶寬殺到潮州偷吃葷，那裡的客家粿、萬巒豬腳很有名，夜市裡還賣蛇肉、羊雜牛雜，都是些做粗工的歐吉桑在吃，寶惜家不吃這些亂七八糟的東西。吃完客家粿、萬巒豬腳，又去西點麵包店買奶酥麵包和巧克力，末了又去冰果室吃剉冰。女孩的肚子還真是無底洞。吃的樂趣填滿整個童年，跟姑姑也吃出好感情。

九歲寶惜跟著品方去學畫，屏東高女的美術老師，是日本女先生高橋，品方專攻膠彩，膠彩的顏料都是進口，材料很貴，品方喜歡那豔麗如織錦的畫面，她畫的大都是古裝仕女或花鳥。寶惜原來只是跟班，後來愛上水彩，三個人常到郊外寫生，寶惜發現品方與高橋老是低頭耳語，敏感的知道什麼，卻只專心畫她的，她喜歡畫海，藍色的海水有著深深淺淺的層次，好像快滿出來，天空也是藍的，但卻是空的，海天交際之處似藍非藍，那裡彷彿有個大磁鐵，要把人吸到那裡去。天地這麼大，她這麼小，總有一個地方屬於她吧！有時她充滿聖徒的熱情，祈求上蒼磨練她，將她改造成更完美更純潔的人，她不怕痛苦，只怕不夠完美。

英秀近來一直停在九歲十歲，前一陣子是十九、二十，還是當小孩好，連悲傷都顏色亮麗，似藍非藍。她跟這城市已融為一體，在這個七彩的房間，她覺得從未如此充足，她輪流在每種顏色上行走，直到感受不到任何色彩。

她回來這小鎮近二十年，故意跟盧家隔得老遠，還是被品秀找到，寶惜二度入獄死於獄中，入獄前一直照顧著癱瘓的兒子，兩人約好不聯繫，生別倒成了死別。小曼走後，她再無求生意志，餅店典給別人，只要求保留原來店名「寶英餅店」，寶英是寶惜與英秀的合體，當時如果沒有她資助，也開不了那麼大的餅店，如今小曼走了，不能讓她找不到家，沒了小曼，她也不想再繼續飄流外地，回到東港隱姓埋名，偶爾回盧家看看，寶惜的兒子被送到療養院，一個大家族就此分崩離析，養母銀妃早已過世，老家只剩一個銀妃的結拜小妹看家，半是親戚半像傭人，照說她現在是唯一的女主人，可以搬回家住，但她只想安安靜靜一個人住，偶爾回老家看看，老家只剩綠色一人，當時她五歲，長得不像盧家人，可能像母親，沒人照管任她趴趴走，她帶回家照顧將近十年，直到她出外念寄宿學校，她為小曼眼睛哭瞎為止，她要綠色叫她劉媽媽，丈夫姓劉。盧家也是知情的，但大家都不願說，只有綠色不知情，以為她是保母。

小曼要她不要找她，她費盡心思找，想也想不到她就住在監獄旁，好幾次去探監，死刑犯不准探監，只能探高秋，高秋被刑求不知給他吞了什麼啞藥，人都脫形了發不出聲也不給寫字，張大口型重複說了「花店」，他很急很急，英秀更急。那次面會跟高準與高秋成了訣別，她再也不願走進那間監獄。高準很快執行死刑，她幾乎找遍全台的花店，每有花店就進去看，後來聞到花香就想吐，花店大都長得一個樣，一排高低桶子插著各色各樣的花，進口花冰在冷凍櫃，不知為什麼她聞到花腐味，跟水溝一樣的臭味，小曼為什麼要藏身在這種臭摸摸的地方，探監那幾次，確實看見監獄旁寫有花店的葬儀社，小曼絕不可能開葬儀社，她那麼膽小，而且門口擺放的花要死不活的，不可能是小曼開的，凡是屬於她的只有清新美麗，跟腐臭死亡無關。

就這麼一念之差，母女乖違三十年。

只要有人說在哪個城市有年輕女孩開的花店她便一路尋去，那些女孩或許美麗或許不美麗，大都臭著一張臉，開花店應該開開心心的。

小曼開的花店一定有明亮的玻璃門，花開得生氣勃勃優雅如仙，直到找至接近三百家，她的眼睛哭瞎，無法再出門，她才病倒在床。幻想著小曼出現在她眼前，但一直沒出現，好狠心的女兒，但她願一直等下去，她知道她有一天一定會來，不會太久的。

綠色看見書寫

綠色發現自己能通靈，是在十歲看到姑婆祖品方年輕時的畫冊時。舊家翻修清出的看來像畫冊的本子，封面是品方的膠彩小品，紫色的底色浮著純白的鈴蘭，雖然只有十幾頁，膠彩畫的典雅帶著淡淡的透明感，似乎是那個時代的底色，這傳說中失蹤成謎、最後成為早逝的畫家，有著怎樣熱烈且短暫的一生？姑婆祖據說都美麗，這最小的姑婆祖卻是最叛逆，叛逆的反面是才氣嗎？或者悲劇？那時代的女性與氣息似乎像焚香般飄出來，在那時品方姑婆祖就常出現在她面前，通常低頭畫畫寫字，有時凝視著她彷彿有話要說，這種景況持續好幾年，每當綠色問她話時，她的影子就像褪色的畫越來越淡，直至消失。

她喜歡香氣，不是人工的香水或焚香，而是人體自然的香氣，千萬人中才有一人會有這異質，彷彿挑動你的嗅覺，而嗅覺會打開其他官覺，甚至銜接異空間，她通常是由香氣進入，或者說每當她有靈感時就會飄出香氣。人的嗅覺太奇妙了，它是一個開關，一個樞紐，只要啟動它，就能進入另一個感官層次。祖母寶惜身上有股蘭花香，她喜歡貼著她睡，很小就發現自己的身上有淡淡的香氣，跟祖母的古雅香不同，那是牛奶甜香，夜晚躺在床上時最明顯，她被自己的香弄到恍惚迷離，香氣讓空氣的分子改變，空氣變得有質感有重量，她攀附在這香分子中神遊，沿著香分子的指引到達各種不可思議之處，為此輾轉反側，覺得背後有刺沿著在爬行，然後腦中有什麼炸開，進入另一個次元。

那不是處女香，因她早已不是處女，她相信是祖母寶惜過給她，一種異於常人的稟質，既甜蜜又沉重的負擔，那麼，祖母寶惜也看見了嗎？她看見了什麼？

時經十幾年，夜晚她總會等待她的來到才睡覺，彷彿等待夜與夢之女神。有次，她走到捷的電腦前，二十四小時隨時開機，螢幕上的武丁與婦好正打到鬼方，過河時划舟的老人是夢華國的使者，欲接引他們到草原的那一方，老人身穿銀袍，手持法杖，兩眼之間有第三眼，捷的歷史概念都從《白話史記》與漫畫《三國》、《水滸》之類的書而來，史實的成分非常低，而且是大段大段抄，怪不得一天可寫五千字，在捷的眼中她是粗魯無文的女子，他不知她才是夢華國的使者，眉間有第三眼，甚且能回到過去與故人對話，這時品方姑婆祖出現，這次是正面而來，而且幾度欲言又止，綠色說：

「你想跟我說話嗎？十幾年了，你從來不跟我說話。」

「我被困在文字中出不來。」

「所以現在出來了嗎？」

「一直在裡面，但是你變得越來越清晰。」她輕淺一笑。

品方看起來很年輕，還穿著高女的水手制服，她有點近視，頭幾乎接觸桌面。

「姑婆祖，十年了，你到底想說些什麼呢？」

「寫日記啊，每天不寫些什麼，好像心裡長了根刺！啊！『我心激越，不可思議。』」

「日記？在哪呢？」

「只要你越來越能看見，就看見了。」穿著水手服的品方玉白臉孔貼著畫冊書寫，每一個字好像不斷閃爍的花朵，然而只是一團模糊。

現在她還無法看見，但她相信她一定能看見，否則姑婆祖不會出現。

日記本在哪呢？她沒事就在家裡翻找，她找東西向來有靈感，就像個偵探一般，先把空間方位做個歸納，然後找出最可能的點，品方姑婆祖是早夭的女性，照習俗遺物應該會燒掉，她以前住的房間現在是儲藏室，這是一個可能點，但這裡她搜索幾遍，沒有日記本；再來是她跟祖母寶惜感情最好，也有可能在她的房間，如今那個房間一直保留著，也空著，這是一個充滿感情與呼喚的房間，每回她進去那裡，心痛不能遏，令她潸然滴淚，她為此不敢久留，也不多翻找，但日記本最有可能在那裡，她肯定。

最近房子鬧白蟻，連老鼠都出來了，祖母房間的櫃子底蛀破一個大洞，那櫃子是連著地造的，雖是檜木還是無法防蛀，綠色看著那個大洞，想會不會在洞下，以前的人喜歡把珍貴的東西埋在地下，是有可能，她去叫木工來補洞，補之前先挖，木工來之後先把底板拆下，往下挖兩尺，果然出現一個長方型鐵盒子，大約跟四號畫那麼大，盒子有小鎖，鎖匙一定在寶惜留下的那一大把鎖中，這串鎖倒是由她保存，因家裡也只有她在管家，不過她不是管家的料，從來也分不清那些鑰匙的用途，找出那把鎖，其中兩把小鑰匙，試了第一把沒開，第二把就開了。

啊！打開時心裡啊了一下。

確有兩本日記本，都是粉紅色布面，比一般日記本小巧多了，旁邊還有一束已經乾枯的花，花形已看不出，還有幾張品方姑婆祖的照片，照片中的她清雅而有靈氣，或穿和服或穿洋服，留的都是當時最時髦的短髮，可以想像當時的祖母是以悼念的心情凍結這些文字與影像，這真是個令人發淚之所。祖母一定想到有一天她會起出這些東西，故而把鑰匙交給她，而沒說什麼。當她看日記時，品方姑婆祖的身影清晰地在房間中時而徘徊躑躅，時而顧盼遠方。

品方物語

春之日

今天是新正之日，清晨五點整，大哥放了一串鞭炮，幾個姐妹穿上唐服驅車前往潮州神社祈福，大姐穿的是茄紫桔梗花圖案，二姐穿的是柿紅牡丹，三姐穿的是水紅梅花，四姐穿淡紫水仙，我穿銀白鈴蘭，五個女孩走在街上很引人注目，許多人指指點點，我喜歡潮州神社的原始森林，古木參天，走在其中，令人忘俗。祈福完畢至新山戲院觀看卓別林之《城市之光》，深愛其幽默及悲憫，辯士之生動解說令人乍哭乍笑，在笑聲中度過新年的第一日。我的生日是一月三日，過完年我就滿十七，告別青春之心情越來越緊迫，在街上書局特別買一本日記，以記錄最後之年少光陰，並學習張我軍、賴和之精神，用漢文白話文書寫，三年私塾七年自學，所知還是太少，從今而後就以寫日記練習漢字與白話文。切記莫負光陰，莫負青春。

之二

帶寶惜到廟裡拜拜，遇見大嫂，真巧，該不會是約好的吧？她把寶惜帶到一邊，問東問西，又給她許多錢，好像故意裝作沒看見我。大嫂的心思太狹窄，敵我分明，覺得她可憐又可笑。

唉！舊式婚姻但憑媒妁之言，將兩個互不相容的男女綁在一起，它給當事人的傷害不僅是一人一代，我最厭見媒人婆，集天下之醜陋與罪孽於一身，我寧可抱獨身主義，也不願屈從於媒人之言。

之三

今日晚間寶惜睡前問我：「姑姑，我的媽媽是壞媽媽嗎？」我不知如何回答，委婉對她說：「這是大人的事，有一天你會懂的，我敢肯定的說你是好孩子。」寶惜天性敦厚善良，善解人意，是個教人疼愛的孩子，我於她像大姐亦像小母親。如果我早婚，現在已然為人母。同學有的在十三四歲結婚，然後淪入婚姻之永劫，每看她們總覺不堪，十六七歲已是小老太婆。人生悲哀莫過於此。

之四

春日讀《枕草子》，頗為其機智優雅傾倒。四季有時，愛有時，恨亦有時，於最恰當之時做最恰當之事，方解人間滋味。有時，薔薇花開，行走於花架之下，芬芳撲鼻，此時最宜讀短詩俳歌，聽鄰家嘈雜之聲，或有微雨，花架足以擋雨，而花越香，心越靜，其樂如何？

之五

年假結束，新學期又將來臨，美術課新來的日本女老師高橋先生，長相修長俊美，這形容可能不當，女子怎可說是俊美，然同學皆說她可去寶塚歌劇團反串小生，可見其清剛之美，毫無女子扭捏之態，她穿著洋服褲裝，短髮往後梳，更見灑脫，她的眼眸大而有神，講演時但覺她的注視無所不在。下課後同學議論紛紛，視其為崇拜對象，種種不堪徒令人心煩。女校之中多有同性相互崇拜之事，然又急於與男子訂婚，一班之中有婚約在身者幾佔一半，如此裡外不一，徒令人生厭。今日所愛，明日棄之，果真有情乎！是無情強作多情，可謂俗不可耐。

之六

今日美術課作畫時，高橋站在我後方注視許久，然後說：「線條太柔軟，用色大膽，你跟誰學過畫嗎？」我回說自己從小喜歡塗塗寫寫，都是亂寫亂畫一通，高橋幫我修改線條輪廓，果然筆觸生動有力。看來她有些本事，為何到這蕞爾小島來？心中不禁生出許多好奇。學校大多數的日本老師，都因為自身條件較差，不得已到台灣來，他們的教學雖認真，跟本地人總保持著距離，高橋先生不僅才華高超，且對學生十分盡心，是唯一能談笑風生跟學生打成一片的人。越與她相處，越受她吸引。這不是好現象，我不能跟同學一樣，追求同性偶像，卻與男子相戀結婚，此雖惡俗，然是本分，愛應純粹，絕不能模稜兩可。

之七

高橋先生帶我們到三地門寫生，那裡是高砂族部落，穿著屋宇跟平地人大有不同。高橋先生不斷發出驚嘆：「綺麗哦！綺麗哦！我告訴你們，還沒來到台灣以前，我以為一走下飛機就會看到毒蛇，到處都是高砂族，他們跟非洲土著一樣野蠻，沒想到他們住在美麗的高山，長得如此美麗，你看那服飾配色多美，雕刻真是生動可愛！」看高橋先生不斷讚嘆，我們不免再多看幾眼，因為常見慣見的關係，對高砂族的存在已然麻木，我們學著從高橋先生的角度去看他們，畫下他們。當他們出現在畫上，果然美麗又奇特。如果都能以初見的眼光看一切事物，一如赤子小兒，那麼，萬物之美都有驚嘆在其中。

之八

為考進東京美術學校，正式拜高橋先生為師，一週兩次，於每金曜日、土曜日課後輔導，我對顏色敏感，筆調較柔，先生建議我專攻膠彩。她說我細心耐心兼備，用色大膽，畫膠彩最適合，我雖同意，心中卻想反問，是否我不夠前衛，只能畫較規矩的膠彩，而不能跟她一樣畫油畫？她似乎看穿我的心思，緩緩解說，膠彩富於女性氣質，能表現女性纖細的心思，可在傳統題材上再做開創，我點頭稱是，不敢抬頭，怕面對她炯炯目光。她的聲音極富磁性，聞之令人心醉。

之八

寶惜在繪畫上頗有慧根，帶著她隨同高橋至潮州神社寫生，其中日本人墓碑林立，樹林中有好多猴子跳躍攀爬並注視我們，我拿香蕉丟給它們，它們模仿我們的動作把香蕉皮丟向我們，大家都笑開，高橋說這裡令她想起九州的故鄉，我訝異她不是東京人嗎？她說自小父母個性不合分居，她隨母親住在九州，父親長年住在東京，十五歲時母親過世，她才到東京跟隨父親，並進入東京美術學校，父親已另有家室孩子，她像外人一般，畢業後自願申請到台灣任教。看她吞吞吐吐，似乎另有隱衷，神色悵然，自甘流落異鄉的女子，懷抱著傷心的身世，需要莫大的勇氣吧！

之九

又有媒人來說親，這回說的是大姐的親事，對方是潮州的望族柯家，雙方頗為投緣，看來頗有成功的希望。想到大姐即將出閣，為人妻母，心中頗多感慨。姐妹們向來同進同出，感情深厚，今日一旦分離，再不復昔日朝夕相親，又想及二姐三姐早有人提親，不久亦將別離，令人憤慨為何身為女人之命運如此無有自由。我羨慕高橋獨立自主的生活，她是否也有婚事的煩惱？她的年紀應長我近十歲，學校傳說她為逃避婚事逃至台灣。女人，你的名字，真是婚姻的弱者？

之十

初次聽柯家人談及愛沙的詛咒覺得不可思議，不過是鄉野奇譚或鬼神迷信，如此無稽之談，柯家人竟然相信，祖上還留有愛沙的畫像與實錄小說，此女為東洋與西洋之混血美女，衣著華麗，有著異國風情，聽說亦是巫女，今天看著她的畫像，渾身戰慄，異代異國的女人，你帶著如何的冤屈死去，兩眼似乎要噴出火來，願你的神靈獲得平靜。

綠色彷彿穿越時空回到那個時代，她們之間有微妙的情愫，在那個時代恐怕是不能公開的祕密，這是一本註定不能公開、也不能完成的日記！愛沙是誰？一個巫女，冤死的異代女子，難道品方姑婆祖想藉日記告訴她有關愛沙的詛咒，她還存在，並未離去，自從看了這則日記，一個異代異國的女子形影越來越清晰。

綠色看完日記，品方早已消失，覺得好孤單，這種無人知曉的荒寒，要向誰訴說呢？

腦這個神祕器官，藏有許多我們不知的區塊，它像個迷宮，有許多分叉口，也有框架，一般人為框架所限，看不到全局，然有些人能抽離迷宮看到全局，這些人我們稱之為靈感者，或是巫；他們能看見別人看不見的。靈媒，女曰巫，男曰覡，中國遠古時曾經有過「家為巫史」的時期，人人都會巫術，撒米除祟，潑酒敬神這些就是日常生活的一部分，並未職業化。商代、周代巫才職業化官職化，有人形容楚國女巫：「至於浴蘭沐芳，華衣若英，緩節安歌，歌舞之盛也。乘風載雲之詞，生別新知之語，荒淫之意也。是則靈之為職，或偃蹇以像神，或婆娑以樂神……」可見巫曾是歷史舞台上重要的主角，之後慢慢淪為配角或邊緣人物。而漢人是滅巫的凶手，在商代，黃河流域的族群都信奉巫覡；在春秋戰國，已退到河南一帶；在唐宋時則退到長江流域；到二十世紀，則只有嶺南較為盛行，巫覡在北方越來越不流行，退向南方。

台灣是更南的南方，東港是南方又南，神靈消失，瘋狂生起。有時她覺得自己得了一種不治之症。可惜她不書寫，文字在她腦中已經死亡，因此才會不斷看見別人的書寫。

她看到文字就起雞皮疙瘩很想吐，彷彿是心靈的裸體，她無法寫，只能看見，看見別人的文字，她不起雞皮疙搭，也不想吐，反而充滿感情，有如她自己寫出的文字。

現代有些女生自稱或被稱「女巫」，指的是非傳統女性或超越性別的人，她們或者是愛書寫的文青，或者是參加社運學運的憤青，她們也懂命盤、星座、紫微斗數，也許血液中流著巫覡的因子，然而真正的女巫是要能看見、聽見，或許還要通文字。

文字從最早的象形到網路火星文，文字已貶值到快破產，過去的文字掌握在巫的手中，如今每人每天都在造新字，群魔亂舞，文字掌握在群鬼中，除非經過大變革才能獲得洗滌，恢復靈氣。

她喜歡品方姑婆祖的文字，雖簡略卻情味飽滿，她彷彿看見她們及那個時代，令她不住戰慄。

閒花

自從綠色離去，捷剛開始不在意，多少年了，許多女孩搬進來又搬出去，只有他是不會動的，他在這個山上的房子開始寫作開始成名賺錢，電腦就是他的一切，名利有了，女人一個接一個來，剛開始他在部落格寫，後來進軍網路小說網站，開自己的版，讀者越來越多，出版社找上他，那時還是大學生。開始寫一本書酬勞兩萬元，一個月就可交出十幾萬字，在這行量產與效率是極重要的，小說節奏要慢，主角一旦被接受，讀者就不希望他消失，像「月影使者」就寫了二十幾本，那時他一本可刷五六萬，幾套書一起賣，光版稅就可買房子，但他一直租住在這山城破舊公寓的五樓，他是個迷信的人，宿命一直是他小說的主題。但近來類型小說越分越細，什麼穿越歷史、霸道總裁、聖女傳說、挖墓筆記、執事小說、吸血鬼系列，還真是百家爭鳴，新人一個比一個年輕，還結合動漫，眼看他的書量下降，他得改變路線，不能再搬弄些史事科幻。然他已過動漫的時期，覺得品類繁雜無從下手，眼看他就要被淘汰，才寫十年就不行，這圈子的壽命這麼短，他得趕快再搏一搏，否則只有去夜市賣炸雞，有幾個同時出道的寫手，書沒人出都是去賣吃的，多年自由慣了，沒辦法過朝九晚五的日子，也只能賣吃的，生活唯一的享受就是吃，作家變吃家，個個都白白胖胖的。

他們大吃大喝的都是塑化劑，罐裝飲料、泡沫紅茶、泡麵、以乳瑪琳製成的各式糕點……他們使用的器物以塑膠產品為多，在這塑化王國，他們長成塑化人，男身女乳，女身男傾，他們尚且無法社會化，沒有現實感，倒退到魔獸與打怪的神話世界，為了讓自己補血，忠實於自己的角色扮演，或魔法師或戰士或作家，而日夜奮戰不已，沒有人要當作家，對於毫無戰鬥力的角色，他們了無興趣。給我多一點血多幾秒的戰鬥力，在互打中達到腦內啡的高潮，只有遊戲才是真正的永劫回歸，打了三天三夜足不出房門，好不容易打死所有的魔獸，又要一再重來，無止境地消耗時間，沒有過關絕無終止，這是另一種小永恆。

像他們這種活在二次元中的人，想像的世界比現實真實，那裡自成一個世界，沒有疆界沒有地域，愛欲不是過度誇張就是過度蒼白，或許他們沒有真正的愛欲，或者只有短暫的愛欲，像魑魅魍魎存活在另一個時空，擁有過度的迷狂因而無所行動，如同人鬼殊途，與人的世界是不相往來的，寫這些小說讓他又回到童年那住在監獄旁無語的日子，使用著無人知曉的語言訴說無人知曉的故事。

現在他手中拿著龜甲片拓片，那是高秋送給他的，還有許多他新收集的小說材料，為此他特地跑了一趟大陸安陽小屯村，飛機先飛鄭州，那是二十一世紀初，新機場剛蓋好，一出海關門口，就看到機場內的花店，大概是為接送旅客而設，為什麼偏偏是花店呢？這是命運的黑暗隱喻嗎？一種痛苦的窒息感令他無法呼吸，他討厭花店又甩不開它，進入那家花店快速瀏覽一下，全天下的花店都差不多，充滿死亡與腐朽的氣息，那些離枝離土的花不正一步步邁向死亡？那些色彩與香氣是死前的殘留物，俗豔的包裝只是掩蓋，捷一個踉蹌接一個踉蹌速速逃離。

在深圳轉機時，見一紫衣洋裝女子手機講個不停，她打扮看似時髦，絲光的無袖迷你裙洋裝是次檔貨，樣式不新不舊，袖口挖太大，露出廉價的肉色胸罩，腳踩高跟涼鞋，側背一只名牌運動背包，彼時大陸運動休閒風正吹起，男男女女都背這種包，偶有名牌包，不是深圳的5A貨就是香港的正品，紫衣女子有一張接近漢代舞俑的臉，丹鳳眼嘴角微翹，眼波靈動，皮膚白淨，說不上頂漂亮，不知為什麼在人群中只注意到她。捷一路追隨她，彷彿她就是他要找尋的千年之謎，在候機室枯等的時間，那女子一面講手機一面焦躁地走來走去，幾無一刻休息，一雙淨白的長腿像仙鶴般吸引目光，捷想她不是特種營業就是二奶。飛機幾乎班班延誤，廣播不斷播放誤點航班延誤幾小時，「很抱歉通知您……」的聲音一點也聽不出抱歉的意思，乘客齊擁在登機口吆喝：「我可是金卡貴賓艙座，有不誤點保證，誤點要賠錢的，你說咋辦？」「退票！爺蹲在這兒傻等的時間可搭車到鄭州了！」「你耽誤了我的開會時間，說，怎麼賠償？」……年輕的空服員面對暴怒的群眾板著一張本壘臉，假裝打電話不予理會，這時那紫衣女子淒厲狂叫，在候機室中奔走並脫掉自己的衣服，發亮紫色的迷你裙洋裝脫下來只有圍巾大小，拋飛在地上只有一小撮，露出肉色的胸罩，脫到只剩厚墩墩起毛的內衣褲，她跑了好大一圈，像三千公尺的田徑選手抵達終點後，做出衝刺的姿勢然後昏倒，大家圍著她觀看，忘記爭吵與誤點的事，還有人拿出手機拍照，這時突然湧出幾個航警，驅散觀看的人群：

「不准拍照！」

「退後退後！」

「有沒朋友家人？」

沒人再敢拍照，也沒人再敢出聲。

警察越來越多包圍那個昏倒的女人，層層包圍後只盯著那女人看沒有行動，對講機不斷傳出激烈的呼叫，四周一片死寂，等了約十幾分鐘，有人抬來擔架要把女人架走，這時捷才走上前。

「你幹什麼？退後！」

「我是她朋友，算吧！」

「什麼樣的朋友？哪裡的？」

「男女朋友，台灣人。」

「剛剛為什麼不出來？」

「上廁所，不知道她又發作了！」四周一陣訕笑，還有人小聲說什麼男人什麼縮頭烏龜的。

「你跟我們來。」

擔架抬到休息室，臨時找來的醫生，幫她看了看，讓她平臥做了一些放鬆按摩，說是壓力太大導致癲癇發作，並幫她擦去嘴角白沫，樣貌真是狼狽，整個過程都在航警的虎視之下，捷想早上看到她的內衣果然不是好兆頭，現在家底全露出來了，胸罩的外罩與水餃墊太厚，裡面空空的，還好內褲還可以，他脫下身上的薄夾克遮住重點部位，女人躺了約莫三十分鐘醒來，捷以為她會被眼前的陣仗嚇昏，誰知她滿不在乎地扯大嗓門說：

「我的衣服呢？」醫生把洋裝遞給她，她到內室去把衣服整好，又化了點妝，出來後好像什麼都沒發生過又扯大嗓門說：

「飛機來了嗎？我一定要趕上那班飛機，要開會哪！」

捷跟在她後頭，在眾目虎視之下雙雙走出休息室，又聽見航警說什麼男人縮頭烏龜之類的話。這女人刻意走得筆直，壓抑身體的晃動，原來是精神有問題的女人，怪不得一眼就被她吸引，他的磁場只吸引怪異的人，但女人刻意不理他，明知他仗義相助，也許是女人的倔強，以冷漠掩蓋難堪。

連說一聲謝也沒有，靠！

飛機終於來了，整整延遲四個鐘頭。

那紫衣女繼續低聲講手機，顯然飛機延誤為她帶來極大困擾，在飛機上兩個人位置靠很近，就在斜前方兩排走道，從他坐的靠走道位置正好可欣賞她那細白優美的脖子，他覺得女人從後髮根脖子到背部、腰部的地方最美，最多陰影與弧線，剛好是女人自己看不見的地方，女人卻拚命整治那張臉，或可見的部位，真是傻到不知如何說。女人有次起身上廁所，往後走看到捷盯著她，大方地點個頭，北國佳麗還真一點不扭捏，飛機降落出關，他一路跟隨，眼看她就要搭上打的，正在跟司機殺價，他趕忙追上去也跟著攪和：

「要一百二十塊，你瘋了是怎樣？跳錶啊！才五六十，別坑人！」

「對！跳錶最公平！」

「沒這回事，機場都是這價，過路費還要加二十，沒得說。你們一起的？」

「那我坐巴士，才十幾！」紫衣女子轉身就要走，捷攔住她跟他說：

「一百，我們合搭一人五十。」她看捷一眼，黑眼珠一溜垂下眼簾算是同意，她也想佔這便宜。

「要不是趕著開會，我才不受這鳥氣！」她嘟著嘴做出很不情願狀。

「一百吧！多了要走了！」

「一百就一百，上！」

兩人上車後各擠在後座邊邊，像正在嘔氣的情侶，捷看著她的側臉與脖子，長髮隨意盤著，秀氣的五官很耐看，乾咳兩下先發話打破僵局：

「等一下先送你去開會吧！」

「當然我先下，我遲到太久了，紫荊路，你呢？」

「緯三路華美達酒店。」

「那裡還可以，粵菜很有名。」

「在這兒吃粵菜？」

「這破地兒都是些土東西，要吃好只有粵菜，海參鮑魚什麼的，都是乾貨海鮮，可憐啊。」

「常去深圳？」

「常，我總公司在那兒，常要去開會……」說著手機又響，車到酒店還在講，捷下車時她只對他瞄一眼揮一下手。

這就是萍水相逢吧，天啊，她不怕講手機講到得腦瘤嗎，也許已經得了？

旅店就在老區的緯三路與金水路附近，七八層樓高的梧桐已合抱，樹齡百年以上，鄭州是個歷史悠久古城，郊外一大片歪脖子槐樹，是以舊日鄭衛之地，新鄭是夏民族的根據地，八千年前裴李崗文化時期，已有人在此定居。春秋戰國時期，鄭國、韓國先後在此建都達五百三十九年之久，因此現在新鄭城區又稱「鄭韓故城」。

街上到處是賣酒與賣麵的鋪子，市區雖高樓林立，新舊雜陳非常凌亂，街道各式各樣的交通工具，公交車、的士、最多的是迷你電車，各式各樣的拖拉車，大的中的小的，小到僅容一人坐，少量摩托車、大量摩托車改裝的載客車，簡陋的木搭車廂貼著花花綠綠的塑膠布，算是平民計程車，捷坐過一次就不敢坐，老頭子騎車淨往小路鑽，也不等行人，差點撞到菜市場賣菜的婦人，河南人較粗獷，臉圓身長嗓門大，路上漂亮整齊的不太多，也許是只在特殊場合出現，少女打扮時髦，市容很亂，大樓蓋得很高但很醜，跟深圳差不多，尤其是二七廣場附近，從沒見過這麼醜的商場，只能說是臨時商展，只有清真寺蓋得好，這裡回民很多，清真館林立，還有回民區，晚上街道上到處是賣烤肉串的小攤，大家坐在路邊矮凳子矮桌子上喝酒吃烤肉，連他住的四星級飯店也有，雖然高檔些，內容差不多，一長串大塊羊肉只要五元，小攤兩元，物價跟沿海城市差十倍總有，都說城鄉貧富差距大，沒想到這麼誇張。

古城也因此保留較原始的樣貌，尤其是老區，捷在路邊較乾淨的飯館叫了一碗番茄雞蛋麵，一罐青島啤酒，到門口拿了幾串羊肉，肉味很腥，抹的塗料死鹹，實在說不上好吃，便又想叫一碗涼皮，幾年前在西安吃過，滋味難忘，誰知老闆娘冷冷地回說：「我們大店不賣那個！」

捷悻悻然吃完麵，在附近逛一圈，回到酒店，但見紫衣女子向他走來，這回她換了紫色T恤牛仔褲，顯得腿更長，輕鬆的打扮讓她更好看，捷沒想到還會再見，有點反應不過來：

「昨天趕著開會，沒時間多說，今天請你吃粵菜。」

「呦！哪敢？還是我請吧！」

「這裡我常來，你是生客，會被欺侮的。」

「哪有這種事？我都還不知你的名字，還讓你請？」

「周寧，這是我名片，請多指教。」名片上寫著英城文化公司行銷經理，是什麼樣的文化公司，還有行銷經理。

「我沒名片，高捷，高速敏捷就是我，你們公司做些什麼？」

「主要是辦展覽或拍賣，像珠寶或古董展，還出版財經書籍與網路小說外國翻譯小說，也出錄像帶，我們的書很熱賣的，暢銷榜幾乎佔三分之一。」

「那我們可說很有關係了。」

「怎麼說？」

「我寫網路小說。」

「那可巧了，什麼時候讓我拜讀一下。」

「不敢，我的書稱不上暢銷，最多賣幾萬本。」

「那不錯了，有大公司推肯定會賣更多。這餐飯請定了。」

兩人進入餐廳，都是一個一個房間，一落座，馬上進來兩個穿高衩長旗袍的美女，濃妝豔抹，看菜單都是天價，比香港高級粵菜還貴，一杯茶就一百多，這是什麼鬼地方？周寧點了幾個菜還開一瓶紅酒，然後含笑對捷看：

「怎樣？我就說這裡粵菜有名吧？」

「我看是暗藏春色吧？」

「這裡是高幹與富商談事情的地方，是要一點代價。」

「你常來？」

「一個月一兩次吧！」

端上來的菜無非海參、魚翅之類，容器漂亮，味道不倫不類又死鹹，怪不得這裡的人愛喝酒，根本是下酒菜嘛！兩人很快喝完一瓶酒，周寧還要叫，捷本無酒量，早已脹紅脖子，醺醺然不知自己在講什麼，也不知怎麼回房，兩人一進門就扭在一起撲向床，好像在趕戲般都很急，在進入前周寧正臉看著捷，黑眼珠在黑暗中閃著異光：

「確定要？」捷不懂她的意思，手罩著她小而圓的乳房，搭配她單薄性感的高䠷身材，真是美啊！原來小乳房更性感，這是他注目下形成的肉體，早已為他幻想所有，遂意亂情迷地呢喃：

「當然，死了也要。」

「你知道我是誰嗎？」

「誰？湯唯嗎？」她長得確實有點像湯唯，身材也像，《色，戒》中的女特工，聽說還是女兵出身，兵氣與瘋氣兼具。

「我是殷人後代，婦好的轉世，只有老王知道。」

「婦好是誰？老王是誰？」他兩手握著她的小奶喬出比《色，戒》更刁鑽的姿勢，她輕鬆地配合，看來征戰經驗豐富，在乾坤挪移中聽不清她在說什麼，一長串一長串化為呢喃。她的背部有火傷，像魚皮一樣的鱗片閃著異光，他不覺得醜，只感到疼惜。

也就這麼一次，她就不見了，天天等著她出現，但都是空等，打手機都是語音信箱，打到公司說她出差了，捷不明白，也許這就是一夜情或露水姻緣，但他也不像是愛上她或會死纏爛打的男人，腦中不斷浮現她問他確定要的空洞表情，過了一段時間才明白那是什麼意思。

上網搜尋婦好的資料，乖乖，是三千多年前武丁的妃子，能征善戰的武將，還是目前挖出最豐富完整的商代墓葬，地點在安陽，他正要前往的古城，這個女人以一個名字為密語一路指引他到安陽，她是瘋子吧！自稱是婦好，她不只是瘋子，還是瘋狂的騙子，她到底有何目的？

捷帶著疑惑離開那令人迷亂的城市，繼續往殷墟走去，鄭州到安陽大約三小時車程，安陽比他想像的大得多，現今是個環保城市，到處是綠樹與農地，回民也不少，農地種番茄與葡萄，紅色的牛番茄堆在路邊賣，頗有南歐風情，這裡出名的美食是道口燒雞與盛德利，分店好幾家，捷吃了硬邦邦的道口燒雞與酸丸子湯，鬧了好幾天肚子，因此在破舊的旅店休息兩天，食物應該沒問題，可能是水土不服，這裡的水有許多沉澱物，茶泡不香，怪不得男男女女都愛喝酒。

如果那晚不喝酒，也許兩人不會上床，是她先挑逗他，為什麼突然跑掉呢？他像娘們般自怨自艾，他雖長得不算帥，身寬體胖，像發福後的黎明，但對女人很有吸引力，她們都會說「你小時候一定很漂亮」、「你瘦下來一定很好看」……這些話都沒錯，小時候他是漂亮得過分的男孩，也許是這樣他需要一些掩護，肥胖是種外形的撒嬌，放縱自己的藉口，胖了也還是好看這才酷，這樣的他雖不算極殺的情人，可也沒栽過跟頭，如今有被玩弄的感覺，周寧不算美，但她身上具有某種奇妙的魅力，讓男人願意為她赴湯蹈火。捷買了幾瓶酒在旅店中練酒量，看著髒污的地毯，頹喪地嘔吐，這裡也有許多人酒吐過吧？空氣中充滿霉味與酒酸氣。

空氣中最多的是灰塵，乾燥的侵入物讓他眼睛睜不開，是他太敏感，還是這城市已然為灰飛煙滅成塵土之城，沙塵無處不在，隨便一抹都是灰，洗頭洗身洗出一堆泥，城市飄遮灰黃的霧氣，太陽也被塵土包住因而變小，讓人不能直視。他盯著牆上的本地風土畫發呆，高大的漢子牽著騾子走在棗林中，那紅日特別小，畫家畫不出沙塵，但整幅畫能感到沙霧，他對著那幅畫咳嗆不止。飯店大廳有書畫展，畫風皆有古意，在這裡現代畫大概沒市場。

第三天他才走向殷墟，那是殷商王朝的舊址，一個多世紀以前在這裡挖出大量甲骨文，將中國的歷史推前到三千多年前，那是中國最早的文字，對於有文字癖的他充滿誘惑力，他寫過楚漢相爭，根據的是《白話史記》再加點科幻，把主角放在項羽身邊的小兵身上，現在連通俗小說也流行小人物出頭天，在網路上看到的婦好資料在他腦中閃著光，這三千多年前的女人形貌恍如在他的眼前，為此他得先學會甲骨文，買到一些入門書，那些文字都是用刀刻在甲骨上的卜辭，目前發現的有大約十五萬片甲骨，收集的甲骨文大約有四千五百個單字，專家解讀了大約三分之一左右。這些古老文字出土也一百多年，從清光緒二十四年（一八九八）左右，當地的農民在採收花生時，撿到一些龜甲和獸骨，被當成中藥賣給藥店；一九七三年小屯南地出土四千八百零五片甲骨文。一九九一年殷墟花園莊東地H3坑中出土甲骨文六百八十九片，殷墟花園莊東地H3坑簡稱「花東」。

婦好墓位於小屯村西北的崗地上，緊鄰洹水一片平坦的草原上，一群羊悠哉悠哉吃草。一九七五年冬，安陽考古隊在該處進行考古鑽探，發現密集的夯土建築基址。夯土是古時建築的特色與技術，最早在龍山文化已可見到，它是經由紅泥、粗砂、石灰的三合土中的空隙經過夯實的動作之後變得更結實，商代建築物的根基，是用一種質地很堅硬的土做成，這種土需要用重的器械或工具壓打而成（即「夯」），稱為夯土。夯土的特徵與一般的土不同，把夯土豎立起來，會看到它自然的分為兩層，一層是密集高起的小圓凸，一層是相對凹入的小圓槽，兩者如子母釦般緊密結合。因為在建築時，是先填一層土，再打夯，夯打在土上會形成小圓槽，再填土、夯打，則又將下層的小圓槽填滿，於是一層一層疊壓，就成了層理清晰的夯土層了。夯土的抗壓強度十分可觀。雖然不如混凝土的強度，但是其強度足以用於建造居住房屋。看看那些歷經千百年歲月仍屹立不倒的古蹟，建造嚴實的夯土可以持續千年之久，這成為探勘古蹟最明顯可見的特徵。探到夯土之後，考古人員在一九七六年春季開始在該地發掘，發掘工作由鄭振香主持，在她負責的一個探方內有一座殘房基，房基中部被一灰坑打破，灰坑之下是厚而硬的夯土，從崗地斷崖下殘存的邊緣觀察，夯土呈長方形，她看像是一座墓葬，於是要求發掘工人對夯土進行鏟探，古老的墓葬得隱祕，但不太深，探至七米深時，從探鏟提上來的泥土中發現了鮮豔的紅漆皮，這個發現令在場的人十分興奮，經她仔細判斷，這是一座巨大的墓葬。埋得這麼淺，歷經幾千年安然無恙，太不可思議了。

恍如命定般一個女人挖開一個女人的墳，三千年來從未遭到盜挖完整的古墓，因位於花園東方而稱為「花東婦好」。

這座墓的壙穴為長方豎井形，是一豎穴墓，墓口長五・六米、寬四米、深約八米，面積大約六坪多，比一般人住的房間大一些而已，葬具為一棺一槨。墓內有十六具殉人和六隻殉犬。墓主人的骨架已腐朽，只剩紅衣與丹土像一攤血，旁邊散落許多貝殼與玉珠、骨珠。沿著槨內四壁擺放，裝飾風格為典型的商晚期作風：稜脊、滿裝、三層花。小型的玉器和貝類則放於棺內，它不是王陵，因為沒有墓道，王陵通常有四條墓道，墓室宏大，殉葬者眾多，陪葬器物精美考究等特徵。商代王陵通常有著巨大的墓室，原來只是為便於運土和下葬的短小墓道已成為等級身分的象徵，有四條墓道的中字形墓，還有一條墓道的甲字形墓。墓內的木質槨室，用粗大的木料築成方形，而其他槨室則呈長方形。貴族墓內普遍設有腰坑，坑內至少殉一狗，有的還要殉人，這種現象一直到西周還沿用。具有四條墓道的大墓，就好像是一個商人寫在地上的「亞」字；以西北岡一〇〇一號大墓為例，它的墓坑南北長十八・九公尺、東西寬十三・七五公尺、底深度十・五公尺，約七十五坪大，比婦好墓大了十幾倍，深度沒差很多，東西南北四條墓道各為十四・二公尺、十一公尺、三十・七公尺、十九・五公尺；而考古學家於墓坑底部中央，還發現以木材修築木室的證據，經過推測這些木室可能是儲放墓主棺槨的結構。儘管木室經過千年，已經腐朽，但是從周圍所留下的痕跡推測，這些木室四壁可能裝飾有繪畫、雕刻與鑲嵌，宛如一座地下宮殿。在墓室建造墓祭的槨室也是商代的新制，貴族墓內的隨葬品數目非常驚人。婦好墓沒有墓道，只有長方形廓室與沿著外圍成一圈的腰坑，呈更大的長方形。這座墓出土了銅、陶、石、骨、牙、蚌等各類隨葬品一千九百二十八件，還有海貝六千八百餘枚，如今小部分放在河南博物館，大部分是複製，只有墓坑保持原狀，裡面中央有丹紅色印漬，原是丹砂，正是婦好躺臥幾千年的地方，裡面陰暗，空氣中瀰漫著霉腐氣味與沙塵，訪客把墓坑當許願池，丟了許多銅板，古貝與新幣，形成有趣的對比。過去在殷墟發掘歷史中，面積在十多平方米以上的墓，全部遭盜掘，這是到現今為止，殷墟所出的近萬座墓葬中出土遺物最多的一座，它的發現，震驚海內外。

隨葬品中青銅器有四百六十八件，其中禮器兩百二十一件，種類齊全，有炊器、食器、酒器、水器。還出土了不少形體碩大、造型新穎的器物，如大方鼎、三聯甗、偶方彝、鴞尊、圈足觥、汽柱甗形器等，那些銅器工藝精美，代表著其時銅器文化的鼎盛。另有玉器七百五十多件，一小部分是禮器、武器、工具、用具，大部分是裝飾品，計有四百二十多件，這些玉器雕琢成人形和各種動物的形象，是商代玉器的特色。動物形玉雕有傳說中的龍、鳳和怪鳥獸。仿動物玉雕有象、虎、熊、魚、蛙，以及禽鳥、昆蟲等三十一種。更特別的是其中三件象牙杯，嵌綠松石，紋飾華美，顯見三千年前的工藝水準比我們想像的更精美。

對捷來說，出土墓葬就像個劇本，而且是以死亡為結束的悲劇，剛開始只出現一些徵兆，一些石器或玉器或一節骨骸，就像是伏筆；接著是次要人物或襯托人物（殉人或殉牲），車馬用具勾勒出生活場景，最終會通向一個主角，那通常是一具骨骸，也就是墳墓的主人，那是高潮點。越往下細節越多，墓主的性格與故事會越來越鮮明，他是喜愛奢華或簡樸，喜愛藝術或道學，追隨什麼樣的信仰，他的婚姻與家庭、情感，這是一個發現的過程，他們的生老病死，悲歡離合，最後的逆轉通常是一場病災或是戰爭。有些人無疾而終，而古人的生命是如此短暫，剛走到生命巔峰便急速下降，或三十或四十即結束生命，有些更早如十幾、二十，所有的死亡都來得極為倉促，就像悲劇英雄一樣流星般地墜地，人的一生只夠畫半條弧線，這讓人哀戚與怖懼，像他這樣的偽考古或者微考古者，藉古人古物理解人生，使他的生命像地殼的斷層般複雜，閱讀這樣的劇本，他的心中安靜且清澈，這並非戀屍癖或對死亡的迷戀，而是透過死亡回溯人生，一組生命的拼圖，一個完整的劇本，供人解讀不盡。

然而這些劇本只能解釋主角，這主角縱使留有碑文傳記，我們仍無法想像遠古的人如何生活，他們吃什麼，住什麼樣的房子，每日的生活起居，對於寫小說的人仍無法掌握細節，以及活生生的生活，如法老王的具體生活或樓蘭女的起居注，這些細節只有從食物理解較真切，因為人類的生活可以化約到有機物質，如海洋環境中的有機物質含有較豐富的碳十三和氮十五；而陸地的有機物質屬於碳三的植物如小麥、水稻、大豆、棉花等，碳四的植物或動物像高粱、小米、甘蔗、海魚等。婦好生活的地域以碳三為主，混雜著碳四，這因她的住所離海洋遠，故而找不到碳十三與氮十五，既然她的生活吃的是小米、小麥、高粱、大豆，這些容易發酵的食物常被做成酒，喝酒的習慣自然很普遍；而服飾以棉布為主，這些細節更能讓我們掌握他們的生活。

靠海的生活，如以恆春半島史前人類的為例，以鵝鑾鼻第一遺址、龜山遺址和南仁山石板屋遺址，分別代表四千年前新石器時代中期、鐵器時代，以及原住民文化的階段和社群。鵝鑾鼻第一遺址位在恆春半島東南端，龜山遺址位在半島的西北隅車城地區龜山小丘的半山腰及山頂上，南仁山石板屋遺址則在半島東北側近海山腰上。根據前人研究，比較來自這三處遺址個體的碳、氮同位素值的分布情況，鵝鑾鼻第一遺址所反映的是碳四植物占七十一・五%、碳三植物是二十八・五%，另一個體的比率分別是七十二・三%和二十七・七%，兩個體相當一致地說明了以碳四植物為主食。而在氮15方面，鵝鑾鼻似乎偏向以河海口地區的動物、海鳥等作為食物。

恆春半島三個不同地區的樣本相當明顯地反映了各地區的食物攝取傾向。鵝鑾鼻地區以碳四植物為主，車城龜山史前聚落則以碳三植物為主，且高達八十至八十九%，南仁山山腰上的石板屋聚落，則是以碳三和碳四植物交錯食用。

當我們的生命最後只剩下碳三、碳四、碳十三與氮十五的區別，好像大同小異，然作為碳三的武丁與婦好生活，以小麥、玉米、棉花、油料等碳三有機質為主，這裡生產著大量且優質的小麥，佔小麥總面積的八十六．七％。它所屬的小南海文化，在舊石器時代晚期，與台灣的長濱文化相當，其中又與車城龜山的生活狀況更為接近，都是小丘與半山腰，下接平原，差別在車城離海近，安陽離海遠，但同樣的是缺乏碳十三與氮十五等海鮮食品，車城出產洋蔥、皮蛋、羊肉爐、西瓜，口味偏鹹而嗆，安陽的道口燒雞、紅椒、血糕、甜瓜、羊肉爐……這些食物也多偏鹹而嗆，所以當地人好食甜瓜，種出的瓜也特別甜，特別需要解渴。捷那如蟻穴般的腦袋把這兩個不相關的地方連在一起，他就得到某種特別的通行證，可以上下古今，穿梭於兩地之間，如此，他窺探到婦好生活的一角。

捷對婦好專用的武器「鉞」特別有興趣，它總有車輪般大小，重量近十公斤，能掄起這玩意當武器，力量驚人，她的手臂跟男人般粗壯吧！碳四的基質，多食羊肉，是否就是形成女參孫的生命密碼？來自恆春半島的綠色，個頭雖小，但可以扛起五十CC的機車，讓他著實嚇一跳，她也是碳四加羊肉的組合，再加上大量的碳十三與氮十五！或者周寧更接近些，更是碳四與羊肉的組合，說她是婦好再世也沒錯，出生於老土地的女子，更接近大地之母，有種深沉難解的憂鬱，那也是人類的鄉愁之一。至於老土地怎麼形容呢？它具有夢幻的氣氛，一種不真實感，不管在黃土高原或殷墟或車城，他覺得自己變透明，如在夢境。

墓中有銘文的銅器一百九十件，其中鑄有「婦好」或「好」字的有一百零九件，表明婦好應是墓主人。在武丁時代的甲骨文中，有關「婦好」之名的卜辭有二百多條，據學者研究，婦好是商王武丁的配偶。而五號墓出土大量珍貴的文物，反映出墓主的地位極高，再者從該墓的陶器、青銅器的形制分析，時代較早，所以，學者認為，五號墓的墓主就是武丁卜辭中的婦好。這座墓是殷墟發掘以來唯一能和甲骨文相對照並可以確定墓主身分的商代王室墓，對殷墟墓葬研究有重要意義：

甲骨文帚、婦、歸三字共存，且见于各期卜辞。所以可能是三个本义不同的字。帚的本义为扫除，引伸义贵族主妇，王的配偶。

婦的本义，从女从帚，专指商王配偶。

歸的本义，官吏从宫室回家。

婦在甲骨文中是女性最尊貴的名字，商王的后妃回到她所住的華美宮室，一個字可以畫出一幅畫，好有美好之意，也就是后妃中最美好得寵的女子，兩個字都是女子最高形容，這婦好到底具有多大的能耐，得到一個王最高的讚美與寵愛？

婦好是殷商皇帝武丁的王后，是一個名叫「好」的女子。她來自一個母系世族，姓氏為兕，即牛的意思，氏族圖騰為牛，可見是力大如牛的家族，其力大可以舉八九公斤的銅鉞衝鋒陷陣，從現有的甲骨文記載上來看，她屢次出征，而且戰功輝煌，武丁十分寵愛她，不但賜以封土，還封王號，婦好凱旋歸來時，武丁迎出城八十里，像愛情浪漫劇兩人共騎一起奔馳於郊野上。這個神奇的女子只活了三十幾歲，有人說是死於難產，有人說因病而死。

初婚時，武丁對婦好還不知道領兵作戰的能力，有一年，北方邊境發生外敵入侵，征討的將領久久不能克敵，婦好主動請纓，要求率兵前往助戰。武丁對妻子的要求非常猶豫，考慮很久之後，還是通過占卜才決定讓王后出征。

沒想到，婦好一到前線，領軍有方，身先士卒，很快擊敗敵人，大獲勝利。

從此武丁對妻子刮目相看，封婦好為統帥，讓她指揮作戰。自此以後，婦好率領軍隊南征北討，前後擊敗了北土方、南夷國、南巴方，以及鬼方等二十多個小國，立下了輝煌戰功。

其中，在對羌方一役中，武丁將商王朝一半以上的兵力都交給了她，共約一萬三千餘人。最後這場戰役大獲全勝，也是武丁時期出兵規模最大的一次。除了領軍作戰，婦好還常主持祭祀占卜大典，可說是商王朝最高祭司。捷想寫一個甲骨文跟一個女武士的故事，現在流行奇幻歷史小說，歷史常是架空的，人物是仙俠，如《狼牙棒》那樣的小說，一定有市場。

婦好是充滿故事性的女人，其形貌個性跟周寧很像，難道真有前世今生這回事？都是兵氣與瘋氣兼具的女子，這世上真的存在轉世這回事？以一個奇幻作家的想像，他相信轉世、輪迴、感應、超現實這件事，或者說他覺得現實只是一層薄膜，像洋蔥外面那橘褐色的外皮，非常脆薄，裡面那具有真味令人淚下的才是真實的宇宙。這個世界病了，而且病得很嚴重，就像《蟲師》中的世界，充滿耳聾眼盲老病死亡，文字也是另一種蟲災，布滿人身且腐蝕骨肉，而古老的文字是一種病災的書寫，危急時刻的記錄，直至這文字死去，新的文字在盛世產生，興盛時祈福征戰上通鬼神，在末世凋零如火焚城，文字的死去是突然的，突兀隨機如語言，我們無法得知甲骨文如何消失，根據後代紀錄秦統一文字，在這之前也許這文字還苟活一斷時間，畢竟不只是書寫工具的改變，它跟祭祀、占卜、火……有關，商朝的後代子民為宋、魏兩國，亡國後箕子另立朝鮮國，韓國人的血液有商人的因子，怪不得強悍而好鬼神……捷因此更沉迷於這奇異女子。

殷墟分為宮室區與皇陵區，武丁墓在皇陵區，兩區相隔也有十分鐘車程，有接駁車接送，婦好墓在宮室區的左上方，墓前有一白色婦好玉石雕像，現代人把她雕成花木蘭的樣子，身著宋明服飾，聽說是根據她的遺骨電腦繪成，鵝蛋臉五官秀美，這一點也不真實，在捷的想像中，她是妖異一路的，要不就是現在T的長相。這地方的磁場有點邪門，他的眼睛越接近陵墓越痛，墓分三層，才走一層就無法呼吸無法睜眼，受不了奔跑出來，跑至花園區讓自動澆水器淋在臉上，這麼乾的地方，應該不適合人居住吧？尤其是那花園裡種的雜花生樹假得出奇，連台灣也有的紫薇、紅瓶刷子樹等亞熱帶植物也有，讓人時空錯亂，聽說這一代的牡丹與菊花最有名，怎麼說該種些牡丹或菊花。以前這裡應該有座大花園吧？想像中像《天方夜譚》的後宮花園，濃密的植物交纏如人體合歡，是處處生春的幽會勝地，應該也有葡萄藤、曼陀羅那樣的梵天景觀，盤庚遷殷時，這塊土地應該非常肥美，彼時的洹河水流盛大，浩浩蕩蕩，滋潤著這塊土地，如今靜美如江南細流，兩岸的楊柳減去鋒芒，不應該是這樣，絕對不是這樣，他千里萬里尋來只尋到假象。

一切都是假象！

在濕眼濛濛中他看見周寧正朝他走來，今天她不穿紫，一襲紅洋裝就像新娘。

「你來幹什麼？你鬧得還不夠嗎？」

「我來跟你說真話。」

「什麼是真話？什麼是假話？不都一樣！」

「我有病！」

「早知道了，不是你發作我才一路帶衰嗎？」

「我不該跟你搞，我有不乾淨的病，好久沒跟男人在一起，所以我問你確定要嗎？你說死了也要……」

「你是說性病？」

「也不知怎麼染上的？」

「哈哈哈……」捷仰著臉狂笑，讓水柱繼續灑在他臉上。

愛症

性病是愛症的一種，也可逆轉為無愛症，對於周寧來說是愛的追尋歷程，也可解釋為鄉愁的一種。其實她並無故鄉觀念，因此才會糾結成巨大扭曲的鄉愁，常常被誤解為愛。她不知道哪裡才算故鄉，周寧的爸媽在蘇北插隊時結婚生下她，在文革的末期，這些文革之子沒故鄉他鄉觀念，橫豎是東南西北人。後來爸媽分別被調來調去，有好長一段時間在外婆南陽家，南陽最有名的是監獄，所謂帝都之首為北京，帝都之尾在南陽，這裡是古老的監獄之城，祭祀著臯陶，為罪犯之神，現在只剩一大片廢墟，小時候大人們一直不准她靠近那裡，但那是小孩練膽量扮鬼怪的天堂，她也偷偷進去幾次，監獄大門上刻有怪獸，有臉無身，大嘴裡露出獠牙，這怪獸叫作「狴犴」，傳說牠吃肉不吐骨頭，十分凶猛，象徵監獄的權威與殘忍，提示著人們勿觸法網。進入這座門有個院子，北邊有一座廟，供著一個相貌慈祥的老人，他就是臯陶，中國司法制度的開創者。東西廂房是值班房，再過去進一道牆，分隔著男監與女監，牆下有口井，井口很小，以防犯人自殺。現在這座井已乾枯，井並不深，成為孩童愛鑽進的鬼洞，有些人則在廟裡玩捉迷藏，周寧走進那道南牆，看著一個又一個監獄，聽說土改時期，這裡是現成的批鬥場所，監獄裡關滿了人，她的父母親也曾在裡面，分隔著一道牆，她望著空洞的牢房，內心更加空洞，在轉身時忽地聽見有人在哭，她人往後栽失去知覺，後來被鄰居抱回家。外婆有半畝地種棗子，棗林子開花結果時最美，五角形像星星一般，由綠轉黃，其氣香濃，一朵花就是一團蜜，引來許多蜜蜂，香氣可傳幾里遠，所謂「金盞滿枝，香染滿樹」，花開時間雖短，卻可香上一整個月。這麼香甜的樹，結的卻不盡然是香甜果，那是可怕的採收季，她翹堂加入採收行列，才十來歲的女娃，手指長厚厚的繭。一片林子的棗換不到幾百塊錢，那就是她們一年的生活費用，為了摳省，自家連棗子也吃不上，到現在她看到棗子都心酸嘴饞得緊，河南的大紅棗特好，現在已行銷至全國，到處是「好想你」的棗子連鎖店，對她來說是不堪的鄉下記憶。一直到讀高中，全家才團圓在鄭州，父親說這才算回了老家，但她討厭當河南人，尤其像他們老家在鄉下的「一頭沉」，在城裡被嚴重地看不起，特別是在青春期，鄭州有一百多間中學，她偏偏進了最多高幹之子的十七中，他們都是考不進當地好學校的外地人，北京、上海、廣州的最多，他們共同的死敵就是班上唯一的河南人，也就是周寧。河南自古以農業為主，苦天苦地常鬧災荒，被其他外省人看不起，「河南鄉下人」的笑話多到數不清，內容不外造假、欺騙、靠不住、吹牛。

有一次班上輪流講笑話，幾乎都集中在譏笑河南鄉下人，譬如一個北京高幹之子大胖胖說：「有一次啊，河南某著名企業家到北京參加群英會，這時有領導在做報告時興頭來了，就給特別有名的與會者點名，點啊點，叫到河南的那位企業家時，他老兄昂頭挺胸、聲音洪亮地應答說『到』，沒想到這位領導在主席台上站起身來，換掉老花眼鏡戴上近視眼鏡，躬身探頭問道：真的假的？」

另一個來自上海的美女說河南鄉下人愛吹牛，她上台一鞠躬然後優雅地說：你知道河南人有哪四大構想？大家齊說不知道，美女吟哦一陣說：「宇宙裝空調，地球刷紅漆，萬里長城貼磁磚，炸平喜馬拉雅山。」然後再一鞠躬下台，鬧得大家瘋狂大笑。

另一個也是北京人，北京靠河南最近卻最愛笑河南鄉下人，他說：「嗯，我們都知道河南人靠不住，話說國共內戰期間，一位共軍士兵和他的河南籍班長奉命去炸掉一座建在橋上阻擋部隊衝鋒的碉堡。當他們冒著槍林彈雨衝到橋下時，卻發覺沒帶炸藥包支架，班長要士兵先把炸藥包托著，班長稱要去找一根棍子來支撐，在臨走前偷偷地拉掉炸藥引火線，士兵發現有異狀已來不及，在爆炸前高聲吶喊：「千萬不要相信河南人！」

這時自然又掀起一波瘋狂大笑，在大笑中忽聽得有人尖聲大叫：「殺，殺死你們！」但見周寧拿了撐竿跳的竿子殺過來，大家紛紛躲開，周寧拿著長竿就像哪吒的通天戟，在眾人面前大喊：「日你奶奶的，統統滾出去，你們敢再一次在我們的地兒罵河南人，我殺了你們！」說完口吐白沫昏過去，那是她第一次發作，從此沒人敢惹她，看到她更是躲得遠遠的，從此叫她「好神」，神在河南話有神經，也有神通的意思。

彼時周寧還是粗粗壯壯的運動員體格，臉盤還有河南鄉下人的扁平與吊梢三白眼，她平時上課大都在睡，不是點頭就是趴在桌上睡，課業落了許多，老師都已放棄她，有時她會無神地遊走在課室裡，大家當作沒看見。

她幾乎沒有朋友，班上另有一個老讀前三名的成雅各也沒有朋友，他的父親是被打成右派的詩人成明，也是青銅器與甲骨文的專家，在文革中自殺，大家把雅各視為瘟神，碰到他就避得老遠，他自己倒不在乎，雅各連走路手上也捧一本書，都是小說或詩集，常在文學刊物上發表作品，大家叫他「詩人」，多半是嘲笑他的背景。

雅各是高中時才讀到父親的詩，父親死後，他由伯父伯母撫養長大，伯父曾是牧師，父親因虔信基督教，將他取名為雅各，後來改為成紅軍，在家中大家還是叫他雅各。父親的詩他只注意到宗教的部分：

請別問我的身世
那些難以啟口的
可以寫出厚厚一本書。
我想刪除所有
只留下一行字：
他身上流著上帝之血

一九三〇年代之際，成明曾是現代派詩人，編過現代詩選。沒幾年他就放棄寫詩了。他寫過「從我的胸口挖出古老的回聲」這樣的句子。那古老的回聲是什麼呢？考古學對於一般人是無聊至極的，對成明來說，那是他從詩人轉向考古學的宣言。他對詩的愛好轉為對古文字的執迷，所謂「惜字如金」應有更深層的解釋，三十歲的他埋首於甲骨文與古青銅器，俊美如電影明星的考古學家與優雅的妻子住在布置著明代家具的古宅，兩個都像頭牌明星住在一部復古電影裡頭，日子過得如神仙一般，每天看鴛鴦與野鴨在池塘中游來游去。

成明潛心研究甲骨文，一九五六年完成《殷墟甲骨》一書，被視為是甲骨文研究的權威之作。在此書中，成明對近代以來甲骨文的研究成果進行了一次全面的整理。他在甲骨的整治與書刻、甲骨文的出土與研究、甲骨文的構造與文法、殷代的歷史斷代、天文曆象、方國地理、政治區域、先公舊臣、先王先妣、親屬百官、農業生產、宗教文化等等方面，做了大系統的闡述與研究。這本五十萬字的鉅著在國內外被反覆印刷出版，成為甲骨文研究領域的重要著作，至今仍經常被引用。

一九五七年四月，毛澤東發起了「百花齊放，百家爭鳴」的運動，共產黨邀請知識分子各抒己見，態度十分開放。許多知識分子以為這是自由的訊息，於是紛紛公開發表言論，卻不知那是個陷阱。

成明也天真地相信自由的到來，他以溫和的語氣發言。在一份演講稿中，他說：「面對這次難得的百花運動，正是坦誠探討漢字未來的最好時機。我們已經使用漢字三千多年了，而這些漢字並沒有任何不好，它們是古人的智慧，也是中國人的驕傲……」

他又提出：「我們使用了三千年以上的漢字還是很好的工具，是一種不必廢除的民族形式。」「在沒有好好研究以前，不要太快的宣布漢字的死刑。」「文字這東西，關係了我們萬萬千千的人民，關係了子孫百世，千萬要慎重從事。」這些建言代表一個古文字研究者真摯的聲音，可惜跟領導者唱了反調。

中共建國之後進行文字改革，成明是簡體字反對者的代表，後來被冠以「反對文字改革」的罪名，成為史學界五大右派之一，他所珍藏的明清家具與古董悉數充公。

他對古董的熱愛可以說到了癡的境界，從甲骨片、青銅器到明清家具，所得皆拿來買古董，有人說他小氣吝嗇，其實是買古董買到沒錢，生活上的開銷能省則省。他長得英俊瀟灑，穿著卻很邋遢，有人稱之「名士派」，可見他是好古而非好物，生活稱不上富裕。

當時的考古界很不單純，新派與舊派各立山頭。雖然考古和政治鬥爭相距甚遠，考古界對他進行了一連串「批判」，帶頭批判他的是曾經擔任他助理的年輕人。劃成「右派分子」後，對成明的懲罰是「降級使用」。在批判時他自白：

「我利用甲骨文與古文物獲得不該有的名聲，好大喜功，讓虛榮迷了眼……」

「不對，你利用古董發橫財，過著糜爛的生活；又盜賣給外國人，讓他們給你出書，你是美帝的走狗，無產階級的敵人！」他的學生也是助理指著他說。

「我沒利用古物賺一毛錢，只有把財產都給了古物，更沒賣給外國人，只有把他們買的收成書……」

「狡辯！哪有自白還反駁的，聽說你坐的椅子用的東西非宋即明，明以下看也不看，你有帝王思想！」

「打！」

「打死他！」

極度愛美的甲骨文專家被剃了陰陽頭，剝了衣服，用皮帶打得遍體鱗傷被拖出去遊街。

更大噩夢還在後頭，在一九六六年文革時期，成明在考古所再度被「批判」與「鬥爭」。之後被抄家，房子被別人佔用，借住在附近的一位朋友家，有一天他告訴朋友說：「我不能再讓別人把我當猴戲耍了。」說這話時，被跟蹤而來的一些同事聽見，把他強按住跪在地上，輪流臭罵他，然後把他押回考古研究所關起來。

一直到一九六六年八月下旬，是北京紅衛兵瘋狂施暴期，他們滿城到處抄家打人燒毀文物沒收財產。那一天，在考古研究所旁邊的東廠胡同，至少有六個人被紅衛兵活活打死，那地方距離成明被關的地方很近，這時的他已進入半瘋狂的狀態。親聞拷問聲從下午延續到深夜。除了用棍棒皮鞭打，還用沸水澆燙，「像殺豬一樣。」有人說。被折磨的人們的淒厲慘叫非常刺耳。成明不忍聆聽，只好用枕頭捂上耳朵。天明時分，火葬場開來一輛大卡車，運走屍體。成明目睹耳聞了這一切，有人說他瘋了，早有一點瘋，而那一晚他陷入沉思，跟死者一般冷靜。

那天夜裡，成明寫下遺書，吞服大量安眠藥片自殺。由於安眠藥量不夠，他並沒有死成，送到醫院住沒幾天被趕出來。十天以後，成明又一次自殺，這次是自縊身亡。

一朵梅花在風雪中散落
他懂雪的純潔，
不懂雪的冷酷，
最後連夢都被掩埋。

成明的死亡代表一個時代的結束，繁體字逐出中國，甲骨文暫時封存，從此兩岸書不同文，車不同軌，殷墟來往的學者與商人從此止步，卻因此保存了婦好墓的完整，否則早在那一波波甲骨熱中，被挖出土。這是成明想都想不到的事。他並非物質的愛好者，相反的他是精神的迷狂者，這種迷狂在衰敗後會轉為求死意志，就像天才衰敗後會轉為瘋狂。

千萬人中總有幾個迷狂者，他們會引領時代走到一個極端。殷人的集體性迷狂創造一個文明的巔峰，巫術與祖靈是他們的核心信仰，那令成明感到興趣的是殷人集體性迷狂，與他兒時的宗教背景可以相呼應。

他是一個牧師的兒子，神在他的意念中長成另外一個樣子，神與天才的產物是瘋狂的愛與自毀，至於古董與甲骨文的產物則是無止境的厄運與悲劇。或者深信巫術的殷人，在陪葬的儀式中，下了盜取天文天誅地滅的毒蠱，讓後世的人接近它們都沒好下場。最早擁有它們的學者與收藏家不是英年早逝就是大禍臨頭，王懿榮曾三度擔任國子監祭酒，在八國聯軍之役拜京師順天團練大臣，不願投降洋人，自殺殉國，得年才五十五歲；劉鶚作品內利用角色「剛弼」對當時的酷吏剛毅影射，被剛毅設計陷害，光緒二十六年（西元一九〇〇），八國聯軍攻入北京，劉鶚從俄軍處賤價購買太倉糧轉賣給居民，賑濟北京饑困。一九〇八年，劉鶚在南京對岸的浦口購地準備開商埠，被劾私售倉粟，發配新疆迪化（今烏魯木齊），次年因腦溢血病死，得年五十二；民國六年，王國維發表了第一篇甲骨文研究的學術論文《殷卜辭中所見先公先王考》。王國維利用甲骨文的實物資料，證實了司馬遷《史記・殷本紀》中對商朝的記載，即自商湯建國到商紂滅亡，有三十一王，歷經六百多年；同時，王國維也更正了一些《史記》中的錯誤，如：上甲以後的世系次序應為「報乙—報丙—報丁—示壬—示癸」，《史記・殷本紀》誤為「報丁—報乙—報丙—主壬—主癸」，一九二七年六月二日，自沉於頤和園昆明湖，年剛滿五十；人稱：「甲骨四堂，羅董郭王。」這四堂即羅振玉、董作賓、郭沫若、王國維，四人一生皆坎坷，多災多難。

成明死後留下一子由伯父成嘉撫養，成嘉在中共建國前還做到宗教所主任，建國後共產黨怕外國勢力藉宗教信仰入侵，對宗教多所管束。一些不願接受官方支配的基督徒（包括天主教徒），就只好偷偷的聚會，於是就衍生出許多地下教會。若被發現就要坐牢，甚至勞改至死。

成嘉曾是華北河北省宣化教區的天主神父，曾在宣化堂區服務，他晉鐸後一直祕密做牧靈工作，七十歲那年第一次被帶走。雅各記得那日中午，他跟隨伯父到一教友家中，有人敲門說是煤氣公司來做檢查，教友一開門就闖進十多個身分不明的人士，強行將伯父押走。當時外面的氣溫是零下十幾度，伯父穿著薄毛衣和拖鞋，連外套都來不及穿上。

過了幾天，有教友將伯父的衣服和藥品送到涿鹿縣一位官員那裡。他只是接收了東西，沒有透露任何有關伯父的消息。

根據以往其他「地下」神父被帶走的下場，官員通過軟硬兼施的手段，強迫神父領「神父證」，必須承認中國天主教愛國會及主教團，並服從政府的管理。他們估計這次也不例外。

教友說成神父很有聖德，深受信眾愛戴。當聽到他被帶走的消息，教友感到痛苦而無奈，並從那天起組織二十四小時不間斷祈禱、徹夜朝拜聖體等活動。有些教友也為神父做九日敬禮，祈求天主保護和照顧神父。

這種無用的祈禱持續一個月，剛開始他無奈地忍受，後來他越來越憤怒，伯父肯定不會回來了，如果真有上帝也救不了伯父，為什麼他們不反抗只會祈禱？他跑離自己的家對著天空大吼：

「我不信祢，再也不信！」

他離開自己那充滿喃喃祈禱的家，搬進宿舍，每天泡在圖書館看書直到熄燈，他幾乎看遍圖書館的書，得到一個結論，宗教犯也是思想犯的一種，伯父不會被關太久，他從此不碰宗教與政治，他要當老師，做最平凡的人，但私底下他要幹出大事業，雖然他還不知是什麼。

不受同學歡迎的雅各倒是很受老師喜愛，同樣的土布衫穿得潔淨筆挺，平頭理得很有型，修長的身材與爾雅的風度有老文人的文質彬彬，人看來沉穩早熟，老師都疼愛早熟的孩子，不把他當孩子而當朋友般勾肩搭背，尤其是國文老師視他為文學奇葩，課後常邊走邊聊幾十分鐘，後來知道他父親早死，更加疼惜他，假日常邀他到家中吃飯。

國文老師的妻子應東東原是搞戲劇的，在縣級的表演工作隊當演員，混了十幾年沒搞出什麼名堂，只留下長長的風流史，那妖妖姣姣的身姿還是俏得很，年紀雖靠四十，保養得白白淨淨，當丈夫與雅各談論文學時，她拿把以前私留的道具黑紗檀香扇坐在旁邊像卡門般搧個不停，烏溜溜的大眼睛在扇子邊上溜呀溜，瞧這個小才子談吐像個大人，臉上的嘴毛都還沒長齊呢，實在怪逗人的，世上挺有趣的畫面就是英雄論劍了，像演戲般男子變得特別威武迷人，那是存在於男人間的愛情，但他們不談愛情只談比鬥。而她的專業與其說是表演不如說是調情，早在文革時代他就是一條牙膏主義者，女人的貞操只夠一夜用，而她是天天要用身體的，對於一個表演者，身體才是她的語言，貞操也可以演，她就如此瞞過了丈夫，丈夫是無用的文人，只有一張嘴，嘴上說愛，身體不管用，半年應卯一次足矣，他的心都在書本與學生上。

但這個成雅各不同，他的身體天生是要拚命使用的，看他那孔雀般的風姿，身上每塊肌肉都躍躍欲試的樣子，這是個魔鬼尖子，勾起她的鬥志，他畢竟是正在上火的年紀，幾番撩撥就上手，從此各有一段不能言說的祕密。他們通常約在雅各的住處，每當週日雅各的親友上教堂時，他們在擺有《聖經》的床上翻雲覆雨，做到死去活來，兩個人都被彼此善於表情的肉體迷住，並不斷以肉體說出狂熱的語言，直到雅各發現自己染上性病。他違反教義，不守貞、姦淫……這時的他正在反叛期，他更覺得深重的罪惡感，他要上升，再上升。

性病是愛症也是富貴病，古早的人三妻四妾，總有一兩個風月場出身，性病通過性行為成為身體最深刻的吻，它會讓人不孕，或生下早夭的孩子。人一旦染上性病，幾乎沒有治癒的可能，它投藥時好一點，稍一疏忽就復發，以前它只在大家庭中散播，美麗的小老婆傳給丈夫，丈夫再傳給大老婆、二老婆……內在的悲劇於焉造成，表面上是妻子之間的爭權奪利，骨子底是因為性病被傳染的厭惡與報復。盤尼西林的發明，一度抑止性病的蔓生，在革命越狂熱的時期，性病也如野火般燒不盡，革命與愛情並生，屬於愛症的兩種類型，然在革命與戰爭時期，人們無暇管它，其時要生的病可多了，治癒的可能幾乎沒有，周寧染上的是淋病，淋病在女性身上是較無痛苦的，她只會在女性的肚腹腐蝕一切，最後子宮、輸卵管都爛掉發炎，外陰部是看不太出來的，只有小便時會燒痛，下腹部背部會有鈍痛，要到很晚期才在會陰部開花結果，男性得病較倒楣，外陰部紅腫，性交疼痛，伴有心悸、頭痛、噁心，應東東也把性病過給丈夫，但他吞忍一切，硬是堅壁清野治好，從此清心寡欲，對愛人同志敬而遠之，偶有接觸都要做好防護措施。

雅各自染上性病，才從愛情大夢清醒，原來最甜美的禁果是最毒的蛇，愛是一種毒果，也是病症，這在《聖經》上早已記載的事實沒有幾人願意相信，他再一次翻閱《聖經》，跪倒在上帝面前。

周寧與雅各原來不是一路的，因為被排斥漸漸走在一起，雅各獨來獨往目下無人，因為身體的罪變得謙卑一些，是他主動接近周寧，周寧是田徑選手，功課都是倒數，雅各是文弱書生，一動一靜，現在互補得很好，周寧陪雅各偷偷去教會，雅各幫周寧補習功課，兩個人來往一年多，連手都沒拉。有一次做完禮拜，雅各送周寧回家，快到家時，周寧刻意拐近一小巷，小巷通往一片廣大的野地，看不到盡頭的樹林這裡常見的歪脖子槐樹，幾百年來這片野地都沒改變過，這正是中原逐鹿的主戰場，所有的浴血戰爭與塗炭生靈皆已安歇，被夷平的黃土地越來越平，現在只有無侵略性的樹越抽越長越長越歪，好像倒插的雞毛撢子，拂去一切暴戾，這片過於溫雅的樹林令人發火，周寧開始委屈地小跑步，越跑越委屈，越跑越快，雅各知道周寧的心思，但她是個有病的女孩，不該再讓她得另一種病，他因此沒追上去，周寧乾跑一陣，發現不如預期，便又以田徑選手之姿跑回來，狠狠打雅各一巴掌，又演下一段戲：

「你欺侮我，一直在欺侮我。」然後蒙著臉嗚咽，讓雅各又好氣又好笑。

「就都算我不對，你這樣被人看到，好像我真欺侮你了。」

「你不欺侮我就是欺侮我。」

「我全身都很髒，我有髒病，一定要逼我說出來嗎？」

「這真是個爛藉口。」

「我什麼時候說過假話？」雅各嚴肅時臉有股殺氣。

「我寧願你不要那麼真。」

「你到底想怎樣？」

周寧快速脫光上身衣服，好像演練過無數次，她的乳房小而圓，像淺碟子一般，但身體線條極美，小麥色的皮膚散發著琥珀光，這女人什麼都不怕，是無知導致的無畏，還是愛的力量？他盯著她看很久，一直到下體勃起在顫抖搖晃，好像在催促他做什麼，他抱住她，兩人在樹林中翻滾，瘋狂撕咬著彼此，他們像一台車子的兩個輪胎，轟轟地向前滾動，怪不得有人稱做愛為「打車子」，他們用自己的肉身逐鹿中原，壓平大地。

不久就得病，起初陰部搔癢疼痛，身上起紅疹，患了性病的周寧變得更美，讓她多了一份妖豔，整個人放亮，許多男人圍著她轉，但那時她只愛雅各。兩個得性病的人像亡命鴛鴦做出種種冒險，淋病發作初期，分泌物會變多，周寧常覺得下部有水汩汩流出，像漏尿般，褲子濕到屁股，連肛門也燒熱，褲底綠黃綠黃像流膿，味道很臭，連洗都不敢洗，她每天丟掉幾條內褲，其時還沒護墊。她這生算完了，不可能有小孩，以後連眼睛都會爛掉。可周寧看鏡中的自己，美得勾人，眼睛更亮，兩頰微紅，連皮膚也變得更加細嫩，這毒菌像毒花般勾出誘人的色相。肚腹內總有一把火在燒，他們只有彼此了，病毒把他們串在一起，做出各種不要命的冒險，她跟他參加地下教會，那時天主教在中國大陸的分裂是從愛國會成立就產生，並由於從上世紀八〇年代初期當局對天主教實行公開反教宗的政策而加劇：分成公開反對教宗的「愛國會」控制的教會和忠於教宗的教會。

愛國會改動《聖經》，刪除經文中、教理中、感恩祭典中、列品禱文中的教宗二字，將祝聖主教禮儀誓詞中的服從教宗改為服從政府，不准教友給教宗念經、不准教友唱忠於教宗的歌曲等。政府當局更是將眾多教堂交給愛國會控制，給愛國會領導發工資、給經濟補貼、給官銜（人大代表、政協委員），以及各種獎勵，從而打擊、鎮壓、限制、監控不願意參加愛國會且忠於教宗的教會：抓捕主教、神父，關押教友骨幹、拆除教堂和祈禱所、取締活動場所等。

那些忠於教宗的教會信徒，不接受「愛國會原則」，只能偷偷在教友家中舉行宗教活動，當局統稱他們為「地下教會」。地下教會並非反對政府的組織，只為了忠於信仰，維護天主教信仰的完整，不願意脫離教宗的領導。地下教會在上世紀八〇年代進入蓬勃發展期，不僅喚醒了很多教友的信仰熱誠，而且組織不斷擴大。

從八〇年代初期保定教區范學淹主教，那時他可說是孤軍奮戰，一直到一九八九年在陝西三原張二冊成立大陸主教團，才日益擴展，那時就有七十多位非官方與羅馬保持共融的主教。這個地下組織雖然受到政府嚴厲控制，神長和教友們還是以虔信者的熱狂堅持自己的信仰，他們常在主教葬禮或朝聖活動中集結，冒著各種危險聚會：如八九年一月易縣教區主教周善夫・方濟各的殯葬禮儀有十位主教，將近五十位神父，三百多位修士修女和約五萬教友參與；九三年五月大陸主教團祕書長、易縣教區助理主教劉書和・保祿殯葬禮儀有十位主教，一百多位神父，五百多位修士修女和約八萬教友參與，在短短四年間，教友的人數由五萬激增到八萬。

上世紀八〇年代起，地下教會選擇在每年的聖母月，組團去保定東閭朝聖。從最初的幾百、幾千人發展到上萬人。經過十九年，在九五年五月二十四日（聖母進教之佑）東閭朝聖地參與彌撒慶典的神父有一百二十多位，教友已達十五萬多人，當天很多人都看見了天空中的異象，成雅各與周寧也參加了那次盛會，但見藍天中放光，箭光四射，許多人跪下膜拜，聚集的教友越來越多，政府派出大批警力包圍，這時不知為何起了大火，現場像災區，哭的喊的逃的，公安帶走幾位神父，雅各以身體保護神父並反抗，因此一起被帶走，周寧想拉住雅各，卻被推擠接近著火的樹林，一棵正在燃燒的大樹倒下來打中她，她身上著火，但當時太混亂了，當有人把她救出時，她受了嚴重燒傷，在醫院躺了好久，植皮、復健，痛到不想活，她背上的燒傷是無法復元的，心靈的傷更是。

當時他們都才十八歲，被帶走的人像風一樣消失，周寧到處打聽設法營救，透過層層關係，好不容易見到一個高幹，他見了她帶進密室動手動腳，這個色胚難道不知她是帶有毒汁的禁果，要吃就吃，把病過給他，也算撈本，他撫著她有著醜陋燒痕的背說：「真可惜！殘了！」那個高幹吃了好幾次禁果，人還是沒放出來，原來被無用之人騙了，如此她散播病毒，過了七年，成雅各才被放出來。

入獄的成雅各光身一個什麼都沒帶，有一次周寧給他帶來一本討論商代甲骨文與文物書，大多數是圖片，這種冷門書不會禁，第一次他看到甲骨文，發呆許久，一直到眼淚像鳥糞般滴在胸前，那是累積多久才流下的大倍數的淚，父親因為這些而慘死，他覺得是活該，根本人就不該崇拜物質，比較起來他更像理想主義者，是精神至上的狂熱分子，但物質為什麼會吸引人？其中可有精神的成分？他找來一些哲學書，整天把一本書翻來覆去的看，他一直是唯物論的反對者，然而從小到大讀的唯物史觀，他最不反對的是文學的寫實主義，讀的作品也是寫實風格，可這裡面有多少虛偽的分子，一個明明生活在都市裡的人，過的是方便優渥的生活，為什麼寫來寫去都是鄉下的李大娘、王大糞與玉米田、高粱田？他們一天農活都沒幹過，寫起插秧、收割幹勁可大了，而且千篇一律，千人一目，凡是農民就是高貴不貴的，寫起物品那又是追求都市裡高貴且貴的玩意兒，算起錢來一元兩元計較得很，這裡面存在物質主義比任何主義要來得可怕，怪不得解放後最拜物的就是中國人，那是有太多錢可使，沒有想到錢也有使玩的一天？西歐與香港都已走向反物質主義，中國人還在物質主義的洪流中。

中國人對物向來親切，物通指萬物，仁民與愛物同等，格物可以致知，西方人則把物當作對抗與征服的對象，所謂的唯物論與唯心論都太簡化，物與我的對立是人主觀的認定，人體也是由物質構成，人對抗物質也就是對抗自己。

過去的中國人太窮，就算在相對富裕的年代，也還是窮，沒有富過的人、經常經歷經濟上缺乏安全感的人，會把經濟需要、經濟增長和安全需要例如強大的國家保衛系統、法律與規矩等，放到一個比較高的位置。然而嘗過富裕滋味的人，會認為個人進步、自由、政府所給予的公民權等比較重要，把它們放到一個較高位置。他們要求一個人道主義的社會，並且希望維持一個清潔而健康的環境。雖然這些未可盡歸功於經濟發展，但經濟發展確實提供了機會，讓群眾轉型為有組織的市民，有實力要求更公平的資源分配。

人由物質主義走向反物質主義，是物極必反的結果，他是一個反物質主義者，這就是自己革自己的命，這裡面有大覺醒。

文字是物質或是精神？在甲骨文金文時代，它精神的成分與物質成分一樣多，它是神或王的語言，然而它又是物質性的，為了打造一個鐘或鼎，可能耗費千百人之力，才能把文字鐫刻上去，它比紙筆時代更複雜，說來紙筆最純粹，精神遠勝物質，故而創造幾千年的紙筆文明，如今後ＰＣ時代，人們拿電腦與手機來通訊與打電玩、聽音樂，書寫成為次要，這物質與精神的交錯，又回到青銅時代般複雜。父親所著迷的一定不只是物質，那是什麼呢？神通？古文字？歷史？他有理想熱情嗎？

成雅各想起他從未見過的父親與母親，伯父從來不提他們，是他在故紙堆裡挖出父母親的過去，父親是個詩人、甲骨文學者，這些輝煌的過去只有加深他的悲劇，他被打為大右派，然後是地下教會的邪信者，在監獄中的八年，他才醒悟自己是父親遺留下來的迷狂者，是一個無用的廢物。

就算是廢物也有可用之處，成雅各越想越多，他想通一件事，他要救周寧！不讓她再往物質的墮落路上走，也禁止她把國寶輸出中國，這個想法越來越清晰，但要如何救他還不知道，他不知周寧已漸漸變成拜物者。

但周寧不愛成雅各了，他讓她受了太多恥辱，看到他就像看到那些活生生發爛的發臭恥部與恥辱，再說經過七年彼此都變了，周寧性病越重越發美豔，現在的她高眺水靈水秀的，走在路上，常被錯認為某個小有名氣的麻豆，人們會指指點點回頭看她說：「她不是那個某某某嗎！」周寧當沒聽見，上帝在她身上開了惡意的玩笑，將她變成連自己也不認識的人；而成雅各經過七年牢役，頭都禿了，像個小老頭，這幾年幾無間斷的祈禱讓他像中古世紀的苦行修士，有時他用各種可見的器物鞭打自己，直到連衣服都被沒收，沒衣物就用手打自己，最後連手也被綁起來，醫生發現他的下體潰爛，強打盤尼西林，連續七年治好他的病，如今他的身體恢復乾淨，再也不近女色。

而周寧在欲海中翻滾成一朵食人花，她跟男人只維持短暫的關係，以免病發時遭報復，一個換過一個，一地換過一地，為愛症成為海上花，男人通常也不留戀，因為她總適時地癲癇發作，嚇得男人不敢接近她，正好結束一段露水姻緣。

就是那時做起貿易，說是貿易，賣的是五A貨，大陸富起來之後，人們從觀光客身上歸納出運動休閒服是最時髦的打扮，男的身穿 polo 衫搭運動褲，女生則偏愛顏色鮮豔的大紅、粉紅，整套地穿，把大半個中國變成運動場，上面提倡體育，下面提倡體育服裝，連盲流都穿廉價尼龍布滾白線條的水藍色體育褲，土灰灰的像跑完三千米的馬拉松選手，男女老少都瘋迷 NIKE 為首有品牌的運動服，大多數人買不起，五A貨的需求量很大，彼時的五A比台灣早期的仿冒品更精進，一比一仿造，幾乎看不出破綻，還有 LV、GUCCI 也是做到相似度百分之九十，那是仿冒的藝術品了，價格也不低，進價三五百可賣到一千。第一次到深圳，就在車站的商場一棟接一棟大樓，總有人埋伏在一樓門口引你進門，後來知道他們要分一半，她都自己找賣家，越高層越便宜，那裡像中東市集般令人錯亂，每樣東西都是仿的，香奈兒、LV、GUCCI、PRADA……玉市也都是B貨，層層疊疊披披掛掛，一家接一家，讓人莫名興奮，假的呢，更有吸引力，因為便宜，太便宜了，材質與設計物超所值，就算當無品牌買也值，都說是工廠流出的瑕疵品，哪有那麼多次貨，產地又不在中國，就是高仿品唄！香奈兒陶瓷 J12 手錶，仿得一模一樣，一支兩百，買五支還送一支，一次就帶上一打，她可以在這裡看上一整天，然後請店家把貨送到旅館，一次帶上兩只大旅行箱，回到鄭州，不到一個禮拜搶光光，大都是訂單，有的熟客帶朋友來，像強人般搶貨。

不懂鄭州的人常嘲笑他們愛裝闊，愛名牌，卻不知此地是交通樞紐，南來北往都以此為轉運站，匯集四方人種，所以他們眼界高見識多，能夠欣賞好東西，真正有價值的好東西，譬如說古董、奇石、書畫……這些東西也曾是以前的名牌，現代的名牌他們只挑頂尖的，可畢竟有能力買名牌的不多，其時各大名牌還未進駐國內，買的門路不多，於是連仿冒品都很搶手，周寧正逢其時，賺了一些錢，都給安陽的外婆蓋房，安陽雖是窮地方，蓋的房子都要綠瓦黃牆，還要開個宮殿門，在黃土地中特別搶眼，外婆現在不種棗了，天天坐在小宮殿裡看電視，她根本看不見，兩眼白內障，只用聽的就很滿足，她自己過得很儉省，對爸媽反而吝嗇，覺得他們只顧自己，對外婆不好，親子關係很冷淡，加上她的病，令她想跑越遠越好。

剛開始她只帶些便宜貨只是些便宜包包衣服，後來發現A貨翡翠的利潤更高，尤其是放光玻璃種，一只白玻璃手鐲可以賣到幾十萬，帶翠的更不得了，幾十萬都有人搶著要，大陸窮太久，玩古董翡翠卻是三級跳，瓷器非清三代不可、翡翠要冰種以上，外婆那時代，有個白底青或花青等不透的就可嚇人，誰見過冰種、老坑玻璃種？翡翠從清末才崛起，慈禧一手帶起風潮，從這角度來看，她是有眼光的時尚女王，將來稱霸世界的不是中國，而是翡翠，一丁點老坑玻璃種在拍賣會上總能拍出千萬天價，賣價要一流藝術品才追得上，現今看得到的慈禧翡翠最好也不過花青，在台灣故宮的翠玉白菜，為瑾妃之陪嫁，只有那隻螳螂是冰種，白菜部分是白底青，玉質在當時也是上上之選了，以前外婆有個翡翠鐲子，藏得像寶貝，不過是花青，花青在某個時期是上等翡翠的代表，它翠青中帶黑，玉質不透，因是滿色，綠的部分顏色嬌豔，最高也不過如此，後來宋美齡從杜月笙夫人手中A來的麻花鐲子已是冰種以上，冰種的特點是透明如冰塊，略放瑩光，那是民國初年，聽說現在開礦都是用炸藥開炸，才挖出年份越久水分特優的老坑玻璃種，因為深埋地底，受岩層之擠壓，經過千萬年才煉成的天地靈玉，它的特色是淚眼盈盈，寶光四射，以前周寧覺得翡翠很醜，直到看到老坑玻璃種才發出驚嘆，原來翡翠要到這等級才是超塵絕俗。

大陸剛富起來為什麼就敢玩玻璃種，因為剛好碰到翡翠的爆炸期也是劫毀期，挖到緬甸礦區比戰場還恐怖，翡翠也面臨絕礦的命運。可以說大陸開放後一玩翡翠古董都是頂級，有錢沒錢的都搶著要，買來送高幹，打通關節，玉這東西在中國源遠流長，早已埋在根裡，哪個朝代不為玉瘋狂。周寧趕上這熱潮，之後跑單幫以高檔翡翠為主，名牌五A貨為輔，為此在各高幹家拎個小包穿門走戶，到處受歡迎，連任督二脈都打通了。

為她穿針引線的是「古董王」，他原是小刊物主編，常趁下鄉出差時淘寶，買些瓶瓶罐罐的，有的還真給他買對了，但凡買過真的，就一真逐十假，他又敢花錢，結果人不但富了，還有自個兒的博物館，到處演講給人鑑定，出了一系列古董書，開了家文化出版公司，邀周寧當經理。他現在手戴天珠，供養高僧打坐參禪，偶爾捐捐款，儼然善心人士，只有周寧知道他的底，當年兩人就在深圳玉市碰上的，他買瓷器，她買翡翠，都是從假貨、次貨買到正品，兩個人同居一陣，家裡塞滿盜賣的瓷器與整座銅馬車還有大銅鼎，另一邊披披掛掛的是五A的名牌包跟運動服，古董與潮服形成有趣的對比，有次成雅各突然找上門，他環視四周倒抽一口冷氣：「沒想到你墮落至此，你像睡在陵墓的惡鬼！」雅各對周寧始終懷著虧欠，是他開啟那個墮落的頭，這是他的罪愆。

古董王背後有一個上通天地下通鬼神的盜墓集團與古董走私網，盜賣的國家遍布全球，當然他也走拍賣會，全身名牌跟上流社會打交道，他那張嘴可以去做算命仙，確實他說的常有一點點準，也常常不太準，他自己倒不在意，嘴砲打多了說過即忘。譬如他預料下一波的古董熱是和田玉與青銅器，這算是說對了，以前和田白玉一百公克只要幾百元，沒人看好那蒼白無趣的東西，玉市一堆一堆沒人買，現在一百公克要幾萬那還是新的，整整翻幾十倍，老件明清以上就要幾十萬，青銅器更不用說，拍賣屢創新高，怪不得有人死心跟著他殺進殺出，他說自己是范蠡再世，又常愛幫人看前世今生，就是他說周寧是殷的後裔，婦好的第五次轉世，第一次轉世為西施，第二次轉世為大將軍李陵，第三次轉世為武則天，第四次轉世為慈禧，第五次就是周寧，周寧只有百分之一相信，怎麼每個的前世都是帝王將相格格女皇，地位尊貴者這世都成了平凡人？

周寧第一次見古董王，見他眼珠圓大又外突，精光四射，心想：「這是狼的眼睛，貪得很，是要吃人的。」古董玩久了，大都有一張沒表情的磚臉，那是免疫系統出了問題，出土的文物帶著大量的細菌或者有毒的物質，它讓你的免疫力大亂，或僵直性脊椎炎或乾燥症、紅斑性狼瘡，曬不得太陽，說話有氣無力，無法轉頭轉身之怪病，賺來的大把銀子都花在看各地名醫，最後窩居家中避不見人，好像入了土一般。那時古董熱初起，有人看過一些故宮的東西就稱「官窯林」、「故宮胡」，她心裡偷笑，不都是為了錢嗎？古董是樁大生意，就叫「錢王」不更好，後來越接近古董王，才知他確有點本事。

古董王進入這行說來也算傳奇，八〇年末期，還沒太多人玩古董，有個編輯朋友說一個前清皇族後代溥容，在文革時將少數精品層層包裹藏於地下，如今他女兒生怪病，需要花大錢，起出這批寶物急著變現，看他人面廣，託他介紹，古董王那時還叫王大力，雖沒幾個錢，聽說此人玩古董玩到頂，就去開開眼。那日，他單獨與溥容見面，在簡陋窄小的客廳中，那正是夏日午後，人人滿頭大汗，溥容大約靠七十，白胖臉，身體卻極瘦，半舊的長袖淺藍細條紋襯衫與深藍空軍褲，那時有件好的襯衫穿都是家底好的，空軍褲也非一般人穿得，還繫著質感好的皮帶；但見他手臂上戴著玉釧，那玉色青黃帶有血沁，上雕螭龍，寶光四射，他從不知男人戴釧這麼好看，其實是從未看過，屋子裡飄來一股涼意，眼前的老男人氣定神閒，頗有林下之風。簡單寒暄後，他拿出幾件古玉，那時他完全不會看，眼裡只有那只玉釧，老男人接著拿出兩塊田黃，一塊金黃透明，雕螭龍玉印；一塊桐油紅不透雕薄意山水，那時很少人見過老田黃，但他全身冒汗，直覺這是好東西。他的身家統共一兩千元，一件也買不到，便介紹朋友來買，有些外國人光貪便宜，盡掃那些便宜的小玉件，一件幾十幾百，可見開價低廉隨意，他只想要他手上戴的東西還有那金澄澄的田黃，不是說「一兩田黃三兩金」嗎？不知哪兒聽來的重點閃過腦海。等小東西被掃光，又是兩人獨坐，溥容說：

「看這麼久沒個喜歡的？」

「喜歡的買不起。」

「你救了我的急，喜歡什麼直說，半買半送，我不是做生意的，不過是敗家子罷了。」王大力指了指他手上的玉釧，老頭露出為難的神色。

「只有這個不賣，田黃我知道你喜歡，兩個一起，五千。」

「要買就一起買，田黃我不懂。」

「玉釧你就懂嗎，你知道它是什麼年代，哪些人戴過，凡是寶物都有身分證、年代、主人，這些你都懂嗎？」

王大力搖頭。「但我喜歡，喜歡到想搶了它。」

溥容笑了，解下那只玉釧，在手中摩挲一陣才說：「漢劉安墓出土，黃玉帶血沁，一萬。」一萬那時可買一棟房，有錢人不過是「萬元戶」，那只有賣房賣地了，老家有一棟房連地是他分到的，王大力知道這是流血價，一毛也不殺，請老家幫他處理房地，用一棟房子買了三塊石頭。

一開始傳開大家都當笑話講，一直到幾年後，玉鐲以三十萬人民幣被香港人買走，田黃凍以二十萬被台灣人買走，大家才改口稱他「石王」，故事到這裡，也可告個結束，他有了這些錢，也可做個小富翁，也算功德圓滿。但故事就是從這一點分叉出去，如果他心滿意足就此無懷疑，他的人生也許更平順些，但因為一塊有著疑問的石頭，他選擇追著疑問走，這開啟了另一個新天地，故事也有了不同的走向。那塊不透的咖啡紅石頭，到處給人看，大家都看不好，都說是「不到田，頂多是鹿目，而且還有破洞」，的確在邊角缺了一小塊，鹿目只值田黃十分之一，那老頭不會收這種東西，他花幾年的時間鑽研印石與古玉，覺得它的身分沒被真正認識，田黃埋在地下久了睡死，有時還會裝死，寶光盡失，讓人以為是塊破石，聽說田黃要用油養，還要用人的活氣養它，便泡在茶油裡三天，三天後取出用棉布擦亮，再用手盤玩，哈一口氣再盤，盤到手關節痛，盤了幾天有一角變透而色近金黃，破洞下有個「均」字，就是這個刻在石頭上的字開了天機，他思忖著想必有人故意挖去上面一個字，以掩蓋它的來歷，翻遍所有印石的書籍，那挖去的字應是「尚」，也就是周尚均的作品，此人是清初名匠，非稀有石材不刻，那此印石定非凡品，於是繼續盤，幾乎是用心肺復甦術拚命救活，很奇妙地盤到咖啡紅變通透，通透就通靈，整個石頭彷彿活了起來，寶光四射，部分轉為紅色，如果是橙紅色，那就是人稱的「紅田」，是稀有品種，凡是好石材必有好雕工，原來那塊被磨掉的小角應是匠工的落款，清代皇帝祭天要放一小塊田黃，像這重達五百克的雕件的主人大約可猜出幾分，玩玉的非富即貴，玩印石的都是文人雅士、書畫藝術家，那這兩塊印石來自溥家，應該是溥心畬藏品沒錯。玩古物最好玩的即在驗明正身，一般人談到古董都是錢，他對鑑定更有興趣。

這一塊石頭讓他拍出天價一百萬人民幣，他的名號在古董界中傳開。但這才只是開頭，有了錢有了名，他不買豪宅不買好車，還是騎腳踏車的小編，得空就四處淘寶，那時初初開放，在富起來的口號下，大家要錢不要古董，紛紛丟出來，常常三兩百就可買到寶，他只要看到好的，尤其特好的絕不手軟，寧願錯殺也不願走寶，剛開始也繳了許多學費，後來眼力越來越好，只要瞄幾眼，再用手摸，便能知八九，他的摸功在業界是有名的。

靠著三塊石頭起家，他想像溥容這樣藏寶的人一定很多，於是埋線專門提供線索，專跑埋寶人家，這些人大都在鄉下偏遠地方，有個瞎眼老婆婆聽說埋了一個乾隆的碗，他打的打了八小時到山西的小鄉鎮，見到那老婆婆，她抱出那個碗，用十幾層布包住，那布都快爛光，好不容易打開，但見麵碗大的碗以琺瑯彩畫了百子百戲圖，每個小孩樣貌、姿態各各不同，毛髮絲絲分明，碗底落的是琺瑯彩金款，胎質、顏料、筆法都是上品，是傳說中「古月軒」瓷，皇帝專玩的瓷器，一般人連看的份都沒，當然這種東西不是裝麵用的，而是純把玩。他每見好東西就全身盜汗，拚命發抖，偏偏還要裝冷靜，以免開價太高。老婆婆開價三萬，乖乖，他回說一般般的東西，不過是個碗，不值幾個錢。老婆婆不作聲把那些爛布一層層裹回去。為了這個碗，他跑了八趟，光車錢就幾千，最後說到兩萬，兩萬貴嗎？太便宜了，隔年以一百五十萬拍出。

古董王教周寧看古董，可惜她只在意價值的部分，對鑑定的知識一點耐心也沒，古董王常笑她是俗人，周寧反駁：

「鑑定不就是確知它們價值多少錢嗎？」

「那只是結果，過程才重要，可惜我沒時間寫書，要不精采的故事多著呢！古董這東西，懂的人以為是寶，不懂的人就當垃圾。就說這青銅器吧！大都是冥器，又有鏽毒，誰懂得欣賞，願意往家裡擺？就算願意也常看錯或走寶，不是人找寶，而是寶找人，寶會引寶，像我剛收東西那幾年，奇怪的許多好東西，自動跑到我面前。有一次有個中學國文老師說有幾件青銅器，請我去看。約去他的辦公室看，真糟，沒一件對，可是鑑定的人說話不能太直接，有些財大氣粗的人丟他自尊搞不好跟你翻臉，通常不對的只能說：『看不好，再找人看看』，上道的人就明白幾分了。但見他滿臉失望，打開抽屜想包份禮，這時一件黃色的老印紐丟在抽屜一角，我說那一個印章我看看，他說那不是他的，三十年前剛到這學校，單位給他這張辦公桌，抽屜裡就有這個章，看它髒兮兮，刻得又醜怪，想是便宜東西，可能是上個老師不要沒帶走，好幾次想丟了它，但想不是自己的東西，就沒去管它。我把印紐看了看，因布滿灰塵，顏色走調，土土黃黃確是不好看，但我的手在抖，全身開始盜汗，它有可能是好東西，好東西很會掩藏，藏得像垃圾，一般人就算擁有也當它垃圾。像它這樣亂丟，印石的硬度通常只有兩三度，比粉筆好不了多少，搞不好缺角破損嚴重，就沒什麼價值。我跟他說我剛想刻個印章，這樣吧！一百元（這時不能開高價會讓對方起疑）讓給我，他說不必不必，我還要包給你車資五十呢！就送你吧！東西不是我的。我說這個錢你一定要收，否則白拿你的，壞了我名聲，這時他才收下，那時他一個月工資也就一百多。回家後清洗泡油，又是心肺復甦術，盤了約十天，它真的死太久了，又土又鈍，我都想放棄了，可雕工這麼好的東西肯定不差，這件我盤到手關節發炎，休息一陣再盤，跟它對抗最久，追女朋友都沒這耐心，盤了半年多，顏色與透度漸漸出來，蘿蔔絲紋與紅色的格裂非常開門，是最高檔橘皮紅田黃，而且重達五百公克，上面醜怪之物是饕餮，而且神奇的是沒有缺損，上上完美的絕品。它被丟在抽屜裡三十年差點被丟掉。真是不可思議的自動送上來的寶物啊！這件東西很快被香港富商以一百萬港幣買走，如果上拍賣會肯定破千萬。後來我不走拍賣會了，有些拍賣公司跟詐騙集團差不多，拍賣官也不真懂鑑定，抽成加上繳稅金，只圖個天價的虛名，好東西要給識貨的人。像這樣的故事一簍筐講也講不完。」

「太驚人了，這才真的是一本萬利。」

「你才知道，比賭博還刺激，但玩到一個程度，錢不重要了，鑑定也不重要了，最吸引人的還是人，你說那個把印紐忘了帶走的老老師，一定是個印石癡，藏有太多石頭，不小心遺下一塊，他或者是家學淵源，玩印石的不是書畫家就是雅玩者，跟一般玩金玉瓷器的大不同，這東西搞不好是祖上傳下來的，幾人看過這種好東西，放到別人抽屜也當垃圾扔了！一個好東西的背後主人，因為你在把玩的過程逐漸清晰，彷彿可以走進他的世界為他寫傳，或者跟他融為一體。帝王的面目與生活你也能由他的藏品掌握，歷史活過來了，是以一個帝王一個帝王為單位。我挖出的帝陵無數，但我最有興趣的是武丁，因為是他把青銅器的燒造達到巔峰。」

「盜墓者大都是為錢，我看你是窺視狂。」

「窺視古人是考古，窺視現代人是變態，境界差太多了。跟你說說我玩石頭的心得，以前讀《紅樓夢》以為是講玉的故事，其實石頭才是重點，而這些通靈的石頭指的是出自東南的奇石，尤其是壽山石。清三代時，和田玉沒落，那種青青白白的玉滿人嫌太素，新興的是比玉更珍貴的壽山石，其中提到凍石就有好幾處，如林黛玉用海棠凍石蕉葉杯喝酒、賈母替寶釵布置房間擺的是墨煙凍石鼎，還有最重點的蠟油凍的佛手，是賈母把玩之物，連賈璉也想佔有，那東西就是田黃凍，田黃已夠珍罕，田黃凍更是稀少，有也是小塊，所謂的蠟油佛手凍，想必是田黃凍雕成佛手，以蠟油盤養，那體積應該相當大，可說是稀世奇珍。海棠凍石可能是桃花凍石，以顏色嬌紅故稱之，好的桃花凍石顏色似雞血，極為殊麗，只有林外仙姝能拿這樣的杯子喝酒。桃花凍石數壽山水坑，顏色美如彩霞。煙墨凍石鼎即是水坑的牛角凍，它似淡墨般的素雅，跟石頭盆景煞是搭配，凍石的體積不大，要做成石鼎要捨棄許多石材，且體積要很大，擺起來素雅貴氣，黑白色系相搭，確是不凡。

在《紅樓》中使用凍石的只有賈母、寶釵與黛玉，寶玉有玉，釵黛有凍石，這是作者特意的安排嗎？原來《石頭記》的涵意除了玉還有石，雖然古人玉石不分，石之美者即為玉，凍石不僅是石之美者，還有透明與冰凍的意涵。田黃凍至尊至貴，黃色極為溫暖，牛角凍墨黑，冷中透著雅，桃花凍，色紅而晶瑩剔透，在在說明了人物的個性。你說，這《石頭記》寫的是石頭還是玉？」

「唉呀！《紅樓》我只知道劉姥姥逛大觀園，別考我了，我今天可真開了眼，上了好幾課。」

「多著呢！以後有空給你說說。」

這一行太誘人了，是冒險家的帝王經驗。沒幾年大陸富了，玩古董的一車又一車，好東西早被收走了，於是次貨、仿品越來越多，他雖幫人鑑定，有些人會塞紅包，漸漸也說假話，懂古董的不多，有些人號稱斥資幾千萬，收藏如博物館，一看全部都不對，但凡有一錯就全錯，有一對也未必全對，有些人就是開不了竅，以為有鑑定書就是正品，博物館的鑑定人員也常看走眼，一般的拍賣會五成是贋品，所以他也進些次貨、高仿品，不做功課的人就該吃虧受騙，反正不會看的人永遠不會看。

小沈就是這樣認識的，他們是盜賣與盜墓集團，開始是跟他批貨，在陰暗的房間只點小燈泡下交易，一次就批幾十件，交易時間很短，大家不囉唆，昏黑的光線考驗買家的眼力，賣家的東西好壞真假都有，從博物館盜賣出來的也有假寶。

每次官方挖到新墓或窯址，就是文物浩劫的開始，完好的東西大都被扣下來成批流出去，剩下的是次品與破片，精品一轉再轉賣出了國外，好東西大量外流。

小沈人斯斯文文，在澳門有房子，父親以前開古董店，九九大限前十年，古董商十之八九關門移民海外，小沈的爹因病留下來，店也關了，小沈從小看古董長大，天生會看好東西，既然店開不成，只好走偏鋒，好在他門路熟哥們多，都是混古物的大家好做事，他不太計較，有錢哥們分最多，他自己物欲淡薄，得空只愛釣魚開開遊艇，每年只做一兩宗生意，當時澳門還未回歸，好東西都從珠海出去，在澳門轉手，閘門的官員都被買通了，東西一車一車運過閘門。古董王跟小沈聊得來，他話不多，很能辦事，悶聲不響，光釣魚打打電話事情就辦成了。他住澳門不嫖不賭，古董王常去澳門跟他一起釣魚。

近年來他們祕密進行著大計劃，古董王在最私密的枕上時刻對周寧透露一些些，婦好的墓藏在宮殿區的花園東方，武丁的墓一般認為在皇陵區，可是武丁出土的文物比婦好相對遜色，他們最近在花園後方發現一個陵墓，按殷人的規矩，皇帝死後必須歸葬於祖先魂魄之地，然武丁將婦好葬在皇宮花園，有可能那裡有個墓葬區，那是一群過往跟婦好一樣的女巫與后妃的墓群，就在花園南方不遠的丘陵區，經過幾年的探勘，確定無誤，夯土也挖到了，這墓群的地宮文物之豐美必定驚人，武丁把殷商青銅器的燒造水準帶到巔峰，在這其中女巫的巫文化更為可觀。古董王發死人財，她沒探究興趣，只對錢與冒險有興趣，比他可說是還瘋十倍百倍的瘋魔，周寧不完全信他，兩人早說好是開放關係，各玩各的。

盜墓者利用特製的鐵錐，向地面無標誌的地下探索，一旦找到古墓，根據錐上帶上來的金屬氣味，選好方位，可直接挖洞盜掘。明代王士性在《廣志繹》中說：「洛陽水土資源深厚，葬者至四五丈而不及泉。」這說明古時墳墓葬得不深，經過歲月沖刷，有時陪葬品就露餡了，他們使用一種如探鉤般的鐵錐，從發現物件四周往下探，重點是土質中是否含著金屬，那味道很重，聞過的忘不了那土腥氣，「然葬雖如許，盜者尚能錐入而嗅之，有金、銀、銅、鐵之氣（味），則發（掘）。」金的氣味有絲甜，銀的氣味像尿騷，銅就是臭爛到想吐，鐵有血腥味，一只探鉤就像溫度計一樣可把握重點。

因此盜墓者要有一個像狗一般的鼻子，他們的嗅覺特別靈敏，尤其是金屬的味道，跟土比起來，金屬的味道特別好聞，金子的味道幾近無味，然久埋之後飄出一絲沉香的甜味，也許裡面大都填了香料，銀的味道接近汞，銅味很臭，最好辨認，舊鐵味跟新鐵差不了多遠。他們像地鼠一樣在泥土與鑽動中討生活，就算不挖墳，眼睛也如磷火般發著賊光，鼻子特別敏感，食物放了啥東西，都能聞出來。

通常盜寶集團組織嚴密，銷售體系一條龍，開挖的是大盤，下有中盤、小盤、散戶，大多數盜寶賊在當地開個小飯館作為第二職業，起掩護作用，同時有人專門負責牽線搭橋，文物的賣主、買主都不直接與他見面。

古董王在安陽與洛陽郊區開著飯館或攤販，盜墓時飯館都開到陵墓上頭，從房子裡往下挖地洞，像這種如鬼般飄忽的飯館不知有幾家。小沈負責運送與在澳門接應，兩人搭配天衣無縫。

他對商代王陵的掌握是，它們通常有著巨大的墓室，其中分布著運土和下葬的短小墓道，經由墓道的寬度與規模可判定等級身分的象徵，最常見的是有四條墓道的中字形墓，另有一條墓道的甲字形墓。商王墓內通常是木質槨室，用粗大的木料築成方形，其他槨室則呈長方形。貴族墓內普遍設有腰坑，坑內至少殉一狗，有的還有殉人。在墓室建造墓祭的槨室是商代的特色，周沿用此制而更擴大，大型的車馬與編鐘編磬都入葬，相較之下商還是較簡樸。貴族墓內的隨葬品數目是非常驚人的。從現在的研究來看，商代是以酒器中的青銅觚、爵的多少來表示墓主人身分等級的。除此之外，龜甲與珠寶、作為錢幣的海貝也是判斷標準。

這個地宮世界是另一次元的存在，或者多次元。

博物館次元

古董王對周寧來說是文物老師，是他帶領她進入文化與物質的世界，他的私人博物館雖不大，卻有文化史的內涵，分為文字、禮器、工藝、茶與民俗四大系統，分類與眾不同，文字從金文、甲骨文、書法到書畫，他認為書畫是文字的延長；禮器從銅器、玉器到宋瓷；工藝則以漢之後的玉器與宋之後的瓷器為主導到服飾、擺設；茶另立一區，從中國的茶道到日本茶道，因茶而產生的文人生活與庶民生活，再沿著年代展示，分類雖奇特，然代表著他的美學觀點。他走訪過無數博物館，最終都在尋訪中國文物的蹤跡，大英博物館的埃及區與中國區他看最久，埃及文明是整體文明的根源，中國館裡以瓷器與佛像為主，數量雖不多，已是西方翹楚，裡面有一件汝窯，兩件邢窯白瓷，汝器在海外十個手指都數得出，在台灣故宮有二十幾件，邢窯則大陸與台灣故宮皆無，邢窯是中國最早的白瓷，它打破了自商朝以來青瓷獨尊的局面，而形成南青北白分庭抗禮的局面，傳世品說是沒有，卻鬼影般在大英博物館出現。在西班牙、葡萄牙博物館看到的中國文物都是大件，一人高的對瓶或中國家具，多是清中期之後的宮中之物，美術價值不高，看來較像贓品。日本的中國文物少得可憐，瓷器大都是萬曆之後的五彩瓷或青花，日本茶道雖久遠，唐宋名物都是補釘，要不就是私人收藏，不見天日的時間更長。它們的瓷器從明末才開始，萬里窯彩繪受明末五彩影響很深，之後自己發展出的現代陶瓷更有看頭，像柿繪就是一種紅釉，跟中國的釉裡紅不同，具有高度的民族色彩。這些博物館連接疊合在一起，好像是細胞增生，或者像變形蟲不斷分化，那是一條巨大的物之流，滾動著人臉、人形與人性，是多次元時空，如沉積千萬年的岩層，高度壓縮，然層次分明，在此岩層中穿梭者，已然成為時空怪獸，他沒有歷史癖，只有古董癡，古墓、窯址與博物館之間是一條看似很近的路，其實非常遙遠，就以汝窯來說，汝窯的舊窯址位於河南的平頂山寶豐清涼寺，位於河南中部，隸屬平頂山市，宋徽宗宣和二年（一一二〇），因當時縣境內有白酒釀造、汝官瓷燒製、冶鐵工場等，青嶺鎮界產瑪瑙，寶貨興發，蒙朝廷賜名為「寶豐縣」，被譽為「中國曲藝之鄉」、「中國魔術之鄉」。

相隔千年才被挖出，又吵吵嚷嚷幾十年才進入博物館，據說最早來挖的是日本人，傳說日本佔領期間，一些詭異的日本人就來當地搜集瓷片。一九八五年，當地陶瓷廠工人王留現聽說附近村民無意中挖出一件瓷器，趕去查看，原來是一只盤子（洗），這個盤子有著奇怪的釉色，王當即拿出六百塊錢買下盤子，並拿到上海博物館與館藏汝窯對照鑑別，之後上海博物館勸說王將該盤子捐獻國家，走了彎彎曲曲的路最終還是要入博物館，民間也有流出來的。官方往往是古物的後知後覺者，直到一九八七年河南省文物考古研究所於開始對寶豐清涼寺汝窯遺址進行試掘，發現了窯爐、作坊、灰坑等遺蹟。在一個小窯藏坑內，一次出土較完整的各類瓷器二十餘件，唯一一件出土之完整的汝窯器物。敞口細頸，下有圈足，頸部長腹分別刻以折枝蓮花，器表滿施天藍釉，光亮滋潤，布滿開片。口徑五・八釐米，足徑八・四釐米，高十九・六釐米。顏色比汝官窯暗一些，成孔雀藍，跟天青色相距遙遠。此次挖掘揭開了汝官窯口之謎研究的序幕，被國內外專家稱為陶瓷考古史上的重大突破。「縱有家財萬貫，不如汝瓷一片」、「清涼寺到段店，一天進萬貫」，這些仍在流傳的俗語說明當年這裡是如何的一塊寶地。

在一九八〇年代末期，他就從小沈手上買到一只汝窯天藍葵花洗，那是在文廟開挖之時，聽小沈說開挖出來的完整品十幾件，都被內部人員流出來，只剩一只品相較次的發黑品。小沈買到兩個，一個是小缽，一個就是葵花洗，古董王要他讓一件，藏家只要收到汝就到頂，進價也不貴，因被判定為發黃的次品，然他可是古物鍊金師，出土品沉睡千年，更需費時盤養，他先將之清洗消毒，出土品會殘留朱砂汞水或有毒礦物質，一定要再三清洗，然後泡在溫水中三天三夜讓它吐出土氣，再用棉布盤，盤了幾天，越盤越亮，黃色的部分變成有玻璃質感，顏色也轉成藍色，那藍帶一絲綠，微微的綠水光，盤底積釉處像是兩隻魚抱成團，整只洗發出寶光，當他在明如鏡的盤側看到自己的臉微微映出，眼淚差點流出來。它的弧鼓腹造型非常美，融合弧腹與鼓腹造型，非常飽滿，那很具特色的圈足稍稍外撇，因只一些不太明顯，就是俗稱的「喇叭足」，張弛有度。汝窯的造型顏色這麼美，這麼特殊，在看完大多數的汝窯，他敢斷定顏色是判定官汝的重要標準，偏一點點都不行，能入宋徽宗眼的只能是色如天的亮藍，有的還有芒口鑲金，其他都是被打下來的，也就是出土品包含他這洗，都是官窯淘汰品。所以才有「汝窯宮中禁燒，內有瑪瑙為釉，唯供御揀退方許出賣。近尤難得」的說法，宋徽宗通琴棋，精書畫，無心治國，用心藝術，為設計花園到處搜羅花石綱，激起農民造反，可說愛美到脫離現實。他自封道君皇帝，著迷於修道，道教尚青，禱辭謂之「青詞」或「綠章」，自然偏好玄素的天青色。他用厭了鑲金鑲銀的定窯器，因而改用汝州青瓷，因此顏色至為重要，帶粉的天青，只有這色才是皇家色。這是他比較兩岸的汝器得到的心得，另外施釉不均常有積釉現象，一般說的冰裂紋、蟹爪紋都可以理解，但魚子紋又是什麼？大都以為是開小片如魚子，為魚鱗紋，其實是指釉色分布不均的狀況，釉面上有魚子（卵）形以灰白或灰黃的團狀或片狀物漂浮於水面。而這些異於釉色的漂浮色塊只有汝器才有，這是燒釉時產生的自然變化，也可說是瑕疵，如同鈞窯的蚯蚓走泥紋一樣，卻成為它們的特色。他的那只洗，那魚形團抱的奇怪痕跡就是魚子紋啊！

當窯址燒出一批瓷器，淘汰瑕疵品，將絕好之作作為貢品，其中經層層篩選，只有極少數送進皇帝手中成為收藏，汝瓷只開窯二十年，總數精品本不多，代代藏在深宮，經過一千年才進博物館，文廟與清涼寺的出土品與傳世品差別很大，也就是說挖到的以民窯品為多，如發黃的臨汝窯、發黑的清涼寺民窯汝瓷，顏色都不是漂亮的正天青色。

顏色最重要，偏一點都不行。

汝窯是一個窯系，是汝州宋代所有窯口的泛稱，而非專指清涼寺窯。宋代汝州市周圍有多少燒汝瓷的窯口？有一百多個，現已發現的文廟、張公巷窯生產的汝瓷比清涼寺窯生產的還要精美。由此可知，汝窯是汝州宋代所有窯口的泛稱，而不是專指，是多元而不是一元。汝窯與各窯口的關係是共性與個性的關係，是統一性與多樣性的關係。

汝官瓷的發展順序是寶豐清涼寺—→汝州文廟—→宋金戰亂失傳，汝官瓷應分兩期生產，北宋中期應在寶豐清涼寺生產，禁燒後應在汝州文廟汝官窯址生產。

大陸的博物館收藏能表現汝瓷的多元性，而台灣故宮的汝瓷是精品中的精品。

因此他每到台灣故宮最矛盾糾葛，看到大量的五大名窯傳世品，北京的故宮原只是被搬空的建築，以前他年少時去逛圓明園，那時剛開放，偌大的園子什麼都沒有，只有幾人扮太監在房門口裝模作樣，後來出土文物補進來，號稱數量多過台北，出土的東西都不是太精品，在台北的都是帝王的收藏傳世精品，兩者差異不可以道里計，只能騙外行，出土品也有好的，多半是墓葬品，古墓陪葬品當然是較好的，但完整的較好的都被像他這樣的人盜賣了，剩下的都是次品與破片。或者挖出窯址，一大堆一大堆的，如汝窯在文廟與張公巷都有出土，那些都是當年淘汰品或破片居多，主要是燒壞必須打碎，不能外流，最好的都進貢給皇帝，其他都是淘汰品。台北的汝窯一件可抵其他百件千件，這是內行看門道外行看熱鬧了，進博物館有幾人是識貨的。

傳世汝窯只有六十七件，古董王走遍世界各博物館，幾乎都看過。雖然後來出土品不少，皇帝的眼光是最準最貴的，民窯出土品價值並不太高。看過了太多真的假的好的次的汝窯，他對沒看過或不確定的更有興趣，譬如說柴窯與祕色瓷，五大名窯其實是六大，柴窯為諸窯之冠，只是失傳，世面上說柴必假，有的還在圈足中出現「柴」字，真要叫人笑壞肚子。主要是藏品與窯址都沒有，只有文字記載，柴世宗也是個道教皇帝，天藍釉是他所始創，「雨過天青雲破處，這般顏色作將來。」柴窯奠定汝窯的基礎，傳說以金剛鑽入釉，寶光四射，二〇〇八年六月二十一日，一件在日本武雄市陽光美術館展出有著天空般青色的青百合花瓶，它被懷疑很可能是中國已經失傳千年的「柴窯」。

為此他特別到日本看，它的顏色是白中帶青，器型首先不對，宋之前的瓷器，尤其是祭天用的禮器，都是仿銅器，如三弦爐、出戟尊、三犧尊……洗與盤都是葵花或菱花造型，哪來的百合造型，再說白瓷明初才燒成，鈷藍料都是中東進口，那要到明以後，白胎鈷藍是其致命傷。柴窯天青色釉水的著色劑依舊為鐵元素是首要思考因素。那些孔雀藍或鈷藍的「柴窯」都是西貝貨。

他想像中的柴窯應該是比汝窯淡藍、粉藍更深一些的正天藍色，胎比汝薄，更加堅硬，也就是瓷化度更高，非滿釉，這是宋以前的瓷器特色，露出土黃色圈足。周世宗柴榮的御窯，窯址在鄭州到開封一帶，河南這塊老土地，可是藏寶地，眾人皆輕河南，他最愛河南，他就是在這裡認識小沈。

小沈從小看父祖做古董買賣，加上自己的三十幾年文物經歷，他只看過一些鑲金的破片「也就那樣」，大有眾物平等的氣概，他自己也收幾件，當然都是稀有品，好朋友說讓他也就讓了，這是以金錢為導向嗎？在文物界，盜賣者是國家大盜，到手的都是燙手山芋，能越快脫手越好。

古董商也常是瞎子摸象，像在淘寶的黃金時期，那時古董市場最常見的是灰綠的越窯與耀州窯，還有元鈞花盆，每走一次都能挖到寶，有一次買了元鈞大缽，三千人民幣成交時，看小販裝零錢的大碗有點意思，就說那個我看看，古董王拿在手裡手心都冒汗了，但故意皺著眉說：「唉啊！什麼東西這麼醜。」「就是，這才拿來丟錢。」「我也少個裝零錢的碗，多少錢？」「唉啊！送給你，買這麼多。」那只碗拿回來研究，是北宋初期的劃花笠形耀窯茶碗，胎色碧綠，碗內劃花牡丹一氣呵成，這件比他買的元鈞還值錢，當年那批元鈞，連故宮都誤以為宋鈞，之後就掉價了。

好東西也要有好眼光才能欣賞，拿給朋友看，有的說：「這玩意灰不溜丟，又這麼大，裝麵裝湯都不合適，我說現代的碗比它美過好幾條街，放個幾百年也是古董啦！」還有說：「我祖上有一大疊這東西，後來都摔完了，白溜溜不好使！」氣得與他們斷絕往來，後來那只碗拍了一百萬港幣，這怎麼說呢？

只有周寧一點就通，她有特殊的直覺，以前他不收高麗青瓷或日本瓷器，周寧卻看好高麗青瓷，在國內有時也會偶爾出現一兩只，那灰青色調跟越窯一系，一千多年一直沒變，上面的裝飾畫受貝殼鑲影響，有仙鶴、白梅花與鐵畫，在某個時期也被稱為「天下第一」，它的胎釉厚重，有自己的味道，後來韓國富了，滿世界找他們的老青瓷，一夕漲了千百倍，眼光就是錢，錢太多就失去意義，他開始收集女人，每個省份都有一兩個，連國外房子都用來裝古物跟藏嬌，為了裝這些古物與女人，不斷買房子，還設立博物館。都說瓷器像女人，那是近代的瓷才有的女性美，陶瓷一直以陽剛為美，端凝厚重，古董王帶著周寧南征北討，也與她在床上翻雲覆雨，女人怎會是瓷器呢？對他來說，更像是一座博物館，從最原始的玉石性質，舊石器時代的長髮，新時器時代的石器，到銅器、陶器、瓷器、玻璃器到現代時尚，沒有人像他這麼疼惜女人，也沒有人像他這麼懂得寶物，當她撫摸著周寧身上燒傷的疤，喃喃說著：

「有陽文的鼎……」

「你病了！」

「當然，沒有病哪能這麼能幹？」

「你說過那個瓷器病的，再給我說一次。」

「就是薩克遜皇帝，他愛瓷器成癡，買了一船又一船的中國瓷器與日本瓷，為了研發瓷器的成分，養了一群鍊金師，最先以為是鏡子做的，為此燒了許多玻璃器皿，然後將瓷器熔化，分解其成分，最後是一場騙局。煉金師跟巫師、教主一樣，一半是仙，一半是騙子，然而那個鍊金師最後還是破解了瓷器祕方，成為邁森瓷的專利。你說這是騙還是神？這個皇帝對瓷器的癡狂，有個專有名詞叫『瓷器病』，緣於一種迷狂，越多越好永不滿足。基本上，宋以後有瓷器病的皇帝十之八九。」

「那你有博物館病！」

「哈哈！我喜歡這名詞。瓷器的祕密被破解在十七世紀，正是康熙在位之時，多少耶穌教會的教士都是探子，他們用天文鏡、望遠鏡、鐘錶、葡萄酒取得信任，一封封信報告瓷器的祕方，都說康熙聰明，他是真糊塗，連郎士寧都可疑，他雖帶進西方繪畫的技術，但多少宮中的祕密都傳到西方。康熙一生燒的瓷恐怕破千萬，一年幾十萬件，一個祭典就要幾萬件，其中有百萬都回贈給西方了，換那些圓規、鐘錶等便宜東西。他是重症瓷器病患者。也就在那時西方瓷器燒造成功，花了四百年，被康熙賣了。他們終於破解瓷器的祕方是白布子與高嶺土，兩千年的瓷器獨霸就此瓦解。太可怕了，瓷器讓人瘋狂。」

「你也差不多，你有這麼多東西，能容許一件出走嗎？」

「你嗎？有人啦？」

「嗯，一個傻子。」

「胖胖那個呆胞？凡是傻子你都愛，譬如那個雅各，有瘋氣也有殺氣，離他遠一些。」

「你就不傻。」

「我是癡魔。想要到手的肯定逃不了。」

「你的女人也多到可開個博物館了。」

「博物館永遠不嫌多。」

古物進入博物館還會流出，人進入博物館就出不來了，他的靈魂轉化為物之魂，每個古物上飄浮著鬼魂與無形的手，人們發出驚嘆，那其中有多少前人曾有的驚嘆，博物館是更為精緻與系統化的古墓，你在這裡被絞進時空異次元，以致忘了自己是誰，當你離開，感覺有一部分的自己貼附在某個古物上。古董王與周寧的臉映現在毛公鼎的玻璃櫥窗上，他們的臉格外相像。此鼎鑄於周宣王元年（西元前八二七年）時，其銘文是可凌駕於《尚書》的一篇西周真實史料，全文四百九十九字，由周宣王與毛公的對話構成，鼎不到三個手掌高，五十三・八公分，古董王向來都把自己的手掌當尺用，他的手掌像女人奇小，撐開從大拇指到小指間只有二十公分，奇準。周宣王是厲王與幽王之間的中興之主，晚年因精神失常驚嚇而死，金文約有三千零五字，可辨識者，計有一千八百零四字，比甲骨文略多，始於殷商中期，最早的金文，可能是河南輝縣出土的祖辛卣，上有「祖辛」二字，年代為商朝中期，早於殷墟甲骨文。金文可能是書寫文字，甲骨為占卜文字。河南博物館藏有大量的青銅器，他曾去過幾次，那裡古物多，他不玩青銅器，因銅氧化有毒，不適合擺設，一般人也不愛，商業價值不高，館藏價值高。

從毛公鼎上的銘文也可看到其時貴族們對物的熱愛，他也只看那一段，可以具體想像那時的貴重物品，是以祭品與車馬的裝飾與用品為主：

周王說：「父厝啊！我已對這些卿事寮、大史寮說過，叫他們歸你管束。還命令你兼管公族和三有司、小子、師氏、虎臣，以及我的一切官吏。你率領你的族屬捍衛我。取資三十寽，賜你香酒一罈、裸祭用的圭瓚寶器、紅色蔽膝加青色橫帶、玉環、玉笏、金車、有紋飾的蔽較、紅皮製成的鞃和鞎、虎紋車蓋絳色裡子、軛頭、蒙飾車廂前面欄杆的畫縛、銅車轡、錯紋衡飾、金踵、金秖、金蕈席、魚皮箭袋、四匹馬、鑣和絡、金馬冠、金纓索、紅旗二桿。賜你這些器物，以便你用來歲祭和征伐。」

香酒、圭瓚寶器、紅色蔽膝加青色橫帶、玉環、玉笏都是祭品，祭典時要穿紅色蔽膝加青色橫帶，當時的玉工已相當精美，圭瓚是圭的一種，以圭瓚酌鬯，為獻神之物也。古代王侯，說來說去，也有文物病，造一個東西，動輒成千上萬件，越多越好，好做排場與賞賜，帝王的賞賜自然也是長長的名冊，照抄一次，還要燒到鼎上，那不也是病嗎？

當年兩萬箱文物到台灣只有七千箱，但都是精品，這是北京故宮怎麼填都到不了的檔次，所謂寶島，這才是真寶。

在物之魔的世界過著像吞大麻的日子，周寧的記性越來越差，不要說人名，剛買的東西也常急著付帳，忘了帶走，那可不是小東西，進ＬＶ也能忘記拎走包包，還好名牌店掉不了東西，此後只有專走名品店，對她來說多了保管員與服務員。

雅各出獄後第一個找周寧，他被她嚇壞了，雅各看著她的眼神，讓她像被扒光露出原形：

「你來做啥？你才像惡鬼，從人間蒸發這麼久，我以為你死很久了！」

「我在獄中，一直想著你。」

「有什麼好看？爛桃爛李。」

「你是個好女孩，你好好把病治了，找個真對你好的，你值得的。」

「哈哈哈哈！連你都不要我，還有誰要我？你放心，沒男人，我也會把日子過得和和美美的。」

「我很珍惜我們在一起那些時候，你很勇敢，比我強多了！」

「可惜都已經完了！我不勇敢，我只是病了！」周寧一面焦躁地說話一面搓著她手腕上的冰種玉鐲，冰透的底上有半截嬌青，幽幽放著綠光，這一只起碼人民幣百萬以上。

「我有機會出國，你來找我吧？」

「找你幹嘛？當修女？早給你說回不去了？」

「當真回不去？你就讓自己這樣墮落下去？你那個……治了嗎？」

「沒有，不會好了，爛在肚子裡，不是你過給我嗎？你沒資格說這話！不能讓女人快樂的男人最好閉嘴。」

「這些東西就能給你快樂？」

「至少不會讓我痛苦。戀物的背後是厭人厭世你懂嗎？聽說你父親還留有一些好東西？給我瞧瞧吧！興許還能給你湊個路費。」

「你真的變了！我不會讓你看的。」

「你爸愛古董成癡，他不也是惡鬼？」

「他沒用古董賺一毛錢，像你們這種發文物財的就叫『古董蛆』」

「你滾吧！」

雅各走後，周寧思想著如何騙出那些寶貝，越不讓她看越想看，這幾年青銅器在拍賣會又熱起來，前不久一件青銅器拍出千萬天價，上世紀九〇年代大陸藝術品拍賣興起後，由於受到政策、法律等因素限制，市場上很少見青銅器亮相。拍賣青銅器也只是極少數。二〇〇一年紐約佳士得推出了一只西周青銅酒器——「皿天全」方器，其存世數量很少，特別是器型之高、之闊，在目前發現的同類器型中，無一能出其右。這件西周青銅酒器最後被一位法國收藏家以九百二十四萬六千美元收入囊中。此價在當時開創了亞洲藝術品拍賣的一個新記錄，在中國文物界造成轟動，並推動了中國的青銅器拍賣。如今青銅器是拍賣會的寵兒，雅各擁有寶貝不識貨，如果能讓他拿出來拍賣，對於兩個人多少是實質的補償，這是老天欠他們，也是雅各欠她的，但雅各很固執，要騙他不容易。

她迷戀各式各樣的拍賣會，剛開始跟著古董王跑拍賣會，大陸自一九九〇年代開始掀起拍賣熱，剛開始是瓷器、玉器，後來連茶也有拍賣，高檔的鐵觀音與普洱，被炒到天價，日本經濟未泡沫化之前，鐵觀音就曾在日本拍出了五百克二十五萬元的高價；她喜歡拍賣會上黑白兩道各方英雄群集，更難得的是各式珍藏品出籠，齊白石、趙無極的畫，元青花與清三代琺瑯彩古月軒瓷器、漢漆器、六朝佛像、戰國銅馬、明代家具、古董珠寶……不但可近睹，還可拿出來把玩一番，這時眾買家手持高倍放大鏡人人比眼力，但每個拍賣會表面光彩，裡面暗潮洶湧，主要是黑貨、假貨充斥，所謂黑貨是盜賣與走私集團從各地博物館或古蹟流出的文物，買到黑貨賠了錢不說，還有可能吃上官司，至於假貨是到處都有，有的拍賣公司明知是假，卻當真貨拍出時，場上的買受人與委託人雖然以各不相同的面目出現，其實是同一批人。他們策劃於密室，表演於拍場，其主要目的不外乎為拍品「定價」或者希望釣到更大的買家。拍賣場上常常還有一些跟風的買家，他們察言觀色，跟著大買家上，他們極易成為委託方抬價「釣魚」的獵物。

有些拍賣公司接到整場的委託，上拍的是打著慈善旗號的所謂「捐獻」拍品。這些拍賣會可能一是真拍賣、假捐獻，即私下隱藏拍賣所得；二是打著慈善的旗號，拍賣贗品假貨；三是在拍賣的過程之中夾帶自己的「私貨」。

如今古董王派給她的新任務是到台灣收購田黃，大陸興起石頭熱，尤其有石帝之稱的田黃，好的田黃大都流入台灣，她派出手下到台灣大肆收購，廣告招貼，大街小巷都張貼「大陸人高價收購田黃」，連公車上也有「經濟不景氣，大陸人最後一波收購田黃」，勾得大家都把傳家寶拋出來，行價是一克一萬，收價只有三百五百，轉賣賺二三十倍，賣完再買，像滾雪球般越滾越大，他們布滿天羅地網，無止境地收，收到一滴不留為止。台灣玩夠了，讓大陸玩，砸下幾十億人民幣絕地大反攻，台灣沒攻過去，大陸倒先攻過來，台灣的就是大陸的，這些東西都是他們在最窮的時候流出去的，就是要他們流血收回，這也是收回國土。

這是個逐鹿中原的新戰場，因為好東西都在中原出土，她是個勇敢的戰士，在那個刻有「婦好」的青銅酒器中，她找尋它的時代與歸屬，原來三千年前有一個女人跟她一樣，戀物厭人，以致死後墳墓變成最值錢的寶藏。

神哪

周寧裝病住院，雅各去看她，她說得的是子宮頸癌，說真的她還真的得過，只是早一點發現，零期原位癌，整個子宮頸都拿掉了，病歷上一清二楚，周寧利用雅各對她的愧疚，每次來他都跪在她床前禱告，周寧冷冷地說：

「跪什麼！跪我早死啊，還不都是你給害的！」

「跟我信主吧！祂會給你力量！祂降臨了我，你知道被聖靈充滿的狂喜嗎？」

「神經病!!」周寧轉頭不看他，也不理他。

兩人都撐著不願妥協，一直到雅各出國前，他拖著行李箱，來跟周寧碰面，從行李箱中拿出一個青銅器與一把銅把玉刀，這些東西保持完好，品相奇佳，刀還磨得很亮，周寧一看就知道是好東西，問：

「怎又改變主意了？」

「本想出國了，這些東西將永遠被埋起來，回到它們原來的地方，但是我欠你太多了，你是我最大的罪愆，我知道你很想要，就給你吧！這是我父親留下的，應該也不是他的，文革起來，很多人把這些東西拋出來，父親將它們埋在野地裡，也沒去挖，有人說這件銅器是件不祥之物，上面的銘文刻的是詛咒人的禱詞，它害死我父親母親，父親臨死前說絕對不可以挖出來，我對那些東西痛恨至極，後來他自殺前留下一張簡圖，沒人看懂，我看懂了，挖出其中幾個，大多數捐給國家，知道你對文物有興趣，如果它們值幾個錢，希望東西還是留在中國，別賣外國人！」

「這東西現在不時興了，但這些是好東西，也是不祥之物，為什麼你送我的東西都跟死亡有關。我就偏要把它們賣給外國人!!」不預期的眼淚流下來，她以為自己是不會再為男人哭的女人，但這是什麼樣的眼淚她也不知道。

雅各把東西交給她，周寧有點不敢相信，但好不容易達到目的，她得快點走，走沒幾步，雅各叫了周寧一聲，她才一回頭，雅各拿出另一把銅斧，朝她的頭輕敲了一下，血噴了一地昏死，雅各跪下來，抱住滿身是血的周寧。她把她與那些古物全鎖進郊外廢棄的倉庫，他計劃了很久，看場地，借車子，如何包裹人，趁她昏迷還未死去，他不要她死，他只是要關住她阻止她，把她與那些古物永遠封存。她藉由他成為一座木乃伊，藉此成為永恆。

成雅各想起他從未見過的父親與母親，伯父從來不提他們，是他在故紙堆裡挖出父母親的過去，父親是個詩人、甲骨文學者、文物收藏家，這些輝煌的過去只有加深他的悲劇，他被打為大右派，然後是地下教會的邪信者，在監獄中的八年，他才醒悟他是父親遺留下來的迷狂者。

周寧才是拜物者，與其說她是現實主義者，不如說她是物質主義者，人會腐朽，有些物質不朽，這是古董王為她開啟的物質世界，真正的收藏家迷戀的不是物質本身，而是物質衍生而出的意義。

改革開放前，還未大量開挖文物，只有一些零星的古物出土，這些四舊的玩意是反革命之物，沒人要，也沒人懂得要，那時大都流到香港，一個唐三彩破罐子動輒幾十萬港幣，也因收的人多，出土的真玩意少，只要是真品，連破片兒幾千塊都有人買，台灣人還跑到香港買。改革開放後，建設多，動不動就挖到古墓，這些東西一部分流到香港台灣，一部分流到日本韓國，出土的宋元之物，多有高麗青瓷，且都是精品，韓國人趨之若鶩，韓國因戰亂多，上好的青瓷保留的不多，有些都是後期製品。他們對青瓷熱愛的程度，可說是千百年不變。青中帶紅的微妙顏色，上有鑲嵌的貝殼仙鶴與花朵，所謂的祕色瓷，是否與高麗青瓷相若？

因為茶道，而有瓷道，禮失求諸野，中國與台灣都不講究了，日本、韓國是唯一會對古瓷發出驚嘆的。

一九九七年香港回歸大陸，爆發第一次文物大逃殺，大批的古董流出海外，其中的大宗在台灣。其時古董重鎮移往澳門，一時走私與拎小包者在閘門奔走不絕，澳門古董店林立，一九九九年澳門回歸大陸，爆發文物第二次大逃殺，這時中國才掀起收藏熱，可是來不及了。大量的古董湧進台灣，加上故宮的收藏，台灣成為名副其實的寶島。

周寧無法想像那個寶島到底藏了多少寶，哪一天總要去瞧瞧，怪不得大陸不肯放過台灣，那可是寶光四射的一塊肥肉呢！

然後她遇到了捷，捷會帶她離開吧？她想逃到一個安靜、明亮、乾爽的地方。

她想離開這裡，捷卻想離開台灣在這裡住下來，兩個人一直疙疙瘩瘩談不攏，周寧漸漸心涼，一直往外跑，見面時是情侶，不見面當失蹤。捷在安陽租了一間老房子，在回民區，平房還有小院子，一個月租金不過一千，他學喝黃酒吃羊肉，買輛二手腳踏車沒事到處逛逛。周寧很少來看他，大都約在鄭州見，兩個人的磁場相吸又相斥，他想找她時都要歷盡千辛萬苦，而她總能一下子就找到他，一個月總有二十天她在外面跑，其他時間不是睡死就是待公司，有一次兩人相約在鄭州市區相見，他搭小巴，半路發生車禍，雖然只撞壞車頭，車子是不能走了，兩車人馬像敵人針鋒相對吵鬧不休，眼看就要殺起來，警察來了也制止不了，車禍現場搞得像戰場，鄉下人脾氣暴躁，好多人喊著退票，但飆了幾口髒話又坐回去，他想打手機卻發現沒電，居然忘了充電，離鄭州還有四十公里，只好改搭出租車，走沒多久下起冰雹，車子無法前行，停在路邊，司機跟他一邊打紙牌一邊喝酒，這樣還有希望出發嗎？好不容易找到公共電話，撥過去是語音信箱，距離他們相約的中午已過了五小時，她大概氣昏關機了罷！等冰雹下完，夜黑了司機也醉倒，他攔了一部出租車到鄭州，到時夜已深，直奔周寧住處，人不在桌上留了紙條：

临时决定去上海，还好你没来，下次吧！

（這些文字也是卜辭的一種嗎？其中另有真意，捷覺得比甲骨文還難懂。）

像有鬼擋在他們之間，陰陽兩隔，另有一次約在洛陽看牡丹，周寧從別處來在旅館集合，他改搭火車，正碰上五一長假前的返鄉潮，先從安陽搭到鄭州過一夜再走，鄭州火車站簡直像難民營，又大得像軍艦，灰色的水泥大樓除了巨大沒什麼好形容詞，至於那人潮就更無法形容了，人到這裡像螻蟻進了阿鼻地獄。鄭州是東南西北交通樞紐，從這裡往南往北四通八達，到北京只要四小時，到上海八小時，還有往蒙古西藏的直達車。大門口坐了一群拖著幾箱大行李的藏民，光排個隊買票就花一上午，一進月台不得了，人潮洶湧，把他擠得腳不落地，整個人浮起來，眼看行李就要離他而去。還好他的身形像相撲手，雙臂外張大喝一聲，排開人潮，但見人群嚇出一條細縫，他側身往前衝，直衝至車門前，眼見車要開了，還有一大坨人拚命擠著上車，有些人直接從車窗爬進去，捷估量自己的身形大概無法穿越，於是又力拔山河兮氣蓋世，用力一喝嚇出一條通道，但人潮隨開隨合，他的行李還保得住，至於送給周寧的糕點禮物就拖不回來了，只有隨它去，當他九死一生好不容易找到自己的位置，還有許多人沒上車，而車已緩緩移動，月台上的人依舊擠得毫無縫隙，他看見本來要送給周寧的高級蛋糕被踩成泥，至於那進口水果禮盒只剩下盒子，在人們的頭頂上翻滾。

這真是個困難的城市，連情感也變得困難。

火車以龜速進行，安陽到鄭州要三小時，走了四小時，快到鄭州時突然不動了。說是撞上了砂石車，乘客都下來看熱鬧，他望了望天低吼一聲，這次他不搭火車也不搭出租車，靠自己的雙腿爬也要爬到她那邊，怎麼這麼困難呢？還好距離鄭州只有五公里，他沿著鐵路走，遠遠看去自己像是要臥軌自殺的盲流，可他身後還跟著幾個人呢！走著走著，發現鄭州城的外圍都是蒼翠的平原，一排又一排槐樹，長長細細在風中彎腰，這便是古老的中原，最富庶風流的鄭衛之地，這裡住著令他心醉神迷的周寧，也許她只是他古老中國的投射物，激發他文字的靈感，越靠近她越覺得危險，越覺得遙遠，也許是這樣，他更要奮力一搏。

走了將近兩小時才到周寧住處，拿著另一份鑰匙開門進去，沒人，又是紙條一張：

我去成都五天，大后天回来，请谅，再约。

（卜辭也是如此簡短，只有時間地點事件不明。）

沒有寫日期，何時去的？大後天是什麼時候？他揉碎紙條，臥倒床上，將棉被蒙住頭。

他在安陽市區租了一個房子，準備在這裡收集資料動筆寫小說，在殷墟門口有個小亭子賣飲料書報，也有小片小片的甲骨，上有刻字，都說自家田裡挖出來的，一小片一百，他買了兩片瞧瞧，回家用放大鏡看都是新刻加顏料，骨頭倒是老的，只是不知是誰的遺骨，倒是買了不少拓片，上面放大的字看來更美，譬如；

戊卜亘貞受

卜爭貞婦好娩佳

王固曰其佳庚娩嘉旬辛婦好娩允佳

奇怪的是當他在電腦文件檔上輸入這幾個字，文字突然跳掉，enter 鍵按下不能動彈，頁面出現連續性空白，這文字經過幾千年尚有靈力嗎？在這充滿文字魂靈的城市，一陣又一陣的風沙讓人張不開眼。

周寧去了哪裡？到底在哪裡？日日他只有以文字呼喊她。

花東婦好之一

那是一座尚未蓋好的城市，城市的牆呈長方形，包圍著五百公頃的地域，許多牆有很多段只蓋了一部分，說明城市尚未蓋成時發生了什麼大事，逼得居民遷往他處。

那時節花開不香，樹不結果，戰爭頻仍，連花草也嚇飛了魂長不出來，只有黃土與沙塵。殷人喜築高台，台上可舉行祭典與各種表演，他們的祖先契曾擔任夏朝水官，協助大禹治水，後幾世皆為水官，因此對於治水與建築特別擅長。然好築高台的夏人因築傾宮、飾瑤台而滅亡。殷人因此以清簡為尚，他們性喜遷移，也許是水的流動個性使然，他們一遇政權危機，通常以遷都來解決，讓壞的組織潰散，從頭再造新城，因此由商至殷，是一段遷移的歷史，他們的城市就像漂浮的船舶。

所謂先八後五，即成湯滅夏前八次徙都，商遷八次，殷遷五次，遷殷前稱商，遷殷後稱殷，殷商根本就是一次又一次空間的離散與組合。

王城一直在興蓋中，整座城像個大工地，數以萬計的奴隸夜以繼日不停趕工，皇宮經過洪水的一再吞襲，嚴重崩塌，木與土與草的房屋經不起火燒水淹，洹河雖是殷城的水脈與命脈，每年雨季時，氾濫成澇，平常它水面如鏡，溫馴如處子，一發起威來如同惡龍，黃土中到處是白蟻巢穴，白蟻逐水而居吃木頭維生，水患過後，被水泡爛的木頭對白蟻來說是可口的食物，它們會分泌一種毒素，讓人眼睛變瞎，水患的可怕之處在其後的瘟疫，然後是白蟻入侵，他們啃噬梁木門框，桌椅衣物常常在一夜之間化為齏粉，每到梅雨季節，白蟻密布空中，像黑雨般掃過黃土地，它們或者拚命拍打窗戶，或者在街燈下麕集，黑褐色的翅膀一拍即掉，人們用手一打即落，或者用腳踩，滿地的屍體，它們看來極其脆弱，其實它們有九條命，一條在地上，八條在地下，蟻穴有如漂浮的地宮，哪裡有水就往哪裡去。相比之下，戰爭不可怕，洪水與白蟻讓國未亡而家先毀，人們紛紛棄屋而逃，往更高更乾之處走，朝臣在倉皇中提出遷都的建議，巫師卜卦亦以走為上策，殷商的遷都頻率極高，盤庚遷殷、自殷契至商湯計遷都八次，從河北搬到河南。商湯遷都至亳，有說是今鄭州古商城，有說在偃師，商城遺址有內外兩重城垣，內城城垣呈長方形，外城城垣呈圓形圍繞著內城。其「外圓內方」的城郭布局體現了古人「天圓地方」的宇宙觀。它的規模超過中東兩河流域的巴比倫城和亞述城，殷人擅長開路造車，服色以白為尚，以「子」為姓氏。

雖然父權的世襲制已建立，人們對於女性還是敬畏，尤其是崇拜母親，因此男子雖剽悍，他們相信自己是玄鳥的族裔，所謂「天命玄鳥，降而生商」，他們的祖先是有娀氏之女，商族是有娀氏分出的一個宗族，還在母系的信仰中，殷人建立的城邦，對內稱為「子國」，即「母」之「子國」，對外才稱「殷」，涿鹿之戰後，黃帝稱霸天下，那時的殷人是個商貿團隊往來於南北，並無定居的概念。「子」的來歷脫胎於原始女巫群的守護犬，殷商源於一個母系的女巫部族，她們原居巴蜀湖濱，以漁獵為生，精通巫術，身邊帶著巨型獒犬，並以蛇為圖騰紋身。她們居住的地區冒出源源不絕的鹵水，曝曬成塊鹽，以獨木舟穿梭水域，之後來到雲夢大澤，獵魚蝦，住船屋，騎大象，她們的醫術精良，因而受到他族尊重，她們也善於烹調，既然掌握可讓食物更加美味的鹽，遂而改變了人們的味覺，以及對鹽的瘋狂追求，在烤肉上撒把鹽，塗上女巫祕製的香料，那可是無上的美味，在湯中加把鹽，平凡苦澀的野菜湯都變甜；剛開始只有神與君王才配享用，現在人人都渴望得到鹽塊，那比海貝還珍貴的神奇之味，擁有鹽鹵就擁有財富與權勢，千百年來她們的地位因此屹立不搖。之後行至江淮，受三苗與百越侵擾，遷至會稽島，她們的商貿大隊至山東群島，與當地的東夷通婚、通商、結盟，經過族群融合，由母系轉為父系，它吸收東夷的伏羲神話，以太陽神為天帝，蛇圖騰消失，被鳥圖騰取代，史稱殷人出於東夷，只講了後半段，至於女巫原有的文化仍沿襲下來。古人稱巫「女能事無形，能通天地」，原始殷商崛起靠著強大的女巫文化，世代傳承的女巫除了具有通靈本事，還必須具有智慧、仁義、美貌，其中的佼佼者常成為社之首或氏之首，她們事務繁忙，必須要有分身或職務代理人來分擔事務，於是精挑細選內外兼備的女子作為助手或接班人，因此年輕女巫大都美麗嫵媚，《山海經》就記載十種專職女巫：巫咸、巫即、巫盼、巫彭、巫姑、巫真、巫禮、巫抵、巫謝、巫羅，巫與靈相通，楚人叫巫為「靈子」。其中巫咸是眾巫之長，也是醫術專家，專管鹵水製鹽；巫彭治病、巫禮主祭典禮儀、巫謝主卜筮禮讚、巫姑主鹽、巫羅掌火、巫即掌歌舞，巫抵、巫盼、巫真疑為巫貞之誤，貞字是由鼎形變化而出，她專門從事占卜與奇術，鑑往知來。她們身穿皮裘，梳雙髻，髮上插簪，耳戴玉玦，胸前掛玉璜，袍服有緄邊的白色錦帛，寬版束腰，常背著竹編的藥箱，腳上穿著鳥啄尖船鞋；衣襟內插著過世老巫師留下人脛骨鑽磨而成的短笛，作為召喚神靈之用，腰繫蛇皮鼓，手執玉鶚長杖。

她們所居住的巫載國，盛產鹽與丹砂，因她們有用魚殉葬的習俗，魚容易腐朽，為了保鮮，非用鹽醃製不可，說明當時殉葬時必定使用了大量食鹽。丹砂即硫化汞，水銀之氧化物，既可做裝飾性顏料和塗料，又可當藥物。內服可以鎮心養神、益氣明目、通血脈、止煩懣、驅精魅邪思、除中惡、腹痛、毒氣等；外敷可治疥、瘍諸症，故古老的藥物學《神農本草經》稱丹砂為藥之上品。由此可見，原始先民視之為長生不死或起死回生的神仙之藥。因為有鹽和丹砂這兩種寶物，巫載國民才能憑此交換糧食布帛，因此不耕而食，不織而衣，成了極樂世界，時間約在西周前後的六百年間。也就是橫亙夏商周三代，如史載巴人寡婦清，其祖先得丹穴，專擅其利數代，家財之富不可計量，以致秦始皇為紀念她下詔為她築女懷清台，也可知自古這裡就以盛產丹砂著稱。

十個女巫長，手下掌管著更多的女巫群，這些女巫經過嚴格挑選與訓練，被派往不同的國土，協助祭祀與占卜，這在其時是國家大事，且儀節繁瑣，非專職不能為，她們是備受敬重的祭司，最後通常會受重用，然女巫是不專屬任何人，只聽命於女巫長，且她們性喜流浪與遷徙，女巫群的車隊浩浩蕩蕩，東西遊走，穿沙漠，過長河，神出鬼沒，人們傳說著女巫會飛、會游，因為很少人看見她們走路。

看得見的只是一車又一車的車隊，像沙漠中的風，或草原上的水鳥，只聽得見她們的歌聲。

原始殷商時期，巫官身兼史官，重要的文字資料及記錄大都掌握在女巫群手中。夏朝衰微之時，居住於遼河上游子國的女巫群為子姓的商湯建國，她們一面經商，一面與各氏族結盟，她們也擅長作戰，當時作戰以車戰為主，女巫群以雄厚的財力建立一支超級大車隊，行走時風沙滾滾，巫鼓巫鈴大作，人人聞之喪膽。商湯聯合女巫的大商隊滅了夏朝，他知道整個王朝的興盛靠「商」起家，因此殷與商不分，殷商要強大，必須借重女巫的勢力與能力加強管理，因此商的文化可說是巫的文化。子國位居遼西牛梁河下游紅山文化區邊緣，原先水草豐美，牛羊肥壯，卻因氣候異常，乾旱期越來越長，牲口大量死亡，女巫群與子國合併，幾度往西遷徙，經過兩百年的開拓，國基穩固，又往黃河中段發展航運，到商湯這代，天氣又再惡化，子國的女巫，煮鹵水為鹽，光是鹽就掌握所有的需求與經濟，利益驚人，她們擅長商貿，生活水準高於其他氏族，她們越過漠南草原，在晉五台山的北面重新建立半牧半農的新屯墾區，成立「巫咸國」，「咸」原為「鹹」之簡寫，上古文多有簡寫，她們可說是最早的鹽商，走出一條條四通八達的鹽道，也是商道。商湯在中原建國，但殷人的商貿車隊與拓殖隊伍路線越拉越長，他們慣於在車馬上生活，遷徙不定，殷人習慣變動，熱愛各種新奇事物，他們的建築都帶有臨時性「先挖壕，高築牆，廣積糧」，一切講實用。一直到商朝中期，生活才漸漸穩定，在簡單的建築上增設城垛城廓。一般以木造為主，沒有繁複的斗拱，也沒有飛簷，而是採取四面瀉水或兩面瀉水的形式，屋脊兩端各自雕立一隻夜鷹（鴟鴞）為標誌，也是商的圖騰與守護神。大木柱放在石凹槽中，底座墊上銅片，以防蛀蟲啃蝕，石凹槽下埋有黑犬，保護土地，祈求外邪不入。[1]

牆皆木造，室內有矮几、榻席、屏風或布簾，跟我們看到的周朝宮廷接近，他們不蓋廣居阿房宮，現代復原的商代王宮簡陋得可憐，常遷徙是主因，加以崇拜鬼神，養成不尚華美與潔淨的生活態度，他們天性樂觀，喜歡旅行，愛好歌舞，創造工藝與文字，因此自視甚高，不喜喧鬧雜居。

每當都邑蓋好，市區繁榮，吸引外來族群蝟集，尤其是災年，鄉下窮困人家集中於王城乞討維生，環境變糟，趕也趕不走，殷人討厭髒亂，王與巫官商量之後再度遷徙，舊宮室作為糧倉，另建新都，在築城中需要大批奴工，如此以工代賑，一舉兩得。這是為何殷人不斷遷都的原因。

一個流浪的族裔形成的幽靈王朝，一路往西遷，尋找潔淨與光明之所，他們也想擺脫女巫國的勢力，但她們太強大了，恍如神人，一種男性對於女性的妒恨，讓他們棲棲遑遑，成為草原蒼狼，不斷西逃。

武丁時，商自東徂西，直到河南安陽一帶，這裡洹水湯蕩，平原浩蕩，氣候溫和，只有乾旱，是最難抵擋的敵人。

氣候實在太乾燥，土地貧瘠，小麥一年一熟，其他只能種些蔬果，葡萄與瓜類很甜但個頭很小，糧食是恆常不足的，人們習慣將葡萄釀酒，獵捕的野獸醃成死鹹的臘肉，逢年過節桌上才有一碗醃肉，祭典時大量宰牛宰羊，祭神之後，才吃上新鮮的肉，大部分生吃，血熱騰騰地混著酒喝，小部分烤來獻給皇族，只有他們才配享有熟食，這是舉國歡暢的日子，唯一能飽餐的日子。

因此征戰與掠奪是唯一出路，人人練兵習武，連女人與小孩都不例外，為糧食而戰，為吃一餐飽飯而戰，這是唯一出路，殷商從盤庚遷殷已到武丁，國家的基礎並不牢固，原因就是這一塊貧瘠又乾旱的土地。

迷戀銅器是另一個征戰的理由，彼時煉銅的火爐從未停息，整座王城就是大火爐，火不能有一刻熄滅，如有人怠惰，就將他們活生生丟入火爐中，火的用途包含著生活的一切，主要是祭祀與煉銅，銅器的使用日廣，除了鑄鼎，還有各種食器、兵器與酒器，其次才是飲食，火太神聖，連煮食都覺得褻瀆，如何拿用來占卜燒烤龜甲的神之火作為焚燒庸俗的生活之物？連煮食也不能，一般人以生食為主。

---

1 《巫帝國藏在甲骨文裡》，王泰權著，橡實文化，二〇一四。

那時的人與獸只有些微之隔，人與神相依為命，生命力還在神話的春天，他們喜歡鮮花與舞蹈、美酒與愛欲、戰鬥與屠殺，屍體堆成小山丟進火裡，火由橘紅變為血紅，他們的血充沛到比洹河還洶湧。

殷人相信青銅器是神力造成，火神將礦物融化成水般柔軟，在鑄模中形成堅硬無比的器物，這是神蹟的顯現，神賜的銘器，故而上面只有紋飾沒有銘文，至多鐫上燒造君王的字號，說明祈神者的名姓。在周朝之後青銅器才鐫有銘文。

他們有書寫文字，刻在竹片上或木片上，總數量比甲骨文多，其行文比《尚書》還簡略，如《盤庚》三篇，是盤庚動員臣民遷殷的訓詞：「若火之燎於原，不可向邇」比喻煽動群眾的浮言，用「若乘舟，汝弗濟，臭厥載」比喻群臣坐觀國家的衰敗，可見其時用字跟現代相去並非遙遠，完全可以理解。可惜只記載於《尚書》，並無實據。

而甲骨文是占卜文字，它在商代更頻繁地被使用，初有文字的時代，那是神的語言。龜甲上出現的字都以方形字為主，中國人的方形思考也表現在宮室建築與器物上，彼時的商人，臉也很方，腮骨明顯下巴大而圓的方臉，好像是某種模造物，男女皆然，男女皆梳髻，也都插簪，性別看來並不明顯，大家都要上戰場，如此當時的女人更自由，有戰功的女人一樣能封王享有封地。

有些氏族還是母系，只認其母不知其父，那是母系與父系交戰的時代，一母多父與一夫多妻各有優劣，前者擇優而生下的子女多聰明好戰，但女人的卵子遠少於男人的精子，男人可以一月之內讓許多女人受孕，女人最多一年只能受孕一次，子嗣的多寡關係著氏族的壯大，母系的子嗣繁衍有限，而男性可以跟成千上百女人做愛，受孕速度快，子嗣增加數量可倍數增多，一個男性可以擁有幾百個妃子，幾百個兒女，一個女人就算擁有無限量的男人，一生至多懷孕幾十次，如此母系氏族漸漸萎縮，被父系王朝取而代之。

母系養出數量不多但血統優良的子嗣，因為要得到女王青睞的男子必須精挑細選，如此他們像一旅神兵神人，常能以少擊多出奇制勝，殷人很早以前也曾是母系氏族，夏朝時轉為父系，並立下兄終弟及的王制，接位的弟弟不僅納有眾多妃子，還要照顧兄長的兒女，如此子孫繁多，雖賢愚參差不齊，然以量多取勝。

彼時的人大都以動物或干支為名，黎民生活介於人獸之間，只有為官者才有正式的名字，帝王以干支為名，表示天人一體，上通鬼神，下通人文，如傅說以前人稱豆兒，因他家是種豆子的，成為宰相後另外取正名。

如何感天動地讓神說出未來，以前人靠巫祝與血腥的殺牲場面讓神感受誠意，但火才是一切祭典的主角，將牛羊丟進去，接著丟人進去，火燒裂了骨頭，出現奇特的裂紋，這是神的語言，人相對也必須以語言相回應，那就是文字的開始。只有文字是神靈的顯現，只有文字。

有一次帝武丁祭成湯，有一隻雉鳥飛到鼎耳鳴叫不停，武丁覺得很害怕以為是神發怒。祖己對他說：「大王不要害怕，神的意思是要你先修政事。」祖己再藉機訓諫：「壽命的長短乃是上天所定，不是人類可以決定的，遵行公義自然就會得到上帝的祝福；要重視道德的力量，有過錯要勇於改過；上帝時時都在監察人心，所以我們的心思意念時時要以順天為主，不可違背常道；要尊重民意，民事無論大小，上天都很重視，因為民之所欲，天必從之！」連帝王事事都要問天，除了天，還有祖先，他們根本受制於鬼神；唯一特例是養在深宮的嬪妃，她們因為美貌被豢養，漸漸失去膂力，像金絲雀般只等待被臨幸，她們身上的珠鍊一圈又一圈垂到肚皮，頭上的金玉簪長到像把箭，首飾越多身分越尊貴，以至於她們的步履越來越緩慢。一個王至少有幾十個妃子，有些人連王的面都沒見過。

武丁第一次見到婦好，她還是十歲的小女孩，那一年他派兵去攻打兕族，他們是母系部族，男勇不多，他們身形高大，雖然個個精明勇敢過人，婦好的母親共生兩男五女，舅舅與四兄妹死於征戰中，只餘一弟一妹尚弱小，婦好七八歲就上戰場，男男女女戴著野牛頭，手持銅鉞，一個個驍勇善戰，但因兵馬不多，幾次討伐終於打敗，全族人淪為俘虜，武丁將族長及妻子作為庚丙的陪葬，當時葬禮十分盛大，墓坑挖得很深，大約十丈，俘虜的陪葬坑緊鄰著棺墓，算是第二層，每一層殺牲前後，都要舉行祭典儀式，由祭司燒龜甲卜吉凶，當卜到吉卦正要殺牲時，一個小女孩從俘虜群中衝出跳下墓坑，但見一小小身軀落入深坑中，兕族的女頭目哭叫：「我的女兒啊！我的女兒！」照說她一起殉葬也無不可，小女孩已經摔得昏死過去，但祭司覺得不吉，於是趁女孩還沒醒來，把她父母殺了，再把女孩用繩子綁住拉起來，一個小孩有這樣的膽氣，令人好奇，武丁於是派人特別照顧，待清醒時，武丁去看她，是一個俊美如男孩充滿野性美的女孩，一雙眼睛深邃有神，不像是孩童的眼睛，身著男服，英氣逼人，就像他曾夢見的神祇，他很會做夢也相信夢的預兆。她對著他大喊：

「你殺了我父母親，血債血還，我要殺你！」

武丁哈哈大笑。「你要怎麼殺我呢？來吧！」

女孩撲向武丁，雙手欲掐住他的脖子，沒想到一個小女孩力氣這麼大，武丁竟無法掙脫，身邊的護衛五六人一起把她拿下。女孩被抓住，還奮力掙扎，眼中露出殺氣。

「你這麼恨我，我應該殺你，但我想知道你要如何復仇？」

「神賦予我神能，我能知未來，通鬼神，我想做的一定做得到。」這女孩有個極凶悍的名字叫「蚢」，音如鬼，原來她已是兕族的巫師，聽說能通神文，也主持過祭典，當時甲骨文是跟神的對話，故稱天文，只掌握在王與祭司及少數臣子的手裡，女人更不能碰，武丁對這女孩有種特別的感覺，她為父母連命都不要，對主人能不盡忠嗎？他欣賞勇敢的人，於是命令她在祭司身旁學習當助祭，這件事引起群臣的反對，尤其是皇后，她生了三個兒子，其中長子已立為太子，她深知武丁風流成性，後宮已有五十幾個妃子，她看得出她對這男不男女不女的孩子特別用心，能不防嗎？說是孩子，再過兩年就是少女了，她又多一個敵人，而且是懂天文的敵人，於是跟武丁說：

「你重用仇人的孩子，不怕她長大後反咬你？」

「我才不怕，我自有主張。」

「可是這……」

「你不要說了，我的事沒人管得了！」武丁拂袖而去。

蚢越長越美，而且上通天文，下通地理，騎射戰鬥更是剽悍，她力能舉鼎，而且是重達幾百斤的大鼎。武丁熱愛鑄鼎，除了可以當祭器、酒器、兵器，它還可照映人臉，在祭典時它照映著人臉、火光及神聖的場面，如同鏡子一般，照出神的幻象，所以祭祀的場面用越多青銅器越能顯現它的莊嚴神祕，連宮中四處也擺滿青銅器，到處映現人臉，像鏡宮一般。

執行祭祀大典、卜筮儀式之時，青銅器應該是該儀式的重要禮器，並且也是展示與天溝通的代表權力的重要工具，以這個立場觀之，巫覡或君王在授命工匠鑄造青銅器之時，對於該器具的紋飾，應有些清楚的指令，根據當時的情況與該器具扮演的腳色而設計應有的紋飾內容。

殷商青銅器除了族徽和人名之外，基本沒有銘文，尤其是殷末兩帝之前。這並不是因為當時沒有掌握這個技術，而是因為青銅禮器的屬神性格。既然它是屬於神的，人就沒有權力也不敢在上面大膽地表現和炫耀自己，最多只是刻上自己的族徽或名字讓神或先公先王知道這是誰的心意。但西周以後，作為禮器的青銅器發生了很大變化，不僅器上的動物圖案形象溫和，而且銘文冗長，極盡吹噓炫耀之能事，這說明禮器的性質發生了變化。

商人的卜筮文化真的到了非理性、盲目的程度，從卜辭中，我們可得知商代祭祀動輒以幾十、上百人畜供祭：

貞，御自唐、大甲、大丁、祖乙百羌百牢？

三百羌用於丁。

辛未貞，求年于高且（祖），燎五十牛？

其中，百羌、三百羌皆是祭品之一，稱為人牲，以羌方異族居多，大都是作戰勝利的俘虜。從人祭的卜辭分析，商代人祭的對象主要是祖先神，而以人祭數量而言，最高有三百人，這樣的非理性行為，可以解釋這是商代王族勢力的鞏固與擴展，也說明了商代王族征戰各地，除了掠奪各種資源以外，廣蒐俘虜作為人祭祭品也是一項主要原因，另一方面，也是對於宗教信仰極端虔誠的表現。這說明了青銅器在商早期是一個通神的器具，是一個掌握政治權力的人才能夠行使的器具，是一個擁有眾多製造人力資源的貴族才能享用的器具，而能夠擁有與使用的人就是君王、貴族和巫覡，青銅祭器成了當時的通天神具。

主要是火，火能熔金、鑄銅、熟食，火是一切神器的源頭，火是神，能發出畢畢剝剝的神語，看動物在火中，血肉化為烏有，只有骨頭不朽，骨頭在吼叫並龜裂，那是神的開示，故而宮中軍中火長年不斷，是火教會殷人鑄造銅器，那是神意美好的展現，讓他們擁有精良的武器，以致戰無不克，只有殷人敢以神之名發兵，而占卜相對來說，只是透過火跟神對話。

武丁想到自己小時候，只比婦好大幾歲，父王小乙把他下放到民間，跟賤民一起做苦工，一度他以為自己被拋棄，懷疑自己的身世，但在市井之中，認識許多善良與俠義之士，將他視為親人般照顧，在泥堆裡長大，過著勞力生活，打鐵、蓋房、連吃食都會做，大家叫他「大石頭」，說他推不倒又頑強如牛，大家都喜歡他，這段苦日子給他最大的好處是學會如何交朋友，並養成一雙慧眼，但凡是賢愚智不肖都很難逃過他的眼睛。

有一天，他在一個建築工地上遇到奴隸傅說。傅說雖然出身寒微，但天生聰穎、博學多聞，對國家大事頗有見地。武丁很佩服他的才識，就與之結為好友，在傅說身上，學到了不少治國之方。

十九歲，父王將他接回來，他帶回幾十個英雄好漢，日日在宮中講學練武做苦役，仍舊過苦日子，因此賢名遠揚，沒幾年將王位傳給他，當上君王他一點歡喜也沒，身邊的賢人雖多，都是武士，一個能當輔佐之臣的人沒有，急得夜夜不得好眠，其時滿朝充斥著前朝佞臣，如果要大刀闊斧推展新政，勢必困難重重，因此他三年不理國政，不講話如同啞人，國家大事全權交給他指定的大臣處理。希望藉此擺脫佞臣的左右，並且尋找適當的時機，不拘一格地晉用賢才。

三年後，佞臣都已知難而退，武丁認為這是晉用賢才、施展新政的良機。他想用傅說為宰相，可是傅說出身低賤，迅速擢升必會引起群臣反彈，他只好大行祭祀假託天命，說自己祭神後夢見上天賜給他一位賢人，此人穿著奴隸的衣服，名字叫「傅說」，正在做苦役。他找人把夢中人的形象畫出來，然後派人去尋找。找到傅說後，武丁立即拜他為相。

傅說不負眾望，極盡文韜武略，將朝廷內外治理得井然有序。在恢復國內生機的同時，對外他也積極改善與鄰國的關係，並嚴懲那些敢於進犯的小國，終於商朝國勢再度興盛，成為當時東方的第一強國。

他又尊賢人甘盤為師，還有祖乙等大臣的輔佐，開創了「天下咸歡，商道復興」的大局面。現在他年過二十，嬪妃無數，見過的女人也不少，像婦好這麼剛烈的女孩還真少見，她才十歲，不過幾年她一定會成為大才，他要好好保護她培養她，他願等她長大。

自從他對婦好的寵愛被查知，他們兩人要相見更加困難，婦好被帶到遙遠的鄉下藏在農家，她在農家每天只有種花，成日都在花圃裡繞，一點看不出是個有武功的女孩。她種出的花特別美，又懂得嫁枝、接種，種出的茶花與牡丹，花色殊麗，品相絕美，許多人搶著要。婦好沉溺在花草中，一半是真一半是假，她得掩藏自己的企圖心，太多人想殺她了。她們族中的巫師都對花草嫻熟，主要是要提煉藥草以治百病，並研製各種香方。而且每當看花時她的心情特別好，這小農村讓她想起自己的家。有時她故意插著滿頭花到處跑，讓人以為她是瘋子，她可不在乎，以前在老家，母親也叫她「花瘋子」呢！

武丁想去看婦好，每次甘盤與祖乙都會勸諫，他們說：

「大王你多關心婦好一點，想加害她的人就更多一點，你越露出你的寵愛之心，她的危險就加倍。」

如此他要見婦好更加困難，六年來他每年用各種藉口，費盡千辛萬難才能見她一面，為了婦好，他得忍人不能忍，有時他覺得連鬼神也阻擋他們在一起，每次見面不是罕見的大雪，就是征戰期間，要不然就是病痛。有次他手臂中箭，傷口膿瘍，他還是堅持見她，那一年她十四歲，半年不見，她已長成少女，故意插了滿頭花裝瘋賣傻，武丁拔去她頭上的花，她閃躲著，像隻白色的母刺蝟，她跑給他追，一路狂笑，這奇異的女人，像海洋中的水母那樣透明與閃亮，這是他一手打造的女人，在他愛的注視下長成的尤物，不管是人是鬼是神阻擋，他都要得到她。

現在時機未到，他的敵人太多了。

婦好是以自己的藥草醫術讓殷人對她刮目相看，殷人好戰，傷兵眾多，婦好從小就跟著族裡巫醫治療病患，各種跌打損傷的草藥是最基本的，然後是瘟疫，彼時一般人沒有隔離的概念，但在兕族醫術是他們的專長，母系氏族採摘藥草是日常性的休閒活動，從經驗中得知瘟疫傳播力強盛，且有高峰期，這時病人皆集中在神殿，一般人不得進入，如此也算簡單的隔離，至少保護一般健康的人，對於疾病他們自有自己發明的應對之方，最怕的是疑難雜症還有牙痛，彼時以肉食為主，烤全羊、全豬或野味都需要堅強的牙齒，過多的肉食常引起牙齦發炎，年輕人還有本錢吃烤肉，大多數人二十幾歲牙齒便開始崩壞，牙疼時敷些消炎止痛的草藥，但效力不大，像蛀牙或牙齦膿瘍，只有強行拔除壞牙，使用的工具就是鐵器銅器，有時拔完牙細菌感染，因破傷風死亡的還不少。

婦好原有一口潔白堅固的好牙，然而從小可啃兩隻羊腿的她，漸漸牙床動搖。殷人相信供奉祖先的肉牲是好物神物，從沒想到是那些肉讓他們變得不健康。有一次宰相傅說之妻生怪病，婦好自請去看病，見她肥胖而行走無力，口乾舌燥，尿濁而有蟻聚食，跟族裡的大伯母很像，便一身勁裝到山野中採草藥，她需要玉米鬚加羅麗果，前者易取，後者只有中亞才有，為此她的國家年年征戰，就為拿下那羅麗果之國，就此治好宰相之妻的渴症（糖尿病），因而受到注目。

在武丁之前，位處中原的商，四周都是敵對的氏族、部落、方國，戰爭是必不可免的，只不過沒有留下明確的記載。到了武丁時，商的崛起強大，遼闊疆域的取得，不是靠耍點嘴皮子，不是靠什麼仁義道德，而是靠打仗與鮮血換來。

面對環伺四周的強敵，武丁不畏艱險，迎難而上，以硬碰硬，以強對強，四處征伐中建立了偉業。最大的對手來自北方，那是冷兵器時代，華夏亙古不變之鐵律了。當時，商王畿北的土方和西北的邛方，最為強勁，對商的威脅也最大，多次侵入商王畿。他們是兩個較大的游牧部落，活動區域大致在今河北、山西北部，內蒙古西南部和太行山以西一帶。

戰爭是慘烈的。武丁時期征伐邛方的卜辭就有三百四十多條，載有活動的還有二百多條；另外，征伐土方的卜辭也有一百五十多條。雖然未見詳情，想來終武丁之世應該消滅了對手，取得了徹底勝利，因為以後的卜辭中再也沒有提及這兩個方國。

西方的羌也是一個勁敵。他們大體分布於今青海的東南部、內蒙古西南部、甘肅大部、四川的北部和山西的西北部。羌與其說是一個民族，不如說是一個部落集團的總稱，種類很多，互不統屬。商與羌的戰爭同樣殘酷激烈，卜辭中記載的有商出兵最多（數十萬人）的一次戰鬥就發生在此。不過武丁時，確切地說終商之世，也未將整個羌人征服，但臣服於商的也不少。還有鬼方，分布於今甘肅南部，寧夏、陝山西北部一帶，武丁用兵三年征服之。

東方之征伐相對較輕，但卜辭中也提到了征夷方（應在山東境內，東夷的一支）、龍方（可能在山東泰山東南部，應該是東夷的一支）等，皆取得了勝利，令其臣服。

南方也有征伐。居於今安徽壽縣東南一帶的虎方，武丁也派兵征服過。至於荊楚之地，《詩經・商頌・殷武》中提到過，但甲骨文中未有，是否征伐過，尚需考證。

被武丁征伐過的氏族、方國，遠不止上述提及的這些，還有黎、串、亘、危方、印方、方方、馬方、基方、免方……多不勝數。還有一個更大的強敵，那就是周。武丁絕不會想到，這個被其討伐征服、當時還登不上大檯面的氏族，後來竟一舉推翻了他的後人的統治，奪了商的天下，建立了一個更為雄偉壯大的王朝。

武丁之四方征伐，極大地拓展了商的疆域，北到河套、南達江淮、西抵周境，東至山東半島東北部，都在他的戰車之下。這在當時，絕對是一個疆域廣大的世界強國了，說是僅有的兩三個超級帝國之一也不為過。

武丁之大征服，自然離不開能征慣戰的將領。其實，武丁本人就是一個出色的統帥，常親自帶兵作戰。他手下將星璀璨，主要是禽、望乘，還有雀、亘等等。

他不僅是有慧眼能服眾的統帥，還是一個性能力強盛的男人，跟他上床的女人無數，他一夜能御數女，能跟他做愛數天不敗的就納為妃，大多數的女人第一夜還勉強應付，第二三天就求饒了，越做越勇的女人畢竟是少數，他喜歡沉浸於性愛的女子，因自己的性能力而更有自信的女人。

床上的征戰跟戰場上一樣刺激，那時最受寵的妃子是魚，她是大將禽的女兒，長得十分豔麗，十五歲時被召進宮，兩人連續做愛十天，魚跟他一樣只需很少的睡眠，做愛時更是精神，一夜數次高潮，一次比一次高亢，最後發出狼嚎般的聲音，他往往激動得發抖。

他需要這樣的女人來養大欲望，無窮無盡的。

遺落的碎片

從殷墟回來，捷刻意疏遠綠色，也逃避跟她有肉體關係，只有拚命上網給周寧寫信，不寫信時就寫小說，醫生驗出他有淋病，現在兩個原本萍水相逢的人，以性病緊緊聯繫在一起，從此他們只有彼此了，也許性病引起的燒熱，讓他不斷用文字逼出內心的火。

但周寧不願來台灣，也不願跟他結婚，他只有把熱情投注於新小說中，將在殷地成長的周寧想像為婦好，在現實中他不相信轉世，在小說中他書寫轉世，周寧自己也不相信轉世吧，她只是說醉話，她說過的話他都記不住，只有這句話鑽進他腦裡。

小說進行得並不順利，這個以甲骨文為題材的小說並不好寫，捷一面以毛筆抄寫佛經，一面寫情書，一天寫一封信寄到對岸，然周寧沒有回，抄經抄到四十九天，抄完《地藏經》，他知道她不會來了，而他也不願再祈求，在書寫過千萬文字中，他領悟到讓人痛苦與迷狂的感情通常是自己的問題，而非對象的問題，當心靈沒辦法承載感情，會自然崩解，那也是結束的時刻了。人在激烈的感情中變得狼狽不堪，愛卻在這時悄然離去。像周寧這樣的女子，她早在愛中崩解，變得自私且無愛，要愛只能跟物品或自己戀愛，他要戒掉周寧就好像戒掉愛症，戒掉愛症就要戒掉文字癖，甲骨文只是文字的一種，或者說是卜辭，然如果每一個人都有迷醉，他迷醉的是文字召喚出古代的城市，而它們與現代城市只隔著一道透明的牆，它們亦召喚著他，向他說話，傾訴過往的一切，它們跟現代人有什麼不同嗎？歷史的魂魄又是什麼？他在不寫字時看大量歷史影片，有關殷商都是神怪片，殷人好巫是真的，神怪就是胡扯。古人大都有祖靈信仰，那是具體而寫實的，如果沒有巫，會發展出禮樂嗎？最近他看的《貞觀之治》與《大秦帝國》等歷史片，考據做到嚴謹，史實總有七八成，但一定是灰撲撲的，衣服皆葛麻，髒兮兮，沒一個齊整，情節也瑣碎得很，洗個澡睡個覺醒來，情節還在講雞毛蒜皮之事，什麼老秦王去探望傷殘戰士老哥哥們，詢問他們對新王人選的看法，大雪紛飛，老秦人還在茹毛飲血的階段，喝酒前咬破嘴唇將血滴入酒中，先往地下摔碗祭亡靈，唱著「赳赳老秦，共赴國難」，他看得淚流滿面，古老靈魂的復活，就該是這樣，粗糲的、細瑣的，絕非那些宮廷劇只圖個人物漂亮畫面好看，原始的記憶是創造力的回聲，他豪飲著自我的幻想，神遊在上古時期，但那裡一片空白，但他要畫出真實的樓台、城堡、街道……彷彿他在那裡走了很久很久，而這次他不會迷路。

小說家面對龐大的歷史，應該正面衝撞，還是迂迴前進，或者進行拆解？在一個去中心化的時代，人們曾經信仰的神遠颺，內在魂飛魄散，這是個沒有哲學的年代，只有泡沫與碎片，人們也只有泡沫化自己，文學也碎片化自己，書寫歷史變成不可能的任務。也許歷史就像那些出土的文物與甲骨，都以碎片的樣貌出現，後代人撿拾這些碎片，以為窺探到什麼，卻不知自己也已碎片化。

如何尋求完整？或者完形？他的心如此荒涼，在愛中不但無法給予，也無法承諾，連表達與溝通都如此困難。

寄出的信都沒回，他不知周寧已被成雅各囚禁，他知道她很複雜，沒想到這麼複雜。

總有邪鬼夾在他們中間，捷想打聽周寧都沒得打聽，這時他才覺得自始至終都是局外人，為什麼他永遠無法進入周寧的世界，因為他們是兩個世界的人，比人與鬼的世界還遙遠。男人與女人本就是兩個世界的人，而他們身上各自攜帶著古老的邪魔，也許武丁與婦好的愛情正是從此出發，他才以一個又一個祭典一個又一個銅器，銘記著她的名字，就算睡在一起也是陰陽兩隔，這樣的愛才會震驚鬼神吧！

周寧的死訊上報，還是因為雅各是成明的兒子，他在她死後自殺，這個案子看來像情殺，他對她的過去一無瞭解，他卻如中了邪般迷戀她，報上有成明的介紹，看來他們的關係不單純，在某個時刻他也想殺了周寧，但殺人是一個人與非人的界限，把人逼到殺人，凶手什麼事都幹得出來，他已經脫離了人成為非人，原來阻擾在他與周寧之間的不是鬼神，而是非人，像婦好這樣的非人。他又開始酗酒了，一邊喝一邊寫，只有在書寫之中，他成為非人與鬼神，通常寫到嘔吐醉倒為止。

這種頹廢的日子過了幾個月，他去看了母親，母親什麼都沒說，專心揀花插花，但她身上似乎長滿眼睛，時時凝視著他，有時她真的轉過身看他，臉上有憐惜的表情，她知道了嗎？什麼都知道了嗎？捷想抱住母親大哭，但只牽了母親的手，小曼接住他的手，牽著他到附近那棟廢棄的大樓，帶他到冰宮，兩人並立凝視著空蕩蕩的溜冰場許久，母親的眼神飄得更遠了，每當出現這種眼神，讓他感到母親的心已遠離，只剩軀殼，他因此害怕極了，她是如何知道綠色、知道多少？綠色早已不在這裡溜冰，她回了老家，許久沒聯繫，或許母親都知道了，他跟綠色，周寧，她是如何知道的呢？他從未談起綠色，也從未讓她與母親相見，母親似乎都知道了，母子之情太神祕了，如夜一般黑，卻像海一樣深。此刻母子緊握著鐵絲網，看著冰宮中飄斜來飄斜去如燕飛的男女，捷知道母親要他找回綠色。

小曼知道捷與綠色交往時，那正是他們熱戀初期，戀愛中的捷情緒完全寫在臉上，連眼神也變了，她曾去偷看他們幾次，看他們靠在圍欄上聊天，綠色的樣子遠遠看去很纖弱，長得不算美，然而笑容燦爛，當她溜冰時，彷彿炸開的花朵，閃亮奪目，然而她心裡有種不安與焦躁，她不知那是什麼？是種熟悉感或是夢幻感，每逢人生重要的關卡，她都有這種不真實感，彷彿自己被抽離了。曾經她相信預示，自從高準死後，她再也不相信任何預示，自動阻斷那靈敏的直覺，或者應該說是幻覺或錯覺。真正致命的時刻一切感知都失靈，所有的努力都失效，她沒能預知高準被抓、死亡；高秋的不告而別；連高捷即將出生，她都是無感。所謂無感並非真的無感，而是深度壓抑下的冷漠，內心深處或許是知道的，但心卻走向另一端。就如同此刻，她的腦袋一片空白，只有一點可以確定，高捷與綠色就像是一對兄妹般，有著不同尋常的親密感，像空氣一般自然。雖而她並沒有表達出來，捷都知道了。

愛要像空氣一樣自然，捷開始想到綠色的好，她的好就像空氣般，讓呼吸的人不覺得它存在，但是失去時才感到痛苦，他要把她找回來。

但他得先治好自己的病，上網搜尋一下治療方法，天啊！那些局部放大的照片會讓人嚇得倒陽，好像是藍起司發霉般，形成的瘤狀突起，命根子爛到像燒焦的香腸，這是醫生創造的震撼劇場，讓所有的性病患者屈服，匍匐到他的面前懺悔，捷找了一家看來較隱祕的診所展開治療，還好他還算初期，治療幾個月算是痊癒。這是他一生中最冷靜的時期，欲念全消如苦行僧，他抄寫《地藏經》，經歷那一層又一層的地獄，清洗自己。他愛上了寫字書法，用小楷寫極細的瘦金體，享受緩慢寫字的快樂，他的字體有一天會接近父親，一個在獄中愛上書法的男子，用文字抵抗死亡，在寫字中他彷彿看見父親的形容樣貌，一舉一動，他化入了他，這是個魔術時光，原來對文字的迷戀，必須寫過八千八百萬字才能通神，王羲之用掉一缸水，而他寫壞十幾枝筆，寫到渾然忘我，那心神飄蕩的感覺，絕非一般書寫所能相比。

這次佳士得春拍有柯純、盧寶惜與盧品方的畫作，捷在拍賣會上瀏覽，他對現代畫沒興趣，但聽說綠色的祖母與姑婆祖是日據時代少有的女畫家，這兩個名字依稀聽她提過，他駐足看了一下，盧寶惜的畫以油畫為主，盧品方專攻膠彩，前者喜以日常生活入畫，夜市、原住民、家人……後者以花卉與仕女為主。盧寶惜的油畫《三地門之女》以五百萬拍出、盧品方的《花朝》以九百萬拍出，台灣本土畫家的畫價屢創新高，他在盧寶惜的畫前看了許久，四〇年代的作品，還有著新鮮的空氣，畫中的原住民少女露出青春明朗的笑臉，恍如昨天剛畫好似的，一幅畫勝卻許多文字，但他沒有畫畫的天分。

青銅、玉器與現代畫並置，古今交會令人錯亂，應該找綠色來看祖母與姑婆祖的畫，她一定很有興趣，這情感的轉變連他也不明白，也許真正無愛的是他，有病的也是他。

接下來是如何找回綠色，他上她的部落格與臉書，每天在網路上跟她聊天，她在網路上粉絲很多，將自己包裝成可愛的小巫女，或是有腦有臉的女警，這年頭要當上女警也不容易，儼然是新女性的象徵，他到底瞭解她多少？

撐了一個月又十天，他找到綠色，綠色在他最低潮時住進來，在他最得意時搬出，這一兩年經濟海嘯，吹垮書市，無動漫無法生存，他已三十幾歲，還能動漫嗎？綠色是動漫一族，是喜歡看

ＢＬ的腐女，她話很少，人安靜得像個影子，但她那單薄的身子好像負載著什麼沉重的負擔，常戴著耳機聽ＭＰ３，快手快腳又邋遢，只有在溜冰或游泳時才展現她的精氣神，奇怪的是看來粗魯的她，聽的是古典音樂，看的是現代畫展，讀的是ＢＬ漫畫，他很想鑽進她心裡看她在想什麼。

綠色離開這段時間，他每天照常白天睡覺，晚上寫到天亮，有邀過一兩個女孩回來，她們都想住下來，但他不想，做完馬上換床單，綠色什麼都不講究，就是要求床單乾淨，兩三天換一次，還燙得平平整整，散發出皂絲的香氣，沒想到這麼小的細節也能影響他，綠色以床單證明她的存在。

多年來沒有人能讓他走出房子，或離開電腦一天，捷現在常逛寢飾店，去找尋綠色喜歡的棉混絲的素色床單，那顏色很奇特，就好像人的皮膚，睡來與床合為一體，也許她是個好睡的人，要不就是睡不好，以至於發展出這樣一張夢網。

這種床單不好找，綠色把其他的都帶走了，他找了一個月，每晚睡在陌生的床單中翻來滾去，他再也無法與床合而為一。

他得去把綠色找回來，為了說不清的肌膚關係。

在東港老家，綠色看到他有點呆住，她頭戴大耳機，說話好像鄉下人看到客人來訪：

「罕行，請坐，請問貴事？」

「你這南部腔還真瞎。」

「你找我什麼事？還開車來，真是銀河下地了！」

「床單，你把床單都帶走了。」

「蛤？找我要床單，那都是我的耶！」

「你那件被我洗破了，沒床單可換。」
「買新的啊，真奇怪了你。」
「我找了好幾個月都找不著。」
「嘻，當然找不著，那是我找布自己車的。」
「怪不得。」
兩人沿著東港碼頭走到大鵬灣海岸，岸邊的公園有些老人在曬太陽，南部的陽光如火燒一樣，不久捷已滿頭大汗，兩頰脹紅，像七月半的大豬公，綠色笑到彎腰，像捷這樣有某種宅迷的人，對現實是有隔閡的，他喜歡久遠的歷史，常在歷史文獻或電視劇中看到流淚，回到古老的年代，重建歷史現場這件事讓他著迷，然他自知這裡面的虛假，只有時間是真實的，西元前二〇〇〇年，西元二〇〇〇年這些紀年的背後有著不可更易的東西，他追求這些不可更易的物事，時間自然是變動不居的，只有少數的時刻他覺得時間是靜止的，如面對母親，現在這一刻也是，他感到激動又鎮定，他想抓住眼前這一刻、這個人：
「我跟你說，我跟你說，你不要笑。」
「說什麼啊，有什麼好說。」
「你把耳機拿下來，我跟你說。」綠色拿下耳機，貝多芬的音樂好像海浪般湧動，但她卻往海灘的另一頭跑去。
「我跟你說，我跟你說……」捷一邊追一邊說。
在床上捷對綠色說：「我有話跟你說。」

「噓！不要說。」

「那我們來談對結婚的想法吧！」

「我這輩子都不想結婚。」

「為什麼？」

「我兩年前罹患乳癌，發現太遲，已經轉移。」

「你還這麼年輕，怎麼會？」

「比我年輕的很多，在癌症病房，常有小孩綁著頭巾坐在輪椅上，奇怪的，大家都很祥和，很少人愁眉苦臉，因為在那裡走動的都是癌症患者和他們的親友，那是個癌症中心。」

「你除了瘦，看不出來啊。」

「兩年前很糟，剛發現時，肺部反覆感染積水，連吃東西都會喘，馬上吐出來，瘦到剩一把骨頭，我想我大概完蛋了。」

「你怎麼都沒告訴我。」

「說這些？我不願一直談病，或讓別人把我當病人看。」

「現在好一些了嗎？」

「一直在吃標靶藥，我放棄放射治療，能活多久算多久，就像醫生說的，盡量恢復正常生活，也不要停止工作。」

「很難受吧？怎麼調適過來的？」

「調適，你使用了醫生用語。但那句話很重要。連宗教都沒用的時候，只有靠自己。」

「怎麼說？」

「那時常在看門診時遇見A，她十九歲，長得很漂亮，打扮很時髦，迷你裙露肩搭馬靴，揹個紅色大包包，雖然很風騷，但不惹人討厭，她常會做些小點心或拼布玩偶送我，也常一起聊天，她很搞笑，我一直以為她是病人的小孩，後來才知道她也是患者，十一歲就開始治療，她的童年青春期都在醫院度過，現在她玩BAND，當業餘模特兒，我們常在網上聊天，她讓我覺得生病是常態，或去接受它是常態。現在我開二手店，遇見的都是從虛華垮掉的人，我為她們看前世今生、命盤，比較像心靈諮商或心理治療室，醫生說我病情控制得很好，應該跟這家店有關，它讓我有一份收入，還可幫助一些人。我也教一點鋼琴。」

「怪不得你整天掛網，你會彈琴？」

「我是在才藝班長大的，什麼都會一點，什麼都不精。」

「跟我在一起很無聊吧？」

「我就需要一個無聊又無心的人。彼此沒有負擔。」

「這樣對我不公平吧！」

「這世界有什麼是公平的呢？你還有很多備胎啊，我以為我們一個月就玩完了，沒想到……」

「備胎？」

「你不會只有我一個網友吧？」

「我沒網路不行，但網上認識的朋友都很短暫，當你在一對一聊天時，彷彿聽到她的呼吸和心跳，那急促的密談，很容易掉進語言的電流，但我知道其中的虛幻。」

「所以才急著上床吧！」

「不相信虛擬的，但也無能進入生活，生活太沉重了，什麼都不在乎吧。」

「所以我沒跟你說。說真的，你性愛能力超棒的，很持久，但愛不持久。」

「但是我還是無法原諒你。」在黑暗中捷感到綠色帶淚的苦笑。

「對不起。」

「本來是我對不起你，現在是你對不起我，你打算怎麼辦？」

「工作到不能做為止，死在自己出生的地方。」

「我可以常來看你嗎？」

「謝謝，你不會來的。很快，不會太久的。」

總有鬼神夾在他們之間，遠隔著他們。

殷人崇拜母神，並將坤卦改為易經第一卦，他們跟女巫國往來密切，她們在晉北雁門關旁的巫咸國，長期受到鬼方的長期侵擾，幾乎滅國，後來遷至遼東成為「孤竹國」，即「巫群智簡國」或「傳教智簡國」，它是子姓的巫法教廷，巫咸國在安邑城南，傳說有鹽池，上承鹽水，水出東南薄山，西北流，經巫咸山北，她們掌握出煮鹵水出鹽的方法，並將鹽壟斷，因而連王都要望之生畏。智簡國的女王，重新培植女巫團隊，她們像導師一樣具有授課與掌握文字的能力，為漢字打下基礎。當時的正式文字是用漆筆書於竹簡與布帛、羊皮之上，比甲骨文更繁複妍麗一些，是真正的「女書」，甲骨文是為占卜用的簡體字，日常並不使用。

智簡國的第一任女王為墨胎氏，擅長舞蹈降神，並將花做成獨特的香方，聞之令人心醉，無論男女都求之若狂，那時巫的權力無人能及，她們似乎是活在鄰近神的境界，掌握的知識超越一般人千百年。武丁中興，亟需文官，頻頻向墨胎請求加派巫官支援，殷商原有自己的巫師團，然而武丁少時遊歷各國，親眼見識智簡女巫的法力，朝中的巫官因久居深宮，缺少真正的靈感與活力，他要的是真正的女巫，在武丁的催促下，墨胎親自到北蒙，他們姐弟相稱，這是子國數百年來不變的慣例，武丁說：

「敬愛的姐姐，我們急需更多女巫，可以多派一些女巫進宮嗎？譬如說三十名？」

墨胎說：

「承蒙弟弟的抬愛，但我們也有困難，我們的女巫受到遠近各國的敬愛，有點忙不過來。你也知道，我們派出的人馬都是上上之選，她們不僅美麗，還有才學，最重要的是仁愛之心與忠勇作戰的能力，這些都需長期調教，我們長期送十名女巫進宮，如今你一口氣就要三十名，跟你說，一名都生不出來。」

「姐姐，難道就沒別的辦法了嗎？拜託你了，看在多年的情份上。」

「眼前只有一個辦法，那就是打破千年老規矩『巫法不外傳』，我們派出資深巫官進宮訓練傳人，這樣就有你專屬的班底，你說可好？」[1]

武丁聽了一時興奮，衝下王座，拉著女王的手連連稱好，她雖有年紀，但女巫通常看來比一般人年輕，而且不輕易讓人近身，她粉白的臉頰飛紅說：「你別這樣，我不是說要幫你了。」

於是智簡國派出女巫團，請商朝所有的世婦集合，她們是諸侯或盟邦派駐於宮中的女官，具有侯國的嫡系血統，有許多王妃出自其中，婦好就是其一。

智簡國的首席巫師，在殷商宮中訓練上百個世婦，訓練的方法上從天文到地理、占卜、醫術到穿衣打扮、歌舞彈奏到園藝花草，巫師必須善植花草，精通園藝，花草除了是天然的藥草，它的香氣更能與神鄰接，香是種奇特的物質，能轉換能量，主要是嗅覺一旦被開啟，其他官覺會變得更加靈敏，當感官被打開，意念會變得更細微，因此花不只是花，香草也不只是香草，是神物與靈氣所鍾。於是她們把商王的王城變成一座大花園，女巫為求時時花開，而發明了溫室養花，她們的靈感來自洞穴中的花四季如一，且花期綿長，有些以洞穴為底而擴充，有些則加厚夯土為牆，並和以藥草、香花，並以火灶保持恆溫，這是最早的「椒房」與「溫室」，連綿不盡的溫室像花龍般圍繞著王城。雖比不上巴比倫，卻像仙境一般美麗，那些靈感來自《山海經》，那些繪製於大張牛皮上的圖文，是地理也是歷史書，它們繪製得很精美，首席巫師逐一講解，之後是冥想訓練，有時長達好幾個時辰；她們也做演說辯論訓練，世婦通常身負外交使命，必須能說善辯；等這些基礎訓練好之後，才進行更高深的占卜、作法傳授；最後進入煉丹，以畢生的修行煉成長生不死丹藥，這些靈子最後要跨越死亡關卡，進入永生。這種巫的傳統間接促進文明禮教，而得到超越性。經過訓練的世婦脫胎換骨，儀態萬千，氣質不凡，商人都爭相誇讚「商有世婦，天邑之福」。

朝中臣子看這群世婦的確不同凡響，向首席女巫建議：

「何不直接傳授宮中既有的巫官？她們難道技不如人嗎？」

「同是巫師，她們久居宮中，只講求形式與表面工夫，巫是那麼好當的嗎？最重要的是心，是本質，巫的本質是通與靈，所謂通，是無所不知；靈，是脫俗與超越時空，那些才藝啊占卜只是表面，最重要的是心。」首席女巫又強調一次。

經過長久的訓練與淘汰，殷王朝的靈山八巫終於產生，其中婦好是佼佼者，成為八巫之首，由她率領，為避免與十巫相混，改為「司」，區分各種巫法，婦好的廟號即為「司辛」，短短幾年，

---

1 《巫帝國藏在甲骨文裡》，王泰權著，椽實文化，二〇一四。

數百位高眺美麗、清新脫俗的新女巫、女史、女官行走於宮中，人們的眼珠子跟著她們的身影轉，到處飄著她們的香氣，這是她們身上獨有的香，謂之「天女香」或「處子香」，是的，她們大都年當十五六的少女。

婦好在眾多美女中不但不被掩沒，反而是光芒的放大再放大，她的身材特別高眺，五官端好，輪廓很深，有人說她是中亞與遼東人的混血，高大而明豔，身上飄著的香氣特別迷人，那是自然的體香，而非女巫研發出來的香精。

巫女的香大都是天生，她們從小聞香慣了，嗅覺特別靈敏，能找出香花香草以製成香方，如桃花泡水沐浴可以去病養胎，美容養顏；以蘭花為主製成香方有利修行，增長靈力；以曇花為主製成的香方可以延年益壽，美貌超凡。大多數的香方是祕而不傳的，因此女巫通常熟知花卉與百草。

武丁越來越對蚰著迷，她已出落成大美人，十五歲是可以嫁人了，她身上散發的處女香與天女香令他失魂落魄，那是他從未聞過的香，清淡而甜，氣味悠長，就算離開她，似乎也可聞到那致命的香氣，那是有重量的香，重重地壓在他心上，讓他夜夜難以入睡，他多想得到她，但她每次見武丁態度都很冷淡，武丁送了許多珠寶與銅鏡，就是不送她武器，她現在有能力刺殺他，他幾乎天天單獨跟她見面，然而她只靜靜聽他說話，他想帶她出征，也許在戰場上，她會懾服於他的神勇，兩人同心協力才能化解仇恨：

「你知道我為什麼當年不殺你嗎？」

「知道。」

「為什麼？」

「因為你喜歡我。」

「哈哈！你討厭我嗎？」

「我恨不得殺了你！」

「我知道，那你為什麼沒做呢？」

「因為你對我太好，讓我學習占卜，讓我參加祭典，尤其是每年祭祖乙，你讓我祭父母親。你讓我下不了手。」

「那你跟我上戰場吧，我們一起去討伐羌人。他們的勢力太強大！」

「真的！以前父親也讓我跟他上戰場，但只讓我在後方，他認為我年紀小打不贏大人，你知道嗎？每次比武，都是我贏，父親說我抵得上兩個男人！你相信嗎？」

「我相信，在我眼中，沒人抵得上你！」武丁兩眼灼灼地看著蚼，她兩頰飛紅，露出小女人的神態。

在戰場上，蚼身著戎裝跟著武丁坐在戰車上，四邊有武士保護，但見黃沙滾滾，商兵的銅矛銅箭武器精良，戰車隆隆，羌人還以竹箭與木棍對敵，且以徒步的步兵為多，將帥騎馬駕車善射，武丁威武地衝鋒殺敵，商王朝軍容盛大，武丁又這麼寵愛她，只要同意跟他在一起，等於擁有天下，能夠馳騁沙場一直是她的願望，只有武丁能包容她，至於抄家滅族之仇，等她握有權力再說，先制服這個男人，她這麼想。

那天晚上兩個人都喝著酒，武丁看蚼看得發癡，她也含情脈脈地看著他，這時武丁嘆了一口氣：

「大王，您嘆什麼氣呢？」
「沒想到我貴為帝王，卻連一個女子也無法降服！」
「我是您的奴隸，就像您腳邊的草，隨便踩一下就死了，只是您一直沒強迫我。」
「你是這麼不同，我有三十幾位妃子，但沒一個比得上你，從小看到大，每一刻對我歷歷在目，你是那麼神奇，是上天賜給我的寶物。所以我不想強迫你，只要能這樣跟你朝夕相對也就夠了！」
「大王對我如此厚愛，我怎能不感動，但我有一件事始終耿耿於懷。」
「你指的是殺親滅國吧？我可以讓你復國，封你為王，並追封你父輩，建立族廟。」
「真的！封一個妃子為王，這恐怕會引起反對吧？」
「這就交給我來辦，一切有我。」蚺跪地謝恩，她心裡早對武丁有感覺，現在心中顧慮全消，當武丁扶她起身，她主動投入他的懷抱。
第一夜，蚺開始還有處女的羞怯，破瓜之後在痛楚中連續做愛七天七夜，她越戰越勇，很快地享受做愛的樂趣，當私處不再痛楚，取代的是連續性的高潮，她嘶喊如猛獸，全身泛著淡淡粉紅，蜷縮且無處不戰慄，這是他見過第一個具有全身高潮的女人，真是人間尤物。
武丁正式封蚺為王妃，賜名「婦好」，不久在王城附近賜她封地，讓她復國，並封為王，婦好愛花，她將殷城北蒙打造成一座更為華美的花園，城內種滿花木，黃土沙城成為神奇花園，每到春夏，紫薇與牡丹開得如火灼燒，從各地引進的奇花異卉集中在皇宮花園與溫室，農田遍植中亞葡萄與莓果，結果時美麗得像珠寶。每次征服一個國家，她帶回的不是珠寶海貝，而是花種，尤其是罕見難養的花，於她是另一種征服。

可是每次征戰少則半月多則數月，回來後花園幾乎全毀，園丁推說是氣候乾旱，久未澆水，可是焚花的痕跡太明顯，婦好大怒，心想不敢對付她，卻對付她心愛的花？遂將園丁絞殺了，用他的血澆花，如此宮內的園丁幾乎被殺光，再無人敢看管婦好的花園。用血養出的花特別奇怪，開得很快，但不久便整株發黑，然後枯死。

「帶著怨恨的血，只能加速消亡，心美的人才能種出美麗的花……」婦好沉吟著。

於是重新開始打造新的花園，向天祈福占卜好幾次，花園東方是吉地，那裡是個光禿禿的土坡，婦好先不種花先種樹，大家猜不透她的想法，一年後樹長一人高，成為自然圍牆，她才引渠道興水利，花園成迴圈形排列，她像打仗布陣，然後設下層層關卡，找同族的人守園，人數高達數十人，跟防守城牆一般。

耗費的人力物力當然驚人，婦好不尚奢華，常一身白色素服，頭上插著牛骨雕刻的髮簪，偶爾佩戴的是武丁賞賜的瑪瑙項鍊，看來生活簡樸，可在花園上的花費，數目驚人。

其時還沒鑄幣，一般以海貝或珠寶為交易，婦好用掉的海貝有成千上萬，那時一個海貝可換一擔穀子，婦好為造花園使的海貝像流水般消失，那時的海貝取之不易，後來一個海貝可換一間房子。由於海貝短少，出現人工貝幣，如石貝幣、骨貝幣、蚌貝幣等，經濟為之大亂。

最引人爭議的當然是封王與復國，加以婦好懷孕，太子的地位也將不保。

這件事引起朝中群臣反對，後宮議論紛紛，尤其是大妃與藏妃，大妃的兒子為太子最是惶恐，她們貴為王族之後，這些王族勢力浩大，一旦不服出兵，勢將引起大亂，羌族、土方、鬼方也將趁勢作亂。方，就是方國之意。在淮河流域的民族，商人叫人方，周代叫淮夷、東夷，夷族是統稱在長城附近的民族，商人叫鬼方（今陝西）土方（今山西）。另外在陝西南部有羌方，在湖北有盧方。

宰相有希是大妃的舅舅，是引領群臣反對的頭，他大力陳言反對：

「立奴隸與巫女為妃也就罷了，但封王妃為王，這不但是史上未有，而且後患無窮！」

「你再講！」武丁不耐煩地說。

「立此女為王，那所有后妃都可以為王了！」

「婦好不同，她能領兵作戰，只要有戰功，皆可封賞，這有何不可。」

「大王不怕養虎為患嗎？」

「哪個諸王不是個個如狼似虎，異族更是毒如蛇蠍，我就不怕，婦好會效忠我的。我心意已決，不必再說。」

大妃身體本嬌弱，遇到這巨大打擊，從此臥床不起，有希為對抗婦好及巫女與舊部族壯大，只有求助於南方的另一巫術勢力「烏鼓國」，國王派巫使者到有希宅第，順便醫治皇后的病。他們專門施行能制敵人於死的黑巫術，智簡國女巫在很早的時期也施行黑巫術，自從演化為追求長生不老與教化人心，注重的是提升心靈境界，從此不再施蠱。在南方殘存的黑巫士勢力於是結集為新勢力，他們專精各種蠱毒與符咒。有希向烏鼓國巫使說：

「不管用什麼手段，都要滅了那女人。」

「手段不是沒有，但黑巫術需要替身與代價。」

「什麼替身與代價，你儘管說，我會滿足你的。」

「一命換一命，再加一人身符咒，如今婦好也是神體，要殺她非常不容易，必須要一個跟她身分相當的人付出性命，這就是一命換一命。另外在她身邊安插一人身符咒，吸光她的神靈之氣，此人也必須是有神體的女巫，作法的時間也很長，有時長達十年二十年。」

「身分相當是指？」

「必須也是皇妃……」

「我願意……」大妃這時走進廳堂。

「這怎麼可以？你是我唯一的女兒啊！」有希說。

「孩兒自知這次難逃此劫，不是病死，就是被廢。與其這樣，不如犧牲自己幫助父親，您就成全我吧！」

「所謂的一命換一命是怎樣？」有希問。

「就是在一替身上作法，藉她的死亡導致本體的死亡。」

「那替身會痛苦嗎？或者如何讓她不痛苦？」

「在施法中，替身是處在昏迷中，沒有痛苦，直至本體死亡，她才會斷氣，其過程像漸進的死亡。」

「時間要多久？」

「看對象而定，像婦好這種強壯又有神體的女人，短則十年，長要二十年。屆時皇后就像生病，臥病十年二十年才會過世。」

「父親，反正我已病重難治，就這麼做吧！」

「唉！上天啊！是誰逼我至此！那人身符咒呢？」

「必須是我族的女巫做人身符咒才有效，她需七七四十九天才能練成人身符咒，而且要安插在本體身邊。」

「那就難了，婦好身邊只有貼身的小巫使，從小就一起長大。」

「最近智箇國巫女又在選人，進行訓練，趁此安插我國黑巫女。她原是商人，一定要讓她被派在婦好身邊。」

「這件事讓我來辦。」

「還有婦好懷孕的事也必須阻止。」

「這件事容易些，在飲食飲水中動手，她常出征，本來就容易流胎。」

一切看似平靜，所有的事卻悄悄進行，大妃作為替身被施黑巫術之後昏迷，病危的消失傳出，武丁進一步廢后，並立婦好為后。皇后身邊的女使數量龐大，黑巫女烏麗就趁此時被安插在婦好的宮中，雖不算親近，每次見面相隔至少十公尺，只要前進到兩公尺或更近，人身符咒的力量將充分發威。

那是巫至高無上並統領一切的國度，北方之巫由智箇國壟斷，她們大都施行讓心靈上升的白巫術：南方烏鼓國則由蠱毒之術壟斷，施行殺敵復仇的黑巫術。

婦好大約是十七歲左右被迎進宮中為后，此時武丁二十七歲，大妃重度昏迷，父親小乙也駕崩，他即位後第一件事是迎娶婦好，在法理上不是第一個配偶，因大妃體弱多病，故而特別喜歡婦好強壯的體格，在一片反對聲中，他硬是要娶婦好。

婚後，婦好越來越覺得武丁的好，他從小吃苦，個性堅忍隨和，沒有君王的架子，階級越低的人，對待更為和氣，出遊田獵，一定帶著妻子，他把許多權力分給婦好，尤其是對外邦交，能說善道的婦好常代表武丁接見各路諸侯盟邦，一些祕密軍事會議，婦好不但親自參與，還指出錯誤訊息，她的判讀預測準確，讓眾將帥驚訝佩服。婦好繼承智簡國女巫的傳統，靈敏做出判斷。

大妃的父親有希聯合周邊諸王計劃起兵反對，羌人又趁勢作亂，鬼方、土方也蠢蠢欲動，這時武丁欲出兵平亂，這次將派出一萬三千名士兵，可說是前所未有的兵力，婦好身著戰袍請纓作戰，武丁不肯，婦好說：

「大王既封臣妾為諸侯王，即為陛下臣子。如今天下有難，匹夫有責，婦好雖為女子，曾屢次跟隨陛下作戰，應知臣之作戰能力，必能克敵，請恩准。」

這時在一旁看好戲的大臣紛紛請准，巴不得婦好戰死沙場，那就天下太平了。武丁沉吟許久說：「那就請大祭司占卜，並舉行盛大祭神儀式。」

祭神儀式進行三天三夜，祭司的占卜一而再再而三問：

辛巳卜，爭貞：今王人，呼婦好伐土方，受有佑？五月。

貞：王勿唯婦好比沚伐印方，弗其受？

貞：王令婦好比侯告伐尸？

壬午卜，卜賓貞：王叀婦好令征尸？
辛巳卜，貞：登婦好三千，旅萬，呼伐？

占卜結果大吉，婦好遂率兵一萬三浩浩蕩蕩出發，那年她才十九，正是身強體壯之時，武丁為她鑄造幾十斤重的銅鉞，上刻有婦好的名字，身長玉立的婦好雙手各持一銅鉞，在戰車的助行下，殺入敵軍，一人能敵百人，為了掩視姣好的面容戴著牛頭，臉塗滿牛血，身穿威武的戰袍，如同神人般戰無不克。她原本出身的氏族，好戰而富於謀略，如同一旅神兵，母系的凋零，只因重精而不重多，整族人不過一兩千，因此一人常當十人用。

有一次對土方作戰，對方的火攻十分猛烈，眼看就要戰敗，婦好登梯一看，立刻派出弓箭手，以東北長弓二百餘具輪番發射火箭，密如蝗雨紛紛射中敵軍，一時倒下數百餘人，土方後撤兩百餘步，然眼看敵軍越來越多，殷兵被團團圍住，這是一場硬戰，也是生死存亡之戰，婦好先佯裝敗退，舉旗求和，接著派出俘虜收編的通譯與酋長頭人，扛著氏族旗前來要求談判。這時婦好身披帥服走出，土方見對方首領是騎著馬的端莊女巫，簡直不敢相信。

一面談判，一面整理思緒，婦好已作好破斧沉舟之戰。

婦好下馬後，傳令集合聽令，她轉身到專屬車棚，令兩位貼身女奚奴取出首飾華服，脫下髒污軍裝，漱口洗面，簡單沐浴，全身塗抹羊脂膏油，薄施脂粉，梳雙髻，橫插鴞形玉簪，頸帶骨珠，腳穿翹首雙底尖船鞋，只披一件雪貂長袍便登上長車，對眾將士掃視一圈，便說：

「我的祖靈從雪山下來了，帶著我們子族的守護神雪獅，即將帶我回到天池。就算歸去天池，我亦九死無悔。我們要命喪於此，還是追隨神的腳步？我乃智簡國傳授的巫之長，神祖娘娘教導族人要與異族和平共處。他們也傳授我一身好武功，只是今日眼見即將戰敗，我準備用我一個人換三百人的性命，你們可否願意？」

這時婦好將雪貂長袍脫下，裡面只有輕透的白帛，更襯得肌膚若雪，全身似乎在放光，人們大都被鎮住了，不敢喘息：

「你們好好看著我，把我當成你們的妻子或女兒，記住我的樣子，因為我就要死了，現在你們輪流向前，我來敬你們最後一杯酒。將士們燒起火罷，把死去的同伴放進火中，我將為他們火葬，我們巫女來自的雪山，相信轉世與神蹟，他們來日都將再生為人，你們帶回他們的骨灰，同時我也將跳入火中，他們將擁有女巫的骨血，轉世也帶著我的魂魄，我的骨血與他們混而為一。」

「不要跳啊！」眾人都哭倒。

「聽我的指令，生火。」

篝火生起，陣亡的將士的屍骨一具具投入，婦好也從高台上跳入火中，眾人趕忙去救她，她的背被焚傷，女僕們趕緊裹傷，這時援軍看到篝火連忙趕到，他們對婦好的勇氣與胸襟無不佩服。

所有的兵士都跪倒，翻滾著，哭泣著，全部發出拚死一戰的吶喊，老將士流淚走到台上，崇敬地看著婦好說：「我是有熊氏的後嗣，歷代都是戰無不克的勇士，今天我向祖靈發誓，我要以一命換對方三百條性命。請您下令，帶領我們決一死戰，我們願意跟你同歸於盡。」

「那好。」婦好披上雪貂長袍，用刀刺破手指，大喊：「願決死戰的，來舔我的血，雪獅之祖靈會回應你，用血喚醒它們罷！」接著吟唱：

嵩高維岳　浚極於天　靈澤海淹　虹飲於顛　心與汝牽　偕子翩翩

這時眾將官士氣如虹，勇猛厮殺，終於突圍而出，後與武丁親征的軍隊結合，遠赴甘寧，直搗鬼方大本營，最後擒賊擒王，無分老少全部滅族，鬼方自此從歷史退出，不再出現於殷商卜辭。

經此一役，婦好被視為「戰神」，只有戰神才能使用的「鉞」越鑄越大，紋飾也越來越精美，訴說著她的輝煌戰績與神力。

稱霸西北三百年的鬼方終於消滅，但武丁不想在這裡開疆拓土，因為女巫說這裡只產鬼盜，這是武丁與婦好看輕的國度，子國是神巫之國，不與鬼盜為伍，卜辭記載武丁與婦好征戰十七年，看似好戰，其實他們在商言商，只要劫貨殺人絕難容忍，打殺殷人的車隊絕不輕饒，所謂「戕我邑商，雖遠必誅」，他們不能容忍鬼方劫貨殺巫，殷人對這點視為天敵，絕無寬貸，其他就好說話，在卜辭中，征伐類只佔一成，派兵也不多，多數是幾百，殷人的生活以求雨求穀求風、求子、禳災、祭祀、田獵、旅遊為主，並非真正好戰。

婦好在征戰時想起自己已逝的父兄與族人，她相信他們的神靈護佑著她，且長相左右，她的軍旅中還有幾百個族人，她讓他們做先鋒，讓殷人與敵人知道兕族的神勇，看他們如何以一擋百，如何令敵人膽寒，而她揮舞著銅鉞，轉身、下腰、出擊，出手要神準，對準敵人的要害，以頭為首要目標，一擊臂膀與武器齊飛，二擊人頭落地，如此與土方大戰於懷陽，連戰一天一夜，土方大敗而逃。婦好的威名遠播，人聞女戰神之名來到即逃跑。

被火燒傷的婦好，背後有一片疤，從此再也不願服侍武丁，武丁強要時也只能關燈，他撫著她那如魚鱗片般的背說：

「你不要這樣，你為我受傷，我只有更愛你。」

「大王，女巫愛潔淨與完美，如今我不再完美，主要是元氣大傷，以後只有一天天枯萎，你要答應我，我死後要火葬，神靈才會升天，返回原始的完美。」

「不，這我不能答應，我們夫妻生同床，死同廓。」

武丁雖這樣說，婦好卻積極幫他選嬪妃，這人一定要從自己的巫使中產生，能環繞在她身邊的也只有巫使，是精挑細選過的有名號的「司女」，大約有十人，她們各掌一職，書、史、禮、樂、歌、舞、花、香、藥、衣，每個人都集美貌與才氣、靈力於一身，烏麗因混有南方血統，兼有北方的大氣與南方的秀致，又精通藥理，因此受到婦好的重視，烏麗嬌小玲瓏，婉妙多姿，跟她是不同的型，哪個男人會不動心？她幫武丁找的嬪妃，作為自己的替身，她有自信任何人都無法取代她的位置。她看著烏麗的臉常進入沉思，這個女孩十分完美，但不知哪裡怪怪的，讓她感覺異樣。

如今烏麗見婦好，距離越來越近，最遠是五公尺，最近是三公尺，自從婦好懷孕，武丁接納烏麗，烏麗製藥調理婦好的身體，她們的距離越來越近，有時烏麗還親侍湯藥。

人身符咒的力量發威，婦好懷孩子不久就流產，身體漸次衰弱，焦急的武丁幾乎是日日為婦好卜卦，烏麗雖美，但他更需要婦好，只有與她做愛能達到全然的滿足，她畢竟還年輕，不久又懷孕了。

人身符咒會讓懷孕的女人流產，懷孕的婦好仗著自己年輕體壯，照樣上戰場，如此經年征戰，婦好流產好幾次，體力漸衰，腰椎常痛得無法起身，人身符咒通常從腳衰軟開始，漸漸到腰部、胸部、頭部，然後是內臟與牙齒，才二十幾歲的婦好，先是腿軟無力，然後腰痛、胸痛、頭痛，最後是齒痛，齒痛無藥醫，再說人身符咒是漸進的，難以察覺，婦好以為是征戰與小產過於頻繁所致，在七八年間，婦好從少女變成老婦，一口好牙也漸漸發炎蛀壞，征戰的生活無法補給營養，小產後的虛耗漸漸損壞她的身體。

骨疾、牙疾、下體常血流不止，在戰場上婦好是神，卸下戰袍是人，而且是生病的女人。牙病是她的致命傷，彼時修補牙齒的方法十分簡陋，對於蛀壞的牙用石針鑽牙，再補以蜂蠟。因沒有消毒，容易細菌感染引起發炎或破傷風，因此送命的不少，婦好為絕後患寧可摘除，如此才年過三十，牙齒剩不到十二顆。如此咀嚼功能越來越差，營養失調，體力漸漸衰弱。

沒有牙的婦好對床笫之事也失去興趣，對於愛美的女巫，是不許以不美的形象出現，這時期她臉上總圍著面紗，日漸羸弱的身體弱不禁風，看來別有風韻，她的口中常含著藥草，身上都是藥香，這個病女人依然讓君王心碎，日日為她占卜。

愛之瘧疾

東港，舊名萬年港，在港邊有個小鎮為交通轉運站，原是廣東潮州人移民之地，舊名潮庄，潮州人在廣東人中很特殊，閩客混雜，閩人客俗，它是韓愈教化之民，故庄內還供著昌黎祠，潮州人愛吃、愛拜拜、愛讀書，吃最多的是粿和各種丸子，前者是客家食物，後者則是靠海的特產，魚丸、福州丸、燕丸、貢丸、炸肉丸，菜丸……可說是丸子的天下，小吃攤賣的都是這些湯湯水水，炸肉丸是年節必有的一道菜，外地倒沒見過，它是用肉泥炸成的丸子，剛炸好時噴香，小孩用筷子插兩顆做前菜，因要趁熱吃才好吃，想像中的潮州人是功夫茶的養成者，他們到哪都能泡茶，書齋、樹下、火車上……用那種攜帶式的紅泥圓盤，一壺四杯，多出來的一杯是當工具，所謂茶三酒四七逃二，喝茶就是要三人成行，才成品字，自己喝茶不夠意思，要泡給人喝才厚情，必須讓人喝到「水滾目屎流」。

然而柯純能找到的兒時記憶少到可憐，家中常擺大壺的「茶米」，當開水喝，客人來時就要開汽水，那時喝茶很寒酸，待客誠意不足。他常納悶為何把客人當寶，自己人當草，原來潮州人好客。

因為多是生意人，又很四海，這種習性大概跟鱷魚有關，也就是說常被鱷魚吃的土著，來了一個遠客寫了一篇文章把鱷魚趕跑了，自此，拜那個人為神，事事跟他學習。

這只是一個比喻，在鱷魚等非人的本性上，建立的神仙般的生活：喝茶、唱曲、讀書、會吃，一個個會煮菜的姿娘誕生了，昌黎祠建起了，這就是潮州人自己建立的第二天性。

當柯純跋涉幾公里到萬巒，畫過好幾次昌黎祠，從未意識這有何特殊意義，當到城市念書，為自己偏鄉的身分感到自卑，而原來，茶的路途這麼遙遠，必須要花上半個多世紀才找到家。

柯純小時候吃過的酒席，湯湯水水，以海鮮為主，這就是潮州菜啊！粿多魚丸多愛吃豬頭皮，這也是潮州人的吃性，會煮菜的女人備受重視，這就是姿娘啊！

在閩南話中飯即糧，煮飯叫「煮糧」，所以男人回家常對女人嚷：「煮糧人，猛猛物碗來食。」相對的男人因打獵叫打補品，所以女人也常回男人說：「打補人，愛食就來食，勿迭大聲迫喉。」另一說「姿娘」本為「珠娘」，南朝人任昉的《述異記》記載：「越俗以珠為上寶，生女謂之珠娘。」原來潮州女是會煮食的珍寶之女。

主街商號串聯，酒家、茶室、咖啡店、戲院遍布，圍繞著三角公園，形成異樣繁華。柯純小時候認為是全世界的中心，當他離鄉去國之後，才憬悟它是個台灣落後的小鎮，是野性與死亡之都。人口只有三萬，緊鄰大武山，歷來是個漢番雜處，閩客相鬥之地，鎮上最華美的建築是瘧疾研究所，在神社邊還有一個實驗所，養一大堆猴子做實驗，那棟米色的仿文藝復興建築，被圍繞在深深院落之中，如果這世上真有鬼屋，瘧疾研究所是最像的一棟，鎮民只敢遙遙指著它說：「裡面裝滿細菌，瑪拉里啊！」一般人聽到瑪拉里啊，不禁做出全身慄戰的鬼樣，這令人為之喪膽的惡疾，也令日本人畏懼，聽說最初來台有六分之一的日人全喪命於此，古書上所謂的瘴癘之氣，指的就是瘧疾之災，它是透過蚊蟲叮咬傳播的疾病，在越荒僻之地越容易蔓延，原住民人口日漸減少也與此病有關。瘧疾（malaria）的英文名稱源自義大利文，mal是「bad」（壞）的意思，aria是「air」（空氣）的意思，以前的人以為是沼氣造成瘧疾，或「瘴氣」造成的疾病，發病早期跟感冒相似，頭痛、疲倦、肌肉疼痛及發燒，幾天後體溫上升高達四十度以上，然後頭痛、腹痛、噁心、嘔吐，之後會顫抖發冷，又再發熱大量出汗，反反覆覆一直到全身虛脫，發冷時蓋好幾條被子也無用；發熱時會想跳入冰水中，令人痛苦不堪。日人於十九世紀中期入侵台灣時，就因此病而敗陣，在一八七四年牡丹社事件，日本派遣六千名士兵侵台，其中就有兩千八百多名士兵罹患瘧疾，五百多人死亡，真正戰死的只有八人。

一八九五年的征台之役，因瘧疾死亡加上病患人數超過日軍二分之一，當時的台灣在此熱病侵襲下，可說是瘟疫之島，據正式統計數字，瘧疾是一九〇六至一九一一年排名第一的死亡原因，當時台灣人口約三百多萬人，每年有一萬人死於瘧疾。早在日人未來台時，一八六五年英國醫師萬巴德受聘到打狗（高雄）擔任醫官，發現瘧原蟲是由蚊子傳染，一八九七年英人羅斯證實瘧原蟲是在瘧蚊食道內完成發育，提出「瘧疾蚊媒說」，並因此獲得一九〇二年諾貝爾生理醫學獎，日人為了對抗此病，在潮州設立瘧疾研究所，並在六龜廣植奎寧樹，此樹甚毒，蝴蝶谷的蝴蝶幾乎因此滅絕，柯純以為每個人的故鄉都有瘧疾研究所，沒想到日人將研究中心放在自己的故鄉，因高雄州感染率為全台之冠，為台北州的三倍。柯純七歲時曾罹患瑪拉里啊，發作時全身惡寒冷得打擺子，高燒不退，裹好幾條被子仍是冷。眼看就要翻白眼了，家人請來日本醫生，服用奎寧加上精心調養才撿回一條命。瀕臨死亡的經驗讓他自閉於自己的世界，有時整天不說話，也不理人，就是畫畫，把家裡的牆全部塗滿，家人對他特別寬容，母親更讓他睡在她身旁，一直到十六歲，母親怕他在睡夢中死去。他認為死亡並不可怕，它是一切能量的中心，所有的東西都會朝它奔去。他曾經窺視過死亡的人，變得一無畏懼，而且容易看穿人世的虛假，這也是為什麼許多人都怕他，他們認為他像個魔鬼，也許他還沒完全好，死亡將他變成另一個人。

他常聽家族人說起牡丹社事件與傳說中的愛沙，與愛沙的詛咒，他們會像講古般一再訴說，後來他在書櫃中找到不知誰寫接近實錄的愛沙故事，原是用日文書寫，他將它譯成中文，書名《愛沙的詛咒》，裡面的情節常出現在他腦海，還為此畫了許多琉球人的畫，愛沙、康宏、大耳人、平埔女人。這是他個人的家史，也是他對抗自己家族的方式，他沒想公諸於世，然而當你畫活一個人，她就會一直活下去，她自有自己的生命。

愛沙的詛咒

一八七一年十一月，宮古島的貢船在海上遇到強風，那麼寒冷且強勁的颶風，像惡魔大軍將他們吞沒，船被打得快九十度直立，再垂直落體，愛沙在劇烈的搖晃中只覺得死絕的冷，怎麼這麼冷啊！

愛沙一再做著這樣的不祥之夢。被剝得身上只剩一塊爛布，眼睛早已被自己刺傷流血，不願再看見族人與自身的悲劇，她的眼睛噴湧著血流，美麗的臉幾成厲鬼之怒相，所謂的血仇血誓一定要以血見血，她走到頭目家門口，拿出作為武士一門的短刀，刀尖對著高士佛勇士，這些砍人頭的獵人看到愛沙的模樣，如被雷殛般被震懾住，不敢往前，愛沙站在梯屋的高台，對他們說：「天神啊，以我的血做見證，血債一定血還，今日之悲痛將永世輪迴，滅我一族者必自滅其族！」她將利刃往胸口猛力一刺，寒氣，那寒氣一直進逼，就像船難的那一天。

那天風好不容易停了，天微微亮，海水已從墨色轉為森藍，水波還不平靜，像有無數把冰刀在水中廝殺，愛沙在船艙躺了一天一夜，在颶風來襲，船身劇烈搖晃，她全身都在疼痛，還因碰撞吐了一口血，風浪平靜之後，疼痛集中在頭部。她需要一些新鮮空氣，走出船艙，空氣甲板上躺了很多人，不知是死還是睡，強烈的噁心感中感到凶兆，早在前天從首里出發時，她一再卜到凶卦，照說船期也是她卜卦決定的，她是個女巫，可也是王子的女人，女人不能上船，這是千百年來的禁忌，觸犯不得，然王子與她新婚，不顧眾人反對一定要帶她同行，許多人說此次航行為逆天之行，愛沙苦思許久，一再卜卦，才敲定十一月出航，那是冬天，避開颱風季，且是大吉之日。四艘貢船載著近三百人浩浩蕩蕩出發。去程相當順利，貢品獻給琉球國王之後，在宴會中她的美貌驚動京城，愛沙混有日本與洋人血統，皮膚白到透明，一雙靈動的淺褐色眼睛彷彿燃燒著小火燄，令人難以忘懷的美，像大特寫一樣，佔據所有視線，傳說她身上有股異香，只要她摸過穿過的衣物，都有長久不散的香氣，尤其是從小佩掛在身上鴿蛋大的綠寶石，已香入石底，只要得到它，或長久與她相對可以成仙，這更增添她的傳奇性。

到首里除了進貢，還要進貨，彼時球商的貿易十分發達，有海上馬車夫之稱，回程的船除了國王的賞賜，還載了許多珍奇貨物，等返回宮古島，再轉搭商船，到福州買賣，這一進兩出，帶來的利潤可以吃上好幾年。沒想航行途中吹起東北季風，四艘貢船失散，愛沙坐的那艘船，被吹到台灣尾端八瑤灣附近，船艙在暗礁中碰破且動彈不得，愛沙知道這裡是大耳人所居之地，又因為那不斷重覆的噩夢，強力主張不要下船，等船艙修復再做打算。船在海上停留五天，糧食與飲水短缺，船艙開始進水，不久船就會傾覆，這時琉球王子仲宗根康宏不再聽愛沙勸阻：

「下船吧！船都快沉了！」

「不行，寧可淹死也不能上岸。」

「大耳人有什麼好怕的，我們有幾十個武士，還有槍砲。就武力而言我們佔上風。」

「夫君，聽我的話，這是不祥之地，極不祥。」

「不祥的是你吧！當初我們反對女人上船，結果……」御守將軍餓壞了，把憋了很久的氣吐出來。

「閉嘴，不准再提什麼不祥，下船，這是命令。」

六十九人分批坐上小船，光貴重的物品就載了好幾艘，在划上岸時，一艘船碰到暗礁翻船，三人失蹤，等全部上岸點人時，只剩六十六人，落山風還是十分強勁，把他們寬大的袍子撐得像布袋戲偶般翻飛，誇張的華麗顯得怪異突兀。

打從琉球人的船出現，柯土水密切注意異邦人的動靜，他在牡丹社有個小山寨，手下四五人，人長得五短身材其醜無比，膚色近黑黃，因長期嚼檳榔，臉的下半像走山般歪斜，遠看只剩一雙貪狼的眼睛，與缺齒的血盆大嘴，這人貪財好色狠毒，好戰勇猛。宮古島人漂流到牡丹社附近，他正在社內，他們的船擱淺在港口之外，許多人游水上來，類漢服又類浪人的大鬍子男人，裸露著上身，露出胸毛，這不是第一次有琉球人漂流到此，但數量沒那麼多，一大群長著茂盛黑毛的男人泅水上岸，殺氣騰騰，他們都是水兵與武士。其實琉球人個性受儒教影響，熱情溫和而多禮，他們是很靈活的商人，被稱為「球商」，這貢船上還有些武士保衛。他們也是愛送禮的民族，這次是進貢隊船，船上載滿貢品，衣裝打扮也極為華麗，柯土水先上前去交涉，這六十六人中有一半是進貢使者，上岸的都是水兵，柯土水想上船去看看傳說中的珍稀寶貝，遭到嚴詞拒絕還被官兵踢一腳，琉球使者的高傲態度讓他覺得自己是低等人，柯土水因生氣一路跳回來，怒聲如雷，便慫恿社人，拿下那一船寶物。

那個琉球王子身穿絲羅，外罩紫貂短篷，年約四十，留著小鬍子，長相清俊，一手拿著一把泥金扇，一手拿著望遠鏡，身佩長劍，航海的異族與貴族，他眼中的冷淡與鄙視，讓他那原本瞳色較淡的眼珠顯得透明，恍如目空一切，轉身而去，而周圍的守衛怒罵：「野蠻番人，快滾！」王子身旁美麗的愛沙拿出短刀指著他，他從沒見過這麼美的女人，身上飄出濃濃的香氣，跟傳說中一樣，只要穿上她摸過穿過的衣物，便能成仙，於是撲了上去，沒撲著只扯到她的袖子，她立刻把袖子切斷，好像沾到穢物一樣，這大大刺激柯土水，引起殺機，宮古島人擁有刀劍，火砲，只有趁夜劫了他們，才能拿到那些寶貝。

趁火打劫是他最擅長的，在這無法無天無政府之地，他常明著幹這種事，落難中的宮古島人根本不堪一擊，最寶貝的東西都被他搶奪大半，還有一些槍砲。

那是柯土水畢生連做夢也想不到的珍寶，球商的寶船被誇張傳說如天方夜譚，彼時琉球海外貿易的大宗貨物是向中國出售白銀、漆器、刀劍、屏風和扇子，金銀器與泥金漆器、紅銅、蕉絲為他們的特產，為諸國競求的夢幻逸品，為保護貢品，皇帝還派特使隨船護送，進貢後，將中國賞賜的藥材、瓷器、絲綢、銅錢轉售到日本和朝鮮，並將東南亞、印度和阿拉伯半島出產的犀牛角、蘇木、香料、錫、糖、象牙、乳香、龍涎香銷售到中國、日本、朝鮮三國，好像左手交給右手，右手又交給左手，這一轉手獲利無數。他們通常以福州為轉運港，琉球商人在福州交易的貨物有各種手工藝品、醫藥、香料、礦產、海產、紡織品及其他珍奇貨物。「球商之貨」為搶手的珍奇品項，球商」即是「財富」的代表。德國學者李斯博士才說：「葡萄牙人未到馬六甲海峽以前，琉球人獨佔中國、日本、南洋間之貿易，那霸即為東亞貿易之一大市場。」可見他們彼時在海上的風光。

在這景觀複雜族群複雜的台灣尾，為瑯嶠十八社所在地，因開拓時間較晚，使得原民在這裡不受統轄，大量的平埔與少量的客家人居住平地，閩南人最少，原民稱他們為「百朗」，覺得他們是奸詐的漢人，在這裡漢人即是敵人，柯土水因跟原民「交易」，又會說他們的語言算是例外，也是他用他的法則教會他們交易與買賣，從打狗遷居到這裡做的都是強盜買賣。在漢人到此以前，排灣共同分享獵物，小米田、芋頭田自生自長，他們只要有自己釀的酒與芋頭就滿足，他們愛好打獵，這裡有山羌、雉雞、野兔；往東更深的山裡有山豬與梅花鹿、黑熊，這些才是他們真正的夢幻逸品，然而柯土水來了，他之前做過幾次海上貿易都失敗，賣皮蛋與鹹鴨蛋到福州，到港時一船蛋都發臭，鹹蛋、皮蛋不是不會壞嗎？可是氣溫太高加上船艙濕熱又悶，蛋真的臭到不行，他賠了不少錢；第二次傾其所有，買了一船杭州油紙傘，想賣給日本人，杭州油紙傘的油光與花色濃豔與日本傘的清雅不同，很受日本人喜愛，沒想又是濕熱的氣候毀了一切，氣候與氣溫對海上貿易起著絕對性的因素，傘運到日本都黏住了，打不開硬是打不開，柯土水的海上貿易夢就此碎了，他在福州與橫濱港看到球商的生意做得火熱，他們賣的商品如此受歡迎，一般般的漆器、紅銅製品都大獲利市，他們是一流的海上商人，也是在那裡看到他們的富裕，鴿蛋大的海珠，金銀製品，還有人人都想擁有的蕉紗，他從海上一路敗退到車城，把一些最次貨賣給原民，因此暴富。就算暴富也穿不起蕉紗啊！

柯土水最想要的是蕉絲與大海珠，一顆珠子價值連城，台灣人有棉衣就滿足了，幾個人見過穿過蕉絲？這是天降的寶物，那些琉球人如天人般，如果不是颱風，他們也不會偏航漂流至此，好像自動送上門的財物，讓人生出無盡貪念，他約略估量他們有五六十人，能戰的水兵不過三四十，當他率領著幾個社人，趁夜洗劫寶船，誰知他搶的船，只剩一些被淘汰的蕉布與雜物，珍貴的東西不知藏哪裡，於是搜括一些就走，當時並無殺人的意圖，他們只是趁夜偷襲，畢竟船上有善戰的水兵與武士。沒搶到寶貝不甘心，他算好等他們上岸，再派人搶一次。

「穿琉球人的衣服可以成仙！」柯土水誇大並竄改傳說，原是得到愛沙佩戴的綠寶，或與愛沙相對許久可以成仙，卻變成穿琉球人的衣服可以成仙，琉球的蕉紗確為修道者穿的「鶴氅」或「袈裟」所專用，將之混淆，可以起盜心，誰不想成仙呢？他只想要愛沙穿過的衣物，讓其他人去剝琉球人的衣服吧！

經過一次洗劫，宮古島人明顯看來狼狽，已無貢船與使節團的光鮮亮麗，起先不敢上岸，愛沙強烈主張不能上岸，大家爭議不決，有人說附近是番界，最好別上岸，等候救援，另有人說船上糧食不夠，再待下去會餓死，又遭洗劫，應該上岸，橫豎都是死，不如另找生路。就這樣吵吵鬧鬧，他們實在餓昏了，決定下船，這時大家還有些細軟，但他們沒想到的是他們身上的絲羅與蕉衣，金簪玉珮，錦衣晝行會引來殺機。

當宮古島人上岸時，東北季風仍然猛烈，這俗稱為「落山風」，因此地山嶺低，風翻過山脈而下，強勁的下坡風直撲恆春半島西岸，席捲在背風坡的車城、牡丹、恆春等地區。落山風瞬間強度可達六、七級，相當於輕度颱風的威力，但見零落的民宅緊閉，屋頂上壓著巨石，宮古島人被狂風吹得七零八落，寬大的袍子都飛騰，衣服裡灌滿風，就像傀儡戲偶般被撐得古怪，完全不能自已，那些華美的袍子在海邊形成詭麗的景象，要讓人不注意都難。

彼時原民對衣服的渴求甚烈，漢人對原民最大的衝擊是，漢人穿一層又一層的衣服，強制性地改變他們對穿著的美感，棉布於他們是稀有物，他們不是不能織布，那些傳統刺繡與麻布生產費時，為了換取這些漢服，他們付出不對等的獸皮與獵物、耕作物，而任由漢人一層層剝削。而對於漢人來說，他們要更好的絲綢與異國珍寶，所以這艘船在海上漂流時已引起岸上許多漢人、社民的注意。

社民想要他們的衣服，但要用什麼換呢？這讓他們想到漢人的剝削，一件單衣要一件獸皮，一擔小米，如果是漢人的二手外袍，那就要兩件獸皮，兩擔小米，他們也只有穿漢人不要的衣服，而且是農夫穿的一般棉衣，穿上農夫衣服的勇士，看來有點滑稽，這讓他們對衣服又愛又恨，漢人教會他們交易，交易等於割他們的肉，說真的，漢人愛錢，用他們交出的山產換錢，買土地與女人。在部落，錢沒意義，他們只要有芋頭小米就滿足了，最渴望的還是漂亮的衣服，漢人帶來的美感衝擊，讓他們對赤身裸體感到羞恥且醜陋，男人有男人的痛，他們以前用獸皮遮住重要部位，現在想穿漢人一樣的褲子，女人以前只遮下半身，現在她們有更大的痛，要遮住全身，裙衫飄飄，她們也想要用布纏住她們的乳房與頭髮，這些渴望真會讓身體想說話，說出的都是痛；他們從未想過穿綾羅絲綢，只是想跟漢人一樣穿棉衣，頭上捲條棉布，穿上衣服就不會被叫生番了，如今只有頭目與貴族穿得上漢人的衣袍，大多數男人還是赤裸著上身，女人頂多用布纏住重要部位，眼前這樣華美的袍子，讓他們全身都痛，要用多少土產才換得到，現在他們每個人睜大眼珠盯著這六十六個傀儡，不，六十六套華服，六十六件仙袍。

當康宏與愛沙這樣出色的人物出現在荒涼的岸邊，真是太突兀了，他們上岸不久就有兩名「支那人」前來搭訕，這兩個人是柯土水的部下李貴與陳某，先前搶過一次，這次坐等他們入甕，當宮古島人詢問哪裡有人家，兩方語言不通，李貴比手畫腳說不要往西走：「往西有大耳人，他們會砍人頭的，千萬不要走那邊」；並要他們往南行。說完就搶奪他們的衣物，因是冬天他們穿了好幾層衣服，最講究的郡主與愛沙滿身絲羅與珠寶，外罩皮裘，至少有七疊衣，李貴就剝了三層，手拿不完的，丟到山中，並立木頭做記號。眾人認為那兩人還有同夥，不知還有多人，因此不敢反抗。入夜時，李貴與陳某要他們睡在路邊的石洞，他們看石洞太小，六十餘人根本擠不進去，但李陳兩人強迫他們這樣做，光郡主夫婦與貼身侍衛就擠滿了，其他人擠在洞門口，因為又累又餓，大家坐在草地上嘆氣，休息一陣，大夥開了一次簡單的會，認定這兩個盜賊般的人要他們往南行必有詐，於是這兩人離開之後，便往西邊走，晚上他們在路邊的小山過夜，但大家都不敢睡。這一天從早上在船上吃過早餐後，夜晚露宿原始森林中，沒有吃過任何食物，空腹摸黑前行。翌日早上偷挖田裡的番薯充饑。起初康宏與愛沙不肯吃，部下們把番薯烤熟切塊，當香氣飄出來，已經餓到全身無力的王子與王妃只好吃一口，沒想到意外好吃，這塊土地種出的番薯小小的，外表不起眼，剝皮後為紅中帶黃，味道特別甜美，在部落，切塊的番薯淋點蜜就是珍饈，也只有年節與貴客才會拿出來招待。

填點肚子後，稍有力氣便往前走，一群人往遠處看似有人家的地方走，再向西走三里路，遇見路旁有四至五名耳朵垂肩的原住民正在圃園內工作，高士佛人喜歡將耳洞撐大，約有一個銅錢那般大，再戴上大耳環，使耳朵長到垂肩，因此被稱為大耳人，他們算是十八社中較凶悍的，其他社也有溫和良善的，如阿美族就常被欺侮，在這裡是強者為王的世界。宮古島民以手語跟高士佛人溝通，高士佛人給他們一些飯和芋頭粥、番薯等充饑，宮古島人也回送他們許多財物，別忘了他們是多禮的商人。居民帶他們去見頭目瓦利，雖然這時沒翻譯，瓦利看出這群人身分不凡，便讓出頭目的梯屋房間給島主與王妃住，瓦利上身穿著漢服，下身套著簡單的棉褲，頭巾上有牛角與羽毛裝飾，身材勇武，面目較為和善，雙方連說帶比，大約說定會盡量招待他們，幾天後送他們到有官府之處，官府訂有接待漂民辦法，如何接待送返都有定規，但這是番界，法外之地，沒有前例可循。瓦利見識較廣，他到過打狗，也見過外國人，清廷畏懼外國人，看這群人的打扮，不是泛泛之輩，得罪不起，如果送返搞不好還有賞金。因此剛接觸的前幾天，大家都是笑臉以對，瓦利特別吩咐以上賓之禮待之。依照高士佛社習俗，外人喝了族人家中的水就不再是敵人，但是，那些被漢人搶奪剩下的物品，又再度遭到奪取。他們在這裡住宿時，有一晚夜半有人左手握著薪火，右手攜刀，推開門來，剝走兩個人的內衣，這時的宮古島人已接近全裸，郡主與愛沙因受不了這種恥辱號哭。仲宗根康宏怒吼：

「與其這樣繼續受辱，不如切腹。」

「夫君，接下來只有更壞，我們一起死吧！」

這時頭目瓦利進來，看來有些焦急，說什麼話雖不明白，但看他的表情與手勢，愛沙可猜到幾分，他解釋剛剛來搶東西的人，不是他們部落的人，並一再強調一定會將他們送到官府。

隔天大家算是和樂相處，愛沙還去溪中泡了溫泉，這一帶有上好的溫泉，水質清透滑潤，一整條溫泉溪中，男男女女，宮古島人與高士佛人泡在一條溪中，同樣是泡溫泉，日本人全裸，讓他們嚇壞了，就算洗浴，高士佛人當眾他們也穿著衣服，尤其是女人，這時有些人唱起歌來，排灣族的好歌喉在山中迴盪有如天籟，愛沙也唱琉球島唄〈行きゅんにゃ加那〉：

你要走了嗎
你要將我忘記，離開我嗎
我本想出發
卻不捨得離開
媽媽和爸爸啊
請不要胡思亂想
媽媽和爸爸啊
我會帶回大豆，帶回大米
來讓你們享用

整夜無眠
想著你們
無法入眠
啼叫的鳥兒
在立神沖啼叫的鳥兒
一定是我所愛的人的靈魂

宮古島人聞歌有的掩面低泣，有的仰天長號，歌是最好的通用語，在一唱一和中，宮古島人與高士佛人之間產生真正的對話，康宏與愛沙泡完溫泉，覺得好像回到家一樣舒服，康宏說：

「我們離開家多久了？好想家啊。」

「十月初出發，已經二十多天了，這是我們遇難後的第七天。」

「才七天……我覺得像一輩子那麼長。這裡太危險了！這幾天像生活在煉獄一般。」

「我覺得很不安，非常不安。」

「愛沙，都是我的錯，如果……」

「不要說了，這是個大劫，既是劫難臨頭，躲也躲不掉，如果發生什麼事我必隨你自盡，絕不受辱。」她拿出身上藏著的短刀，作為武士之後，她最知道如何死得其時。

「嗯。」康宏低著頭，臉上有著痛苦且焦躁的表情。

隔天天還未亮，愛沙聽見外面一陣鼓譟與齊聲呼喊歌唱，她從窗縫看出去，一群高士佛社的男人全副武裝，好像要出征一般。她急忙推醒康宏：

「不好，他們在整軍，不知要幹什麼？」

「完了，他們決定要殺我們了！」康宏急忙叫醒部下備戰，高士佛人奪去他們的槍彈與刀劍，高士佛人只有二三十名戰士，他們至少有四五十名能戰的水兵與武士，就算赤手空拳，也說不定誰輸誰贏。許多人拿著木條與農具做武器。

這時頭目瓦利帶著五、六個男子攜帶著夷砲進來，看到宮古島人拿著木條與鋤頭對著他們，生氣地說：

「你們要幹什麼？都放下。」他一腳踢倒一名水兵，一群獵人奪去所有人的武器。

「你們都是騙子，明明說好要送我們回去，卻要殺我們。」武士們一直重複說這句話，希望他們能聽懂，然而雙方仍然語言不通，只好叫柯土水來做翻譯，看到柯土水，這個人搶走他們的東西，長得又是如此凶惡，宮古島人更害怕，柯土水轉達他們的意思：

「他們說，沒有要殺你們，只是要去打獵，回來前你們絕不能離開，也不能輕舉妄動，如果逃離就是背叛，他們絕不放過。」

「真的是打獵？不會是假打獵之名要殺我們吧！」

「你們吃了他們的東西，住了他們頭目住的梯屋，就是他們的客人。但是，嘿嘿……」宮古島人放下武器，心中還是存有疑惑與恐懼，等到高士佛男人離去，眾人圍著柯土水問：

「他們真正的目的是我們吧？怎樣才能保命？」

「也是，你們這麼多人吃他們喝他們，早晚要翻臉。」

「那怎麼辦，我們幾乎已將貴重財物都獻給他們了啊。」

「是嗎？還有些藏著的盡量拿出來，否則很難說，他們說變臉就變臉。」

「我們都只剩身上的單衣了，天氣這麼冷，我們實在受不了。」

「還有一些皮裘與毛毯，披風，這是他們最喜歡的了，哪，現在就交出來。」

沒有人理他，宮古島人不願把禦寒的衣毯拿出來，他們也不相信柯土水，他是個強盜兼騙子，剝了他們好幾層皮，現在連最後一層也要剝。柯土水見宮古島人不理會他，氣得大叫：

「你們這樣，他們一定會殺了你們！砍你們的頭！」

「不能走，我寧可相信頭目，他不像不講信義的人。」愛沙說。

「你們跟生番講信義？你們看外面牆上那一排又一排的人頭，這就是打獵打出來的。」

「郡主，好不容易勇士都不在，這是逃走的好時機。」武士們說。

「怎麼逃呢？」康宏太想離開這裡，眼睛不敢看愛沙。

「為了分散風險，我們幾個人一組分批逃出去，約定在河邊集合。」

「不行，逃了就是背信。我絕不走！」愛沙說。

「背信就背信！」

「管他，先逃再說！」說著大家衣衫不整，幾個人一組分批出去，只有愛沙不願走，安靜地坐在草席上。柯土水像看好戲般站在一旁冷笑。六十六人花了一段時間離去，總要偷偷摸摸避開留在社裡的女人與孩子，好不容易人走得差不多，只剩下貼身侍衛與郡主、愛沙。郡主理應先行，但愛沙死不肯走，康宏只有耐著性子勸她等她。

「愛妃，走吧！要走一起走，留下來一定沒命。」

「主君，你是郡主，也是琉球王子，一定要安全回國。我留在這裡做人質，這樣，你們才安全。」

「你是我的愛妃啊！怎能丟下你？你不走，我也不走。」

「他們不會殺一個女人的，你快走！他們快回來了！」

「王妃說得對，我們先走，王妃替我們說明，有個交代也好。等事過，我們再來救她！」貼身侍衛說。

「愛沙，我放不下你！我不能保護你，又要這樣丟下你！」康宏仰天長號，被貼身侍衛推著走，眼看高士佛獵人就要回來，康宏不斷回頭，愛沙依然安坐在席上，疲倦又安詳地笑，她眼中有刀影一般的精光，這是康宏看到她的最後一眼；而愛沙看到康宏的最後一眼，眼中有煙火般的光，那是死神之光。

聽說排灣有兩張臉孔，平日他們的臉像木刻一般沒表情，但當他們打獵、出戰或出草，臉會轉成厲鬼般恐怖，眼睛翻白，面孔扭曲，牙齒全張，露出野獸般的表情，彷彿平常戴著無表情面具，變臉後的臉因具有震懾力更真實，這是他們因地處險惡環境自然生成的本能。

高士佛勇士打獵回來，看到宮古島人走光了，氣得大跳大叫，一張張臉變得像厲鬼，梯屋中只見愛沙，而柯土水早在他們進村時就在社門口一路挑唆，說宮古島人帶走武器與糧食，準備找漢人與外國官兵攻回來，他們的住所已被掌握，後患無窮。瓦利聽了柯土水的話，命令把愛沙綁了，當武士要靠近她時，她拔出短刀說：

「我留下來是為報答你們的信義，你們如敢接近我，我便自盡。」

「她說什麼？」瓦利問柯土水。

「她說她的夫君會為她報仇，像她一樣拿刀殺了你們！」

「喝了我們的水，住了我的梯屋，卻像小偷一樣逃走，背信忘義的賊人，把她綁了！所有的人去追殺他們，一個都不放過。祖靈啊，我宣誓無信義之人必死於刀下！」

當他們想靠近愛沙，她往自己的眼睛刺了一刀，便昏了過去，社中的女人為她求情，並照料她，群情沸騰的男男女女都帶著武器，誓必殺光宮古島人。

高士佛人追殺宮古島人，宮古島人在河邊會合後，在此休息，當他們看見男勇三、四人，女勇四人追來，並喊著：「殺光他們！」趕緊渡河逃走。走到一個小村莊，路旁有五、六間人家，他們看見其中有一家有個老翁，是漢人，其中有使者會講漢話的便向他大聲呼救：「救救我們，大耳人要殺我們！」

老翁鄧天保出來驚問：「你們是琉球人吧，是首里還是那霸？」

「我們是宮古島人，是去那霸進貢的郡主帶領的使者團，回途遇到颶風漂到這裡，現在大耳人說要殺光我們，請救救我們，我們全島的人會報答你，郡主也一定會厚賞你。」

「唉呀！我老都老了，要什麼厚賞，趕快報官府吧！寫下你們的名字。快！」

正當一群人要寫下姓名給老翁的兒子以便上報官府時，突然冒出一堆追殺的高士佛人，持番刀將站立在庭院的三十餘人的簪和衣物奪走，並把他們剝得赤身裸體，接著亂刀刺死，等高士佛人走之後，牡丹社的人也來到，看到衣已剝人已死，血流滿地，就砍了他們的頭帶走，牡丹社人沒拿到東西不滿意，還想繼續追殺，鄧老爺出來對他們說：「你們也手下留情吧！殺這麼多人不怕遭天譴嗎？」這時牡丹社人才放手，其餘的二十二、三人本躲在鄧家，其中有一人裸體嚇得魂飛魄散從門外跑回來，一直重複說：「殺光光，殺光光，一個也逃不了。」大家已嚇破膽四處逃散，凡逃走的盡遭屠殺。只剩仲本、島袋等九人躲在老翁住處。隔天，老翁將九人送到女婿楊友旺的村莊藏起來。鄧與他的兒子準備豐厚財物，換回幾個官員，其餘的人都在山中被殺了，康宏在混亂中也被剝衣殺死，因遭剝衣，每個人都赤裸，根本分不清身分高低，康宏被亂刀刺死時，身上一根紗都沒，連自盡都來不及，想保留最後的尊嚴都不能。

在他倒下時，他想著愛沙，她那疲憊安詳的眼睛，放著精光的眼睛，他後悔沒聽她的話，如果結局都是不免一死，那麼應該跟她一樣，死得有尊嚴。

愛沙醒來後，身邊只有一個女孩看著她，四周靜如死城，所有的男男女女都去追殺族人，滅族是不可免的了，外面有一個小孩拍著手說：「殺光光，殺光光。」她的眼睛在流血，不願睜開眼睛再看這世界一眼，她是不祥的女人，為這麼多人帶來災難，她萬死都無法謝罪，但她內心巨大的能量將匯聚成一個堅實有力的詛咒，她得等待那一刻來臨。

不知過了多久，高士佛人回來了，她起身先用刀刺了自己另一隻眼睛，眼睛流血代表著深仇大怨，她走出高屋當著瓦利的面說：

「以血還血、以牙還牙，我族留下我為守信義，為何滅我一族，現在我當著上天詛咒你們，滅我族者亦將自滅其族，你，柯土水亦將自取滅亡，這詛咒一定會實現，你們等著。」說完持刀往胸口猛力一刺而死。

瓦利看著愛沙，不知為什麼，他大約能猜到她說話的內容，他全身都在顫抖，殺錯了！他腦中飄過這念頭，但一切太遲了。

原本衣著華麗的宮古貴族，經過一層層被剝去衣物，每個都赤裸著身體，更重要的是嚇破了膽，這真是可怕的劫難。逃走的柯土水在聽說之後，也覺得不可思議。貪取財物可以理解，何至索取五十多條性命呢？

當時的原民有這麼野蠻嗎？從一八七四年的照片中看出，其時的原民綁頭巾，著漢服，看來跟平埔人差不多，他們的耳朵也沒特別大，剝衣者不只原民，還有漢人，漢人拿最多，而且是最貴重的外層綾羅蕉紗。

整個八瑤灣事件被扭曲了，根據日後高士佛社一名老者說起，原本他們對琉球人並無惡意，取得衣服只是想判斷他們是哪國人，是否可以與之直接貿易，誰知在不清楚其真正身分的當兒，他們已遭殺害。另外，高士佛社酋長對日軍所表達的理由是，他們以為這群漂民是他們敵對的漢人，所以他們誤殺了。老者與酋長所陳述的邏輯相互矛盾，顯見這件事另有玄機。

這事件震驚海上諸國，海上諸國難民與漂民何其多，這麼殘酷的對待讓他們恐懼與憤怒，琉球向日本申訴，諸國向清廷控訴，務必討回公道。

當時恆春半島瑯嶠下十八社，一向為豬勝束社掌控，豬勝束社才是共主。這裡多種族群雜居，包含排灣族、阿美族、漢人與平埔族馬卡道，以及斯卡羅人（Skaro，或 Seqalu），豬勝束社就屬於這個族群。斯卡羅人是約十八世紀初由知本卑南族遷徙至此而排灣化的族群，因好武善戰，征服當地的排灣族，而成為恆春半島的統治者，斯卡羅即「乘轎者」的意思，他在這裡有著無比尊高的地位。在清末日初時期，斯卡羅人豬勝束社頭目的權勢最大，被認為是「瑯嶠下十八社」的總頭目，尤以卓杞篤（Toketok）、潘文杰最為顯赫。卓杞篤曾於一八六九年因羅發號（Rover）事件與美國簽署救援船難的協議而聞名。他長得十分矮小，卻精力過人，晚年喝酒喝到掛，連著幾個共主都是喝酒死的，事件發生時由其兒子小卓杞篤統治，但比起他爹他更為無能。

這起事件同時震懾清廷與日方，琉球同時進貢中國與日本，然這時中國正處於焦頭爛額中，日本藉機出頭，琉球人在台灣遇難的「台灣事件」，給了日本一個藉口。船上有琉球郡主及官員，這麼大的事清廷為何不過問？因事發地點屬於番界。自康熙年起各種方志、輿圖所記台灣府最南端只到沙馬磯頭（今貓鼻頭），貓鼻頭屬西南部海岸平原，為客家人屯墾區，故名「墾丁」，而瑯嶠下十八社橫跨大武山區，為中央山脈的尾稜，可說是番界。清政府有「番界封禁」政策，沿界設隘寮，住隘丁，定界址、立界碑，防止原住民越出平原，也禁止漢人入山越墾，並搭望樓看守。據乾隆時期的〈民番界址圖〉，下苦溪（後稱率芒溪，今士文溪）上就是番界界址（紅界），以南就是「禁地荒埔」。清廷在台灣設置最南的官署是鳳山縣的枋寮巡檢（還是一八六七年羅發號事件後設置的），枋寮位於率芒溪北，率芒溪以南無任何塘、汛、驛站等官方單位，可說是無政府地帶。

經過學者與耆老整理出的版本也許可帶來另一視角，這是一個文化差異與語言碰撞隔閡發生的慘劇。歷來漂流至台灣的船無數，官府定有辦法接待與遣返，接待的民眾可領賞。那次琉球漂來的船有兩艘，一艘漂至高雄，即受到良好的接待與送返。

一八七一到七二年發生的事，一八七四年才舉兵攻台，這個時序說來有點勉強，這裡就出現政治問題。

倖存的十二人，病死在路上有十人，那劫後餘生的武士島袋先向琉球王哭訴：「六十幾條人命啊，皆是王的貴冑與忠臣，遭受生不如死之辱殺，天人共怒，陛下一定要出兵討伐，以報此不共戴天之仇，陛下如不允諾，微臣只有立地切腹，以死明志。」然琉球王子表面允諾卻不敢反抗清廷，只有轉向薩摩藩主求助，藩主轉呈日本，日本剛發生九州漂民在台灣遇害事件，雖無傷亡，但藉此報仇，並宣示琉球主權，可謂一舉兩得。

日本先以「保護國民」為藉口向中國交涉，遭到中國的嚴詞拒絕，日本從中找縫鑽，說中國不承認台灣，而未保護琉球，坐視殺人事件，亦是不承認琉球，進一步強辯琉球從一六〇二年起已是日本島津藩（薩摩藩）的藩屬國，一八七二年十月，日本明治政府未與中國商量，強行廢琉球國為琉球藩。先正名後出兵，讓日軍找到正當理由。
因為出征的名義有爭議，他們沒使用最精良的軍艦，只是向商家租了一艘鐵殼船「有功號」，原來只能坐一百人的船擠了兩百多名士兵，這些官兵大都是被罷黜的士族之後，在明治維新之後，武士與貴族沒落，藩地與特權被取消，剛好給了他們揚眉吐氣的機會，他們因此有了一條新路。
那是梅雨季節，幾乎每天都下著傾盆大雨，保力溪與四重溪的溪水漲約半人高，利山上校率領的先頭部隊，抵達之後先糾集民工築防禦工事，營地設在射寮一帶，光遮雨篷就搭了幾百個，沿著溪流蜿蜒如黑龍，他們用一天五角請一個工人，不管漢人與社民都搶著來報名，有時還會哄抬工資。他登上高處看整個恆春溪谷地形，是一座高兩千公尺與低矮樹叢形成的大河谷，社民住山上，平埔與漢人雜居平原，他們的行動在毫無遮蔽的平原中，完全暴露無遺，心中想著這是個敵暗我明的戰場，他得先分化十八社的勢力，以孤立牡丹社與高士佛社，於是接著接見各社頭目開協調會議，他們都紛紛跟牡丹社與高士佛社劃清界線，這有效地孤立他們，預估對方軍力是三百人，大都使用火繩槍，整個瑯嶠十八社，軍力只一千，日軍有六千，勝利是無可置疑的。
戰爭來臨前四重溪一帶瀰漫著緊張與詭譎氣氛，雨仍一直下，下得人心慌意亂，偶有沒雨時又酷熱難當，許多人病倒，軍醫在各帳篷間奔走苦無對策，這時草原與矮樹林起了大火，火燒了一天一夜，幾乎燒成焦土，這是牡丹與高士佛社的戰前策略，先來一場大火，燒光所有樹木讓敵人無所隱藏，這邪門的火，讓大家心更慌。
這裡有上好溫泉，士兵們赤身裸體泡溫泉，這讓漢人女子嚇得掩目而逃，她們為了怕裸體，可能從來沒洗過完全的澡，洗澡也不脫光，有些漢人女子還纏小腳，她們或者年輕時很美，但在這裡，幾乎男男女女都嚼檳榔，年紀輕輕牙都黑了，嘴也歪了，更顯小孩與少年少女驚人的美。

大家都在等開戰的時機，一八七四年五月十八日，連日大雨引起山洪暴發，洪水淹沒帳篷，桌椅與物品皆被水沖走，利山率領大軍躲避洪水，他們沿著四重溪上溯，找尋高地紮營，這時遭原住民襲擊，死了幾名士兵，戰火已點燃。因洪水而引發的戰爭已不可收拾，日軍一開始即處於劣勢。五月二十二日，陸軍中校利山率領日軍一百五十人進抵石門，石門的地形特殊，在兩座幾百公尺的山崖間是滾滾山洪，為自然天險與最佳攻擊點，只要佔據這兩座山頭，便能制敵，而日軍只能溯溪而上，滾滾洪水水深及腰，且水流十分湍急，前進已是很艱難，一走滑就會被水沖走，而瓦利率領族人早已佔領兩座山頭，他們見一個殺一個，但見日軍一個個倒下，但火繩槍發了一彈，要等稍微冷卻才能射擊，武器不夠精良讓他們吃大虧，但居高臨下佔據優勢，好幾人中槍被水沖走。不能再處於被動，利山命令部下組成一隊二十人的特種部隊攀上山頭，反制社民。這幾個人都是武士之後，身手不凡，不久成功攀上山頭，瓦利與他們短兵相交，然火繩槍終究不敵來福槍、毛瑟槍，倒是社民霎時變臉的猙獰鬼相真的好恐怖，可他們個個是柔道與劍道高手，肉搏戰展開，先是勢均力敵，日軍以為牡丹人有三百勇士，其實一共才七十幾，佔據山頭的不過十來人，日軍那二十死士，最後制服他們。而瓦利與其中一個武士進行肉搏，對方是摔角手，瓦利雖也學過，但對方力大如山，過了十幾招就被制服了，當瓦利的身體被日人壓在腳下，眼前突然出現強烈的白光，那是一群女神在天上飛舞，而愛沙的臉像一朵巨大的食人花盛放，十倍大，百倍大……那景象太美了，美得讓他無法動彈，也就在那一瞬間，利山的槍彈穿過他的腦袋，他往後一栽，倒在大樹上，死時好像還想緊抓住什麼。日軍一旦得到勝利，他們最愛拿武士刀砍頭，當場好幾個人頭落地。

社民出草用番刀砍人頭，日軍用武士刀比賽砍人頭，其凶悍更有過之。

牡丹社人見頭目人頭滾落水中，嚇得紛紛敗逃，經此一役，多數採觀望態度的原住民皆靠向日本。六月一日起日軍分三路掃蕩的牡丹社、高士佛社、女仍社等居住地，高士佛社遭蕩平，燒毀村莊，沿途只有小規模抵抗，日軍佔領後焚燒村屋並撤回射寮營地。六月二日日本遠征軍兵分三路向尚未表達議和的牡丹社進行攻擊，分別由谷干城少將領軍從楓港出發，佐久間左馬太中佐從石門進軍，赤松則良少將從竹社口前進。七月一日，牡丹社、高士佛社、女仍社終於投降，為期一個多月的戰事宣告結束。月底時，瑯嶠十八社大頭目豬勝束酋長的胞弟率領小麻里社、蚊蟀社、龍蘭社、加知來社酋長等，跟隨射寮的頭人Miya，手捧牛、雞向日方示好。

利山中校率領的先頭部隊，都是士族，他是鹿兒島人，氣候緯度跟台灣較接近，他自己也是士族出身，又練過武術，自認為有金剛不壞之身，他在武館與人比武，就打死過三個人，他所率領的也是精挑細選的勇猛士兵，他高估自己，卻低估瘧疾的可怕。上岸之後，傳說水有毒，番人會在水中放毒，為此他們自備水壺，只喝從日本運上船的水，他們對瘧疾懂得太少了，以為空氣中有毒，每個人都戴著防毒面罩，卻不知它來自蚊子的叮咬，快速散播病菌，只要一人得病，幾乎全軍得病，而且來勢洶洶，幾天內拚命打擺子，然後就死了，這讓軍心大亂。日軍在戰事取得勝利，沒想到還有更可怕的敵人瘧疾追在其後。

利山中校砲轟了牡丹社與高士佛社後，身染瘧疾，才幾日已一命嗚呼。不僅是他，所有士兵都不服水土，染上瘧疾，這病來勢洶洶，一染上拚命打擺子，才幾天變得乾黃，一下子就去了。傳染的速度極快，軍醫們一直在燒屍體，十人一坑燒完屍體後掩埋，民工們挖的坑總有幾十個，一坑做一記號，沿著溪流密密麻麻分布。

在那一次戰役中最可怕的不是兵器或梟首，而是瘧疾，雙方傷亡慘重，十之五六死於瘧疾，來六千得病三千，日人真正戰死的只有十幾人，十幾人！這場仗怎麼贏的？也就是不戰而勝的意思，在這場戰爭中常不見原民蹤影，可說是一場與鬼的戰爭。剩下那逃過病災的三千人，闢荒屯田，準備賴下來不走了，日本軍閥山縣有朋還提出一個野心勃勃的「外征之策」，企圖奪取整個台灣。大清聞訊，派沈葆楨統兵萬人，緊急赴台，並決心死戰，趕走日本人。其實也不用趕，日軍因瘧疾肆虐已潰不成軍，只是進容易，退才是困難。

除去石門之役，整個攻擊作戰過程中，遠征軍一直遭原住民零星襲擊，幾乎未見原住民蹤影，再加上山地崎嶇險阻且路徑不熟，戰略物資補給不易，部隊經常陷入饑餓狀態，日軍因熱病侵襲，病歿六百五十人，又已耗軍費一千兩百六十餘萬日圓（尚未計入購買運兵用船舶的七百七十萬日圓），故而接受議和。

事件最後在英國駐清公使威妥瑪（Thomas Francis Wade）出面協調下，終將清、日的「牡丹社事件」紛爭妥善解決，並簽妥「互換條款」與調印「互換憑單」。條款內容大致如下：一，清廷得承認日本的出兵是「保民義舉」；二，清廷得支付五十萬兩作為受難家屬撫恤金及日方在番地所做的建設補助款項；三，今後清廷應該設法保護航海民眾的安全，並保證不再發生「番害」事件。

牡丹社戰役後，中國軍隊也渡海集結在枋寮一帶。中日兩軍對峙但未交戰，直至十月三十一日中日兩國在北京交涉完畢簽署專約，以中國提出五十萬兩補償金交換日本的撤兵，日軍直至十二月下旬撤完為止。在依田學海的〈征番紀勳〉中記錄著這次戰役：

是役也，自夏涉冬，瘴氣發疫。全軍四千五百餘人，其死於戰者，十二人；死於病者，五百五十餘人。

可見其時的疫病多麼可怕，在十九世紀日軍的罹病率高達百分之十幾，甚至更高。琉球人死五十四人，其中有琉球王子與王妃，及王弟，換來牡丹社與高士佛社滅村，日軍死五百多人，到底誰付出的代價更大？愛沙的詛咒使牡丹、高士佛差點滅族，而日本浪人軍團差點全軍覆沒，她的詛咒威力如此驚人，在恆春半島仍然流傳著故事，筆者親歷這些事件，將它記錄下來，藉以警告後人。

傳說中的平埔女人
是百合前身

柯純深知自己流著黑色的血液，他必須追溯自己家族的原罪，並與之對抗，這便是他作為人的責任，不管是他的畫與雕刻或書寫皆如此。他的家族祖居車城，發家後才搬至潮州，曾祖柯土水曾為通事後轉地方官，聽說他五短身材其醜無比，膚色近黑黃，人貪財好色狠毒，好戰勇猛。

在牡丹社事件中，柯土水拿到東西就跑了，可憐的是那些社民，在頭目敗亡之後，他才回到山上，這件因語言不通造成的誤解，讓通事的地位更加重要，他們一手拿原民的財物，一手拿官府的，跟山大王沒兩樣。柯土水坐收原民的財物與搶奪原民美女，娶妾無數，弄得血統大亂，祖父那輩更高一些然更黑，儼然李逵再世，聽說一身武功，又懂醫術，曾任日本官員保鏢，年輕時在武館常與人單挑，因此打死好多人，但也因此得到信任，他的樣子與個性更接近原民，冬天打獵，在山上的時間比平地多，作為單傳子嗣，又是山大王之後，個性霸道跋扈又好色，這個富二代接收龐大的遺產，遭仇家覬覦差點被殺害，因而避居潮州，經營醫館與酒家，開始結交文人雅士，並留學日本，娶日本妻子，經過血統的大混合，祖父輩長相已是黃白與白，且文雅漂亮，個個都是留學生，娶日本妻或本地富家美女，這樣的家庭生下來的孩子兩極化，要不矮小醜陋粗黑如曾祖父，要不纖細秀美如女子，柯純是後者之尤，他有著混血兒漂亮的外表，但也有極為複雜狂亂的個性，他是黑色血液開出的毒花異草，這在他很小時就有明確的認知。一代比一代漂亮的結果是脆弱與夭亡，柯純從小就聽到祖輩的夭亡，得肺病的叔公逝於二十三歲，嬰兒期猝死的二叔三叔，還有得腦疾夭亡的大哥、二哥，他這代男子只有他存留下來，這根獨苗自然受到百般呵護，也養成無比乖戾的性格。

在這個種族大混血之地，血統就是心靈的歷史，同為混血，寶惜像是西洋修士般，對聖潔有著渴求；而柯純是浪人與妓女、才子的結合，邪惡對他有魅惑力，他們天生會相吸，同時更會嚴重排斥。

他常一個人繞著瘧疾研究所的外牆走，觀察那裡的一草一木，還有那棟對他來說神祕無比的建築，很奇怪的，幾乎不曾見過任何人進出，有一天走出一個穿騎馬裝和長筒靴的小男孩，他大約六歲左右，這院子裡看不到一匹馬，他穿成這樣委實有點奇怪，柯純向他笑笑，他卻對柯純招手，柯純報上姓名：「我是柯純，住在這附近，你住這裡嗎？」他只是笑，原來這個小孩是啞巴。他拉著柯純的手進入院中，還是沒有人，四周像墳墓一樣寂靜，他們爬上陽台，從小窗戶看建築物裡面，到處是人，有人正在做實驗，有人送資料，有人看資料，實驗室裡有許多試管，和栽培皿，裡面裝了隔音設備，只看到他們的嘴張合，聽不到聲音，那令柯純差點喪命的細菌就在那裡，想起來毛骨悚然，小孩帶他穿過陽台，走到解剖室，大門是密閉的，他們爬到通風口，看到好幾具屍體，有猴子、牛、狗，還有一具人的屍體，那些面孔猙獰，開膛剖腹，露出五腑六臟的屍體，像刀鋒插入他眼中，想到他差點成為這裡的解剖標本，差點從通風口掉下來。他得走了，頭暈極了很想吐，這男孩到底是誰？為什麼要帶我看這些？他不是天使，就是魔鬼。從陽台繞到後院，有一道小門，原來所有的人都從這裡進出，怪不得看不到一個人影。柯純從小門一步不停地奔跑回家，像生了重病在床上躺了一天一夜。

那棟令他怖懼的建築同時也吸引著柯純，望著它可以讓人脫離現實，如同夢中鬼屋。為了不被它吸引，他鑽入充滿豔色的小巷，彼時的潮州作為貨物集散地，又是南北交通的轉運站，展現奇異的繁華，成為下港有名的豔色之都，沿著三角公園道路呈五條輻射狀大道，這裡有五家戲院，戲院裡有表演文明戲，也有脫衣舞秀，茶座咖啡屋酒家櫛次鱗比，最大的酒家有第一樓、江山樓、萬花樓、文明樓，其次是茶室妓女，她們穿著透明的睡衣或浴衣，坐在店前拉客，至於從火車站延伸到明治橋一帶則為流鶯私娼出沒之地，他的家就在江山樓旁，也是江山樓的舊址，那裡的酒女不是來自日本就是台北，算是最高級的一家。那些眼角生春、嘴中含嗔的豔裝女人，無時無地出現在他四周，裡面還有幾個抱過他，當他走過那鶯鶯燕燕的小巷，她們對他嬌呼：「小弟弟，長得好俊，進來坐！」有時就拉扯起來。她們的存在像空氣一樣，在這個瘧疾滋生的小鎮，她們彷彿與細菌同生，在暗中滋長、蔓延，令人毫無抵抗之力。

每個夜晚他躺在父親與母親之間，他還未睡著，母親敞開浴衣，做出各種媚態，誘惑父親，她大概害怕父親流連隔壁江山樓的美女，使盡渾身解數拴緊父親。他們當著他的面做那件事，雖然燈滅了，他完全可以看到全部的動作。他們為溺愛柯純，不讓他一個人睡覺，卻讓柯純提早進入成人的世界，他該怨恨或該感謝。男女性愛歡娛的畫面在他的腦海中揮之不去，只要一想及，便全身發燙，胯下竟有反應，那時他不過是七八歲的孩童，每日午後他將發燙的身體緊貼冰涼的地磚地板或牆壁，如同一個被囚禁的人犯，這時他的腦海中出現種種幻影，他必須不斷地畫才能抑止狂想。他的病不但沒好，還病得很重，在他那似乎安靜的外表之下，藏的是一顆魔鬼的心。

再一次看到瘧疾研究所的小孩，是在小學校，一般台灣人念的是公學校，日本人才讀小學校，他因父親的特權關係混入小學校，日本小孩是學長打學弟，日本人打台灣人，為了抵禦強敵，他與另一台生十分團結，每次都一起出擊，他打人有一股瘋氣，一副不怕死的樣子，打久了他們不敢再惹他。那小孩因為是新生，受學長欺侮，真是沒種，柯純走過去厲聲教訓他們，他們聽沒幾句就逃跑了，莫怪受欺侮，這個穿著嶄新制服，發亮的皮鞋，又是皮製的新書包，看起來像麵粉捏的小孩，是這裡的學生看不慣的。柯純從他的名牌上知道他叫森田一郎，他們用筆談，再加上比手畫腳，知道他的背景，這個神祕的小孩，原來是瘧疾研究所所長的獨子，他們是東京人，曾經派駐尼加拉瓜、哥倫比亞，會講英文，一直在世界各國跑來跑去，七歲才讀小學，他為什麼會啞巴，想是在落後的國家待久了，接觸多種病菌傳染什麼惡疾，也許是瘧疾也說不定，他的膚色非常蒼白，像塑膠娃娃，臉上沒有表情，像個白癡，但柯純知道他非常聰明，他能寫流利的日文，會寫出「寂靜即喧鬧，在海洋中搖擺的珊瑚」這樣文謅謅的短歌，他的日文程度可能有五年級的水準，數學更強，這跟他從小有家庭教師有關，課本上的他早會了，上課都在看自己的書。他們玩在一起，沒人敢欺侮他。

不知為什麼。從柯純上學以來，女生特別喜歡他，常有人在他的桌子裡放花放卡片，跟女生混在一起會被譏笑，但他不怕，班上三個漂亮的女生都跟他很好，也許是他願意聽她們說話，又很保護她們，應該說他在心理上保護她們，而她們在行動上保護他，奇怪的是她們不會相互嫉妒，反而分工合作，一個幫他拿便當，一個幫他整理抽屜，一個陪他走路回家。女生是你越不討好她們，她們越是來討好你。你只要對她們溫柔，對她們開放自己，她們就會把整顆心交給你，在這一點上，女人更純粹，有時對她們任性，亂發脾氣，她們還認為是交心的動作。

陪他走回家的那個女生叫明子，她的父親娶排灣女人，可是明子認同父親，也認為自己是日本人，在家不太與母親說話，也從不與母親出門，有一次母親送傘來，她還對母親發脾氣，可是她長得極像母親，眼睛很大很深，鼻子高高的，皮膚比較白。她跟柯純講很多話，他只是聽，但柯純要她走在他身邊，不像一般女孩子，走在男生身後。有一次他大膽地牽她的手，她沒有抗拒，走了一小段突然下大雨，他們躲在樹下很久，雨一直沒停，他摘下兩大片香蕉葉遮頭，跑進抽水的水號仔躲雨，他們全身都濕了，明子的五官在濕淋淋的外表下顯得特別豔麗，他親了她，她也回親他，他們才八歲，這動作已讓他們激動不已，女人的嘴唇像芒果一般柔軟，他不禁呻吟。聽到柯純的呻吟，明子用力推開他，並驚恐地看著他。

這之後，明子躲著柯純，跟他保持距離。她可能把這件事告訴其他兩個女孩，她們也躲著他。但他不在乎，與森田成為好朋友，天天到瘧疾研究所探險，他帶柯純到他家，他們住的西洋式別墅裡面的布置有著歐洲風味，一色白沙發，還鋪白布墊，地毯桌巾也是白的，還有一架白鋼琴，古董櫃裡擺著瓷器和銀器，喝水用水晶杯，那水好像消毒過，森田父親穿著繫有蝴蝶結的西裝，表情很嚴肅，母親圍著白布兜，正在烤蛋糕，味道香得令人受不了，院子裡有兩個工人在噴DDT，一切看起來是這麼乾淨，好像消毒過的隔離室。森田在院子裡養了一集猴子、一頭狼犬，和一條眼鏡蛇。蛇關在鐵絲籠裡，仰起的頭吐著紅信，柯純嚇得倒退好幾步。森田又拿出相簿，他們走過的國家不少，有幾張站在哥倫比亞的住家前，那棟房子大得像古堡，蔓藤爬滿整個屋子，才五歲的森田穿著柯純第一次見到他時穿的騎馬裝，神氣地坐在一匹小馬上，他父親的臉孔永遠沒變，留著鬍子，像撲克牌上的臉。書房裡掛著好幾張表，看了半天才知道其中一張是台灣瘧疾死亡人數統計表，森田以驕傲的口氣解說，在一九〇一年瘧疾死亡人數近三萬，在兩百萬人口裡，每百人有三人死亡，約佔千分之三十，一九一〇年後降至千分之十，到一九三五年以後，因戰爭的關係，瘧疾再度爆發，又提高到千分之二十。也就是說潮州三萬人中，在二十世紀初每年有九十人因瘧疾死亡，在他小時候，每年減至三十人，在小鎮裡，這樣也算驚人。另一張圖是活體實驗的數目，猴子、兔子、白老鼠，在一二〇年代是幾百隻，到三〇年代已達幾萬隻，也就是每年有幾萬隻猴子兔子白老鼠死於這偉大的實驗，這令柯純想到故鄉是殺戮戰場，在殖民地政府眼中，我們與非洲中南美洲等落後國家無異。而台灣是日本政府的大實驗室，他突然對周圍的一切感到厭惡，也對森田充滿怒氣，他希望他也嘗嘗生病的滋味，而不是以拯救者的姿態出現。

這時森田家中來了訪客，他看森田一面跑一面叫：「美人姐姐來了！」他也跟著跑出去，柯純看到的不過是她的側影，長髮束成馬尾，顯出像鴿子一般靈活婉妙的身影，她穿著黑色的緊身上衣，白色蓬裙，整個人似乎透明且發著神祕的光，柯純看呆了，不用看清她的五官，只看到她的千分之一，就足以讓他暈眩。他為自己感到懼怕，他才八歲，具備的愛之力卻足以摧毀一切，他更為那女孩感到懼怕，她的背影令他暈眩，她那擁有百分之百的身體如何承受這一切。

早在知道她是他堂姐前，她已佔據他的心靈，他不明白那是愛美還是愛人，他對具體的形象有比別人靈敏的反應，但他較拙於捕捉抽象的意念，這是他們那個時代的畫家的宿命，他們像科學家一樣分析美，觀察美，卻忘了畫出來的是鏡中花水中月。所謂繪畫的永恆生命是存在作畫的當下，它比戲劇更具戲劇性，就算是最單純的靜物，也能顯現世界的縮影。畫家捕捉的是心象而不是形象，每個畫家一生不過在重複那幾個心象。當然當時他幼稚的心靈是不懂得這些的，柯純第一個畫的人物是森田，這個充滿異國色彩的啞巴，像個神話人物，是半人半神的怪胎，他把柯純內心的邪惡誘引出來，讓他變成與魔鬼打交道的浮士德。

柯清清是大伯的小女兒，大伯娶了日本太太，住在日本多年，卻把清清送到上海讀小學，後來大伯一家也移居上海，他們很少回台灣，回來也只有大伯一人，他的日本妻子住不慣台灣，從小柯純聽家人提過他們，但沒見過面的人他沒興趣。他喜歡人，更著迷於人的臉，人的臉是靈氣的總滙，同樣是兩個眼睛，一個鼻子，一張嘴巴，從沒有一張臉是相同的，就算雙胞胎，也有些微不同，他喜歡這些微的不同，畫人先畫臉，尤其是臉型與五官決定一切，嘴唇最是關鍵，眼睛固然重要，但不以形為重，主要是神；而嘴唇的美醜多樣，且最能表現個性。每當他畫活了一張臉，全身通電似地戰慄與狂喜。他不知道在臉之外還有更神祕的，那是他見到堂姐才憬悟。

那時的堂姐正與森田一郎父親的朋友陳海英交往，奇妙的是陳海英娶自家表妹為妻，兩人感情卻冷如冰炭，陳海英十六歲娶妻，還未圓房就赴東瀛念書，在日本結識柯清清，兩人同居多年，陳想離婚卻不成，他是有名的孝子，母親知道他要在國外讀書多年，一定要找可靠且貼心的，她早看中自家姐姐的女兒素真，從小帶在身邊，素真長得美，大海英三歲，她覺得成熟的女人才壓得住海英，更能撐起這一大家子，陳家是台南的望族，府城人就是大派，開口閉口「阮這院仔市人」、「府城東府城西」，劉母出身府城，只看得上府城人，她知道兒子心肝大眼光高，沒想去了日本心肝更大眼光更高。

海英的家族來得晚，靠著與中國的貿易而致富，他家是另一種海上家族，船隻來往於廈門、台南，他們害怕血統混雜，絕不與外族通婚，只有中國女人例外，尤其喜歡都會女子，因此海英家長得秀氣洋派，滿腦子摩登現代，他自己非常排斥舊式婚姻，加上素真從未受過正式的學校教育，他非常不滿意這門親事。海英一直遊學東京、上海，跟柯清清在一起就很少回家。

在未認識清清之前，他被女人的性欲嚇到，而這女人是他妻子，那年他二十，接到家裡電報，說祖母病危，要他回家。他急忙趕回老家。在祖母過世守喪期間，妻子緊緊纏住他，不顧守孝期禁止房事的儀節，強迫他就範，第一次的性竟是這麼恐怖，海英與妻子圓房，他認為跟被強暴沒兩樣，在那一刻他嚇壞了，原來性這麼可怕，如同阿修羅地獄般，感覺是自己被妻子強姦，他想著這妖精似的吸血鬼，除了性欲以外不知什麼。啊頭快脹破，四肢無力……她要吃死我了！

二十歲的海英跟二十三歲的妻子初夜竟是如此不堪，也許對方是表姐，又大他三歲，處男的性雖被打開卻不是他愛的對象，自此之後他看女人只看到肉體，如同惡狼一般，直到遇見柯清清，清清純潔的美洗刷他對女人的恨，也許他們是對手，又是不倫之愛，她以處子之身獻身時也是二十歲，正是他破身之年，當看到她痛苦的眼神如同看到當年的自己，她一定也覺得自己被強姦吧？正是那處子之淚令他心碎心痛，彷彿被救贖，之後他們相濡以沫，視彼此為知交。而清清被傳為是他的小妾，被素真到處攻擊誹謗，他要回台解決婚姻，給她正當的名分，他不願再見到妻子，一刀兩斷之後就遠走高飛。

在此病態環扣中，海英似乎痊癒，卻把他的病態過給清清，她要努力維持海英眼中的美好形象，她固定在他對女人的想像中，外表是聖女，內心是神女，她的顧盼都是被訂製的，體態更是被夢想雕塑的，她不是她自己，也永遠無法成為她自己。

那時的表兄妹結婚處在尷尬的時期，舊氏婚姻尤其是世家，覺得親上加親，婚姻更為穩固，然其時的優生學與遺傳學剛剛開始討論近親交配對孩子是有害的，陳海英的第一個兒子即夭折，他更為痛恨這樁封建的婚姻，他在東京過了痛苦的青春時期，婚後到上海為他開啟感官世界，三〇年代的上海無疑是充滿媚惑的，不管是食衣住行，色彩與光影，上海灘的氣勢與都會感、那些穿旗袍的女人更挑動他每個細胞，他曾為一個清倌人素仙夜夜流連妓院，撒下大把銀子，度過荒唐的歲月，他自知自己的處子情結盲目地引導自己往女人的肉體上衝撞，但肉體同時是神聖的殿堂，是柯清清引領他上此聖殿，如果素真代表的是故鄉，素仙代表的是上海，而出生台灣，成長於上海，留學日本的柯清清，像是這三個城市的結晶體，反射著不同刻面，她是他的天命，廓清他的天命，註定在府城、東京、上海三個城市赴命般奔波，就算付出性命也在所不惜，這一切在見面時的第一眼就確定了。

他們都在日本念書，海英交代柯清清轉交一些重要的資料，堂姐回國先到森田家再回家，這是命運之神的戲弄，如果她先回家，柯純先知道她是他堂姐，會不會掉入這無底深淵呢？其實這一切彷彿上天早安排好，表姐愛上了表弟，而柯純愛上了堂姐，近親的愛更是可怕的輪迴，愛情一旦與宿命相連，便加深了它的必然性與合理性，他們都在自欺欺人而不自知，內心深處迷信不倫之愛是人類最原始的愛。一個男人初戀的對象不是他的母親，就是他的姐妹。嬰兒都懂得癡戀他的母親，更何況成人。他第二個畫的人物就是堂姐，她是個舞者，不能算是傑出，但她具備舞者的熱情與爆發力。然而她的美麗阻礙她成為偉大的藝術家，她知道自己的美，並不時炫耀它，人們總是被她的美麗吸引，而不是她的舞藝，她具備星星般閃亮的氣質，只要站著不動就能吸引眾人的目光。大部分的舞蹈家都具備這種特質，美麗絕非阻力，應該是缺乏個性，堂姐太軟弱，缺乏超越的力量，優渥的環境和條件，讓她像溫室的花朵，缺乏深度。在這點寶惜比她好很多，然寶惜太傳統保守，如果她能更獨立前衛，會是傑出的創作者。

那一天他回家時，家人簇擁著他在森田家看到的女子，並介紹她是柯純的堂姐，她含笑看著柯純對家人說：「我們見過面，你們相信嗎？」眾人對她久住日本與上海的生活充滿興趣，沒有追問他們如何會見過面，他把它當作心中的祕密，那個別具意義的時刻，他們的會面，彷彿獨立於現實生活，閃閃發亮地存在著，從那一刻起，柯純的童年結束，成人的欲望與夢想在腦海中滋長。堂姐進進出出喜歡帶著柯純，她戲稱他為「小情人」，那時海英在日本，堂姐帶他去練舞、看電影、到高雄購物。他喜歡看她跳舞，那是她最奔放最美麗的時刻，為了她，柯純也學了一陣子舞，在一群小女生中，只有他一個男孩。堂姐讚美他有跳舞細胞，他心想著，我哪有？我只有愛你的細胞，他會用大人的口氣對她說：「我不喜歡你穿這件衣服，你穿那件比較漂亮！」「我不喜歡你像鴿子一樣大笑，我喜歡你安靜地微笑！」堂姐常為他的話大笑，當他用日語說出：「我是為愛你而生」，她先是大笑，然後很嚴肅地看著他說：「不，你不可以愛我。」他說：「這是你無法決定的事。」這之後，她好幾天躲著他，躲在房間哭不吃不喝。他就坐在她房門口畫畫，一直到她出房門，她整個人瘦了一圈，看到他她紅著眼睛說：「我不該跟你開玩笑，我們是堂姐堂弟，你又是小孩，我們不可以相愛你知道吧！」「我會長大的，長得比森田高大，我會保護你一輩子，誰規定堂姐弟不能相愛，也有許多表兄妹表姐弟結婚。我們不一定要結婚，但一定要相愛！」堂姐驚恐地說：「不要說了，你好可怕！」

他比堂姐更怕自己，他的心沒有邊際，人我不分，他可以很快進入一個人的心靈，跟對方合而為一，他的愛在思索與理法之前，與死亡鄰接，因為他知道死亡是什麼，他更要熱烈地愛，毫無遺憾地愛。在那個瘧疾肆虐的小鎮，死亡隨時會降臨，愛也是。真正的愛是它來找你，而非你去找它。他不要任何人來規定他的愛，可以愛誰，不可以愛誰，他不可能愛別人像愛堂姐一樣，雖然他比她小十歲，當時他的身體是小孩，心是魔鬼。

綠色之書

姑婆祖來了又走，好幾夜她們近距離接觸，常常無法回到現實，作為通靈人成長極為痛苦，有一些天生殘障：有一些罹患怪病，或者命運坎坷，大都有宗教信仰護身，或者乾脆做乩童、法師作法以溝通神人。綠色覺得自己時候未到，只能忍受無人知曉的痛苦。

什麼時候到？也許要先找到護身靈，通常是死去的親人，或者神靈。高中有個同學菊患小腦萎縮症，經常出入醫院，只有綠色知道她有陰陽眼，去探病時，菊看來氣色精神很好，一點也不像生病的樣子，一面捏著麵人一面說：

「我快出院了。」

「醫生說的嗎？這次住了快一個月。」

「是啊，剛開始狀況很糟，醫生說我大概無法起床了，但就在最壞時我看見我的保護靈，從那天起一天一天好起來，現在可以下床散步了，醫生說是神蹟，還真的是神蹟呢！」

「怎麼發現的，你怎知她就是保護靈？」

「我的姐姐梅，大我三歲，在她九歲時被車撞死，肇事者逃逸，其實我對姐姐沒什麼印象，那時我才六歲，上上個禮拜也就是我狀況最糟的時候，爸媽都在醫院陪我，就在姐姐忌日那天，肇事者找到醫院，跟爸媽下跪請求他們的原諒，拿出好多錢，並決定在那天在肇事地點超渡姐姐。他說這十年來他衰事連連，夜夜不得安眠，只好逃到國外，結果狀況更慘，所以決定回國贖罪。當他們都離開後，我看見姐姐坐在旁邊，還是她九歲時的樣子，梳著馬尾，穿水藍色洋裝，就是現在你坐的位置，笑著看我。自從她出現，纏繞我的孤魂野鬼都不見了，從那天起我的病一天天好轉，姐姐就是我的保護靈。」

現在綠色幾乎天天看見品方姑婆祖，難道她就是保護靈嗎？在老家，品方姑婆祖出現的次數更頻繁，幾乎每個夜晚她們一起進入她的書寫中：

之十一

我這輩子與婚姻無緣，不可能有自己的孩子。我是個不幸的女人嗎？從小在一堆女人中長大，與女孩子在一起特別親，特別舒服。然而我也夢想過有自己的家庭，男人的情書也令我驚心動魄。直到遇見G，剛開始我們是師生，我崇拜她，漸漸地我們成為無話不談的朋友。今天她突然冷漠地對我說：「我沒有辦法再當你的老師，從今天起不要來了！」我好像被閃電擊中，全身麻木地走出畫室，那時的我真想去死，昨天以前不是還好好的？到底發生了什麼事情？整天我無心上課，在聽課中不覺流下眼淚，富美問我怎麼了，我一直搖頭，我不知道，也許知道一點點，知道也不能說。我對即將發生的事感到萬分恐懼和無助。

之十二

G連請一個禮拜假，聽說是重感冒。幾個同學說要到宿舍探望她，拉我一起去，我們一起到她的宿舍，我沒勇氣進去，就說要幫先生澆花，過不久G出來了，她的眼眶深陷，看來十分憔悴。她說：「進來啊！你怎麼不進來？」我說：「你不是說叫我不要再來了。」G說：「我只是對自己感到害怕。」「我也很害怕。」G說：「對不起，我只是對自己感到羞恥，羞恥到不想活，無論逃到哪裡，這種羞恥都將跟隨我。」「老師，你討厭我嗎？」「不，當然不。」「那就好。」說完我不禁哭了出來，感覺她想安慰我，但在手即將碰到我肩膀時停在半空中。

之十三

我決定不再逃避這份感情，也不再去想這是什麼樣的感情，只要不說開，就讓這份感情保留在黑暗與神祕中，G似乎也有這樣的默契，這世界何其大，存在著各式各樣的人，各式各樣的感情，難道容不下區區我二人？在台灣是不可能，逃往異國也許還有一絲空間。G也說過有些人的心靈是沒有性別，有男有女，無男無女，也許我們就屬於那種人吧！

之十四

今天與G單獨到三地門寫生，兩個人各畫各的，休息時一面欣賞美景，一面討論藝術，G說女性畫於今仍以寫實與古風為主，在現代畫中舉足不前，G的畫已邁向抽象與立體主義，我仍停滯在古典絹畫花鳥，她建議我多畫現代與寫實的題材，令我茅塞頓開，但如何開始呢？也許先從周圍的人事物畫起罷。

之十五

畫畫最迷人之處，乃在有意無意之中，畫出連我們自己也不知的情感與夢境，今天在畫排灣女人的臉容時，竟出現一張似熟悉的絕美面孔，她彷彿有自己的生命，從畫中活過來，那是誰的臉呢？思之視之久久淚下。

之十六

今天姐妹們打扮極美麗，洋裝讓她們舉手投足間有著摩登朝氣，不用畫就像一幅畫了，在她們梳裝打扮時，我在一旁速寫，畫得極順利，可謂一氣呵成，半個鐘頭就捕捉到她們的神情，這是我第一次嘗試現代風格，內心狂喜，這幾天加速完成，希望趕快讓G看到我的新作品。

我們五姐妹個性雖不同，感情卻極融洽，這是上天的福賜，女子間的甜蜜貼心比什麼都珍貴，人稱的「東港五君子」，內心希望永不分離，但姐姐們都快出嫁，再過一兩年，就剩我一人，每想至此，慨嘆萬分。

之十七

今天試著憑記憶畫出愛沙，並向柯純索取他收藏並翻譯的《愛沙的詛咒》，讀的過程如身歷其境，渾身戰慄，此異國女子從此在我腦海中徘徊不去，柯家的原畫出自何人之手，為何如此生動，彷彿其人就要從畫中走出，也是如此感染了柯純為她創作這麼多作品，像某種惡性傳染病再傳給我。愛沙，容我再畫你一次，撫平你的仇恨與憤怒，只留下你驚人的美。勾勒她的臉時，我的手在顫抖，大約畫了十幾次才成功，出現的是業已平靜的愛沙，她那深不見底的眼睛如有淚在其中閃動，那是她的臉嗎？我已將她改寫，或許她更接近G，畫人最難是臉與神情，最能洩漏繪畫者的心情，如同人對鏡自照，然而我常覺得伊人的臉不是我畫出來的，而是被某隻不明的手畫出來的。

讀到這裡，品方似乎累了，趴在桌上彷彿睡著了，鼻子還有呼吸，誰說死後沒有心跳？連月經都有呢，姑婆祖們的美好情誼是她無法想像的，死者慷慨地邀她進入，是知道她比死者還要寂寞，她沒有繼承她們的美貌，卻繼承了她們的孤獨。

這時她看見一個異國女人的鬼魂，不是很清晰，但她終於現身了。雖然若有似無，時隱時現，那是愛沙，她會越來越清晰越來越鮮明，她才是最關鍵的那支鑰匙，打開一切神祕的鑰匙。

繁花裡的男孩

最近盧家忙著品香的親事，都二十好幾了，盧家對外說捨不得嫁，其實是品香貌寢難找對象，家世好的都要貌美的，家世不好想攀親門都沒有，盧家對嫁女兒特別用心，這次說的是潮州鎮長的二公子，這讓盧家士氣大振，東港潮州相去不過十公里，兩個鎮人口面積差不多，港闊水深的東港漁港，清乾隆時期就是繁榮的商港，巨艦商船往來台海兩地，鼎盛期和「打狗」（高雄）齊名，之後逐漸轉變成漁港，成為南台灣漁業重鎮。由於早年貿易頻繁，東港很早就接觸西洋文化，因此商業興盛，至今延平路老街一帶，仍可看到仿巴洛克式的三層樓建築，清末民初東港作為往返大陸米糧的出口港，繁華到頂端，其時潮州不過是客家田庄，日據時代，潮州成為交通轉運站及貨品集散地而迅速崛起，酒家、料理店、咖啡屋一家接一家，儼然成為豔色之都，銀妃便是從這裡的酒家被娶回去當小妾。雖然如此，在東港人眼中還是田庄鄉下，品香一聽說馬上哭得不吃飯，眾家姐妹都圍過來勸她。

「阿姐，潮州熱鬧又好玩，離這裡又近，多好啊！」

「好什麼？要嫁你去嫁，那種庄腳所在，聽說傀儡番啊菜店查某最多，那裡的男人有一枝蔥就要娶細姨！」

「不會啦！聽說他古意得很，全無好額人的壞習性！」
「明天就要來提親，我們替你偷看。」
「看有什麼用，又不能不嫁！」
「哈！是不想不嫁吧！原來大姐呷意在腹內。」
「去去去！討厭！」
隔天柯家來提親，只有媒人婆和對方的大哥，眾家姐妹在樓上偷窺，看那位大哥長得方面大耳，相貌堂堂，便馬上去通風報信：
「哎呦！阿姐，好看相，緣投又擱氣派，你要好命了！」
「就不是他本人，歹講是禿頭兼屌斗！」
「不會啦！一家人一家樣！」
「嗳！我長得又不美，人家不嫌我醜就好了！」品香心裡是很滿意這樁婚事的，況且下面的妹妹都已到結婚年齡，她已經是二十四歲，算是晚嫁，品秀、品玉、品月早有人說親，連品方都有人追。她再不嫁，妹妹的婚事都被她耽誤了。她沒想到自己會嫁這麼好，心裡是高興的，只是女兒家不得不做做樣子。
盧家第一次嫁女兒，自己愛面子，對方又是大門大戶，卯起勁來辦婚事，嫁妝是一件一件往上堆，衣櫃鏡台都是檜木造作，還有當時最頂級的銅洋床、古董茶具、腳踏車、收音機、裁縫機、沙發椅，弄到國庫空虛。伴娘十二個，自家妹妹就四個，其他都挑醜的，好讓妹妹們打一下廣告，花童兩對，一律是白紗短洋裝。寶惜堅持要穿母親為她做的水紅錦緞大旗衫，大人勸不聽，便要品方去勸：

「寶惜！白紗裙多漂亮，你不是也喜歡？」

「我為什麼不能穿媽媽為我做的衣服？他們還笑我媽穿古裝，老古董！那我不要當花童就好了嘛！」寶惜一面說一面抽泣。

「你怎能不當？妳是姑姑的親姪女啊！」

「反正不讓我穿我媽做的衣服我就不當！」

這時品香走進來。

「大姑！」寶惜低叫一聲，品香牽著寶惜的手，無限感念。

「不要以為大姑不疼你，平常那都是跟你玩，跟你親熱，離開這個家，我第一個便要想你。」

「大姑！我會穿白紗裙的。」

「那就好，我就知道你是懂事的孩子，不像……」

「大姐！好了，她都答應了！」

處理完這椿，還有那椿，光是添嫁衣裁衣裳，布匹不知要用掉多少，品香帶著品秀、品玉、品月浩浩蕩蕩到玉郡家的布莊剪布，挑的盡是上好的進口布料，玉郡的母親好來會做人，讓她們東挑西掉，玉郡凶巴巴殺出來說：

「阮家是著賊偷是不是？搶也不要搶得這麼難看！」

「我們又不是不給錢，給你們生意做還不知感激？」

「騙肖！盧家有幾角銀我不知？不要在這裡裝闊！」

「玉郡！不要大聲小聲，真歹看！」好來陪笑說。

「也是親家母知世事又明理，阮阿爸會來付這條錢。」品秀說。

「這條錢是足大條，要欠到民國幾年？」

「自己人就算我給品香添妝！」好來說。

「添什麼妝，盧家要嫁娶，也沒人告訴我，那天我偏偏要回去坐大位，那個菜店查某別肖想上桌！」聽玉郡這麼一說，品香姐妹面面相覷，怕她真的回來鬧，一一放下挑好的布。

「不挑了，我們到金祥興去挑，這裡沒有我喜歡的。」

眾家姐妹回去告狀，銀妃一聽就發作了：

「她來我就去跳河！」

「阿嫂啊！她不敢來的。大家都歹看！」銀妃大品香沒幾歲，兩個最有話說。

「她什麼事做不出來？好好的喜事她偏要來破壞。」

「她縱使來也不敢坐大位，爹娘會為你做主的。」

那幾天銀妃歇斯底里的，她不是會打小孩的人，第一次偷偷打寶惜跟寶寬，兩姐弟躲在房裡偷哭，寶寬說：

「長大後我一定要把她趕出去！把媽媽接回來！」

「小聲一點！」寶惜捂住寶寬的嘴。

品香出嫁那天，寶惜穿著白紗禮服，手提花籃，大家都誇她像小公主，寶惜卻悶悶不樂，男方迎娶的陣仗十分壯大，領頭兩部黑頭車，後面是兩輛載嫁妝的大卡車，接著是樂隊坐在鐵牛車上，後面是幾輛三輪車，載著伴娶的人。

品香穿著白紗禮服，豐滿的身材因為蓬蓬裙顯得更胖大，脖子上繞著好幾條金項鍊，每一條都好幾兩，手腕上的金手鐲也好幾對，那時金子貴，這全身批掛還挺嚇人的。新郎眉清目秀，就是個子矮，比穿了高跟鞋的品香還矮。怪不得不嫌品香醜，看來也是絕配。

寶惜第一次坐汽車，上車不久就吐了，全吐在花籃裡。還好車行不久就到潮州柯家，仿文藝復興時代的建築十分典雅精美，窗子都是彩色花玻璃，氣派的樓梯有一丈寬，鑲嵌著彩色瓷磚和雕刻，地板也是彩色瓷磚，雕梁畫棟，寶惜以為到了皇宮。柯家原是以碾米工廠起家，發家之後買下原是江山樓酒家的房子，那份豔麗豪華還真是奇特，新房有一張垂有粉紅紗帳的席夢思銅床，寶惜對那張會跳的床好奇極了，有一個跟她年紀相當的男孩正在上面跳，長相清秀卻是滿臉調皮，寶惜也想上去跳看看，被媒人婆攔下來：

「男孩才可以跳！早生貴子！」那男孩跳完了，品香才坐在床邊的椅子上，這時嫁妝全堆在新房展示，什麼洗澡盆、肥皂、毛巾、鞋子、衣服、針線都擺出來，讓人自由參觀。其中最引人注目的是一襲日本京都製作的織錦和服和一個打開的珠寶盒，裡面裝滿珠寶首飾。品香坐著不動像尊菩薩，七月天臉上都是汗珠子，又不敢去擦。寶惜覺得不舒服極了，這就是每個女人夢想的婚禮？新娘是人還是物品呢？她走出新房，欣賞這棟美麗的房子，大家都在忙，整個家都是開放的，沒有人管你，她走到後院，院子裡有假山和池塘，池塘中養著一對天鵝，從噴泉的那端走來一個穿象牙白紗蕾絲直身長洋裝，頭戴著羽毛做成的小扁帽，垂下一截紗網，遮住上半臉，只有那下半臉都已是絕美，小小的瓜子臉，下巴微凹，嘴型漂亮，手提著珠珠小包，足蹬象牙白絲質高跟鞋，隔著水花如幻似真，寶惜看呆了以為是幻覺；這時有顆足球打到她，回頭看，一張清秀的臉出現在噴水池高舉的荷花叢中，在噴灑的水珠中，顯得像是異空間異人類：

「誰打我？有本事不要躲！」寶惜說，男孩從花叢裡跳出來，是那個跳新床的男孩。回頭看那個仙女已經不見了。

「寶惜，你叫盧寶惜對不對？」

「你怎麼知道？你又是誰？」

「一大堆人鬼叫鬼叫的，你家那些姑姑好吵！新郎是我叔叔，新娘是我請下車的。嘻！我用兩顆橘子換一個新娘。」

「這是你家？天鵝怎麼不動，是假的嗎？」

「真的啦！它們很愛休息，游一下停一下。你是從東港鄉下來的嗎？」

「你們潮州才是鄉下，沒有我們東港熱鬧！」

「東港才是鄉下，只有臭魚港！臭死了！」

寶惜生氣了，跑到池塘邊看天鵝。

「喂！」男孩叫她，寶惜不理他。

「你要不要看壁畫？」

「什麼爛壁畫？」

「我帶你去看。」男孩帶寶惜到院子的白粉牆上，上面用蠟筆畫著迎神隊伍，有舞獅舞龍、藝閣、黑白無常、八家將，還有跪拜的善男信女。壁畫綿延十幾公尺，活靈活現，人物好像要從畫裡跳出來。畫的後面還署名柯純。

「這是誰？這麼囂張！」

「就是在下我！」

「你！我才不信！這明明是女孩的名字。」

「不信就算了！」

「剛才我在院子裡看到一個穿白色洋服的女人是誰？」

「長得很漂亮對不對？是我堂姐，她從日本回來參加婚禮。」

「純啊！純啊！」樓上有人叫他，他一溜煙就不見了。寶惜看那些畫，是在瘋狂中一筆呵成，她學畫也有一兩年，也看過一些畫展畫冊，卻從來沒有一幅畫令她這麼驚訝這麼嫉妒。

第一個闖入她生命中的男子，帶著他的畫和一個絕美的女子，他們都在同一幅畫上，不知是誰創作的奇異畫面，三者不可分離。好幾次到潮州柯家，看到柯純畫中都是這個女人。她的妒意越來越濃，嫉妒什麼，沒有道理，也說不清楚，柯純是個充滿危險的人物，在她還不知什麼是愛，生命還像一張白紙時，他就引領她進入天堂接著是地獄。

有幾次寶惜陪著爸爸走親家，柯純帶他到他舅舅家，木雕店裡擺滿神佛和關公、鍾馗等人物雕像，柯純的舅舅理光頭，嘴裡叼著煙看起來很性格，正專心地做雕像，那些木頭味倒好香，柯純喊著：「我也要刻！」他舅舅拿一大塊還不成形的木頭給他：

「這就是你上次的傑作，你到底要雕什麼？歪哥歪哥。」

「我等它告訴我！」

「做夢講，等菩薩託夢給你！」

「哼！它會告訴我的！你看你們刻的每一個都差不多，你們照以前的人怎麼刻，就怎麼刻，我要刻一個不一樣的！」柯純拿起刀子，煞有介事地刻了幾下就不刻了，對寶惜說：

「我帶你去我的祕密基地玩！」

他們各騎一輛小腳踏車，踩沒一會就看到南國的椰林和稻田，那油綠令眼睛也濕潤了，空氣中有檳榔花的甜香和蓮霧芒果的果香，騎到一座果園裡，柯純把腳踏車放倒，寶惜學他，兩個人攻上河堤，走在河堤，彷彿站在群峰之頂，東港溪從大武山流淌至這裡，已和平如處子，河水靜靜地流，夕陽將河水映照成霞紅，寶惜的心中有驚嘆，卻沒有說出來。河床上有幾隻水牛，有的在休息，有的在水中玩水，柯純像牧童一樣跟牛在水中玩，想爬到牛背上，卻屢試不成，從牛背上滑到水中，吃了好幾口泥水，全身都濕透了，卻玩得好開心。寶惜只敢坐在岸上看，欣賞夕陽一點一點往下掉，那霞紅在消失前最為豔麗，彷彿是和服上的紅錦帶，應該說是和服摹仿這無法形容的豔色。

天色漸漸黑了，牧童牽著牛一一離去，柯純還在地上畫，連寶惜在一旁催促他回家都沒聽見，柯純像受到天啟仰著頭狂喜的說：

「我知道要刻什麼了！它告訴我了！」

過不久柯純將木頭刻成牧童騎在牛背上，在當時認知的雕塑，都是西方神話人物或名人，很少人會把鄉土人物或水牛這被認為土俗的人物作為雕塑題材，沒想到生活中最常見的人物刻畫出來是如此生動而充滿力量，這才是真藝術。寶惜很喜歡卻不敢跟他要，柯純的舅舅說：

「刀法造型雖然不成熟，姿態卻很生動，如果沒有經過細密觀察是刻不出來的！一般人認為雕刻只是工匠，其實我們受東洋西洋的影響太多，而忽略了自己的風土特色，不錯！」

不要刻你想的，要刻它告訴你的，它是誰呢？

昭和十三年（一九三八），寶惜考上屏東高女，柯純也上了屏中，自從兩家結親，品香常帶柯純回娘家，寶惜也會跟姑姑去看品香。潮州戲院五六家，不像東港只有兩家。一大夥人一起去看電影。柯純和寶惜早玩在一起。上了中學，兩個反而不太敢說話，寶惜坐第一班火車五點多，六點二十柯純從潮州上車，他一上車就找寶惜，寶惜低頭看書假裝沒看見他。柯純有位子不坐，偏要站在寶惜旁邊。那時通車男生玩一種遊戲，每個男生都有自己的鍾情目標，站在她前面或旁邊，各擁其主，兩個既不說話也不寫字條，搭訕的人會被視為輕佻沒禮貌，女孩有的被跟好幾年都不知道。寶惜的三姑品玉四姑品月就是這樣被跟四年卻不知道，直到對方提親結了婚，也只有在閨房中才招認。品秀是憑媒妁之言嫁給大地主王家；只有品玉、品月是半戀愛結婚，品玉嫁給後來讀醫科的鄭家榮；品月嫁給東港鎮民代表主席的兒子劉光明，屏女嫁屏中，這在當時是天造地設的婚事。品方自從美術老師返回日本，一心一意想到日本讀美術學校，家人不肯放，她也不願嫁人，就在漁會幫忙。

寶惜剛通車時，本有一個讀屏農的男生在跟蹤她，天天等她上車，然後站在她的面前假裝讀書。那時屏中和屏農兩個學校是世仇，日本人家世好的讀屏中，較差的讀屏農，台灣人大抵也是如此，因此互相看不順眼，常常藉故打架鬧事。通車生因為龍蛇雜處，每天很多時間在車上混，學校管不著，學壞的很多。柯純不是打架的料，但滿腹壞點子。那男孩先是腳踏車被漏氣，後來還被打了好幾頓，這才不敢再去跟寶惜。寶惜變成柯純的，柯純每天站在她的身邊，這想起來有點甜蜜，但誰能真正佔有柯純？他的心像海一樣遼闊無邊。她有時故意生氣，寫紙條給他要他不要跟她。柯純無所謂地一笑，在下一站下車，車子走了，柯純沿著鐵軌走，寶惜想到他要這樣走到屏東？這中間要經過多少危險的鐵橋？柯純有一股瘋氣令人害怕，寶惜在下站下車，一直等到看見柯純才放心，示意他上車，柯純笑得好燦爛，寶惜生氣地說：「你這樣跟著我，到底是什麼意思？」

「保護你啊！以免被壞人騙走！」

「沒有人比你更壞！」

「你好香，只能讓我聞，別人不行。」

「我又不是你的。」寶惜羞紅了臉，從小她就知道自己香香的，以為只有自己聞得到，沒想柯純早就聞走了。

「那你等我幹什麼？」說完自顧自上車，坐在寶惜對面，看得寶惜又好氣又好笑，柯純卻一本正經拿書假裝在看。那天寶惜上學遲到被老師叫去問話。

有一次兩個人到海邊畫畫，柯純畫了一張又撕一張，寶惜拼湊那些碎片，都是女人，不一樣的女人，有老的少的，有清純的少女，也有煙花女子。他才十幾歲，已經做過多少性的冒險？寶惜知道他真正愛的是他的堂姐，可是他不准任何人提起這件事，堂姐大他十歲，現在正在東京舞蹈學校讀書，名字叫柯清清。這些事都是從大姑品香的口中得知的。他要不到他想要的，會用一百個其次來填滿。寶惜捧著這些碎片，面朝大海蒙著臉哭了。

「你在幹什麼？為那些碎畫傷心？」

「你是個魔鬼！」

「是啊！從小我就知道自己是魔鬼，感情的魔鬼。五歲我就知道愛女人。讀幼稚園第一天我就牽一個女同學回家，我喜歡陰暗的小巷、電影院和茶室，廟口的乞丐、那些塗著厚厚胭脂的妓女、瘋傻的流浪漢，就像是我的好朋友，也許他們就是我的前世。」

「我不該遇見你！我們是不一樣的人，我喜歡純粹乾淨。」

「這世界沒有人比我更純粹！」柯純生氣地大吼，收拾好畫架就走人。

戰爭越來越激烈，米糧物資缺乏，一切都得靠配給，白飯裡番薯的比例越來越多，盧家因為幾個女兒嫁得好，常常弄到一些好吃的送回娘家，兩老還是過不了苦日子，早早就過世了。沒有人撐腰，銀妃失了勢，裕如因為替人作保借貸，那人跑了，得賠一大筆錢。幾個妹妹都出了錢，末了還是玉郡把錢給填了。昆如、富如都已成家各立門戶。一切障礙消失，沒多久玉郡就回到盧家。

玉郡大大方方地搬入主臥房，把銀妃的東西全丟到院子裡，裕如是斯文人，不敢跟她大小聲，躲到外頭去，銀妃躲在廚房裡哭。

「叫那菜店查某滾出去！她霸佔這個家十幾年，現在報應到了，誰叫她是不生蛋的母雞？她要是想死在這個家，死後我會把她的神主牌放水流！」

不知誰去通報幾個叔叔跟姑姑，除了品香，他們都住在附近，昆如富如當年打跑玉郡，在一旁不敢說話，品秀說：

「大嫂，她沒有功勞也有苦勞，你就讓她留下吧！她無家無兄弟，你叫她到哪裡去？」

「是啊！家裡多一個幫手幫你做家事有什麼不好？」

「我等這天等好久了！她苦毒我姐弟十幾年，又把我媽趕出去，我死也容不了她！」寶寬十五歲了，說話像大人了。

「寶惜，你也是這樣想嗎？」

「我……只要媽回來，全家平安就好！」

「還是寶惜厚道，有量才有福！」品秀說。

「看大哥怎麼說，誰去把他找回來。」品月說。

「我去！」昆如富如不約而同說。

大家吃過一頓點心，裕如回來了卻不肯進房來，男人女人分兩國，男人聚在大廳，女人聚在大房。

「寶惜，去問你爸的意思！」寶惜走進大廳，三個男人猛抽菸，低頭不語。寶惜站在旁邊不敢說話。

性急的品玉殺過來用她那銀鈴似的聲音說了：「大哥！現此時你不能不說話，就等你一句話了。」

裕如嘆了好幾口氣低著頭說：「我不忍心……」

「一個家兩個女人，你怎麼安排？」

「大嫂不是要顧生意？大的管外，小的管內就得了。」昆如說。

「小的住哪裡？」

「就住離大房最遠的儲藏室，以前傭人住的地方。」

「那種地方現在能住人嗎？」裕如苦著臉說。

「其他房間都太近，常常碰見，恐怕常要打起來。這還說不定她會點頭，現在時勢不同了，我們也不好管太多，真是不是冤家不聚頭，連我也怕她！」

品月得了話，趕忙過去回話，玉郡還是不肯答應。

「有我就沒伊，有伊就沒我！」

「大嫂！大家給你臉，你不要不給臉！」品秀厲聲說，她生氣時有股威嚴。

「你不在，整個家都是她在扶，兩老也是她送的終，寶惜寶寬難道是自生自養，那時你在哪裡？」品秀做人媳婦久了，人情事理都說在關鍵上。

「你有子有女，她什麼都沒有，你做大的，跟她爭什麼？你給她一口飯吃，她不給你做牛做馬？再說你趕她出去，你留得住大哥嗎？」品玉的口才雖然差些，這補充說明也很有力。

事情說到這裡算是說定了。玉郡住進大房，銀妃等被打入冷宮。起初無法接受，有好幾次提著行李在夜裡到火車站準備搭車逃家，但都被找回來，她也沒地方可去，生母那邊幾十年不相聞問，幾個姐妹淘，嫁的嫁，死的死，狀況不比她好到哪裡。

往後，兩個女人同在一個屋簷下，盡量少碰面，碰了面也不說話。玉郡管店面，負責家計，銀妃幾乎淪為下女的地位。煮飯洗衣整理家務，家族聚會時只能窩在廚房。吃飯時裕如、玉郡、寶惜、寶寬先上桌。吃剩的才是銀妃，品方為怕她難過陪她一起吃，這時寶惜還會過來吃第二回。她同情銀妃，畢竟是多情厚心的女子。銀妃還盼望著裕如為她做主為她爭取，畢竟做了十幾年的夫妻，她還愛著他，否則不會留下來。然而裕如怕玉郡，有意地躲著她。每天晚上她哭濕了枕頭。然而每天早上她還是天未亮就起床，煮飯洗衣，等大房那邊有動靜，她馬上端熱水進去，接著是冰糖煮雞蛋，裕如肺弱，早上初起床吃最補氣。有時玉郡故意坐在門口洗臉赤裸上身洗身體，防堵她進門，她便要寶惜端進去，寶惜覺得母親太丟人了，就偏向銀妃，替她端進去，進門時常被母親掐一把。

過年過節時，銀妃備好好幾份禮，要寶惜送去姑姑叔叔家，大都是吃的，寶惜穿著玉白大旗衫，整個人細細長長靈靈秀秀，現在穿大旗衫的越來越少，行人的注目令她臉紅，二姑品秀就嫁在隔一條街，親家母見她來親熱款待，又是茶又是糖，直說：「唉呀！越變越漂亮，都不認得了！」品秀紅著眼塞給寶惜兩個紅包：

「你現在好了，母親回來了，有人替你做主，可別虧待姨啊，她現在可不好過，再怎麼樣還是自己的家好。你現在大了，聽說有人來說親了！」

「我不嫁！姑姑不是說還是自己的家好！」

「說是這樣說，女人哪有不嫁的？」

「我要跟小姑姑一起到日本讀書。」

「你爸媽贊成嗎？」

「還沒跟他們說，姑姑幫我說吧！」

「這我可不敢，你跟品方做一擔，以後不跟她一樣做老姑婆？」

「老姑婆就老姑婆，一個人自由自在多好！」

「聽說柯純也要到日本，你們兩個不是挺好，先訂婚一起出去，不是很好？」
「不要！你不知道他心野得像什麼款？」
「男人婚前哪有不野的，有某有子就不一樣了！」
「阿姑不要講了，我要走了，還要送油飯到三姑四姑家，叔叔他們會回家拜拜吃飯。」
「那潮州大姑那裡送不送？我陪你去，順便把這婚事說一說！」
「姑姑饒了我，我要逃了。」寶惜離開二姑家，謝籃裡放著親家的回禮，有香腸和生糯米。走完二姑家，再走三姑四姑家，她的口袋已是鼓鼓的。回家後她把所有的紅包給銀妃，銀妃牽著寶惜的手直淌淚。
盧家知道寶惜想跟品方到日本留學，玉郡大力反對，幾個姑姑聯合起來支持，玉郡對這幾位小姑一直無法釋懷，就逼寶惜出面表示不去。然寶惜心裡想去，又不敢違背母親的意思，天天躲在房裡哭，幾個姑姑都回來與玉郡展開談判，品香說：
「大嫂，寶惜有這份才情，年輕人有年輕人的前途，你為什麼不放她去？」
「我們母子好不容易才團聚，你們就是要拆散我們才甘願？」
「咦！你怎麼這樣說，寶惜多讀一點書，才好找親家！」品秀說。
「女孩讀那麼多幹什麼？最終還是要嫁人！」
「現在有幾仙錢的，哪家不是把孩子送去日本？去了日本才好嫁留學生！」品玉說。
「是啦！是啦！柯家的阿純不是要去日本，兩家如果要結親，一定要寶惜跟去才行！」
「這件事我可以做主，他們兩個早就是情投意合。」品香說。

「這死查某鬼仔，只瞞著我跟人家偷偷來往！她要嫁不出去，你們要負責！我的條件是婚事辦成，才談出國的事，我可不想她跟品方一樣，變成老姑婆。」

「你提品方幹嘛？好在她剛好不在，好了，就這樣說定了，婚事辦成，就放寶惜出去。」品香做了結論，最近她的丈夫剛選上鎮長，架式更高，連玉郡也不敢再說什麼。

兩家積極進行寶惜與柯純的婚事，兩家親上加親都很樂意，又有品香做現成的媒人，他們都才十八歲，於是說好先訂婚，等學成歸國再補辦婚禮。品方和寶惜打算考東京美術學校繪畫科，柯純改走雕塑。

自從議婚之後，寶惜與柯純就不好再見面，只有訂婚前幾天柯純約寶惜在屏東黑貓咖啡室見面，寶惜特別打扮一下，抹了淡淡的胭脂，穿著淡粉色坎肩繫腰洋裝，柯純一見她就調侃她：

「有新娘子的風味哦！」

「討厭！」

「你真的想結婚？」

「不結婚就不放出國，我知道你不想結婚對不對？」

「我不會是個好丈夫，可能也不會是個好情人。同意結婚等於是傷害你！我希望我們能做永遠的朋友。」

「那不要結，好像是我逼……」說到這裡，寶惜哽咽地說不出話來。

「你不要這樣！我是怕你嫁給我不能得到幸福。我是怎樣的人你應該明白。」

「你還記得小時候，你刻的牧童與牛，我好喜歡，就是不敢開口向你要。」

「你不早說，那東西早就不知丟到哪裡去了！」

「在我那裡，你一直放在舅舅家沒拿回去，有人想買，被我爸爸買回來，他不知是你的作品，我向他要，現在就擺在我房裡，七年了，該物歸原主了，我請人送回你家。我要走了！」

「不要走，我們的事還沒談完！」

「我的話已經說得很清楚了，如果你確定要這婚事，就把這雕刻當聘禮，如不要，我們就各走各的路！」

寶惜躲在房裡哭好了幾天，這時家人發現銀妃喝農藥自殺，還好盡快就醫，命是救回來，食道卻嚴重灼傷，在醫院那幾天，姑姑和寶惜都去探望，裕如一直沒來，銀妃成天哭：

「這呢無情，這呢沒膽，我十九歲見了他，不愛別人就跟了他，為他做牛做馬，盧家的媳婦豈是好當的？誰願意做人細姨後母？現在落到這番田地，活著有什麼意思？不如死了快活！」

「嫂啊！過去的事情不要再想了，大哥他是沒辦法，誰對付得了那個女人？你不如去領養一個女兒，將來也有個依靠。你這樣我們也是擔心不完！」品香說。

「領養的事我也想過，最近我生母那邊有來找，說我弟弟生六個女兒，打算把小的給人，自己兄弟的女兒當然好，可這紅包小不了，我以前就不知道為自己存錢。這……」

「這條錢我來替你想辦法，你要多拉攏寶寬，以後這個家還是他做主。」

「我真後悔沒有好好對待寶惜寶寬，可是那麼一大家子，好吃的輪不到小孩，再說我跟他們母親冤仇結這麼重，這後母……」

「好啦！我們都知道你難做，根本呢！男人就不該娶兩個老婆，弄得家裡沒個安寧，現在時勢不同了，一夫一妻，大家沒代誌，你是生錯時代，嫁錯人家，夠苦了，不要再跟自己過不去，盡量往好的方面想，嗯？」

銀妃躺在床上，靜靜流淚。寶惜在旁，覺得當女人真苦，一輩子等男人來愛，就不知道愛自己。

銀妃領養的女兒英秀，就在那時住進盧家，她已經十二歲了，長得雖有點暴牙，性情十分溫良，做事又勤快，銀妃多了一個幫手，也有人陪伴，漸漸有說有笑，她喜歡旅行，得空時帶著英秀同進同出。英秀雖然比寶惜小四歲，兩個人感情卻很要好，有什麼好吃好玩的兩個人都會推來讓去。

英秀年紀雖小，手腳靈活，很快就得到銀妃烹調的真傳，看她瘦小的個子，脖子上繞著辮子，蒸好幾籠比人還高的鹹粿甜粿，又不知哪兒學來的會作包子饅頭。一個人圍著圍兜，擀麵做餡，弄得全身頭臉都是白粉，品方進廚房說：「看你小小個子，爬上爬下的，小心把你自己給蒸熟了！」貪吃的寶寬這下子纏上她，整天待在廚房看她變吃的。她會做一些滋補的點心，像四神湯、銀耳紅棗湯、薏仁紅豆湯，用小鍋煮，特別做給寶惜寶寬吃，寶惜常送她一些漂亮的小別針、小手絹，她都寶貝地收著，捨不得用。感情好得勝過一般姐妹。

「柯家送定來了！」寶寬進房找姐姐，發現她對著院子抹眼淚。

「大喜的日子哭什麼？我知道你一定是太高興，你不知道你有多風光，光龍銀就六百個，聘金一萬，餅八百斤，還有整套的鑽石首飾，金飾十二副，我敢說連姑姑都沒那麼風光。」

「你有沒有看到一座木刻？刻著牧童騎牛？」

「送木刻幹什麼？我只看到大餅，好想吃吳記的大餅！」

「貪吃鬼，去吃大餅吧！」

所有的聘禮都堆在大房，寶惜等無人注意時進去看，印著龍鳳的紅色大禮盒堆有一人高，好幾十疊擠得整個房間滿滿的，寶惜在一堆喜餅中找尋，聽見自己咚咚的心跳，沒有！沒有？不知找了多久，終是沒有。

寶惜紅著眼睛找玉郡，拉著母親的手泣不成聲：

「阿娘！退聘！我不要嫁了！」

「死查某鬼，送定就是無反悔，怎能退聘？」

「我跟他有約束，沒雕刻就不嫁娶。」

「什麼雕刻？」

「一座木刻，刻著牧童騎牛，不是放在我房裡好幾年？」

「就是那破破爛爛的東西，我以為是送錯，就放在廳裡神桌上。」

「真的！我去看看！」寶惜快步走到大廳，一眼就看見那座雕像，蒙著臉放聲大哭。

訂婚那天，柯純與男方長輩一起來，穿著米色西裝的柯純顯得風采翩翩，寶惜穿紅色錦緞旗袍，小腰身，鳳仙領，另有一種古典美。之前為了這身衣服還鬧得不太愉快，玉郡堅持要穿大旗衫，幾個姑姑都說現在是什麼時代了，柯家又是新派的人，穿古裝豈不惹人笑話，於是折衷，交換戒指時穿紅色錦緞旗袍，宴客時穿粉紅西洋式小禮服。兩個新人在祖先牌位前交換戒指時，寶惜照母親的叮囑故意彎曲手指，這樣才不會被丈夫壓住，結果戒指掉落到地上，引來一陣哄笑，寶惜見母親在抹眼淚，自己也紅了眼眶，沒想到這麼輕易地就嫁給柯純，愛情不應該是轟轟烈烈，曲曲折折嗎？而他們彷彿被眾人推著綰在一起，太順利以致不真實。寶惜看著柯純的臉，想起多年前在荷花中看到的臉，不覺一驚，難道生命的一切皆有定數？雖然明為訂婚，場面跟結婚差不多。宴席特別擺在高雄大酒樓，雙方親友租巴士接送，熱熱鬧鬧請了二十桌。

寶惜馬上要出國了，玉郡備辦她的行李像備辦嫁妝，從高雄堀江買回兩口日製大行李箱和錦被，被子好厚又輕又軟，被面是絲緞黃底紅牡丹，上有許多紅絲繐，外面罩一層網狀白被套，玉郡說：「日本冬天下雪，要這樣的被子才夠暖！」又給她做了兩箱子新衣服，顏色不是粉紅就是水紅，還有長手套，珠包、絲緞高跟鞋，並在箱子四角各塞一對龍銀，又取出一長串珍珠項鍊和紅寶石項鍊，寶惜嚷：

「阿娘！我是去讀書，帶這些去會被笑的！」

「笑什麼，穿得好還怕被笑，我就是不要你讓人看輕，你看對方的親戚穿得多講究、多時髦，我這次可都是照著日本雜誌讓人裁的洋服，你是阿娘的獨生女，當然盡量讓你穿好。」

「阿娘！我這次去不知要幾年才回得來，查某仔拜託你，對英秀好一點，要讓她念書。」

「她什麼身分，你什麼身分，她哪有資格念書，沒趕她們母女出去做乞丐就不錯了！」

「英秀聰明又乖巧，她將來會孝順你的，讓她念兩年書，外面的人都會說你厚道又會做人的。」

「你替她煩惱這麼多幹嘛？吃太飽？」

「離開這個家，我最放不下你，再來是英秀，阿娘，我求你了！」

「好吧！讓她念兩年書，早早嫁了也好！」

英秀十三歲才上公學校，寶惜把自己的書包文具衣服都送她，英秀天天過來跟寶惜擠一床，兩個女孩講著講著就哭起來，英秀說：

「等我能賺錢，我一定要買一條好大的金項鍊送你！」

「好大的金項鍊，那好俗氣，你不如蒸一籠肉包子給我吃，我最喜歡吃你做的包子，我在日本，想到你就會流口水！」

「嘻！貪吃就不俗氣？」

「吃的學問才大呢，你以後要當下港第一名廚！」

「我才不當什麼名廚，我就想什麼時候買一條真的金項鍊給我阿娘，還有你，偷偷告訴你，我娘的首飾都是包金的！」

「那怎麼可能？」

「真的！她說真的都去換米換油了，你不知道，這戰爭期間，黑市米有多貴，我們又是那麼一大家的。」

「唉！大家光講門面，都不知誰在顧肚子。」

寶惜出發那天，英秀堅持要送，還送上火車，一路上寶惜一直催她回去，她就是不走，這就十八相送到基隆，到旅社安頓好，英秀拿出一條磚紅色毛海圍巾，還有一頂法國貝雷帽，款式織工都上乘：

「好漂亮！比買的還漂亮，真的是你鉤的？」

「這幾天趕出來的，不要嫌棄就好！你這一走，我沒人可說話了！」
「你就快上學了，到時候會有許多好朋友的。」
「比不上，誰都比不上！」英秀哭得好傷心，寶惜拉著她的手，陪著流淚。

卜卜作聲的文字

那是有聲音的文字，貞人用火柱燃燒鑽鑿而變薄的甲骨，直到表面出現龜裂的紋路，這時畢畢剝剝聲響起，所有人驚喜地傾聽「龜之聲」，也就是「天語」，龜裂的紋路由王與貞人一起解讀，然後用文字刻在甲骨上。

旬亡禍。

王往田；湄日不遘大風。

帝弗終茲邑。

最長的甲骨文不到兩百字，越早期越詳細，記錄著王的生活細節，它們反映著殷人的恐懼、天候、病痛、收成、戰爭、殺牲祭神、預言……到商代晚期文字越簡短，到商代最後的紂王，甲骨上最常出現的是「旬亡禍」，無災無難的字句像咒語一般重複又重複，而國就要亡了，越接近滅亡，「旬亡禍」這卦辭一再出現。神的語言已經失效了，甲骨文的命運也將走入消亡之途。

文字一直在變動，文字要亡，誰也抵擋不了。

誰能相信第一本甲骨文的研究著作是寫《老殘遊記》那個小說家呢？他同時也是商業家、醫生、學者，水利工程家、古文物收藏家，如此大能的神人還是無法抵擋文字帶來的禍害，一九〇三年出版《鐵雲藏龜》，一九〇八年遭流放，隔年一九〇九年死亡。開啟天語是否引來大凶？

行斬首之祭於丘商
告王目於祖丁
巨難將至；傳惡訊

捷翻遍《老殘遊記》，找不到一行跟甲骨有關的文字，只有自序中寫著：

吾人生今之時，有身世之感情，有國家之感情，有社會之感情，有宗教之感情，其感情越深者，其哭泣越痛；此洪都百鍊生所以有《老殘遊記》之作也。

看來是愛哭的文人，還相信著文字的魔力，他能想到現代人玩臉書傳簡訊打電動，電動打多了，有隱形的反社會與暴力傾向，還有閱讀障礙，越來越多人看了滿滿是字的書就頭昏，讀沒幾行就受不了了，如果那個洪都百鍊生（媽的別號又臭又長又搞不懂蝦咪意思）生在今日不是要哭死？

為了真實體驗「龜之聲」，捷買來牛肩骨，先放進沸水煮兩小時，滿屋子飄著惡臭，拿出骨頭用焊鐵鑽裂，再拿進烤箱烤半天，沒有裂也沒有聲音，三個燒焦的地方結著黑疤。

試了幾次多是同樣的結果，乾脆燒盆炭火丟進去，不管它，上網寫了幾頁，骨頭發出卜卜卜的爆裂聲，聲音很尖銳，好像有誰在講俄語發出彈舌音，或者誰放連環屁，卜卜卜，骨頭在講話，神在講話，甲骨文先是聲韻的，才是文字的。

殷人相信祖靈，一丁點小事也要問訊，如武丁要出征卻鬧牙疼，於是占卜問惹怒哪位祖先，龜片問了已經作古的父甲、父庚、父辛、父乙，他們是武丁的父親與叔伯，一個一個問，是父甲嗎？不是父甲：是父庚嗎？不是父庚；是父辛嗎？不是父辛；是父乙嗎？不是父乙。殷人用甲骨寫偵探故事，最後在另一片甲骨上找到元凶「侑父庚一犬，分一羊」（供奉父庚一隻狗，殺一隻羊），原來是父庚在作祟，趕快供上祭品。

說殷人迷信，但哪個民族不迷信，那是非理性的時代，然青銅器卻是非理性與理性交融的產物。

捷寫到無法忍受自己的小說，覺得越寫越蠢，他從不要求什麼小說藝術，就憑本能寫，現在碰到從來沒有的艱難，原以為時空越久遠，自由度越大，事實上光憑幾張甲骨拓片與網上資料如何進入殷人的內心？歷史小說是什麼呢？不過假歷史之名行亂寫之實，他寫的歷史科幻小說，歷史只是空殼子，現在想接近歷史，卻發現只有史料與文字，所謂歷史小說只是將歷史翻譯成現代文字嗎？翻譯不是創作，卻是創作的最初級，他想進入歷史的核心，書寫的核心，但是好難，他一再塗改，之一，之二、之三、之四……每次的想法、寫法都不同，寫了一年多將近十萬字，每天他都想毀了稿子，也許這小說永遠沒有完成的一天，他越深入越看不到盡頭，他享受這種無止境的書寫，像太空船在宇宙中迷航，只怕最後像好奇號降落火星，發現跟中東的沙漠類似，一時萬分失望。跟古老的文字糾纏不已，因為那裡面有他的父親與鄉愁，但他沒有歷史癖，只有文字戀。

他憎恨自己寫的小說，離自己的理想太遠，寫小說不是寫歷史也不是寫故事，這是常識，但離認識還太遠。

西方小說重「發現」，因為發現的激情可以帶來救贖；中國小說一直跟歷史糾纏不清，在如實「呈現」中打轉，小說家的聲音在哪裡？像那個洪都拉斯，不，洪都百鍊生他對文字的看法到底如何？

丙寅卜洹水不其盜？

（丙寅日占卜，洹水不會氾濫嗎？）

洹這個字很奇特，是象形的彎河，旁邊是一捲曲如蛇狀物，莫非蛇患讓殷人視洹河為毒蛇之河，亦是神之河。

彼時洹水常氾濫罷？跟黃河差不多，河道寬河面窄，黃流滾滾，遇大雨時，很快漲上來，土石俱下沖毀一切，人們只蓋簡陋的臨時屋，因為常要搬遷重蓋，雨季固然可怕，乾旱讓農作物枯死，只有少數的日子是平靜舒坦的，雨季時祈求洹水不要氾濫，乾旱時又祈求上天賜雨，

小說以緩慢的速度進行，每天寫到下午三點左右，帶著手提電腦到附近的咖啡屋打電動，除了「魔獸」與「創世神」，他偏好守塔遊戲，不用動大腦很簡單，就是把一群外星人與蟲蟲消滅，一

級又一級升上去，永無止境。玩遊戲的人不相信人世的永恆，或者只相信遊戲的永恆，打遊戲可以輕易殺死時間，而且新的遊戲不斷推出，只要有遊戲就可以活下去，如此他在遊戲中廝殺，直至夜深方歸。

咖啡館中也有些帶著筆電，裝模作樣好像在處理國家大事，從他們的表情中知道，他們也在打遊戲，專注而臉上肌肉抖動不已，那種空虛的痛快表情，他從他們臉上看到自己，更感覺自己的空虛。

他想到童年住家附近那條河，小村莊平淡寧靜的生活吸引著他，為什麼他不過河呢？也許就能觸摸生活的真實質地，現在他面對一條更大的河，如何過去呢？

他們是搭大和丸先到橫濱，再坐火車到東京，住進台灣留學生集中營「高砂寮」，先準備考試，房間很小，大的有六疊，品方寶惜住一間，小的四疊，柯純住一間，一切都很簡陋，寶惜學著做飯，雖然還未真正成為柯純的妻子，她覺得有義務照顧他。

東京美術學校創立於一八八七年，是亞洲歷史最悠久的西洋美術學校，設立於東京上野公園，對面就是音樂學校。美術學校初期只設東洋畫科，一八九六年才設西洋畫科，一九〇二年設塑造科。一九二二年在東京已有二千四百多名台灣學生。日本人以為凡台灣來的都是高砂人，態度頗為高傲。然台灣學生屢屢獲選帝展，如黃土水、陳澄波、陳植棋，也有女性畫家陳進，這才使日本人不敢小看。校區在上野公園內，動物園的後側，有些人自稱是獸大或野獸派，他們真的是與野獸為鄰，幾棟綠瓦紅牆巴洛克風的建築，校園內布滿高大的古木，在樹林之間豎立幾座創建者與老師的銅像，校區雖不大，但整個上野公園都是他們遊蕩、寫生或發呆處。這裡有三多：樹林多、烏鴉多、浪人多，整個校區有著陰鬱氣質，然藝大出身，內心就是野獸與浪人的組合，外在就像校園那些偽古典建築，對經典與古典有著尊崇，每當春天櫻花季，上野公園的櫻花開得像迷幻派對，繁花極盛，很多人都會選在此時逃走，只因過於虛幻，或者遊客太多。

柯純選擇雕刻，在當時不太為藝界重視，只因日本的傳統雕刻已然式微，古有的雕技紛紛失傳，只有牙雕因為可成外銷工藝品而受到獎勵，然而當時所謂雕刻一詞，僅意味著像牙雕一樣精細的雕工。一直到十九世紀末，工部美術學校聘請一位義大利雕刻家教授泥塑，石雕和石膏翻模的技法，日本的西洋雕刻才算真正起步。柯純跟隨高村光雲學習，在雕刻的過程中，作品必先以黏土塑好再翻成石膏，再以木雕的手法在石膏上雕琢，有時以仿效石膏的原型，雕刻於木材，另成為一座木雕。因此作為他的徒弟，必須同時學會泥塑、翻石膏和木雕三層技術。當時日本的雕刻正面臨日本木雕與西歐寫實雕塑的問題。這剛好符合柯純心中探求台灣木雕的現代化，美好的藝術從自身的生活中得來，柯純以巨幅的水牛群像獲選進入帝展，那時他才十九歲。

品方和寶惜進入東京美術學校東洋畫部高等師範科，跟從結城素明及遠藤教三習畫，品方以一幅穿和服的仕女畫《花朝》入選台展。品方一絲不苟的個性，最能掌握學院派東洋畫的精神，那種優雅、溫順和甜美完滿。和品方相比，寶惜覺得自己像是未張開眼睛的嬰兒，還未找到自己的心靈圖像。

柯純的老師高村光雲喜歡喝酒，師徒倆常喝到半夜大醉方歸，寶惜一面看書一面等柯純，等到的常是渾身酒氣的柯純，她為他準備熱茶和熱洗澡水，服侍他上床，混亂間也做了那件事，而柯純口中呢喃的卻是不同女人的名字。

品方也常夜歸，寶惜知道她在高橋那裡，她們的關係雖沒有明說，兩人之間的眼神與默契卻說明她們的情感深厚。女人愛女人，她不能想像，但品方的幸福洋溢在臉上，每當星期天，三個女人在上野公園寫生散步，她們最常流連的地方是動物園，然後是一人一根冰棒，寶惜彷彿回到童年，在一群女人中打轉，也很習慣和女人相處，那種甜美與舒暢，是不變的空氣，只要是相熟相知的女人在一起，就會融化在這甜美的空氣中。愛情不是應該也這樣嗎？每當她想到柯純，就只有陰暗憂鬱。

柯純常去找柯清清，毫不隱誨地留下種種痕跡，香水味、繡有名字的手帕、絲巾，寶惜不願當大吵大鬧的女人，像她母親一樣，女人與女人戰爭，輸的還是女人。只要柯純還願遮遮掩掩，一個還願說謊的男人，那表示心中還有她。而她還有畫畫，還有柯純不知的女人世界，怪不得黛安娜女神死不肯屈服阿波羅的追求，在他的懷抱中變成一棵桂樹，一個獨立無倚的女人，自由自在遊走在森林中，多麼乾淨美麗。寶惜沉迷於希臘神話故事，並心折於波提且利、提香以神話為題材的古典主義畫風，她畫戴安娜女神也畫維納斯，畫風是近拉斐爾的甜美與聖潔。

那時台灣學生與大陸學生常聚在學校附近的咖啡屋「夕內」，有一派嚮往中國，一心往大陸發展，熱中於學習國語，柯純也是其中之一：另一派是心繫台灣，熱愛鄉土，通常是較沉默的一群。柯純和大陸學生混在一起，北京話學得很溜，當時還有一個也學雕刻的黃清埕，也想畢業後到大陸去，他會做衣服，許多人都找他裁西裝。柯純高，黃清埕矮，兩個穿著吊帶西褲，一起合奏口琴。黃清埕的女朋友李桂香在音樂學校學聲樂，她長得又高又壯，一頭鬈髮，膚色又黑，有澎湖女子的樸直健美，聲音卻婉轉美妙，她也常表演歌唱，唱義大利歌劇，丰采令人著迷，黃清埕為她做過一個跟人一般高的塑像，面容有點像奧賽羅，曾經入選過帝展，後來運送回國時，因體積太大，鋸成兩截，變成頭像。黃清埕長得清秀短小，又會煮飯做衣服，和桂香站在一起，真是絕配。那時許多留學生央求黃清埕做西裝，都是桂香在統籌，她嗓門大，又是頤指氣使的，大家都很怕她，連黃清埕在他面前也像小綿羊一樣，另一個就是來自府城的陳海英，讀英文系，他算是前輩，在上海已有聲名，他不喜歡東京，但為了柯清清，他一年要跑好幾趟日本，他跟黃清埕最談得來，海英代表著上海摩登，他那愛美如女子般的一身華服，剪裁無懈可擊，他的羅曼史與具有魔力的文字，在在吸引著後輩嚮往那個魔都，東京給予他們嚴酷的理論與技術養成，而上海帶給他們的是波特萊爾似的幻想，如果說東京是知性之都，那麼上海則是感性之都。他們之間常起著這樣的辯論：

「在日本我們被視為台灣人，被當作間諜或漢奸，回台灣又被視為外人，我們應該為誰而創作？」

「為祖國吧，祖國在這裡只是抽象的概念，是一種文化的鄉愁。」

「應該為人生或受苦的人發言，為殖民地的被壓迫的人民發聲。」這種左傾的言論在當時最為激烈。

「為藝術而藝術，藝術家不為政治服務。」這是陳海英那一派的主要言論。

「所謂新感覺派跟色情主義沒兩樣，那是藝術的墮落。」

「還是以國境之中的人生為主吧，我們如何深入寄居的土地呢？不如以自己生長的土地為主吧！」

「我認同以自己的土地為主，但反對國境的藩籬，藝術家要有宇宙人的自覺，根植於土地，但又要與萬物對話，超越土地。」柯純說。

「聽起來似有道理，但這太理想化了。」他們聚在一起談的都是這些觀點與立場，有時吵得臉紅脖子粗，不久又勾著肩膀去喝酒，常常喝到爛醉才回家，不管哪個觀點與立場，最後的結束都一致——嘔吐。

陳海英出身自台灣台南市的世家望族，他原先想留法，因太遠家裡不允許，只有留日，但他的心太大，他總在此地想著他方，在日本他想去巴黎，在上海他又想回日本，他最不願去的就是自己的家，那裡有著他最害怕的表姐妻子，會吸男人精魂的巫婆。

其實留學生在海外的生活很辛苦，又碰到戰爭時期，許多人因為長期營養不良而得病，像陳植棋為了趕搭船，泅水過溪而生病，病中只用藥罐煮番薯吃。縱然在艱困中，大家還是努力作畫，並成立 MOUVE 美術家協會，MOUVE，源於法語，意為「行動」或「動向」，含有反抗從來之靜的藝術，在意識上與未來派之藝術有相通之處。成員有張萬傳、陳德旺、洪瑞麟、陳春德、呂基正、黃清埕、柯純等人。他們把自己的繪畫態度表現在規約中：

吾等恆以青春、熱情、明朗為首要目標相互研究。

研究作品之發表，不限時間與回數，隨時隨處由全體或部分同仁舉行之。

第二條是針對官展和台陽展以表現為主，畫家為趕一年一度的展覽，以至倉促勉強作畫，違背藝術的真義。MOUVE 強調的是研究而非僅只於表現，他們透過不斷的探求成長，僅將有意義的作品展出，不做時間和回數的限制。

寶惜與品方與這群新世代畫家較少來往，她們走自己的路，畫風古典而富於女性氣質。寶惜與學音樂的桂香較談得來，她是個很爽朗的澎湖女子，當時與黃清埕訂婚同居，桂香長得不能說是美，大圓臉，微凸的大眼睛，飽滿寬厚的嘴唇，下半臉往外凸，但笑起來很深緣，絲毫沒有女子扭扭捏捏的脾性。黃清埕曾為她雕一座石像，跟真人一般高，還入選帝展，寶惜在他們住處看見那雕像，健美剛毅一如雅典娜，桂香較接近數學家的簡練，而沒有藝術家的頹廢。寶惜喜歡她身上的健康空氣；桂香喜歡寶惜的善解人意。

有一次兩人一起去聽音樂會，看見柯純和柯清清坐在相隔不遠的座位，他們親暱地低聲交談，寶惜全身發寒一直在顫抖，桂香握住她的手，聽到半途忍不住離席，桂香追出來，外面下著小雪，冰冷的雪亂紛紛打在臉上，淚水卻是滾燙的。桂香一面追一面說：

「你為什麼要忍耐？你為什麼不過去打她一個巴掌？她是陳海英的女人呢！」

「他有她，就不會再有別人，沒有她，他會有更多更多！」

「那你為什麼要嫁他？你要苦一輩子嗎？」

「我已是他的人，只有認命。」

柯清清的舞蹈發表會海報張貼出來，上面有柯純的名字，兩個人共舞的畫面還出現在海報上，柯純小時候學過舞，人又長得挺拔，和纖柔飄逸的柯清清合舞，如同一對璧人。留日台生圈子本來就小，大家議論紛紛。寶惜躲著不敢見人，柯純已經很少回來，有一次回來拿衣服，寶惜擋住他的去路：

「你這樣明目張膽的，我都沒臉見人，你一定要這樣欺侮我？」

「我沒想欺侮你，有些事我控制不了自己，我也告訴過你啊！」

「你不如殺了我吧！我這樣活有什麼意思？」

「解除婚約吧！這樣對你對我都好！」
「不！我已經嫁給你了，我生是你的人，死是你的鬼！」
「不要這樣！為我，不值得。」
「等等！你要去哪裡？」
「不要管我！」柯純不理會她走了。
不久，傳來柯純被打的事，聽說在深夜小巷被三四個小混混圍毆，打得幾乎送命，送進醫院已經奄奄一息。寶惜和桂香趕到時，有一個長得極秀麗、面貌有點酷似柯清清的女人在照顧柯純，桂香問：
「你是誰？」
「我是柯小姐的小學妹，她不能來照顧他，我替她來，我叫生田芳子。」
「你是日本人？他是有妻子的人，你來幹什麼？」桂香一副凶巴巴的。
「不要用有婦之夫來壓我，感情的事，非當事人不能明白，柯太太，你說是嗎？」
「那麼說，你也是當事人！」
「是！我是柯清清舞團的舞者，柯純常來看我們練舞，是我先喜歡他，學姐也看出來，她也沒反對，因為她們只能有精神上的愛，她容許我去愛他。我們彼此默認這樣的關係。」
「你們根本不把他太太放在眼中，這樣不倫，還這麼理直氣壯！」
「我也為這樣複雜的關係痛苦過、掙扎過，但我沒辦法，已經處在漩渦之中，柯純從不主動，但他也不拒絕，就是這樣，人人都可以愛他，而且只能怪自己，因為他沒有要求你愛他！作為他的太太最可憐，但只要你愛他，就必須接受這個事實。他的女人數不清，有一夜情的，有三人行，四人行，我也希望可以不愛他，我跟你一樣想掙脫。」芳子說到這裡，眼眶中充滿淚水。

病床上的柯純在昏迷中，卻不知有多少女人為他流淚，寶惜希望他不要醒過來，那麼就不會有那麼多女人為他受苦。愛與恨的終點在哪裡？是死亡嗎？如果是的話，她願意跟柯純同歸於盡。愛情是這麼可怕，它先是剝奪你的自由，然後是自尊，最後就是生命了。柯純現在不也在為愛情付出代價？

隔一天，柯清清出現了，她的長髮紮成辮子纏繞在額頭上，典雅的水藍長裙，舞者的好身材，就算是在現實中也像在舞台上，她喜歡被觀看，同時也觀看自己。她手上捧著一大束菖蒲花，就像一個林中仙子一樣。連寶惜也屏息觀看。她倒是落落大方，自行把花插好，坐在柯純床邊的椅子上說：

「我知道我不該來，但這事因我而起，說來可笑，他還是他學長呢！我們之間完了！我不會原諒他的！」

「柯小姐，你就不能放他們一馬嗎？」

「我不懂你在說什麼，我們之間是清白的，從十幾歲開始我一直在躲他，為了他，我年紀輕輕就自我放逐到日本，早早做了別人的地下夫人，他像是我的孩子，但他的愛太早熟了，五六歲就懂得愛，而我是他生命中第一個女人，從十歲多一點，他就常常對我說：『我是為愛而生，為愛你而生』，在我們還不知道那是什麼，我們的生命早已連結在一起，想起來真恐怖，亂倫必遭天譴，但天譴阻止得了亂倫嗎？」

「這樣對寶惜太不公平了！你是他堂姐，難道管不住他？」

「愛情是不能管的，你去管柯純，只有越管越糟，現在我決定了，我要回內地，再也不見他了！寶惜，你如果要當他妻子，只有讓他自由來去，他還是在意你的。柯純不應該結婚，當他的妻子太難了！我要走了，不能留太久。」說著戴上太陽眼鏡和帽子離開。

柯純在醫院住了半個月才出院，寶惜幾乎寸步不離地照顧他，他的身體休養好，又是成天往外跑，柯清清的舞蹈發表會，他還是去跳，許多人抱著看熱鬧的心情去觀賞，觀眾比預計的人更多。柯清清和柯純的搭配極好，表演也相當完美，但柯清清謝幕完，就被幾個男人架走了。

沒多久傳來陳海英在上海被暗殺的消息，死時才三十三歲，因為主編汪政府的雜誌而死於街上，接任的主編亦遭槍殺，海英死前的最後一句話是：「誰要我的命，誰？」這個問題沒有人回答，海英的死是黑暗的死，也幾乎是徹底的死亡，新感覺派大將一一陣亡，這個流派似流星一般從上海的天空劃過，人們只知死的是一個上海人，卻不知是台灣人，台灣與東京、上海一度是這麼靠近，如今被槍聲劃開；然而海英的死也非徹底的死，過了七十年，他的身世再度被挖掘開來。

海英死了，柯清清迅速趕往上海，留下焦躁不已的柯純，現在清清已獲自由身，他更急於前往上海，前去安慰她陪伴她，至於其他他管不著了。

寶惜發現自己有身孕，第一個告訴桂香，桂香勸她不要生，寶惜說什麼也要柯純的孩子，她說：

「我有預感，這個孩子長得像柯純，個性像我，我不能擁有柯純的心，擁有我們一起創造的孩子，夠了！夫妻存在的不只是愛情，不是嗎？」

「我不同意，沒有愛情，婚姻只是空殼子。」

「空殼子就空殼子，多少人不也這樣過了一生？」

當柯純知道寶惜懷孕時，第一個反應就是：

「拿掉！我不要孩子！」

「不！你不能這麼殘忍，你要怎樣隨便你，孩子我自己生自己養，這是我的孩子！」

「寶惜，我們不該在一起，我不能給你幸福，我怕看見你，你好像是我的良知，我不要這種良知，我要自由，我們解除婚約吧！」

「是她要你這麼做的吧！你們要快樂，別人就得去死？」

「不！她不可能答應，我們也不可能在一起，是我自己要對自己誠實，對你誠實。」

「你好殘忍！我寧願你對我不誠實，你就不能騙騙我，為什麼要說破？」

「我對不起你！但我能給你的只是誠實。」

「你的誠實對我是毒藥，我的心早被你毒死了，婚約關係到雙方家族，你要解除，我也沒辦法阻攔，但我這邊是不會提出的。」

「我不能不提出，我已經接了上海美專的聘書，黃清埕也是，我們約好一起回台灣，跟家裡說好，就要到內地去，寶惜，我們的路不同。我知道你一心想回台灣，你跟著我是違背你自己，我來跟雙方長輩說。」

「你是想去找她吧！你們這樣不顧一切，不如昭告天下在一起算了！」

「她不會理我的，我要去內地，這你以前就知道的。」

「桂香也去嗎?」

「是的,他們先回台灣結婚,再一起去內地。」

「他們回去結婚,我們回去解除婚約,我沒臉回去。」

「一切都是我的錯,我自己來處理。」

「隨便你,孩子我還是要生,你沒有權利管我。我還有半年就畢業,不跟你回去。」

那天晚上,柯純就搬出高砂寮,只帶走幾件隨身用具,一直到回台灣前才來整理行李,寶惜默默地為他收拾行囊,這幾天來她日夜哭泣,瘦了一大圈,但在柯純面前她要強作鎮定,不管怎樣,柯純早已是她生命的一部分,縱使婚姻不存在,誰也不能改變這事實。柯純也很沉默,不安地一直抽菸,兩人相對無言,整理好行李,柯純伸出手想與寶惜握手,寶惜沒有回應。柯純悵然走了,寶惜目送他,心裡悄然地說:

「回頭,為我回一次頭!」柯純好像感應到她的心中呼喊,行至一半回頭,眼中閃爍著奇異精光,寶惜心中升起不祥之感,熱淚大把大把地滾下來。

一九四三年三月十四號中午,他們搭乘當時最豪華的「高千穗丸」,船有五萬噸,號稱日本的「鐵達尼號」,從神戶港出發,乘客一千多人,其中多為返鄉的留日台灣學生、少數日本人及台灣商人。因為珍珠港事件,美軍對日展開報復式轟炸,目標為大型郵輪及軍艦。由於局勢緊張,上船定位後,即展開緊急逃生訓練,出航後經過瀨戶內海,航行於九州西邊的太平洋上,前幾天算是平安無事,一直到十九日上午六點,擴音器傳來緊急通告,航線上有美國潛水艇活動,必須改變航道,改由東支那海前往台灣,預計中午才能到達,比預定時間晚四個鐘頭,一時全船人心惶惶。九點三十分左右，忽然響起緊急警報，同時船身震動得十分厲害，乘客紛紛穿上救生衣跳入海中，黃清埕拉著桂香跳海，桂香一直喊：「柯純呢？柯純！」她覺得有義務替寶惜看好柯純。無奈情勢太亂，但見海上漂著許多乘客，三艘救生艇上坐的都是日本船員，黃清埕攀住一艘，把桂香送上救生艇，自己用狗爬式拚命往前游，回頭一看，只見兩條由魚雷發射造成的水脈，向船體飛奔而去，這時船身劇烈搖動，瞬間船頭朝天筆直立起，船首有一人可能是船長，拚命揮著白手巾。就在三兩分鐘之間，轟隆一聲，船體沒入海中，朝天噴出一條巨大的水柱，等到水柱平息時，五萬噸的高千穗丸已消失得無影無蹤。留下來的只有片片的船骸、屍體、衣物、鬼哭狼號的逃生乘客。桂香乘坐的救生艇被擊中，黃清埕離船太近也罹難，晚睡的柯純可能在睡夢中就跟著船一起葬身海底。

高千穗丸從被襲擊到沉沒，只有短短的十幾分鐘，前十分鐘遭受三枚魚雷攻擊，第一發擊中船尾，第二發擊中船頭，第三發是致命的一擊，擊中船身中間，全船一千多名乘客幾乎全部罹難，只有少數人在海上漂浮幾天被漁船救起。這麼大的船難，造成這麼多人死亡，日本人卻封鎖消息。罹難的家屬不但找不到屍體，還不能聲張。寶惜知道消息是留學生輾轉相告，那艘死亡之船，載著她最愛的男人和最好的朋友。她因為哀傷嚴重害喜，好幾次昏倒，不得不放棄學業，回到故鄉。寶惜到黃清埕李桂香的澎湖老家，閩式四合院建築，包圍在硓砧石牆中，他們的家人也剛接到消息，兩家哭成一團，這麼年輕又有這麼好的前程，就這樣埋葬在大海中，寶惜在黃清埕的房中看到他許多遺作，包括桂香的塑像，看起來彷彿以另一種方式存活著，她撫像痛哭，這樣的死多麼不值，不管是有情無情，有才無才，皆因莫名的海難，消失得無影無蹤！這就是戰爭，在戰爭中人命如草芥，後代人會知道他們的苦嗎？寶惜整理清埕的遺作，並建議兩人合立一個衣冠塚，墳墓就在老家的海邊，面臨美麗的海洋，寶惜在墓前佇立良久，心中默念：「好友，安息吧！有一天我會讓人知道你們的才華和美麗的靈魂。也請你們在天上好好照顧柯純，他走得好孤單。」寶惜在澎湖海邊住了幾天，每天到海邊，對著那一望無際的海洋呼喚柯純：「我曾經希望我們一起死，從沒想過你會棄我而去，回來吧！我的人兒，想到你孤獨地埋在海中，我的心快要顛狂，死亡將我們分離，我在生的這邊，你在死的那邊，你去的地方一定很美麗，否則為何一去不回，我們在生命的波濤中相遇，又被生命的波濤沖散，死神！我以你為敵！」寶惜無時無刻地呼喚柯純，然而他一次也沒有入夢來！

柯純不該去寫或畫愛沙，這是否喚醒她的詛咒？以前她一點都不相信這無稽之談，然而那條船沉了，這條船也沉了，「滅我族者將自滅其族」，這太可怕了，她還懷著柯家的孩子呢！據說柯家把愛沙的畫全燒了，他們比她更害怕，詛咒是你越相信越沉溺其中越神靈，可要如何消除且不在意這一切呢？

如果記憶可以刪除，那她只要刪除這一天，這之後她都不願想起這一天，只有這樣，她的愛人與摯友才會永遠存活，先忘了這一天，然後忘記自己，這樣她才願意呼吸，連呼吸也會痛的日子如何活下去？她在日記上刪除這一天，也刪除所有有關這一天的記憶。

柯家知道她懷有柯純的孩子，大喜過望，為他們辦了冥婚，將柯純的畫具衣物弄成一個塚，寶惜穿著白紗禮服，手捧柯純的神主牌，從娘家被接進柯家，還沒當新娘就成了寡婦，寶惜的母親玉郡握著她的手大哭：「查某子，我歹命，你比我擱卡歹命！」哭著不讓她上新娘車，寶惜有淚哭到無淚：「阿娘，這是我的命，我沒怨嘆！」在婚禮也是葬禮中，哭得最淒厲的是柯清清，寶惜冷冷地看著她，她應該比自己痛苦吧！

車子開到潮州柯家，大大小小出來迎接，好像在寶惜身上看到柯純，人人慟哭，庭園依舊美好，一景一物都蒙上一層悲哀，多少年來她一直夢想著她與柯純的婚禮，沒想到等到的是葬禮。她才二十歲就做了柯純的寡婦，把她的青春愛情生命埋葬在這棟有彩色玻璃的房子裡。

在戰爭末期，瘧疾患者人數又飆高，柯家僅存的男人有的死於疫病，有的死於南洋戰爭，整個家族只剩女人存活，因此被稱為「寡婦樓」。柯清清的男人幾乎同時死亡，她瘋了，時常穿著舞衣在街上跳舞，許多人看到她的舞都會流淚，而她口中喃喃自語：「我是愛沙，你知道嗎？噓！這是祕密，但我也不是愛沙，我的另一面是愛神，這是更大的祕密。」

寶惜住的是柯純生前住的房子，裡面堆滿他的畫和雕刻，他的作品只有兩種主題：女人和土地，各式各樣的女人，土地就只有南國的天空和稻田水牛，這是他一生所熱愛，他愛得那麼急那麼多，是知道自己活得不長，怕來不及愛嗎？如果他們一起坐上那艘死亡之船就好了，她願意跟柯純一起死，就像桂香跟黃清埕，死亡代表一種佔有，也是永恆。如果柯純活著，他們勢必要分離。生離與死別看來是差不多的。當寶惜躺在柯純睡過的床上，房間裡充滿他的氣息，那是一種極痛苦的幸福，這種痛苦是能被瞭解的，這種幸福則不能。

她總想到那片死亡之海，它賦予她生命與靈感，隨之吞沒她的一切所愛，她常躺在床上幻想著自己在海面上沉浮，此刻海面閃著白光，寶惜覺得自己在白光中漸漸溶解。

十八分鐘

跟亡者溝通久了，綠色漸漸知道，亡者最重要的是掌握那初死關鍵的十八分鐘，那十八分鐘對死者來說就是轉捩點，停止呼吸的前段類似禪定，自我被抽空了，只剩觀看，過去的片段如蒙太奇剪接，然而就像觀賞陌生人的一生，沒有好壞善惡，如剪碎的照片，沒一張齊全，亦沒有任何情感波動或想法，腦中存在著一塊晶亮的組織，它放電時，清空一切累積的壓力與記憶，就是這神祕的組織形成宗教與巫術，然只有死亡才擊中它，開出巨大的花朵，死亡是如此巨大的工程，經歷它如同再造，如果人能保持這狀態十八分鐘，你將掌知永恆的祕密。但一般人過於慌亂，最多保持幾秒就進入渾沌黑暗之中。

除了姑婆祖，祖母寶惜也常出現，有一次她從未見過的祖父柯純也出現，面貌如此年輕俊美，長頭髮是如今最流行的棕色鬈髮，讓她誤以為是夢中情人現身：

「嗨，你是李敏鎬嗎？」

「李敏鎬是誰？」

「就是《城市獵人》那個男主角，那你是誰？」

「我是柯純。」

「你就是阿嬤最常怨嘆的那個人。」
「是啊。」
「沒想到你這麼好看。」
「是嗎？人都死了，好看有什麼用。」
「船沉沒時，你心裡想著什麼？」
「奇怪的，心裡特別清楚，那時我還在睡夢中，夢見在一座好大的花園裡遊走，池子裡好幾隻黑天鵝在游著，心想不是白天鵝嗎？為什麼變成黑的？堂姐在池子的對岸向我揮手，招我過去，她的樣子像是第一次我見她時少女的容顏，我照照水中，看見自己老了，頭髮都白了，起碼有六七十歲，心中一驚……這時水進來了，我被水拍打著，剛開始發冷發脹不能呼吸，後來覺得有光，水也退了，身體不再發脹痛苦，輕飄飄的，心裡很平靜，眼前是白色的平原，只有我一個人在行走。死亡一點也不痛苦，真的，好像一個夢銜接另一個夢，差別的是，只有你一人，再也沒別人。」
「是啊，死亡並不痛苦，活著才痛苦！」
「你是天使嗎？」
「不是，我是生者，一個痛苦的生者。背負著自己的、還有許多人的痛苦。照說我是你的孫女。」
「孫女？你能活嗎？愛沙的詛咒沒有解除，不應該有你。」
「是不應該有我，從姑婆祖的日記看，他們一直想找到愛沙的墳墓，將她的遺體送回琉球。應該辦到了，應該。否則不會有我。」

「辦到了?太好了!那我也可以安心走了。」

綠色近來老覺得頭痛，看見亡靈的頻率越來越高，她的眉間有一個約一塊錢大小的胎記，只要她的注意力集中在那裡，就能穿梭未來，她不僅有天眼，還有身視，也就是全身能脫殼，走入異時空中，擁有這樣的靈能要付出巨大的代價，不是一生孤苦就是死於非命，捷一再的背叛讓她十分痛苦，但只要他還願意瞞著她，表示還在意著她吧，她阿Q地安慰自己，也許他故意讓她發現種種跡象，等她開口也說不定，但她沒有勇氣面對。

品方的日記將她推進他們的時代，那是個有苦說不出的年代，一旦開始對話，無數的記憶與文字如泉水湧出，他們到底想訴說什麼？為什麼要拉她下水？也許有些祕密將對她開啟，她不知那是什麼？苦難的一代又遭逢戰爭，是古詩描寫的亂世再現，所有的亂世都一樣，戰爭、死亡、離別、家庭崩毀，「去者日以疏，生者日已親。出郭門直視，但見丘與墳。古墓犁為田，松柏摧為薪。白楊多悲風，蕭蕭愁殺人。思還故里閭，欲歸道無因。」品方用文字記錄自己，也發出亂世的悲音。

愛沙的影像越來越清晰，清晰到毛孔也可看見，她是故意讓人看見的吧！雪白肌膚，金褐色頭髮，金褐色眼睛，她的眼睛特別大，因眼瞳淺，看來好像各有兩隻眼睛，眼中有眼，卻像有千萬隻眼睛的魔力，接著血水從她的眼角汩汩流出。當她想問她話時，她的身影逐漸淡去。

之一百

乍聞噩耗，如同噩夢一般不能置信。同學友好盡死於船難，柯純怎能死去？怎會死去？他的生命力如此頑強，作品如有生氣，是天妒英才，抑或冥冥中的惡報？柯純過於顯露張揚，過於貌美才高，如此英才能不遭天妒？天才多死於水中，如屈原、李白、雪萊……命歟，天歟？柯純死去，最痛苦的是寶惜，柯清清對他是真愛麼？存疑。

之一百零一

死亡是個巨大謎團，如果有朝一日面臨死亡，我會抱著什麼樣的念頭呢？而那些罹難者最後一刻的念頭為何？要是我會懷想著至愛的臉孔而去，那會是抵抗死亡最後的力量，用愛對抗死亡，讓死亡也成為愛。

之一百零二

想到人終將有死之一刻，我與G終日互畫對方，能作畫於我是至福，它能保存至愛的容顏，並深化入深深內在。畫得越細，情感越是鮮明，每一線條都帶著心靈波紋，畫出令自己也感動的畫面。

之一百零三

G帶我與《放浪記》作者林芙美子見面，她跟我想像的作家不同。乍看似平凡職業婦女，個子小小的，身材微豐，長相平凡。細看她那帶著悲哀的眼睛，與慘淡的笑，似乎充滿滄桑故事，但開懷大笑時又像個孩子。她喜歡美麗的小東西，也很懂得吃，這跟她長期在食堂工作與販賣物品有關。她以自身的悲運寫成自傳小說，是女性的悲歌，也是窮人與勞動者的血淚心聲。

挖掘自己，不避醜惡與黑暗。一個女作家做到了，而我還在畫華麗的仕女畫，今天跟G一路搭車，一面談論創作題材與思想性。畫畫與寫作相通，所有藝術關心的問題大致相同。

之一百零四

今天試圖畫勞動婦女、茶室女人、賣水果的攤販、農婦、原住民女人，我生活太狹窄了，接觸的勞動者很少，尤其女性。印象最深刻的是助產士，她們的地位比勞動者高，介於醫生與護士之間，她們拿著黑色醫生包，穿門走戶為不同階層的人接生，我也是在家接生的老么，雖然受盡寵愛，家人期盼生個么兒，我生下即背負著這失落，一直期盼自己是男兒，或許是我比姐姐們乖張的原因，也許我心中住著一個男孩也說不定。

之一百零五

回國之前，G帶我去探看獄中的中條，她十七歲即以《窮人》一書受到矚目，後參加左翼團體而入獄。最近日本當局對左翼團體更加嚴峻，G跟中條的關係似乎很親密。最近許多人事衝擊著我，人生如朝露，我渴盼變得更堅強，更能看穿一切人生之虛幻。

之一百零六

明日返回台灣，戰事越來越激烈，東京幾乎日日轟炸，老師與同學皆到鄉下避難，停課多日，台生紛紛返鄉。壯志未酬身先死，多少才人命喪如草芥，作為草芥的人生只有無盡的漂流，讓我再度飄向黑潮的故鄉，那裡有更多的死亡與苦難等著我。故鄉，請擁抱這寒冷的草芥之軀。

之一百零七

英秀帶著寶惜與我回到車城，再一次重返悲劇現場，在石門古戰場，東北季風如鬼哭，河水已乾涸，淚水也應流盡。在這裡有關愛沙的傳說很多，聽說她帶來的寶物，有一條淚滴型的綠寶石，有雞蛋那麼大，當年的日本浪人就是為此來台灣尋寶；愛沙屍體的埋葬點說法很多，有說高士佛人因害怕她的詛咒，將她燒毀丟進海中，以致歷史記錄並無愛沙此人；另有一說，高士佛人相信巫術與詛咒，以巫反巫，厚葬並藏於深山中。我們都覺得後者較有可能，然北大武山如此高大，如何尋找呢？我沿著溪流，默念著，愛沙，你在哪裡？

寡婦樓

因為寶惜代表著柯純，又懷有柯純的孩子，在柯家擁有許多特權，譬如她不用做家事，可以出去做事，她回到屏女教美術，每天有黑頭車接送，吃的用的跟公婆一個等級。柯純是獨子，公公算是老么，上面有三個伯父，品香嫁的是二伯，育有一女家恩，已經十歲，長得跟品香一個樣，喜歡黏著寶惜，寶惜有姑姑、表妹作伴，日子過得不寂寞，不久品方也學成歸國，兩個同在屏女當美術老師，課餘還組讀書會，早在日本時，品方高橋常接觸左翼分子，那時寶惜一心在柯純身上，現在她有時也參加讀書會，新的刺激讓寶惜醒悟，過去的自己太保守，還有封建社會的思想，現在時代不同了，她要革新自己，迎接新的時代。兩年後，台灣回歸祖國，人們殷切地想學國語，各種國語研習班紛紛設立，大家像學兒語般「人有二手，一手五指，兩手十指，指有節，能屈伸。你來我來，來來去去，同去同行……」，各種書籍也紛紛流進書店，大陸的新文學與左翼書籍最受知識分子喜愛，連國語課本也使用開明書店編輯。開運動會時，比賽前先唱〈義勇軍進行曲〉，過了幾年，〈義勇軍進行曲〉成為中共國歌就不准唱了，改唱〈保衛大台灣〉。

光復初，因國民政府來台的公務員與原來舊有的公務員敘薪不同，引發種種不平聲浪，郵局首先發難，由工會總幹事許金玉發起第一次勞工示威遊行，當時女工參與工會與國語講習班的甚多，主講的老師多半是大陸來台的大學生，一時讀書會十分盛行，在各大學與中學也有許多師生參與，這是大家認為進步與愛國的表現，沒想到自由的蜜月期如此短暫。

剛回台的那年，她們每天待在學校的時間很長，幾個想學美術的學生跟著她們畫畫，假日到三地門寫生，寶惜偏愛畫原住民婦女，她們的服飾顏色鮮豔，通常是黑底紅花，或靛藍底紅花，帽子脖子上有一圈圈首飾，身揹著竹籃，赤足的腳十分健壯，他們住的石板屋也很有特色，那是排灣族部落，木刻中常有眼鏡蛇圖騰。在潮州街上也常看到她們下山以物易物，頭上頂著竹簍，裡面裝著芋頭乾、小米餅、山產，用來交換酒和糖，潮州鄰近大武山，有時她也帶學生到部落寫生。有一次在來義溪邊畫畫，一個女學生突然肚子痛，荒郊野外一時不知怎麼辦。村人指引她們到附近的衛生所，但見一棟灰泥平房中，小小的院落，養著一隻猴子，看到她們竟丟石頭，院子角落有個大鐵籠，裡面關著一隻受傷的黑熊，這是獸醫院吧，大家遠遠互躲不敢進去，一個年輕男子背著她們正在種樹栽花，上身著汗衫，下身的褲子撩到膝蓋，身上油黑的肌膚因汗濕而閃閃發亮。眾人問他：

「你是這裡的工友嗎？醫師呢？有人肚子痛要急診！」

「我就是醫師，你們先進去，我馬上好。」

不久醫師整好衣裝進來，粗獷的長相披上白袍，像是強盜扮書生，幾個小女生偷偷嗤笑，醫生正色對肚子痛的同學說：

「今天你運氣不好，要讓工友幫你看病，先坐好，這裡痛嗎？很痛！想吐？嗯，急性胃炎，我開藥給你，到旁邊椅子上休息一下！」看他熟練的樣子，大家笑得更樂了。這個衛生所雖簡陋卻很可愛，小庭院裡花木扶疏，裡面也整理得很乾淨。牆壁漆得很白，木頭長椅，磅秤，身高表，櫃子上擺著幾罐孩屍，泡在福馬林中，幾個女學生量身高磅體重好不新奇。等學生肚疼減緩，寶惜向醫師致謝：

「真是感謝，我這些學生很不懂事，請多包涵！」

「沒什麼！我本來就是醫師兼護士跟工友，很少人願意到山上來！所以我連受傷的動物都看，快成獸醫了。」

「您是本地人嗎？」

「不是！我是屏東市人。」

「為什麼到山地鄉？」

「當然是讀史懷哲傳的影響嘍。」

「原來具有偉大的理想！」

「騙你的！我的母親是這個部落的人，她過世前常帶我到這裡玩，這裡也算是我的故鄉，部落雖小，大家都認識，像個大家庭，我很喜歡！」說到這裡，一個美麗的山地姑娘走了進來：

「余醫師，阿烏家的小女兒諾利發高燒，您可以過去看看嗎？」

「好！我馬上去！」說完他拿著黑色醫生包，綁在後座，登上腳踏車像飛一樣趕過去。

「你們常來這裡玩吧？我上次見過你們在溪谷畫畫。我叫夏玫瑰。是這裡的實習護士！」

「好棒哦！我也想當護士。」學生一起發出驚嘆。

「你也是這部落的嗎？」品方問。

「我的家在更裡面的霧台鄉。這附近也只有這個衛生所。我回家要走一天才到，余醫生讓我住衛生所病房，他自己去住高級宿舍。開玩笑的，是他把衛生所讓我住，別看他長得像通緝犯，他真是個好人，缺點是太不懂女人心！」玫瑰活潑爽朗，大家很快的就喜歡她。

「女人心哦！你才幾歲？」品方問。

「我十七歲了！」

「我們也十七，但我們是女孩！」

「我們同村同年的人很多都做媽媽了，她們十三四歲就結婚，我還幫她們接生呢！我也是助產士喔！在那裡，我像個怪物一樣，每天穿著白袍像個修女似的！」

「可以為你畫張圖嗎？」寶惜說。

「好好好！我沒被畫過，好好玩！」

玫瑰坐在小院中，擺了好幾個姿勢，品方要她放自然一點，她的五官很立體，眼睛又大又亮，穿著白護士袍，在滿院的花中，顯得更豔麗，大家爭相拿起畫筆畫起來，寶惜很少畫現實生活中的人物，但這次畫起來特別順手，很快就完成素描。玫瑰那活潑的生命力，彷彿移轉到筆下，臉很神祕，同樣是眼睛鼻子嘴巴，沒有一個人一樣，寶惜畫人物先畫臉，神情抓住了，畫就成功一半，她在一張臉上花的時間最久，一筆都錯不得，直到那個人活了起來，活到令人想落淚，好的畫跟好文章一樣一氣呵成，連寶惜自己都看呆了。

「嘩！畫得好生動，玫瑰這麼漂亮我都不知道！」不知什麼時候余醫師站在寶惜背後看她畫畫。

「咦！你不是去看病，怎麼突然冒出來，嚇死人！」玫瑰說。

「我去兩個多鐘頭了！你看天快黑了！」可不是，山裡的暮色來得特別快，才四點多，屋子裡都黑了。

「那我們快走吧！」品方說。

「阿烏送我一隻山雞，還有一些芋頭，不如一起用吧！」

「好棒！又有雞吃了，我來殺！」玫瑰說著去捉雞，是隻很肥的母雞，看她熟練的樣子，是個殺雞老手。

「不好吧！沒跟家裡說，我們又這麼多人！」寶惜說。

「老師！留下吧！我們從來沒在山裡吃過飯，我好餓。」一個學生說。

「芋頭很多，又是熟的，馬上就可吃了。吃完了才有力氣下山，我是很誠意的留你們！」余醫師說。

「老師，好啦，好啦！」這下子所有的學生一起嚷嚷。

「好啦！我替你們老師答應了，我們就在院子裡吃，順便欣賞我種的花，有一排茶花，一株梅花，兩株玉蘭，還有很多玫瑰，都是我的女朋友，來吃吃山裡的芋頭，剛煮好的很甜。」

這時人手一個芋頭，大家剝著吃起來，那芋頭看起來黑黑的，個頭跟鴿蛋差不多，吃來卻甜美可口，不久玫瑰煮好一大鍋雞湯，不知如何調味，非常鮮美，沒多久一籃芋頭一鍋雞湯吃個精光。

「怎樣？這山裡的野味還不錯吧？你不要看這芋頭貌不驚人，越吃越好吃，這裡的人缺不了它，把它當主食，多的曬成芋頭乾，很適合下酒，對了！你們要不要喝小米酒？」

「不要了！謝謝你熱情的款待，我們已吃得盤底朝天，這是對你們最大的感謝，那酒太烈，小孩子與孕婦都喝不得。」品方眼睛望向寶惜，余醫師、玫瑰馬上明白了。

「好！我陪你們走一段，天黑路不好走！」

「真是太感謝了！我們吃你的喝你的，還不知你大名呢！」

「我，余久義，今年二十七，請多指教！」

「已婚未婚？有沒有女朋友？」學生拷問。

「未婚，女朋友滿山遍野的花兒草兒都是，我要跑了！」

「余醫師臉紅了，而且是豬肝紅。」

余久義跑到前頭引路，玫瑰一路走一路唱歌，歌聲高亢優美，不久余久義的歌聲也加入，又是天生的好歌喉，山谷裡都是他們的歌聲迴盪，真是一對妙人兒，這山中一日如同置身夢中，有花，有畫，有歌，有人，這個人，對寶惜意義重大。

玫瑰來自霧台，海拔只有一千卻交通險阻，進山不易。玫瑰住的魯凱阿禮村，那裡滿山遍野都是百合，他們也自稱百合的族裔，服飾多以百合圖案為飾，家門口的木雕也有百合紋飾，百合花代表了貞潔，就男子而言，代表善於狩獵的勇士，只有勇士和守節的女人，才可以佩戴。頭目擁有穿戴華服，頭飾插上熊鷹羽飾的專利，而平民子女如想佩戴百合花飾，則須辦理「買戴百合花飾」的儀式，歷經殺豬、送禮與宴客、跳舞等行為，向大頭目、村內重要頭目申請，就有資格佩戴第一層百合花，等到她們正式結婚時，又可戴上第二層，過去最多可戴至五、六層。總之，女子所戴百合花飾層數與其家庭所舉行的儀式次數成正比。他們手工精湛，陶壺與琉璃珠藤、竹編器及月桃席的製作、刺繡等皆精美。霧台因含有部分卑南移民，卑南善戰，曾在各族中稱王，因此原本愛美的天性上，又多了一些戰士魂，更認為自己的血統高貴。因此一九一四年發生的霧台事件，可以顯現他們孤高強悍的一面，他們同時是勇猛的雲豹與純潔的百合。

霧台因交通不便長期遺世獨立，山人很少下山，更下的排灣也不敢進入他們的地界，因此長成孤傲又美麗的族群，而霧台村也像桃花源一般美麗。

當時，日本警察為怕原住民造反，下令收繳獵槍，其他部落大都聽從，唯獨霧台人不從。為此阿里港支廳長脇田義一非常生氣，他認為霧台警員本田、秋場等人的辦事不力，他非得親自出馬不可。脇田決心請左村和所員佐藤兵作、勝榮、滿等人一起到霧台協助收槍，左村又建議邀請德文女頭目慕妮一同前往，因為慕妮能言善道，階級地位又高，可以做一些協調勸導的工作，脇田一行十七人，越過北隘寮溪到達下霧台村時，許多族人都圍過來爭睹他們的真面目，但大頭目 Dumararat-Long'alu 沒有出迎。在大頭目慕妮四處勸說後，村人仍都不願意繳槍，甚至有人說：「如果日本人來繳我的槍，我就把他們剁一剁丟到大鍋裡煮來餵豬，才把槍交給他們。」脇田叫頭目來欲加以訓誡。當左村等人到頭目家時，剛好有三十多名族人正在聚會，其中一名族人帶頭怒罵，在一陣殺氣騰騰中，把左村和本田的腦袋砍下，月野木左肩被砍成重傷後，和一名二等員在族人的追逐下，跳下五百公尺深的斷崖。二等警員當場摔死，月野木因樹枝擋住而未死亡，但也是奄奄一息了。添田野在奔向德文的道路中被殺。

同時，上霧台的原民把駐在所、宿舍團團圍住，日警把駐在所的門窗關得緊閉不敢出來，而在宿舍的警員正在關窗子時，卻被來自阿禮村的 Matsmats 射中肩部。喊聲震天的族人不停地向屋內濫射。脇田手持手槍極力反抗，但敵不住族人們的火攻，眼見火燄就要吞滅駐在所，脇田趕緊率領警

霧台女子是雲豹的後人
亦是百合族裔
沈靜寫於東海

員向三地鄉的達來村和馬兒村方向突圍而去。憤怒的族人緊緊追殺，最後只有西浦、勝、羽根田、江某等四人生還。德文頭目慕妮早已悄悄地溜回德文，對留守在駐在所唯一的警員雪山說：「霧台山地人來襲，趕快躲到我家。」不久，追逐日本人的霧台族人也到了德文，向慕妮討索逃亡的日本人，但被慕妮拒絕。此時逃到三地村的日警向當地佐分利巡官報告此事變經過，日警死傷慘重的事才傳揚開來。

這件事震驚日方，進攻霧台的日警搜查隊，由原先的五百餘人增加到後來的七百餘人，命令栗山砲隊進駐德文，轟擊下霧台；同時日警用機關槍掃射抵抗的霧台族人，戰況極為慘烈。霧台族人在斷崖邊用石壘禦敵失力，日警們知道霧台人不喜遷移，便放出風聲，表示只要繳槍，回家後就既往不咎。根據日方的統計，共收得獵槍五百四十三支，槍身八十九支。日本人和原住民傷亡數字一直都未公布。事件後霧台不得已接受日人高壓統治。

玫瑰為慕妮的小女兒，她是在事件後十年才生下的，母親很少提起這段往事，長輩倒是常提起，她的姐姐繼承頭目的地位，頭戴五層百合，上插鷹羽，頸上繞了一層又一層琉璃珠，玫瑰從小不喜歡繡花，只喜歡念書，整天跟著巫師學巫術，這巫師的醫術更是了得，小小的玫瑰的心願，便是下山念書成為專業醫護人員。

部落人都不輕易出村，更別提下山讀書，但玫瑰經過一次又一次的家庭革命，成為第一個下山念護校的阿禮公主，在山下她很少提自己的身分，她的膚色較白，除了五官較立體，跟平地人差不太多。

讀完護校，第一個實習的衛生所就在來義，她一年才回村一次，每次都要跋山涉水近二十小時才回到村莊，母親慕妮現在有個小工作坊，與村人一起做做琉璃珠與十字繡，她們家收藏的寶物最多，從大大小小的陶罐到山豬牙、老鷹羽冠、大大小小的琉璃珠，還有一幅慕妮油畫，是品方為她畫的，擺在客廳入門處，現在這裡就像迷你博物館，因是頭目家，門口的木刻特別高大，上面刻滿百合。

玫瑰就住衛生所裡面的小病房，久義住在衛生所對面的天主堂宿舍，雖然生活簡陋，但外診的工作很繁忙，常到各級學校打預防針與健檢，她心中暗暗喜歡久義，但她知道要嫁給平地人是不可能的，村人只有一人嫁到平地，既不能融入對方家庭，也不被接受，沒幾年又回到山村，她常坐在山村的門口抽水煙，呆望著山下，她的女兒被留在平地，異族通婚的下場通常如此。雖然久義吸引著她，他血液中也流著部落的血，久義父母早早離異，他倒很豁達，說自己是不婚主義。久義對她像兄長一般，他不是刻板保守的人，不會在意族群的界限，她內心在等他，可是當他見到寶惜時的燦爛與異常，她才領悟他們之間已不可能了，而她不會回到部落跟族人結婚，她會一直待在平地工作，等到年老時再回到部落，與祖靈結合，回歸大地。

長得像娃娃一般的玫瑰，內心有著老靈魂，她知道她的心胸廣大如草原，而愛始終存在，不管人活著或死去，愛始終存在。

寶惜與品方很喜歡她，品方幾度跟她到霧台，並為慕妮畫像，她們待她親如姐妹，這樣就夠了，她是信天主的，一切都聽天主的安排。

寶惜生產時由玫瑰到家中接生，從落紅陣痛開始，已經過了兩天兩夜，產門已開四指，嬰兒的頭也看到了，卻生不下來，寶惜生得昏厥過去，玫瑰用手伸進產門想把孩子拖出來，卻好像卡住了。玫瑰第一次碰到這種狀況，猛打電話給余久義，他馬上聯絡附近的大醫院，緊急開刀，孩子產下來，是四千公克的胖寶寶，還在肚腹裡就把母親折磨得死去活來。寶惜生完孩子，因用力過度，全身微血管破裂，再加上開刀，傷口痛得不能動彈，又不能進食，第三天才看到自己的孩子，高高的額頭、大大的眼睛像柯純，瓜子臉、小又薄的嘴唇像寶惜。生命多麼奇妙，用這種方式記憶一個人，在嬰兒空茫的注視中，寶惜覺得空虛又寂寞。孩子取名為柯純真，是為紀念他的父親，寶惜因動手術不能哺乳，柯家請了奶媽，一直到寶惜出院，她堅持自己哺乳，孩子很能吃也很愛哭，晚上老不睡覺，弄得寶惜半夜還起來抱著孩子到處走，孩子滿月時她比懷孕前還瘦，眼眶都黑了。玉郡帶來滿月禮，從穿的到用的琳琅滿目，光金鎖片金手環就有一兩重。玉郡看女兒這麼憔悴，對她說：

「你帶孩子整天抱緊緊，孩子都被你寵壞了，哪有抱著才能睡的孩子，也沒綁手腳，這樣孩子怎會乖？看你瘦成這樣，不如回家去調養身體，住娘家就是好吃好睡，反正有奶媽幫你帶！你那些大姑姑小姑姑都很想你呢！」

「好呀！從日本回來就沒回去看看，滿月酒請她們都來吧！不要忘記請英秀！」

「英秀要出嫁了！你不知道嗎？」

「什麼時候的事？怎麼沒人告訴我！」

「就在你回台灣前，聽說是半拐半騙。對方是種田的，她媽哪捨得，聘金開得老高，對方拿不出錢來，誘騙英秀跟他私奔，醜事發生，她媽也沒辦法，只好半買半送，也不想想自己是什麼身分，挑三揀四，現在輸了了。」

「英秀太單純，她在家也沒人商量才會出事，寶寬聽說也說好對象了？」

「是啊！對方是林邊的大地主，田庄鄉下人，在東港也有房子，陪嫁就是一棟樓仔厝，其他什麼都沒半仙，明擺著要寶寬出去住，哪有那麼便宜的事，我叫寶寬開店，我來顧，誰都別想出去！」寶惜想這將來婆媳問題不小，要當寶寬的媳婦可不簡單。

寶惜回娘家住了一個多月，幾個姑姑輪流回娘家看她，寶惜知道她們可憐她年紀輕輕就做了寡婦。家裡又恢復以前的熱鬧，寶惜到銀妃房裡看她：

「姨啊！英秀很孝順，她是為了孝養你才選擇那個古意人呢！」

「誰稀罕，誰要住到那深山林內？」

「林邊哪是深山林內？他們有好大一片果園呢！」

「我不要去，我離開這個家，就什麼都沒有了，我吃的苦也白吃了！這正中你媽的心意！」

「你在這裡永遠有你的地位，你不去，叫英秀常回來也可以，這麼好的女兒女婿不要才傻呢！」

「是安怎我的命就是這麼不如人？我真歹命。」

「要講歹命，你比我好太多了，但我不覺得自己歹命。」

「寶惜，你就是這麼厚情，讓人心肝痛。」

「這種時勢，大家還能在一起就是萬幸了。」

銀妃沉思不再言語。

純真的滿月酒在自家門前搭棚擺了十桌，戰爭時期一切從簡，來的都是至親好友，寶惜的姑姑叔叔全家出動，大人小孩加起來就坐了四五桌，品秀生四個，肚子裡還有一個，品玉生六個，裡面有一對雙胞胎，品月才生完第四個，大姑品香生五個，都是孩子的天下，像小貓小狗一個追一個，幾個姑姑生好幾個孩子還是很愛漂亮，穿戴花花朵朵的，珠翠是一件一件堆，英秀不知是否談戀愛的關係，變漂亮了，雖然穿得寒素一點，看起來楚楚可憐，她一見寶惜就拉著她的手不放，眼淚直流：

「你都不回來，我好可憐……！」

「你要當新娘了，應該高興，可憐什麼？」

「你也可憐！」

「快別說了！我也要流淚了，你媽好嗎？」

「被我氣病了，躺在床上好幾個月了，是我沒給她爭氣，是我讓她丟臉，她都不跟我說話，我不知該怎麼辦？」

「對方是怎樣的人？你怎麼那麼糊塗！」

「他是古意人，是阿母嫌他家沒錢，又是做田人，她就要我嫁都市人，這樣才有頭有臉，說親事的不是高雄就是台南，她以前的姐妹介紹的人家，都是要做小的那種人家，我嫁得進去也只有做牛做馬的分。阿成雖然是做田的，手很巧很會做糕餅，我們在一起都談吃的，還有怎麼做才好吃，話多到說不完，跟你一樣。人很孝順，又離娘家近，他的阿娘沒了，說結了婚要把阿母接出去住，這幾年她過得很痛苦，好像是盧家多餘的人，我哪裡不瞭解，我是要找個能孝養她的人啊！」

「難得你這麼會想，真感心！我來跟她說！」

「我就知道只有你會關心我！」英秀這才破涕為笑。

寶惜穿著淺紫色洋服，長頭髮早在懷孕時剪短，現在燙了大鬈，人說頭胎生仔兒，阿娘變西施，寶惜這時出落得最標致，皮膚紅是紅，白是白，大家都誇她越來越好看。寶惜在熱鬧的宴席中，心中落寞地想著，漂亮給誰看呢？柯純不在了，她只有跟兒子相依為命，這麼小的嬰兒，真怕把他捏碎了，這是真的嗎？真的是她的孩子？看他睡得那麼甜，他知道這繁華喧鬧的人世，是為誰而存在？存在多久？

二次世界大戰結束後，伴隨著的是經濟蕭條與疫病橫行，尤其是瘧疾與霍亂，在一九六五年宣布根除前，瘧疾在台灣已肆虐數世紀之久。

直至台灣光復前二、三年，戰爭進入最激烈也最關鍵時期，官方一切以備戰為首要，因而疏忽防瘧工作，台灣因此再度爆發瘧疾大流行，日本政府命令家家戶戶都要儲備消防用水；沒想到這一桶水，本為民生所需，卻成為病媒蚊的孳生來源；加上戰時都市及城鎮中人到鄉下「疏開」，大量對瘧疾缺乏免疫力的人口往鄉村集中，因居住環境惡劣，再加上饑餓與營養不良，抗瘧藥品「奎寧」供應也告中斷，終於引發全台瘧疾和登革熱的大流行。

第二次世界大戰結束，台灣經過戰爭砲火的摧殘，各地醫療設施幾已半毀，之前日據時代的「瘧疾防疫所」，在戰爭中已停止運作，加上各項公共衛生因政權轉移而荒廢，據可靠數據顯示，戰後瘧疾流行的程度，在一九四七年初，台灣北、中、南所完成的抽樣調查發現，當時學童身上瘧原陽性率達二十%至四十%；以此推估，當時染病人數應超過一百二十萬人，佔當時總人口的五分之一。這個數字十分驚人，這才是世紀之瘟疫。

紫藤花下的母子
夢裏不知花落

一旦感染瘧疾，那種在極度冷熱反應中，反覆折磨，讓人痛苦不堪。前高雄醫學院院長謝獻臣曾說，他在年輕時曾感染瘧疾，沒想到，台大醫科畢業後，投入撲瘧大戰，為了抓蚊子，又再次遭瘧蚊報復。前環保署長林俊義也指出，光復初期碰到瘧疾大流行，他們一家三兄弟無一幸免，個個躺在床上「打擺子」；他母親焦急地帶孩子去看病，沒想到，老醫師早就看多了，只淡淡地說出兩個字：「瘧疾」。可見當時有錢無錢都難幸免。

一九四六年台南爆發霍亂寄港傳染三百多人，所謂寄港即是由港口傳入，其時湧進大量大陸來台軍民，疫情一發不可收拾。潮州東港也有疫情，到處可看到衛生所人員起草厝，將住家圍起來，嚴禁出入，死者規定三天內下葬，品香、品秀的丈夫羅病遽亡，品月的丈夫則有肺病，長期隔離中，後院有一個獨立的房間是養病與隔離用的，寶惜圍著圍兜，頭與口都用包巾包住，餵病人湯藥，吃的大都是中藥偏方，其時只有奎寧能治瘧疾，但很難取得。病比死更具體更可怕，因為它就在那裡，一分一秒地讓人消瘦朽壞，除非是奇蹟，否則一步步邁向死亡，病得越長久，通常就不怕死了，這也許就是生命的安排，只有病才能免除死亡的恐懼，讓人希望獲得解脫。柯家的男人戰死的戰死，病死的病死，最後存活的都是女人。

沒感染的地區，幾乎天天都在搬戲酬神，小學生組合唱團唱歌驅魔，「著了，著了！」沒多久就傳出染病者，起草厝完就結白帳棚，孝子孝女跪整排，只要有一個人得，疫情快速擴散，肅殺如另一場戰爭。

那時的人不帶病的少有，帶病反而是常態，過沒幾年公公婆婆也因病去世。寶惜忙著侍候病人和辦喪事，一年到頭都穿黑衣，鎮裡不時有人家門口搭起白帳棚，法事念經聲不斷，街上的行人反而很少，只有光著屁股的小孩像蒼蠅般胡跑一陣又不見了，還有披麻衣的女人不知為什麼呆立在白帳口，整個城鎮好像得了重病，只剩最後一口氣。

東隆宮的燒王船祭典卻沒因戰爭中止，反而越辦越大，只為祛除這世紀之疫。王船祭典盛行於台灣西南沿海，一直是台灣地區最著名且最重要的廟會活動之一。燒王船的原意是送瘟神出境，如今已演變成祈安降福的活動，但仍存有濃厚的瘟神色彩，使得「王船祭」至今仍籠罩著神祕、嚴肅的氣氛。東隆宮王船祭是屬十二瘟王系統的信仰，每次迎五位瘟王進駐，大千歲為輪值千歲。

醮期共七天，第一天是到鎮海里海邊「迎王駕」及「過神火」；第二天起連續四天「王駕出巡」，繞境東港鎮各區及鄰近鄉鎮；第六天是王船「陸上行舟」繞境法會；第七天凌晨「送王」。

東港人所造的王船是仿效古代戰船，採用柳安或紅檜等高級木材，施工相當費時，因此都提早在大科年的前兩年安龍骨開始建造。在安龍骨前，先恭請值年中軍府安座，以便督視王船的建造。王船造型優美宏偉，雕工精巧細緻，彩繪圖樣多以代表尊貴吉祥的龍鳳圖案、歷史故事和傳奇神話中的人物為主，所繪圖案鮮活細緻、色彩豔麗，精美程度堪稱全台之冠，東港因而有「王船故鄉」的美譽。

燒王船的目的是為了將凡間瘟疫帶走，不要留下病痛給民間。東隆宮三年一科迎王祭，已有三百多年的歷史。早期物資缺乏，社會普遍窮困，所以當時造的王船是以竹子架造，以紙糊船身；直到民國六十二年，大家比較有錢了，才開始建造真正的王船。

王船其實就是古時候中國官員乘的官船，東隆宮王船是中國大陸福建及汕頭一帶的系統。剛開始，王船沒有像現在這麼大，長、寬大約分別是三十八尺與五尺七，木造船後，每一科的王船都會增大。

這一科科王船船身長已到四十五．六尺、中心點寬十二．六尺、中心點船身深度五．八尺，造價新台幣六萬元。雖是紙糊的，看來也頗為壯觀，這已是東港的街道能容納的極限，船已經不能再擴大，這一科的船就和上一科一樣，但因物價上漲，前十年造價是新台幣六千元。

由於造王船都是一群退休的老人，全力以赴造王船，從開斧到船造好約只需要七十天的時間，三年一度的「火燒王船」又展開了，在王船火化之前，東隆宮依照慣例舉行「和瘟押煞」的道教儀式，借重道士的道法，將頑劣的瘟煞疫鬼，逐一押上王船。

那幾年的「宴王」儀式特別澎湃。東港人的豪邁全擺在王船與這宴席上，四方親友都會被邀到東港吃酒席，越熱鬧代表越虔心，因此吃那裡的酒席是附近城鎮的大事，其瘋狂有如嘉年華會。

東隆宮的「責杖改運」也是遠近馳名，信徒若心中不遂，會來廟中請示神明獲允後，由廟方人員扮成衙役鞭打。

民眾排隊等著被打屁股，是東隆宮廟前獨有的景致，這種儀式被稱作「祭改」，是東隆宮獨特的改運方式；祭改共分為小改、大改、掌嘴及改車等四種形式，前來祈求改運的民眾，多半是基於運途不順的理由，希望能借助神力改善運勢，平安賜福。

每逢過年期間，信徒紛紛跑來廟口排隊討打，祈求一掃不順遂的運途，如果民眾要求「大改」，則須進一步請示溫王爺，一旦獲准，得接受責杖（用於男性）或鞭條（用於女性）的伺候，該挨幾次的鞭打，是以擲筊來決定，受罰的男性必須趴在地上，由班頭（世襲）執杖「打屁股」，女性則是跪地接受鞭條鞭打手掌心，以趕走煞氣，許多信徒不僅不喊痛，還連聲稱謝，甚至包紅包感謝王爺賜打，每每令初次看到的民眾嘖嘖稱奇。

聽說東隆宮的改運儀式很靈驗，執行「大改」，每打一板代表十下，成年人一般都是從一百下起跳，想要「討打」，除非溫王爺同意，否則包再多的香油錢，也無法如願。沒得病或家中得病的都跪在廟前祈求改運，英秀陪著銀妃跪在廟前，請求「掌嘴」，銀妃因此被掌嘴一百，但見臉頰被打得紫紅，還得磕頭謝神，並送上紅包，守寡的品香與品秀自願「大改」，執行大改的班頭擲筊之後，神明顯示得鞭打五百，品香、品秀各以鞭條被打五百。

寶惜遲遲不願進行「大改」，品方也勸她不要迷信，品方從日本回來後，與高橋同進同出，惹得村人議論紛紛，高橋因特殊關係得以暫留台灣，未被遣返。她在屏女的地位越發重要，主要是畫界還需要她做橋梁，她是「台展」的發起人，能入台展才能入帝展，屏女出了兩個帝展入選作家，這是了不得的事，當時台灣人也多在帝展期間在日本留學，並且紛紛於帝展中嶄露頭角，如陳澄波、廖繼春、李梅樹、李石樵等多人。楊三郎曾說以入選者中台灣人與日本人的作品比較看來，台灣人在西洋畫表現比東洋畫較強，西洋畫中台灣人水準與日本人互相抗衡，尤其是赴日本留學回來之畫家特具優勢。

品方還把她名下的房子作為畫室及朋友聚居的場所，引來警方注意，原本姐妹情深的五姐妹這下鬧分裂，幾個姐姐與品方有一次展開談判：

「你和高橋到底是什麼關係？」

「就好朋友啊。」

「我看沒那麼單純。」

「我們不但是師生，還是志同道合的知己。」
「鬧得巡查都來關注，我們家已夠衰了，你還要加一筆。」
「對不住，給你們添麻煩，那我搬出去住好了。屏女可以申請單身宿舍。」
「聽說學校也議論紛紛。」
「那你們到底要我怎樣？」
「我看你轉到東港教書好了，離家又近，以免通車辛苦。」
「這麼多人來提親，你就沒一個滿意的？你都三十了，難不成要當老姑婆？」
「我是獨身主義者，結婚真有那麼好嗎？你看你們……」
「我們是死夫守寡，但我們還有孩子，老了還有依靠，你是我們最小的妹妹，我們能不管嗎？」
「不要講了，我是不會結婚的。」
「那請你與高橋保持距離，你知道外面傳得多難聽？」
「不，我做不到。」
「當真要翻臉？」
「噯呀，不要鬧這麼僵。」
「沒想到人越大姐妹越不同心。」
「一個人一種命，怎會同心？」
「我搬出去住宿舍好了。」

就這樣品方搬到學校宿舍，逢年過節也不回家，只有寶惜常來看她，帶著吃的穿的，現在的品方不重打扮，剪了短髮，素衣素裙，偶爾一起去寫生，高橋低調地陪伴，話雖少，溫柔的眼神藏不住情感，她從未見品方笑得如此燦爛。

戰爭時期米糧缺乏，連煉乳都成奢華品，孩子只有吃米麩加水成米糊。十歲的孩子看來只有六七歲，一個個乾乾癟癟。因營養品不足，病人死時屍身又黃又乾。久義常來柯家出診，從破爛的醫生皮包中，變出一罐煉乳或一包紅糖，對寶惜說：

「生病的人和照顧的人，都要注意營養，更要吃，只要東西還吃得下，就還有救，你的臉色發白，有貧血的跡象。」

「是啊！最近頭很昏，對了，你怎麼常有這些好東西？」

「做醫生就是這樣，常有人送東送西的，錢和金子我不收，吃的才收。」

「現在吃的最值錢，我媽存了一麻袋紙鈔，還換不到一隻雞，氣都氣病了，最近很怪，半夜常起來罵人，有時跑出去，找不到路回家，常被警察帶回來，我爸被她罵到中風，唉，我想照顧他們，這邊又走不開。」

「你媽可能是失智症，需要人特別看著她。」

寶惜回娘家，見英秀與銀妃在照顧玉郡與裕如，裕如行動遲緩需要人扶，銀妃扶著他到處走，好不容易兩人可以朝夕相處，銀妃不但不以為苦，還做得相當起勁，玉郡則喜歡趴趴走，又走不穩，一邊走還一邊罵人：「你全家死了了，死了了最好。」但見英秀跟在屁股後走東走西，小個兒的她像陀螺一樣轉個不停，寶惜看得眼花撩亂，說：

「你們也停一下，好像走馬燈一樣，純真下去把阿嬤拖住。」

柯純真一下地追著阿嬤跑，阿嬤也跟著加快跑，不久全倒在地上，阿媽和孫子都呵呵笑。

「每天都這樣嗎，英秀？」

「晚上更活潑，抓都抓不住。」

「整夜？那不行。」

「差不多，還好余醫師有開藥，可以讓她睡個幾點鐘。」

「哦！余醫師他什麼時候來的？」

「這幾天每天來，還送吃的，有麵粉和糖，等會我做豆沙包給你們吃？」

「哪來的豆沙？」

「我婆家就是做豆沙的，這屏東的糕餅店都是吩咐他們家的，他家用大顆的花豆，料多實在。」

「聽得我都流口水了，還是嫁農家好，對不對？」

「也有不好的，鄉下一桶水要用好幾次，洗澡只沖一下，每個人都臭摸摸。」

「你最香了，英秀去蒸包子，我來顧一下。」

英秀肥大的辮子剪了，剪了一個女學生頭，看來更加俐落，她進廚房火速地忙了起來，寶惜一下子追母親，一下子追純真，才一個鐘頭就滿頭大汗，她求母親：

「阿娘，你歇一下，坐下來說話嘛！」

「說什麼話？你全家死了了啦！」

「阿娘，你嘴不要這麼毒，大家死了了，剩你一個，誰照顧你？」
「我免人照顧，我攏是一個人，你去照顧那兩隻狗？」
「什麼狗？沒看見。」
「狗男女，摟來摟去，像什麼款？」
「你別在意，伊生痟病，整天罵人像念歌。」銀妃在一旁說。
「這不是痟病，這是失智，老人退化，穢語症，她控制不住。」
「這人老，都是病，跑不掉。」銀妃說。
「每個人都公平，老最公平。」寶惜喟嘆。
「你家更慘吧？」
「是啊，一個接一個走。」
「你嘛是艱苦。」
「大家都艱苦。」
這時英秀端出熱騰騰白白胖胖的包子，這時老的小的才都停下腳步，好像在看變魔術。
「燒燒燒，別靠近，再等一下下！」純真等不及撲上去，整盤包子翻倒在地。
「哎呀，攏總嘛才十粒，現在去了五粒。沒關係，把皮剝掉就好。」英秀一手抱著純真一手剝掉弄髒的包子皮，這時樓下有人喊：
「有人在嗎？我來吃包子啦！」
寶惜下樓看見久義站在門口。

「是飫鬼來了，聞到包子香了嗎？」英秀說。

「是啦是啦，十公里外就聞到了，這歹年冬吃包子，真是太奢侈了。」

久義上樓來，英秀端上包子，他拿了一個剁一半，另一半餵純真吃，純真喜歡久義，攀在他身上爬樓梯抓頭髮，他只做鬼臉不生氣，逗得純真咯咯笑，寶惜說：

「聽說你要進瘧疾研究所？」

「是啊？我老師在裡面，杜老師人稱蚊子專家，他缺人手，但要先到台北受訓。」

「原來是鼎鼎大名的杜博士，聽說蚊子都怕他？還有人說他是鬼面博士。」

「他是因牙齦手術失敗，嘴歪一邊，眼睛又凸凸的，樣子就像鍾馗，但他人極好，我剛當他助手時，他為了讓我英文能力增強，特地幫我買英文字典，指導我用英文發表論文，他不但不怕蚊子咬，還故意讓他咬，以取標本，說這是『捐血』。」

「那以後要叫你蚊子先生嘍！」英秀憨笑說。

「豈敢，不敢奪老師的名號。」

「聽說你二十歲就在外國期刊發表論文？」

「那是學長的論文，我列名第二，那時我們常到台北圓山一帶，捕捉瘧蚊的幼蟲，使用的殺蟲劑是天然的『魚藤粉』，學長將結果寫成《魚藤粉與新殺瘧蚊劑》，投到熱帶醫學研究所的英文期刊，沒想到就登出來了，學長也才二十八歲，已經是助教授了，我是死皮賴臉跟著他，他才讓我掛名的。」

「那我也死皮賴臉跟著他，看他要不要讓我掛名。」

「你死皮賴臉跟著我，我就讓你掛名，魚藤粉不是吃的嗎？吃的你最專門。」

「夭壽哦，欺侮我不識字。」其實英秀小學畢業，領的是第一名獎狀。

「余醫師，余醫師。」樓下有人叫。

「誰啊？」

「又是甜蜜的呼喚，誰叫我人氣那麼好，看病啦！我走了。」

「什麼甜蜜的呼喚，講笑虧，屁股都還沒坐熱呢，又走了。包子也沒吃完，涼了！」英秀說。

久義上台北前，又送一堆吃的來，

「寶惜啊，我看那個番啊對你有意思。」玉郡說。

「阿娘，伊都不是番啊，就是番啊嘛是人，伊對每個人都很好，你不要亂想。」

「我才沒亂想，你死尪四年了，這麼年輕就再嫁也沒什麼。」

「不要講了，好好的事都被你說到壞去。」

余久義在台北受訓期間，碰到二二八事變，柯家老大因擔任協調委員會主席，後來被警察抓走，走時穿白衣白褲白鞋以表清白，不久屍體在海邊被發現，全家陷入恐慌與哀痛，老老小小抱在一起哭成一團，以前的豪門現在人人看到便躲，時機壞人心惡，久義在這時趕回潮州見寶惜。

「我一直擔心你，這一路上到處有人查，有人打架，花了兩天才連滾帶爬回來。」

「受訓結束了嗎？」

「還差幾天，因大家都沒心上課，提早結束了。你知道我有多擔心你嗎？」

「不知道，也不想知道。」

「我喜歡你，你竟然敢說不知道？」他的語氣又轉為戲謔。

「你喜歡我什麼？」

「因為你長得像英格麗・褒曼啊。我迷死她了。」

「原來是笑我長得像番仔，我生氣了。」

「故意逗你的，你太嚴肅了，人才二十幾，看起來像四十幾，寡婦又怎樣，現此時，誰家沒有孤兒寡婦？世界這麼大，怕什麼？」

「好啦，我知道了，又要說大道理了！」

「過幾天我要去採蚊子，你要去嗎？叫英秀也來，她對捉蚊子很有興趣的樣子。」

「要去捐血哦？不會得病嗎？我們都有孩子呢！」

「安啦，不會要你們捐血，讓你們睡豪華帳篷。」

「什麼豪華帳篷？」

「這是祕密，到時候就知道啦。」

一九四七年，余久義到瘧疾研究所報到，瘧疾研究所的昆蟲組辦公室就在日治時期的「神社」裡，空間約三四十坪，全部是木造日式建築，四周是古木參天的保安林，還保持原始的風貌。盧久義報到後，住在鎮公所附近的員工宿舍，宿舍是美式風格，獨棟的小白屋，四周都是草坪，好客的久義常邀朋友來這裡野餐，品方與寶惜也常被邀，她們常從這裡一路寫生，沿途有稻田、小橋、流水，清澈的小溪有魚蝦可撈，溪畔也是很好的野餐與寫生地點。

寶惜與英秀常跟著久義採蚊子，白天寶惜作畫，英秀因為身手好，不久也練出一身捕蚊工夫，久義外出時不吃不喝，英秀老追著問：

「可以吃飯了嗎？可以喝水了嗎？你要做仙，我們快變餓死鬼了，要不就是渴死鬼。」

「沒有辦法，我出來就沒胃口，也不帶吃的喝的，太麻煩了，我最高記錄是三天不吃不喝。」

「怪不得瘦得像猴子，怪人！」

「這深山野外也沒賣吃的。」

「嘿嘿，還好我帶了飯糰，十個哦，我就知道跟你會餓死。」

「你們吃吧，我不餓。」

「那喝口水總可以吧？你已經一天一夜沒喝水了。」

「那你有花生嗎？」

「哈哈，我是吃花生大王，吃幾顆花生就擋一天。」

「乖乖，我渴死了，你卻要吃花生。」

「我看你是猴子變的，只吃花生，對不起，沒帶。」

「沒關係！」

夜間採集蚊子，必須掛兩層蚊帳，外面是大一點的蚊帳，裡面小一點，人待在內層的小帳，引誘瘧蚊飛進大蚊帳，然後誘捕，寶惜、英秀坐在裡層，久義則在外層捕蚊，蚊帳外還點著捕蚊燈。

英秀大叫：

「這太恐怖了，你不怕被蚊子咬。」

「不怕，咬慣了。怕就捉不到蚊子了，你讓它吃飽了時才好捉。怎樣這蚊帳夠豪華吧？」

「阿娘喂，給我一百萬，我再也不敢來。你都沒生過病嗎？」

「有啊，怎麼沒有，一次在蘭嶼被恙蟲傳染，還好有備藥，那次差點完蛋，還有一次是瘧疾，也是馬上服藥，大概有抗體，現在蚊子比較怕我。」

「你這工作真不是人幹的。」

「沒辦法，我前輩子大概是蚊蟲變的，我們組裡，每個人都很會捉蚊子，你知道台灣的瘧蚊有幾種？」

「一種吧？一定是長相很恐怖那種，才會帶這麼恐怖的病。」

「真正的帶原者只有兩種，中華瘧蚊與矮小瘧蚊，大都棲息在稻田或牛舍，有的會飛入住家，所以清晨與黃昏最好不要在野外停留。」

寶惜與久義在山上野外相處久了，忘了年齡與現實，回到學生時代般無拘無束，在漫長的山中夜晚，兩人常在篝火邊無話不談，兩人的靈犀相通，常常一個眼神，就知道對方要什麼想什麼，或者猜到對方下一句要說什麼，這時英秀不是裝睡就是真的睡死，有一次聊到初戀，因為兩人都想避開談柯純，久義問：

「初戀大都是失敗的，可能是嘗試錯誤中的錯誤之一，你忘不了的是嗎？」

「說說你的初戀吧！你忘得掉嗎？」

「男孩子常會戀上比他大的女人，譬如高中老師，噯呀，痛苦死了。」

「她結婚了，有孩子？」

「大我八歲，我十七歲傻得像個鳥蛋，假日陪她一起帶孩子到公園玩，抱著她的孩子拚命對她傻笑。」

「不會只這樣吧？」

「拉過幾次手，抱過一兩次，我很感謝她沒誘惑我。但我還是急了，吃醋了，一直討糖吃，要承諾，要解決，結果她不再見我，後來主動申請調職。鬧得差點自殺。」

「沒想到你也有這一面，不會是安慰我吧？如果女老師要求跟你私奔，你敢嗎？」

「敢，是她不敢。我都想到要一起逃到日本，我可以做任何事養她，不念書也可以。」

「是因為孩子，她丟不下他。」

「也是，這是我後來原諒她的原因，初戀沒有陰影才能完全放下，才有勇氣往前走。」

「你在說我吧！看你編的爛故事。」

「哈哈，是真的，只是誇大了些，有破綻嗎？」

「很多，像你們那種醫校醫科，哪有年輕漂亮的女老師，老師的女兒還差不多。而且是你不識風情，耽誤人家，把人氣跑。真的大八歲？」

「哇哇哇，太可怕了。命中率百分之七十，其實是大三歲。」

「年紀相當，對年輕男子沒吸引力吧！他也喜歡比他大的女人。你別安慰我，我最不該的是強迫他娶我，導致他拚命想逃離……」

「他就是情場浪子，下場不是這樣就是那樣，女人偏偏喜歡危險一點壞一點的男人。」

「你是說你不壞不危險？你才危險！」

「如果說，我能保護你給你安全，你相信嗎？」

「不相信！」

「你說謊。」黑暗中寶惜能感覺他的注視，是的她相信，但許多話不用說彼此都明白。

戰後這豔色之都變成防瘧重鎮，盧久義加入瘧疾研究所工作，當時的省瘧疾研究所就設在潮州舊神社，後稱潮州公園。

就在此時，柯清清出國治病再度回國，自從柯純罹難，再加上離婚，人變得很恍惚，常穿著一身黑包著黑頭巾在鎮上遊走，人還是美麗，但很憔悴，有一次在柯宅家門前徘徊，不知被誰潑了一盆水，寶惜下樓把她拉進小巷的冰果室，兩個女人第一次面對面：

「你不該來的。」

「這是我的故鄉，為什麼我不能回來？」

「我知道你很苦，但最苦的不是你。」

「這有需要比嗎？」

「這人都去了，也沒什麼好計較了！」

「我知道你恨我。」

「曾經，但人總要活，何況還有孩子。」

「你不該生下他。」

「你是嫉妒我吧？」

「不是，活著太苦了，何必讓痛苦的種子生下來？他會一步步把你拖垮。」

「這是詛咒嗎？愛沙的詛咒？」

「哈哈！因為死亡太近，太近了！」

「你瘋了！」

「我沒瘋，我比任何人都清醒，你一輩子都在追求不屬於自己的東西，最後也會跟我一樣一無所有，一無所有也就沒什麼好怕了！我會活得很好，你放心。謝謝你的仁慈，雖然我不需要。」

後來柯清清在屏東市區開設舞蹈社，又頻頻辦舞蹈發表會，名聲很快在南部打響，學生紛紛投到她門下，彼時流行的是芭蕾舞，清清跳的是現代舞，平常身穿緊身衣搭大圓裙，紮著兩條辮子走在街上，後面常有一群小孩子跟，一面跟一面說：「卡門，卡門，壞女人。」清清帶笑不理會。有時她開著轎車回潮州，有人看見久義坐在車上，消息馬上傳到寶惜耳邊，近來常回家住的品秀、品月在她邊叨叨說個不停：

「聽說余醫師被那狐狸精給迷住了，兩人在大街上親親熱熱的，不知羞恥。」

「她就是專要搶你的，這算什麼呢？」

「我跟余醫師沒什麼的，那是他們的事。」寶惜苦笑。

「他成天往我們家跑，還說沒什麼。」

「就沒什麼，也輪不到她啊。」

「寶惜，你就算再嫁，也沒人敢說什麼。嗯？」品秀深知寶惜心太實，故意激她。

「姑姑，你們饒了我吧，我是絕不會再嫁的。」

「可惜啊，余醫師那麼好的人。」品月嘆了口氣。

寶惜回房，心頭的苦都漲到眼裡，眼淚不停流，她以為自己可以守得住，可以對久義不動情，久義就像親手足一樣親，她只把他當兄長看待，沒想到內心充滿妒意，她是喜歡余久義的，但是她不敢，這麼多人監視著她，這麼多的長輩看著她的一舉一動，常嚇到魂都沒了，活著就是來受驚嚇的，嚇得她從小就是個沒主意的人，偏偏她喜歡的男人都被柯清清搶了去，這算什麼呢？她恨自己的無用。

久義再來時，寶惜躲在房裡不肯出來，但見品秀、品月、英秀圍著他盤問：

「有女朋友了齁？」英秀說。

「坐烏頭車了齁？」品秀嬌聲追加一句。

「怪不得身上一身狐騷味。」品月連說帶演。

「你們在說什麼呀？」

「你說你是不是跟那女人好上了？」

「哪個女人？」

「柯清清啊！」

「她啊，你們誤會了，喜歡的是我的同事，她常來所裡找他，有時就一起出去，她最近有發表會嘛，大家一起去捧場。寶惜呢？」

「她吃味了，躲起來生氣了。」

「你們別亂說，余醫師是我們的恩人。」英秀替寶惜說話。

「沒什麼，我忙著抓蚊子都忙不過來，你們別害我。」久義說。

「害你什麼？你說啊！」品月不饒人。

「我要去抓蚊子了，受不了你們集體砲轟，改天再戰。」
久義急忙告退，品月興致來了，一直喚寶惜；
「躲著不見，明明就很奇怪，換我來拷問她。」
「這個來了，那個走了。那個來了，這個走了。」
「姑姑說什麼？我聽不懂。」
「快招，你是不是吃味了？」品秀說。
「哪有？我去看灶火，正在煮粥呢。」寶惜揉眼睛，可惜演技欠佳。
「哎呦，眼睛紅紅的，哭了。」品月不饒人。
「寶惜，你的個性太軟弱了，這次別再讓人欺侮了。」
「同樣是沒丈夫，為什麼她就敢。」英秀說。
「別說了，純真在睡覺，好不容易才睡著。」
「寶惜啊，你要替自己想。」
「是啊，別只知寶惜別人，就不知寶惜自己。」
「阿姑，你們都很寶惜我啊，阿爸阿娘也是。」
「那不一樣，寶惜跟爸爸個性很像，沒膽，讓人吃夠夠。」
「我好想趕快老，老了就不用跟人爭了，我最怕跟人爭。」
那天晚上，寶惜抱著純真對他說：「柯純，我有話對你說。但是，我不知要說什麼，不知要說什麼的我，好苦惱，你能跟我說嗎？」

品方物語

之二百零三

不知在何處看到一段話，說：「沒有疾病只有病人，大意是疾病的抽象性幾乎是無限的，像一道數學難題，病人才有保存期限，是活生生的會走向腐敗的東西，因為那個有限，像海浪的手掌無止境的追逐著陽光沙灘，終究難免潰堤，記憶將擱淺在未來的沙灘上，不祥的海鳥在上飛舞盤旋，於是生命變得甜美。」

這段話把疾病寫得真美，在這到處都是屍體與病人的城市，人的心也病了。

之二百零四

終日在山上玩耍，有久義與玫瑰的帶領，我們一步步進入深山，找尋愛沙葬身之所，玫瑰說，巫師有自己的家史，不如從牡丹十八社排灣與魯凱的巫師中問起，因為巫葬巫，更為隱祕，通常不會外洩，可保千年。愛沙死去已七十年，彷彿很久，事實上很近。滿山遍野中，我似乎可以感受到她的存在，內心不禁低語：「愛沙，出來吧！告訴我你有多苦。」

之二百零五

夜宿牡丹巫師家，巫師小瓦利是大瓦利的後人，他年約三十，對牡丹社事件只知梗概，沒想到當日屠城之事已被遺忘，我輩如此，遑論後人？相對喝小米酒至半夜，寶惜與久義、英秀早已睡倒，我與玫瑰仍奮戰不休，酒酣耳熱之際，但聞貓頭鷹與紡織娘叫聲，窗外樹大林深，充滿原始氣息，難忘此山中一夜。

之二百零六

小瓦利帶我們去見老巫師，他聽過父親提過此事，也曾經尋找過愛沙之墓，但都無功而返，老巫師聽說我在畫愛沙，提及畫像有讓其回返之力，文字也是招魂安魂的一種，我決心完成牡丹社之役之重要人物畫像，尤其是愛沙。在柯家保存的畫像，有人說是當年柯土水從船上盜取的，有宮廷畫師的畫風與功力，非常細膩逼真，保存了她的原貌，我要在這基礎上畫出受難的愛沙，表達她的憤怒與痛苦。

之二百三十九

愛沙的畫花了一個月終於完成，這個月我的腦袋好像發高燒，精神卻十分旺盛，一日作畫超過十小時，一再重來，日日我內心呼喊著：「愛沙！請你再度活在我筆下！」整天腦中都是她的形影，連做夢也夢見她。我似乎感受著她的感受，呼吸著她的呼吸，這是走火入魔，還是靈魂上身呢？以前聽過所有傑作都必須經歷這個階段，現在終於領悟。畫中的衣衫破碎，兩眼流血，手持利刃，臉上表情如受煉獄之火，這也是地獄變。

之三百五十

愛沙的畫展出後，登上報紙，且經日本新聞採訪報導，琉球的仲宗根康宏之後人帶族人來找尋愛沙的遺體，日人與琉球人與我方組成搜索隊，由巫師帶領找尋愛沙之墓，不必經由我，一幅畫像即是最好的嚮導。愛沙，你在哪裡？所有人在呼喊你，讓我們找到你，將你的屍身與魂魄回歸故里吧！魂兮歸去！

之四百零二

今日聽聞已找到愛沙之墓，在北大武高山，海拔兩千五百公尺附近，遂與寶惜、久義、玫瑰上山探一究竟，沿路荒山野嶺，大約攀爬三天才至愛沙之墓。但見墳已挖開，僅有頭顱，而無身體。巫師解釋這也是化巫之法。如今頭顱現身，我的心情非常複雜，屍體被肢解，想必靈魂不得安寧。巫師說如果無法讓身體完整，將是大凶之兆，他們相信人的靈魂集中在頭顱，頭顱現身，詛咒之力更大，因此人人陷入不安之中。仲宗根康宏之後人痛哭不已，發誓不踏平北大武絕不干休。

之四百八十

愛沙的屍體尚未找到，搜索隊中有幾人罹患瘧疾死去，果真是大凶連連，仲宗根康宏之後人先將愛沙頭顱帶回琉球安葬，至於愛沙的屍身，許多人放棄尋找。實惜與英秀說在有生之年仍將繼續尋找。只是最近風聲漸緊，逃難都來不及，還有餘力嗎？

早在一九〇二年，台灣的瘧疾已由專家確認為三種，一九〇三年增為七種，一九二〇年十種，到一九四九年已發現十五種，但這十五種有重疊也太分散，真正的元凶是中華瘧蚊與矮小瘧蚊，前者主要吸食牛血，其中喜歡吸食人血，棲息於屋內的矮小瘧蚊，才是台灣主要的瘧疾病媒蚊。

戰後因生活環境變壞，醫院體系遭到破壞，公衛系統尚未建立，造成瘧疾大流行，緊接著是天花、霍亂、鼠疫，因境外移入爆發嚴重疫情，從一九四五年到一九五二年，每年的瘧疾病例超過一百二十萬人，在人口總數八百萬人中高達六分之一。

瘧疾的研究由日人奠基，戰後台人發揚光大。尤其是美國洛克斐勒基金會的金援，在一九四六年在屏東潮州鎮設立瘧疾研究中心，當時洛克斐勒基金會駐上海主任華德生前來台灣做技術指導，於潮州建立野外研究站。一九四九年美國停止資助後，改由農復會主導。

瘧疾研究所集合多位優秀醫師，他們放棄優渥的醫師收入，投入社會地位低落的公共衛生領域，如蔡振臣、梁鄺琪、謝獻臣、陳萬益、莊徵華、曾伯村、吳耀津……等十二位醫師，以學長帶學弟的接力賽，來到這大武山下的偏僻小鎮，而完成了不可能的任務，在十幾年間全面撲殺瘧疾，在一九六五年世界衛生組織宣布台灣「瘧疾根除」，也是全球唯一「瘧疾根除國」，這是百年來台灣公衛的輝煌成績。

台灣瘧疾的根除作業可分為四個階段，一九四六至一九五二為「準備期」，重點在調查瘧蚊種類、習性及分布狀態，再以奎寧及殺蟲劑雙管齊下；一九五二至一九五八為「防治期」，重點在以DDT噴灑，斷絕瘧疾的傳播途徑，一九五八至一九六四年為「肅清期」，發動地方組成「村里瘧疾監視組」，積極將藥品郵寄給患者，訪問社區住戶及流動人口；一九六四至一九六五為「收割期」，正式宣告成功根絕瘧疾。

在這期間，余久義常進入山區採蚊與噴灑DDT，整筒的DDT非常笨重，工作人員扛著它翻山越嶺，挨家挨戶噴灑，對於病患則進行採血及投藥，親自並當場看患者服下藥物，橘色的藥丸很大顆，服下後還要張開嘴巴檢查，藥片有沒有吞進去，如此緊盯著病患，直到痊癒為止。這一點台灣因做得很徹底，才能奏效。其他國家因投藥太鬆散，只將藥品郵寄給患者，不像台灣由衛生人員親往餵藥，因患者間斷服藥，以致無法根除。

柯家大樓的池塘填起來，水溝也噴灑DDT，然後加上溝蓋，人人頭上包著頭巾，順便殺頭蝨。

就在瘧疾、霍亂、痢疾肆虐的年代，白色恐怖吹起喪魂鐘，有一日品方突然失蹤，軍用卡車停在屏女門口，帶走寶惜和幾個老師、學生，品方與高橋的失蹤更加引起恐慌，有些學生哭泣不止，她們都是學生愛戴的老師。

寶惜坐在卡車中，看見車上大都是認識的人，柯清清也在其中，還抱著一床日本錦被，有的人很鎮定，有的人一直哭。車子開到一個老宅四合院，十幾個人擠在一間小房子，地是泥土地，有個屏女老師很機警地帶了幾個金戒指和幾件毯子，晚上鋪在地上當作床鋪，讓大家睡，只有柯清清裹在錦被中，不肯與人交談，漸漸地大家也都不跟她說話。偵訊時，有人下體流血被帶回來，是用牙刷刷的，那會痛死吧，竟然用這種下流的方式，大家神情都很凝重，叫到寶惜時，她全身軟綿綿被帶走，兩個鷹犬輪流車輪戰，連續一天一夜，反覆問同樣問題：

「認識某某人嗎？」

「在日本的時候接觸某某人嗎？」

「參加過讀書會嗎？」

「品方是你姑姑，她是日共你知道嗎？」

「這些名單中有你認識的人嗎？」

「你涉案很深，脫不了關係，反正都是逃不了了，招了吧！」

……

寶惜都回說沒有、不知道，只承認品方是她姑姑，但她只管畫畫，不知她在做什麼。寶惜第一次看見軟弱的自己，為了維護自己，撇清和其他人的關係，她還有純真，不能死不能被關，因為她的確無知與單純，他們最後說：

「寫出五個你認識的名字，就放你出去。」

經過一天一夜的偵訊，寶惜已有點昏亂，她先想到的是柯清清，陳海英的身分複雜又死於暗殺，作為他的情婦，柯清清應早在黑名單中，那麼柯純一定也在其中，怪不得他們的關係非比尋常，只有她是局外人，大家都瞞著她，只因她是膽小怕事之人，她覺得恨不得就被折磨死，但她想到孩子，孩子沒了父親，難道也要失去母親嗎？她想了好久寫下品方與高橋的名字，然後是兩個被抓的同事，這些都明顯涉案的，小姑姑應該不會怪她吧？但是鷹犬不放過她。

「已經抓進來和逃走的不算。」

不算？那要再供出四個名字，她不能害人，她想到七年前的千穗丸上死掉的一千多人，因為新聞被封鎖，至今都是失蹤人口，不如寫幾個吧，她寫了柯清清還有三個罹難的留日學生的名字，鷹犬看到新的名字，露出獵物到手的興奮眼色：

「這幾個人我們會查，如果是捏造的，你就求生無門了，他們是誰？」

「一個是我堂姐，其他三個都是留日的同鄉，他們跟中國人來往很密切，後來都去了中國。」

「還有嗎？既是你的堂姐，你也脫離不了關係。」

「其他我真的不知道，我只是個膽小的母親，我沒有她們的勇氣與抱負。」說完，馬上覺得自己好卑賤、好無用。

「好吧，你回去吧！」

回到牢獄，大家看她全身無恙，反而以猜忌的眼光看著她，每個人五個名字，好一個天羅地網，連冤死的鬼魂都被拉進來，大家都在想自己供出的五個名字，以及別人供出的五個名字。

接下來卡車要把他們移往台北青島監獄，在出發前有些人被放出來，寶惜與柯清清也在其中，寶惜不相信柯清清是清白的，從此她也懷疑自己的清白，深重的罪惡感讓她發誓要贖罪。走出那可怕的鬼屋，柯清清與寶惜一前一後走得很慢，她們都很虛弱，根本連說話的力氣也沒有，寶惜心想，柯清清到底是怎樣的人物？是天使還是魔鬼？她跟柯純是同一類人，在正與邪之間的灰色地帶遊走，而她的世界是黑白分明的，她永遠進不了他們的世界，而她報出柯清清的名字，會不會牽連無辜呢？她到底是不懂柯純，柯純會原諒她嗎？想到這裡一個踉蹌跌倒在地，柯清清過來扶她：

「你還能走吧？我扶你！」

「不用，我可以走。」

這時，余久義出現，憂心地迎上來：

「你們還好吧？」你們？原來保她們的是久義，柯清清明明牽涉很深，為什麼能出得來？

「我開車來，在那邊，上車吧！」在車上大家都很沉默，久義先載柯清清回家，再跟寶惜一起回家，一路上寶惜開始只是流淚後來轉為痛哭，久義拍拍她的肩頭，好像他懂得一切，在那一剎那，寶惜覺得他們才是同一世界的人：

「先休息吧，他們有沒有對你怎樣？」

「我還好，有些人很慘。」

「我自己沒什麼影響力，但我的老師很有辦法，他為你們奔走，所以不用謝我。我倒是好幾天沒睡，我知道你是無辜的，但一抓進去，無辜也會變有辜。」

「柯清清怎麼沒事呢？」

「保他的好幾個，才知道她是兩邊都很吃得開的，不只是我的關係。」

「我恨她，以前不敢，現在我才知道有多恨她！我也好恨自己！」

「別這樣！讓一切過去吧！」

「我好擔心品方姑姑還有高橋老師。」

「逃了總比關起來好，關起來只有死，希望她們逃得越遠越好，以後都不要提也不要找。」

「可是……」

寶惜想說她說出的那五個名字，但又感到羞恥，好像砍了柯清清一刀，報了一些恩怨情仇，埋藏在深處的恨只有在變態的情態下才能浮現，她恨柯純與柯清清，恨到發抖，愛上一個不愛自己的人，做他的終身寡婦是如此痛苦，但這個祕密只有永遠封存在心底。

日記本

「墜車案有新進展，你知道嗎？」隊上的枝秀一面吃便當一面跟綠色說，她神經太大條了，吃飯還談命案，屍體如何如何，綠色壓住心口，忍住想吐的感覺。

「什麼進展？」

「情殺，謀財害命，分手分不成，又貪圖女友的房子和存款，買的時候就登記兩人共有，那死者生前有自殺的記錄，於是男友就設計這場死亡約會。這年頭戀愛都不能談，婚也不要亂結，人心太壞了。」

「突破的關鍵是什麼？」

「日記本。」

「現在還有人寫日記？」

「怎麼沒有？我就有，嘿，以免有人害我。」

「死者的名字叫什麼？」

「李品方。」

「啊！」

半個世紀前的五〇年代白色恐怖時，她的姑婆祖在山區失蹤，到現在仍是懸案，那姑婆祖透過這種方式訴說她被殺害嗎？

品方姑婆祖在日本留學時，與日共台共往來密切，五〇年代與同志逃往山區，到底是誰害死她？

那天晚上，綠色看見品方姑婆祖，她的手中拿著一朵百合花，神色淒楚，她短短的三十八年的生命，畫了無數花朵，最後還是與花相伴。

「姑婆祖，你又來寫日記嗎？」

「是啊！再不寫就來不及了。」

「有人害你嗎？」

「沒有，仔細想也許有。」

「怎麼說？」

「背叛。」說著她又坐下，在她的身後愛沙的影子越來越清晰。

那異國女子影像越來越清晰，彷彿有強光照著，嘴上細小的金色絨毛都可看見，美女才有的短鬚，照說應該是醜怪的，可增添了魅惑感，像一隻金絲貓的慵懶，金褐色的眼珠如小燈般放光，眼睛張得很大，弧度美好的嘴唇微張，欲言又止，綠色問她想說什麼。

「死亡時刻就要接近了，我絕不受辱！我要死，而且一次又一次重複死去。」

「該醒過來了，你都睡了一百多年了！」

「不，生命像一本書，活著只是一頁，翻過還有許多頁。」

「書翻完了，你就離開吧！」
「是嗎？書翻完了嗎？」
「翻完了！」

之五百一十九

黑白顛倒，是非不分，這是亂世。深深感悟亂世的法則。小人猖狂，英雄末路，值此之時，唯有更堅定我心，抱必死必敗之決心，否則又當如何。山神啊！聽到心的哀哭嗎？知我者謂我心憂，不知我者謂我何求？

之五百二十

跟高橋談到亂世，她說當價值顛倒混亂，就有更剛直之人出現，她提到織田信長，我講屈原與岳飛。英雄為亂世而生，因小人而死，這是警鐘。山中深夜對談，但聞貓頭鷹夜啼，它們是黑夜的英雄吧！

之五百二十一

在山區，夜晚時，同志們聚在一起開講，看著大家圍在火爐邊，眼神也有火，一個比一個乾瘦的身軀，像燭心一樣燃燒著，H總是有意地凝視著我，我雖知他心意，但大難當前，哪能論及私情，高橋似乎也察覺了，對H還算友善。其實我千表白萬表白，拒絕他無數回了。高橋說，不知道明天還會不會活著，還能計較那麼多嗎？如果要死，她願死在這塊土地上。

之五百二十二

風聲越來越緊，又有小組被破獲，沒想到小蔡竟然那麼軟弱，只為美食美女而背叛自己的信仰與同志，我們隨時都要分批撤走，高橋與H和我在同一組，決定明日破曉前走古道逃往霧台山區。

之五百二十三

逃難已經十天了，我們帶的糧食已耗盡，我的肺病越加嚴重，痰中的血塊越來越多，我已放棄求生，就葬身在這山洞裡吧，請求他們不要管我，逃命要緊，高橋早已說明她與我同盡的誓願，其他人都走了，H仍不願離去，又或逃走又回來，每次都帶著食物與水回來。我知道我的生命無多了，山洞口有一叢叢百合，這不是最好的葬身之所嗎？

之五百二十四

此刻他們都疲累深睡，我不願再拖累他們，今天就是我絕命之時，再會吧！我的愛，再會吧！我的故鄉！愛沙！我將追隨你，自從畫了你，我的命運也已被畫好。這渺小的生命不值什麼，要就拿去吧，願以我命終結愛沙之詛咒！永生永世解開生命之死結……

日記到這裡終止，看來品方姑婆祖是自殺而不是被害死，她是怎麼死的呢？

綠色全身顫抖，看到一片火海，大批的軍隊搜山，山路險峻，他們知道他們藏在這地區，於是縱火燒山，在一片火海中，品方第一個跳崖，高橋接著也跳落，H則被捕，奇怪的是他跪在懸崖上哭號不起，如果他早點走，就不會暴露她們的行蹤，也可說是他連累她們，或者他也是出賣者？

綠色似乎也感受著他們的痛苦，那個人命不值錢的年代，出賣與背叛的年代，但現代人要忍受的是另一種更廉價的出賣與背叛。

花朝

自從品方失蹤之後，寶惜變得沉默，家裡絕口不談品方，她也絕口不談被關那幾天的事，在學校因此成為問題老師，她不在意別人的眼光，想把品方的衣物與畫作藏起來，有一天她想幫她開畫展，作品有一百多幅，都是油畫，體積很驚人，寶惜求助於久義，他沉吟了許久才說：

「我知道玫瑰住的部落，山上有幾個地方很隱祕，但數量這麼大，需要車子，怕引起注意，得分幾次，等下次捉蚊子，就可載幾幅上山。這事還要請玫瑰幫忙。」

「謝謝你，幫這些忙會有危險。」

「還好啦，我敬佩像品方、高橋這樣有才華有理想的女性，還記得我們在來義山上第一次見面嗎？大家一見如故。」

「那只有你自己吧！誰跟你一見如故。」

「呵呵，沒想到你嘴變利了，好好，給我記著。」

「經過這些事，覺得我太無用，一直聽別人的話，怕別人說話，我也該走出去了。」

從此寶惜脫下喪服，常跟久義上山捉蚊子，主要是帶畫上山埋起來，有的埋在山洞裡，有的在樹林裡掘洞埋藏，寶惜把畫編號做成筆記，埋藏的地點則做暗號，本來連日記本也跟畫一起進入土中，那本編號的筆記則以寶惜的畫為名做掩護，但寶惜臨時擱了下來，裡面記載著小姑姑細密的心思與祕密，她捨不得讓它倉促掩埋，留下來保留一陣，先處理一些小品及素描，光做這件工作就花去半年的時間，其中最重要的兩幅作品，一幅是《花朝》曾入選過帝展，還有一幅是《愛沙》都不在其中，可見品方早在逃亡前就埋藏一些作品，只是那些畫現在流落何處呢？

寶惜天天研究那本日記，發現日記本的頁碼很奇怪，從1到31是連貫的，之後不是跳頁就是缺頁，這些是被撕去的，還是另有玄機？缺頁有的多達十幾頁，跳頁只有一兩頁，日記本是用宣紙裁成對摺，中間有夾層，有好幾頁被黏住，仔細摸，似有東西在裡面，用刀片割開，裡面有小張紙，簡略幾筆，分別題有「王謝堂前燕子飛」、「飯顆山前逢杜甫」、「落花時節又逢君」等字句，寶惜與久義研判很久，久義說：

「你有沒有發現題字詩中都含有姓氏？」

「嗯，會不會是藏畫人的簡稱？但姑姑認識的人這麼多，要怎麼拆解呢？」

「誰較了解你姑姑的交遊情形？」

「當然是高橋，柯純可能也知道一點，他們根本是一夥的，只有我完全不知情，現在他們都死了。」

「還有柯清清啊！」

「我不想見她。」

「唉，這種時候還吃醋。」

「那你自己去問她。」

「我可不敢，一起去啦！」

「姑姑的畫一定會留下來的，她是台灣女性繪畫的先驅，藏起來的那些畫一定是最重要的作品，而且數量不少，一定要找出來。」

「所以呢？你就犧牲一下啦。」

「我信任你，你去問她，可是萬一她洩漏消息怎麼辦？」

「這倒是。那還有誰呢？」

「問品月姑姑好了，她們兩個最親。」

兩人來到品月的家，品月看了看那些詩句，沉吟了許久才說：

「我只知道她跟竹田的邱信昌、萬巒的陳金鋒，還有屏女同事王曉燕很熟，這些詩句指的是誰我就猜不出來了。」

「王曉燕？會不會就是『王謝堂前燕子飛』這句所指的？」

「有可能，走，到屏女找她。」

到屏女找到王曉燕時，她起先很有防備推說不知，寶惜與她是多年的同事，也知道她跟品方的關係，還這麼不相信她，可見那起事件在人們心中引起多大的恐懼，寶惜一再強調：

「前陣子已搜走一些，如果再不趕快處理會來不及的。」

「再等二十年，她說。」

「她真的這麼說？」

「嗯，一切會有安排的。」

「那就好。」

寶惜與英秀得空就找尋品方的畫，尤其那一批牡丹社事件相關人的畫像，最重要的是愛沙的畫還有她的屍身墳墓，尋找多年，才找到一部分畫與愛沙的另一個墳墓，並交由琉球人帶回合葬，只是那幅愛沙像怎麼找都找不到。寶惜在品方失蹤後，變得勇敢了，她不完全相信愛沙的詛咒，命運有一半操之在己，品方努力想終結這詛咒，現在她也想接續她的任務，找出愛沙的屍身，將她歸葬故鄉，就在她這一代終結這一切；就算真有報應，柯家已付出無數條性命，應該了結一切仇恨。她跟姑姑品方不同，姑姑相信命運，她更相信命運操之在己。自己改變，命運才會改變，仇恨不但不能化解仇恨，只有越滾越大，但如何化解仇恨呢？那只有更超越的更廣大的智慧與愛。

寶惜與久義兩個人算是正式在一起，這件事寶惜先向大姑品香、二姑品秀、四姑品月商量過，她們都贊成他們在一起，但只不知要如何向柯家交代。

「柯家本來就沒要寶惜守寡的意思，只是再婚的話，怕純真得還給柯家，畢竟是柯家的骨肉。」品香說。

「我不能離開孩子，再說我也不想結婚。」寶惜說。

「你跟余醫師沒名分，老是同進同出也不是辦法。」品秀說。

「他也從沒提過結婚，只說不在意我有孩子，他會疼純真。」

「眼睛的人都嘛知道他想跟你在一起。」品月說。

「現在柯家的老大人都不在了，家裡算我最大，名義上交給我養好了，反正東港潮州很近，你就算常把他帶回去，也沒人敢說什麼。」品香說。

「再嫁好嗎？純真都已懂事。這個孩子脾氣越來越怪，尤其是我和余醫師來往之後，有時不讓我抱，常一個人哭泣，或淨做些怪事。」

「嬰仔屁，知道個什麼？」品香厲聲說。

「我看他個性不好，跟柯純很像。」品秀說。

「那一天我看他學大嫂說『你全家死了了』，那神氣好像大嫂。」品月加一句。

「如果像大嫂那就害了了。」品香嘆口氣。

議婚前，純真忽然生病，燒到四十度，排水便，便中有血，經常全身抽搐，檢查是痢疾，這下子把全家都嚇壞了，久義安排住到屏東省立醫院並隔離，寶惜急到不吃不喝，天天守在病房外，結婚的事就擱下了，這一病幾個月，寶惜瘦到眼眶都凹了，只剩一對清炯炯的大眼睛，久義常過來陪，但最近常要到各地宣導噴灑ＤＤＴ，忙到沒時間睡覺，到醫院陪寶惜時常在打瞌睡，好不容易純真度過危險期，寶惜才有一絲笑容，有一次兩人精神還不錯，在醫院的小庭院散步，寶惜說：

「這些日子以來，我想了很多，我們的事算了吧！」

「你被嚇壞了，自責太深，現在不要談。」

「不，我一定要說，我們在一起不會幸福的。」

「誰說的？有誰比我們更適合？」

「你不知道，自從有結婚的打算，純真就不理我，也不跟我睡，天天跪在房門口，有時就跪倒睡在地上，我怎麼拉都拉不動，七歲的孩子這麼強，像個大人，後來就生病了，我不能失去他，再來一次，我受不了，寧願死也不願再忍受這種痛苦。」

「孩子總是會長大的。」

「我視你為知己，也只有你能苦他人之苦，也請苦我之苦吧！」

「讓我想想，你知道我一直是以你為重的。」

之後幾天久義都沒再來，寶惜只顧著看護純真，英秀知情過來陪她，又勸她：

「錯過余醫師，你一定會後悔的。」

「我心意已定，再說做朋友比夫妻好吧？人生最可貴的是知己之情，然後才是戀人的關係，最後才是夫妻。就像我跟柯純只能做知己，卻硬要嫁給他，結果害苦許多人，不結婚，我們還可以做朋友啊！」

「我不懂，余醫師比柯純不一樣，他對你是真心的。」

「這樣就夠了，認識他，我的人生沒有遺憾了。」

「你太傻了，你知道他本來有機會出國做研究，為了你留下來，你這樣不是要推他到更遠的地方？」

「我沒辦法，光想到要離開柯家，失去純真，我就沒辦法。」

「柯家都自身難保了，死的死，走都走，如今你可以自己做主，余醫生是不能錯過的人，寶惜，你心太苦了，這樣對誰都不好。」

「再嫁嗎？我沒這個臉。」

「先做個有實無名的伴或者先訂婚，我相信他不在乎這些，聽說他不久要到中南美洲，你們先訂個婚，到國外再結婚，走得遠遠的，誰知道呢？」

「要死！一定是他送你好吃的，吃了人家的東西，幫人家說話……」

「什麼人家人家的，肉麻死了，你吃人家的肯定比我多，吃那麼多早就是人家的人！」

「不要講了，看我打死你！」寶惜追著英秀，佯裝要打她。

「安娘喂，你就饒了我，寶惜，我認真對你說，以前你都不敢為自己爭取什麼，你無論在娘家夫家都身分珍貴，明明是千金小姐大少奶奶，倒過得比我這小妾的養女還低聲下氣，為什麼？因為你沒膽氣，愛吃悶虧。人身高貴也難得，人總要為自己活啊！我地位雖卑微，也知道婚姻是自己做主的好。余醫生，我幫你驗過了，不是瘧蚊，是金絲雀。」說得寶惜眼眶紅紅。

「我想想，你再讓我想想。」

一個月之後，寶惜和久義訂婚，只以簡單的形式，由久義的老師杜博士作媒，擺了兩桌酒席，那正是一九五〇年的春天。原本要趕在出國前結婚，光是婚期就改了好幾次，純真不是發燒生病，就是鬧脾氣，弄得大家心神不寧，婚事一拖再拖。

訂婚後的寶惜成了抓蚊子高手，久義在家裡有一個房間專門養蚊子，對付瘧疾，養蚊子可比打蚊子重要得多，因為養不出足夠的瘧蚊，就無法監測噴藥的效果，以及瘧蚊何時出現抗藥性等。

為了培養瘧蚊供實驗用，他還發明一套替蚊子「加菜開胃」的獨門絕活，一般實驗室都是用死老鼠餵養蚊子，不過瘧蚊性喜人血，對死老鼠缺乏「食欲」，胃口不佳產卵也有限。

有時為了吸引更多蚊子，久義還去打球跑步，滿身大汗後再把內衣上的汗水擠在死老鼠身上，有了「人味」後，瘧蚊果然食欲大增，飽餐一頓後紛紛「增產報國」。抓到蚊子後，每天三餐以糖水伺候，並幫忙找雌蚊以傳宗接代。

他們常天未亮即出發，直至下午趕最後一班公車回家，寶惜跟著久義撈起褲管捲衣袖，以肉身誘蚊，再以吸管活捉蚊子。寶惜也練就一些辨識蚊子的工夫。有時寶惜寫生，久義捉蚊子，兩個人不知不覺就過了一天。還好純真有品香帶，不時也被寶惜帶回來長住。

他們住的宿舍就在鎮公所後面，前面庭院有一大片韓國草坪，種了桂花、玉蘭還有許多果樹，不遠處有一條小溪，他們最愛在這裡散步。

純真上了小學，很喜歡欺侮同學，要不就跟老師頂嘴，寶惜到學校接他時，大都一個人在走廊罰站。

講他打他都沒用，不時頂撞寶惜；「我沒有爸爸，也沒有媽媽。」也不肯跟久義講話。

上了二年級，行為更離譜，打架、逃學、給混混當小弟，一個小孩就像小魔頭一樣，回家就躲在房裡不出來，問他什麼都不回答，寶惜拿他沒辦法。久義被聘請到中南美洲哥倫比亞複製台灣抗瘧經驗，純真死也不肯去，還裝病抗議，久義只好一個人先去安家，寶惜對純真又是勸又是求，這母親再嫁，在孩子面前就是矮一截：

「純真，你就聽媽媽一次，哥倫比亞很好玩的。」

「要去你自己去，反正我是沒人要的。」

「你是媽媽的兒子，怎麼這樣說呢？」

「你去跟他，是他的女人，我就不認你。我為什麼要跟他？我姓柯，他姓余，各走各的路。」

「跪下！」

「我不跪！」

「你怎麼這麼不聽話，你要忤逆我到何時？」寶惜去按他肩頭，他就是硬不下跪。

「到死。」

寶惜氣得要去撞牆。

「那我先死好了。」寶惜真的把自己撞昏了，躺在地上許久才醒過來，純真坐在她身旁，冷酷的表情讓人覺得寒心。

寶惜與久義商量許久，最後決定久義先過去安家，等一切安頓好，純真也改變態度，才搬過去舉行正式婚禮，臨走前寶惜到機場送行，久義戴著美國空軍的墨綠太陽眼鏡，寶惜沒戴墨鏡，各種悲情前塵往事交織，哭到不能自已，英秀還哭出聲，抱著寶惜哭，久義的淚水從鏡緣流下來，聲音顫抖著：

「我們不久就會相聚的，我先在那邊安家，把房子布置起來，很快的……」

「拿下眼鏡，我要看看你的眼睛。」寶惜說。

「不要吧！人家會笑的……」

「有什麼好笑的，別人不都哭成一團。誰看你！」那年頭坐飛機出國生離像死別一般，出國者脖子繞好幾條花圈，全家送行的很多，大都哭成一團，機場像個催淚所，很少人不被催哭，久義只有寶惜英秀送行，相較之下還算冷清，寶惜靠近久義拿下他的眼鏡，他的眼睛充盈淚水，眼中有股精光，就像柯純臨走前的最後一眼，她哭出聲來：

「不要走，不要！」

「寶惜，你冷靜點，余醫生只是先走，你們不久就會相會的。」

「你看他的眼睛，不要，絕對不要！」寶惜越哭越激烈，久義只有抱住她。

「你放心，我會好好的，我不會像他，我還要照顧你一輩子呢！誰都改變不了我，就算怎樣，我都會跟你的心在一起。」寶惜在久義懷中漸漸鎮靜，抬起頭看了他一陣子，拿出手帕抹乾所有淚水，她要他安心離去。

「我好了，你放心離去吧！」

送走久義，寶惜也開始準備出國事宜，柯家不敢有意見，畢竟她也守寡近十年，不滿二十就沒丈夫，也把孩子養大，而她還年輕，才二十九歲，又是這麼好的對象，再說到外國再結婚，也是多方考慮與忍讓的結果，只有純真的態度還是一樣強硬，上了三年級就像小大人，更是叛逆，出國的日期一延再延，久義三催四催，說房子都看好了，只等她來布置，他較相信她的眼光，還寄來房子的照片，說他故意住臨時宿舍，就等她來才搬進大房子，寶惜心也急，只有在書信中互吐苦水。英秀還提出純真暫時放她那裡，寶惜先過去，等純真大一些懂事了再接他過去。寶惜不肯，沒父親的孩子，怎麼能沒母親呢？

那幾年樹上到處掛著死貓，因大量噴灑ＤＤＴ，貓咪吃到身上帶著ＤＤＴ的老鼠大量死亡，台灣人俗諺說：「死狗放水流，死貓掛樹頭」，其時沿著縱貫公路走，兩旁的行道樹上，都可見到帶冥紙的家貓屍體。

久義出國後不久，寶惜發現自己懷孕，英秀比她早懷一個月，兩人連生子都要作伴，英秀常說：「我們這麼親，孩子一定也相好，最好是一男一女做夫妻。你不用擔心，生下來我替你養，你要畫畫，我養兩個跟一個差不多。」說完不久，英秀流產，難過得躺在床上半個多月不起床，寶惜來看她：

「可憐的英秀瘦到我都不認識了，還這麼年輕，很快就會有的。」

「醫生說我可能都不會生了！」

「我想好了，香儀給你吧！她沒有父親，當私生女很可憐，最近辦畫展，警察常上門，不如你帶走吧！」

「你真捨得？」

「你一定會疼她，再說我們感情這麼好，你替我養，我就當現成的媽媽，有何不可？」

兩個人說著說著，英秀漸漸有笑容，也能吃睡，不久又像蝦子活跳跳。

那一年，寶惜生下女兒，寶惜的女兒取名為香儀，因懷孕的關係，她想出國與久義團圓的行程一再拖延。她給久義寫了很多信，寄了許多女兒的照片，久義是一週一封信，很規律，信也寫得很長，寫最多的是他們的房子：

今天又到我們的房子整理花園，我種了一大片天堂鳥、玫瑰、康乃馨、桔梗花，這裡的人愛花，幾乎家家戶戶都養著花，有花園的整理得五彩繽紛，沒花園的陽台上也養許多盆栽，這是一個花的城市，花的天堂。我們的花園當然也不能輸人家，以前你老笑我的花園是小兒科，醫院是獸醫院，如果你來了一定嚇一跳。為了養蘭花，我特別蓋了溫室，房子有一半是玻璃屋，躺在這裡可以看到整片的天空，陽光很燦爛，在這明亮的城市，到處是明亮的人，相信你我也都將是明亮的族群。有這麼多花等著你，你可以不用再擔心……

兩地相隔一年，久義的信乍然停止，寶惜嚇壞了，她腦中一直浮現最後一面時久義的眼神，還有柯純的，當時她就有不祥的預兆，沒想到相同的厄運一再襲來，其時台灣的電話尚不普遍，打電報探尋消息，最後得到的卻是久義的死訊，病因不明，有人說是狂牛症，也有一說長期捉蚊子感染毒菌；或說是勞累過度心肌梗塞，寶惜飛去哥倫比亞，親自把他埋在他為她買的房子花園裡，以他博愛的精神，應該葬在哪裡都一樣。

她到久義的住處幫他整理遺物，再一次做未亡人，她只替久義心疼，他的住處是這麼簡陋，小房間裡只有一張鐵床，一張書桌，連書櫃都沒有，書都堆在桌上與地上，書同時翻開的至少五六本，她一一把書闔起，在其中有一封看來像信，卻沒稱呼，只寫一句：「不要哭，不……」字很大很鬆散，看到這裡她的眼淚大把大把流下來，想像他病到最後一刻，仍掙扎著想寫信，只寫了這幾個字就昏倒，他在最後一刻仍想安慰她，他最擔心的是她會受不了這打擊，他知道她將會幫她收書，然後看到這紙條，淚水讓一切模糊，而陽光真的太強烈，外面的大陽台是個玻璃屋，他在這裡架蚊帳養蚊子，白天酷熱難當，晚上飛滿熱帶蚊子吸取人血，眼前浮現他的影子，蚊子爬滿他的上身，他是用這種方法與蚊子對話，並找到解藥，是不是這裡的蚊子特別毒，聽不懂他的語言，把他叮死了？他一生用自己的血餵養蚊子，也餵養他人，很少想到自己，也從未見他灰心喪志過，他帶給別人歡笑，卻是如此倉促離去，或者他早知自己會早死，故而堅持著他所堅持，專心致志，又是如此勇敢地愛人與付出，對她愛得這麼熱這麼急，因為他已感受死亡的陰影，天哪！讓眼淚停止，讓他安心，這世界如果有天使經過，他必然見過，而她經由他也見到天使的足跡。他的生命雖短暫，餘韻卻很長，他的影像音容笑語如此清晰，一直停留在她身邊，第一次她感到死亡並不是結束，而是另一個開始，至少從此以後的她會是不同的新人，就讓她繼續為他活下去吧！當她正這麼想時，突然下起熱帶豪雨，傾天覆地地下，彷彿呼應著她內心的呼喚。

睡在久義的床上，寶惜半夜醒來再也睡不著，這房間充滿久義的氣息，他是否在某處看著她呢？死亡讓往事更清晰，愛意更鮮明，只是當時太不懂珍惜，如果當時毅然決然跟他去，也許不會是這種結果，但也有可能兩人一起病死異鄉，為了防治傳染病，他得過瘧疾、肺結核，暫時壓制細菌的攻擊，但舊的疾病去了，新的疾病又來，在那個年代、狂牛症還是很神祕的病症。她得為他做點什麼，但要做什麼呢？

雨停了，窗外是濃密的樹林與惱人的蟲叫，她起來點燈作畫，想畫久義，卻不斷塗改，畫了雨中的樹林，而那人站在花下，樹林很大，人很小，這就是久義啊！常常把自己忘了，這之後許多年她都重複畫這畫面，不同的是越來越抽象，人只剩一顆紅球，而撩亂的線條越來越密，體積越來越大。

她在離去前看了「他們」的房子，房子比她想像的寬大與美麗，其中一間屋子掛著「香儀樓」的木匾，是為紀念初生的女兒吧！名字是他取的。粉白的兩層樓房，後面有一大片玫瑰花園，玻璃屋中養著溫帶花卉，有鬱金香與薰衣草、繡球花……草地整理得很漂亮，這些都是久義的心血，在他死後不知有誰繼續照料著，美得不真實的花園洋房，就像個奇蹟，久義就像這座魔法花園，讓人迷戀，卻不屬於她，或者只要一窺見就會消失。花園中有他的墳墓，這房子打算捐給政府做為慈善機構。

她將久義剩餘的存款，在他們初遇的來義山上辦了小學，並親自為他做了頭像，這是她唯一的一件銅雕，她曾協助過柯純幾次，只是不敢出手，但為了久義她一定得做，手法比柯純更為粗獷而有力，臉部一半寫實一半抽象，倒在泥土中。碑文上面記載他為抗瘧而死的一生，倉促而飽滿的一生。

久義的死，讓她又想起柯純跟她說過有關愛沙的詛咒，「天神啊，以我的血做見證，血債一定血還，今日之悲痛將永世輪迴，滅我一族者必自滅其族！」她感到害怕，然更深層的是憤怒，她要強大起來與命運對抗，為避免女兒遭難，她得把她送走，就算改名換姓，終生不見也要如此做，一定得如此。這個念頭一直深藏在她心中。

為什麼她愛上的男人都會死去，不，是身邊的人一個接一個死去，而她是倖存者。倖存者有著深重的罪責感，她不斷地穿喪服，她的身上疊合許多人的生命，此後她將不只是她自己，她要為他們活下去。只是看到孩子，心情複雜又感傷，這個未婚生下的無父之子一輩子要活在見不得人的陰影中，純真又常欺侮香儀，有一次寶惜看見純真拿枕頭蒙住香儀的臉，還好及時發現，純真被痛打一頓還罰跪。之後只有將香儀交由英秀一手打理，那一陣子警察常來調查，全家又陷入恐慌中，英秀勸寶惜一起逃往美國，寶惜說：

「我不走，大不了再被關一次。我死也要守住這個家，品方、久義走了，我活著另有打算，你要走把香儀也帶走，他們兄妹相剋，還是別在一起。以後都不要相尋，把名字也改了。」

「也好，看到香儀如同看到你。」

英秀先逃至新竹，再遷往台北萬華，寶惜將純真送入東港的空軍學校，那時他初中畢業，考不上高中，混了兩年，她教不動他，只有交給國家管。純真讀軍校後倒是變得懂事，住校不自由，管得又嚴，他才知家裡生活不差，同學大都是生活貧困才讀軍校，相較之下他是個大少爺，有的同學是單親家庭，也有孤兒，大家在一起吐苦水，純真覺得自己算是富足，除了父親早死，全家都寵他。母親二度守寡，第二段婚姻是被他活生生拆散的。每當輾轉反側不能成眠，隔著距離，他想家更想念母親，母親內心的痛苦他越來越能瞭解。每到假日，他穿著筆挺的軍服，用公家給的零用錢給母親買糖買花，寶惜沒想到也有今日，幸福來得太強烈而沒有真實感，這輩子每當幸福快來臨，馬上幻化為泡影，她因此常感到不安。

軍校畢業第二年，純真交了女朋友，兩人是在漁會前認識的，娟娟的父親在漁會上班，她常給父親送便當，漁會前是魚市場，有個小幫派在那裡混，老大是念水產學校的中輟生黑狗，天天對娟娟吹口哨，有天他騎摩托車經過，娟娟為躲避那群人的糾纏，跳到純真車子後座，黑狗幫找他麻煩，他的弟兄更多，聽到都是空校的才作罷。純真與娟娟背著家裡偷偷交往。在純真出事那年，娟娟發現自己懷孕，隔年生下綠色，兩人沒有結婚，孩子送到盧家，香儀離開她已十八年，她離開時也是這麼小，時間似乎凍結了，寶惜把她當自己女兒養。

純真二十五歲那年，綠色未滿一歲，在一次軍事演習中，他摔傷，傷到脊椎，半身不遂，寶惜不眠不休地看護，內心深深譴責自己：

「原諒媽媽，要不是我強把你推進軍校，也不會變成這樣，天哪！他才二十五歲，一輩子都要躺在床上嗎？你為什麼對他這麼殘忍，讓我來替他吧！」

純真的意識很清楚，面對這樣的命運令人絕望，但他知道母親比他更痛苦！他變得越來越沉默，退縮到自己的內心世界。而寶惜從此沒離開過家門，一心一意照顧純真。她想念英秀與香儀，想著有一天終會相會，但那一天越來越遙遠。

她替兒子把屎把尿，在他床前擺張摺疊床，房間裡充滿屎尿與藥物的味道，比監獄還多一味，人生充滿這些骯髒與齷齪，但她已沒太大感覺，像一個蟲繭般把自己包住，只有少許片刻，她靠想像，應該說是視覺的想像飛至明亮的海平面，房子不遠處即是海，現在她幾乎不出門，像個幽居的女人，只在內心活動。當周邊親愛的人一個個離她而去，她覺得他們就住在心中的城市。現在只有每天固定來買菜做飯兼打掃的歐巴桑會上門，總是在早上十點左右，她的腳步聲咚咚咚上樓，約一點咚咚咚下樓，讓她想起小時候喜歡跳著上樓，有時在房子裡聽到咚咚咚的上樓聲就不由得興奮，常常在無人的夜裡也會聽見咚咚的上樓聲，那聲音已灌入耳膜，刻在骨裡，人來人往，它們多像肉身對這世界的回聲，它彷彿獨立存在，具有形而上的意義，那是記憶之井的水流，是曠野的行腳，每一個腳步都讓她的心抽痛，在這陵墓一般死寂的古厝，那就是生命的迴聲，而生命讓她迷醉，知道自己還活著這件事是多麼讓人迷醉。

歐巴桑常常會向她展示新買的菜，剛捕上來的海魚，通常是黑加網與大片土魠魚，越早買魚越大，足足有一尺長的黑加網，也只有東港人搶著買，通常到中午只剩手掌一般大小，甚而沒有，黑加網其實不黑，而是帶著一點鐵灰，眼珠子炯亮，還有那還滴著水的蔬菜，番茄、紅蘿蔔、菠菜、豆芽菜……它們不知自身有多美，她每每看到發癡。

生命如露亦如電，有什麼是一定要且必須做的，她想為品方與柯純辦展的心越來越強烈，如今她守著兒子，哪都不能去，品方與柯純的作品一件件浮在她腦海中，她想再看看他們的作品，但現在她無法離開兒子，這是另一種囚禁，也許現在畫畫是最適合的，可以守著孩子，以作畫度過漫長的一天。她一直對自己的畫沒有信心，可是現在滿腦子都是畫，有見過的，也有一些想像的，她在腦中構圖，有一日架好畫架，先畫病床上的孩子，畫到一半撕毀，這太殘忍了，有一天她因失眠頭痛不已，在床上打滾時腦中浮現像星雲與波濤的混合，在黑暗中有光在閃動，她像觸電般起身，在空白的畫紙上抓住那圖像，都是抽象的線條與點狀發光物。她雖然受的是具象畫的基礎，但也受到抽像畫的衝擊，以前她常被評為過於保守與古典，沒想到她要費數十年之力才走到抽象世界。

以前她只是作畫的匠人，每天畫幾個小時，跟做工沒兩樣，腦袋是空的，現在她一樣是不想，但腦袋有汩汩流出的泉水，讓她心靜極了，這時她聞見自己身上飄出的香氣，過了四十氣味越來越淡，現在只在若有似無之間，這麼香有什麼用呢，人反正是會老會死，死後腐朽發臭，一個有香氣的人會被記住嗎，她是以香氣被記住嗎？柯純曾迷戀過一陣子，為此才願跟她結婚，久義怕她想到這些，一直沒提她身上的香，但他把女兒取名為香儀，可見他是知道且珍愛的，女兒也是香的，在嬰兒的奶香中有著淡淡的曇花香，有一天她會因著這香氣找來嗎？她們之間有一條香道，這是神祕的生命印記，香氣讓人心靜，銜接視覺與其他感官，心變得更細，觀察也更細，細緻到空氣的分子都可感知。現在她不是在作畫，而是感覺有股力量推動著她，只要一下筆就無法休止，它到底要往哪裡去？但奇異的信心讓它自己走自己的路。原來創作有好幾種，以前她覺得畫畫很累，很久才能完成一幅畫，或者畫時很勉強，另一種不想畫的力量在撕扯著她。現在隨心所欲，畫整天都不覺累，只有向前，絕無退後。

他也為久義畫了許多畫，是這樣有著遺憾的愛讓人空掉，但也是這種空洞感讓人陷入回憶中，她生命中的兩個男人，她愛柯純，柯純不愛她；久義愛她更多些，她也愛他，要面對愛與得到愛是如此困難，她後悔從未在久義面前說過愛，她愛他，是的，這麼明確的事卻無法說出口，因而留下這麼多遺憾。然而擁有這份堅實的愛，她找到自己，也在自信中一天天強大，痛苦再也不能擊倒她，她會以實際的行動反擊殘酷的命運。她像巫婆般熬煮湯藥，心中想著的事最清晰的是，她要阻斷一切詛咒，讓一切的悲運在她身上完結。

寶惜真的等了二十年才為品方辦畫展，那已是七〇年代鄉土運動，本土音樂、畫作、文學皆得到重視，寶惜幫品方辦畫展，因此受到跟蹤與調查，因而再度被捕，關了三年，最後死在獄中，她自己的作品無人知曉，綠色從小看著祖母為姑婆祖畫作的付出，她發誓有一天也要幫她們兩人辦個合展。

一直到二十一世紀初，經過三代人的奔走與努力，時間接近半個世紀，綠色才為品方與寶惜辦合展，南部地點在屏女，北部則在歷史博物館，這時她們的作品才真正受到注意。品方在戰前早有名聲，寶惜的畫則是第一次曝光，有人說她是女性抽象畫的先行者，她畫的星雲與波浪紋，常有光點閃爍，畫評家說是女性心象的展現。

綠色

房間的鋼琴上擺著貝多芬的石膏像，幾十年前很多人家裡都有一個，綠色從有記憶以來那尊頭像一直擺在那裡，以為是書店或美術社買來的，後來才知是柯純的作品，那頭像跟人一樣大小，眼珠突出，嘴型下懋，怒視著人，床底下擺了許多油畫，寶惜的房間更多，阿嬤常帶她上山玩，說是玩不如說是挖寶，每當山洞裡挖出畫來，綠色就很失望：

「阿嬤不要挖了，我們家已經有許多畫了。」

「小孩子恬恬。」

搬畫的寶惜很生猛，看著手中的小筆記本念念有詞，那時她已五十幾歲了，解嚴前更是大舉開挖，還辦了畫展，一次是品方的膠彩與油畫，一次是柯純的雕塑，反應很熱烈，有人說品方的膠彩雖以華貴的人物為主，但也有大量原住民與農婦的油畫，戰爭時期更畫出路邊的乞丐與生病的瘧疾患者，細膩的筆觸好像保留著當時的氣氛，又因白色恐怖而死，因而被稱為「現代畫的女先鋒」，也惹來當局的注意。

綠色從小就跟這些畫中人生活在一起，身穿黑色綢緞衣裙的老婦坐在太師椅上，身上的金飾閃閃發亮，穿著旗袍的女人彈奏樂器或拿著紗扇，耳環與別針的款式都極特別，反映著當時女性的時尚與裝扮樂趣，配色鮮豔奪目，令人無法想像的富貴圖畫，有些小品則描寫戰爭時期的女人，穿洋服的少女走在街上，躲在防空洞包頭巾的女性，還有穿傳統服飾的原住民婦女，顏色趨於清淡，而社會意識越來越明顯。早期畫的都是自己的親人，綠色從畫裡認識曾祖父與曾祖母還有姑婆祖們，尤期是那張得帝展的作品，以兩個女人一個男人彈奏樂器構成，背景在一棵楓樹下，人物生動細膩的表情，感覺上當時正在演奏，而且每個人的表情都很專注，樂音彷彿要飄出來，但三個人之間似乎存在一種緊張的關係，藍衣男子吹笛子，白衣女子彈琵琶，紅衣女子拉的是日本的三味弦，聽說畫的正是女扮男裝的高橋、柯清清與桂香，這三個不可能同時出現的女性，被畫得栩栩如生，穿藍色長衫的男子與穿白色洋服、紅色為底的織錦和服的女子構成的奇異畫面，在當時被解釋為族群融合的作品，跟品方的思想似有矛盾，紅色和服女子五官很大，偏帥氣。

後來綠色開始彈鋼琴，她學琴到高二，彈得離離落落，但在彈琴中她常常跟自己對話：

「什麼是病？為什麼是我？」

「每個人都會生病，不是現在，就是未來。」

「病是提醒我們的死亡嗎？為什麼我無法預見自己的病？」

「我們的身體本來就存在疾病的因子，人一生下來就病了，每個人都是病人。」

「所以沒有疾病，只有病人。」

這時出現另一個陌生的聲音：

「我心激越，不可思議。」

「你是誰？好熟悉的句子。」

「我就是畫中的藍衣男子，還記得那天在我居住的地方，桂香約了柯清清談判，我與品方也在，桂香的大嗓門讓整個場面變得很火爆，談了半天，沒什麼結論，女人談來談去都是男人，而男人可能跟另一個女人在一起，太無聊了，大家都靜了下來，我吹笛子，桂香拉三味弦，品方說想畫下我們，原來四個人都要入畫，桂香後來生病沒再來，就我們三個，很奇怪吧。」

「吹笛子的你看來跟照片不像。」

「品方畫了一個不像我的我。」

「是怕你們的戀情嗎？」

「那倒也不是，畫家最不能畫的就是自己的情人，因為過於複雜的感覺會影響客觀性。」

「所以你換了男裝？」

「嗯，我有時也換男裝，其時一般人也不能理解這樣的感情，你們家尤其反對，並非我想當男人，年少時想過，還去學劍道，不過那是幼稚的想法，變裝只是假象，我就是我，一個非男非女的人，穿上男裝的我，是一個既熟悉又陌生的人，讓她更有創作的想像空間。」

「說實在的，這張畫如果只是三個女人構成，那只有美，而沒有力量。」

「我也是女人啊，是性別在其中流動。」

「是啊，你看在女人的房間中，出現一個非男非女的人，在兩個女人之中，似乎穿透了性別的表象，說明性別跟一件衣服差不多。」

「在彼時沒有語言訴說這些，我的語言困境被你打開，話語也有汝輩的味道。」

「不！圖像比話語更有力，好像是時空凝結器，保留當時的空氣。我彷彿聽見你們的對話、更衣的情景、還有樂音。」

「你一直是聽得見看得見的不是嗎？」

「不，通靈者看到的只是表象或幻影，而不能進入事物的內在。」

「那只有神。」

「只有神。」

綠色喜歡寶惜的畫更甚於品方，尤其是六七〇年代的作品，這些作品堆在家中充滿各個角落，如果人是為迷醉而活，能讓她迷醉的是能穿透一切之靈物，在外表上，她與任何一個人並無不同，但她的不同是，穿越許許多多的時空，等於是擁有另一個天空，而她撒了許多星星在那裡，因為自己是極有限，如此才更渴望無限。

鯨魚之歌

寶惜花了許多年等待與訪尋品方的作品，一直到七〇年代，品方的作品紛紛出土，由王曉燕牽出一連串收藏者，最後的《花朝》就在日本人手裡，當初進入帝展，就有人願出高價收藏，但這是非賣品，而且時局緊張，就託放了一部分在橋山直子那裡，其中有《花朝》、《夜宴》、《萬年寶惜》、《愛沙》等大幅作品，一九七〇年橋山直子透過書信告訴寶惜，寶惜飛到日本整理這批畫，那時報紙還報導了這件事，塵封二十年的作品曝光，引起畫評家的討論，早在解嚴前，繪畫研究者已介紹過戰前的鄉土畫家，其中就有陳澄波、李梅樹、顏水龍、洪瑞麟等代表畫家，品方也在其中，也是他說明了戰爭時期旅日畫家的悲苦命運，包括牡丹社的原住民與死於千穗丸的青年藝術家柯純與黃清埕、李桂香。掀起本土畫的研究與收藏熱潮。

許多人鼓勵寶惜為他們開畫展，但她覺得時候未到，一直到七〇年代，寶惜才整理柯純、品方的作品一起展出，展出時引起廣大注意，沒想到等到的又是逮捕，其時黨外運動風起雲湧，校園民歌與鄉土藝術得到重視，但像品方與柯純曾與台共、日共皆有接觸，寶惜雖未直接參與，但她是柯純的妻子，品方的甥女，又一起留日，根本脫不了干係。她自己的畫是在柯純、久義、品方死後才真正找到自己的風格，轉向抽象畫，品方、柯純那一代人已把繪畫的寫實力量表現得淋漓盡致，很難超越，在看護純真的時期，她返回自己的內心，其關鍵是看了品方的愛沙像，那逼真與傳神讓她久久無法移目，畫者把自己的靈魂也投進畫的世界，那太痛苦了，她覺得這些痛苦應有了結。就從自己開始，所謂詛咒，信之則靈，不信就不靈，她要走出這一切牢籠，找回真正的自己還有自由。

寫實為記錄與保留真相，然而寫實是有極限的，它也許能穿透現實，或者陷入靈魂主義或精靈信仰，它確實證明，人死後仍有一些精神殘留物，如同鯨魚的生命有兩段，它生時以吞食小魚維生，死後的屍體分解跟它的第一段生命等長，牠用牠的屍身餵養海洋，分解的時間非常慢，它蘊藏的能量是如此巨大，以致成為一顆超級炸彈，一九七〇年，一頭體長十四公尺、重達八噸的抹香鯨擱淺在奧勒岡州佛羅倫斯海岸，已經死亡多日，在運送路途上，呈現半腐敗狀態的鯨屍竟自體爆裂。其爆裂程度非常壯觀，周遭的商店、目擊者及車輛無一幸免，全被鯨魚的鮮血、內臟擊中，生命的神祕尚有許多需要解開。

她看了許多有關鯨魚的報導與書籍，畫了許多鯨魚與鯨爆的畫面，都是抽象的，對她來說海中的死亡不同於陸地，死於海中的柯純及船難者，他們已化為海洋的一部分，或者被鯨魚吞於腹中，化為鯨魚的一部分，等到死亡來臨，鯨魚還可以存在很久。人死之後是否還能存在？用什麼方式存在呢？

寫實主義者只掌握鯨魚的第一段生命。像巴比松畫派中的「巴比松七星」，他們是隱士畫家，熱中於描畫自然風景和農村生活，盧梭和米勒曾是他們的心靈導師，盧梭專門描畫風景，米勒的《晚禱》、《拾穗》，他們那輩幾乎都受他們影響而追隨其足跡，然而就算是最寫實的畫家庫爾貝，他也說：「我不會畫天使，因為我從沒見過他。」這便是寫實的極限。而她真正見過天使，她的眼睛改變她看世界的方式，所有的生命都歸結於愛與包容，這種感受無法用語言與形象形容。

那幅看不清是哪國女子的畫像就是傳說中的愛沙吧，頭髮豐厚呈淺褐色，眼睛是更淺的淡金色，面容豔麗，服飾為和服，布的色彩花紋有異國風，外罩皮裘，是混血兒嗎？她的眼睛彷彿有火在燃燒，許多人從驚豔，到驚懼，筆力也如火燄般似乎與畫中人拉扯著，充滿戲劇性張力。但對一個心靜如水的人來說，一切的波濤洶湧，一切的血海深仇都被排除在心的外面。

玫瑰看了愛沙像，做了一個夢，在一個有座瀑布的深山，一個女巫師手中拿著一塊法石還有一串臀鈴，醒來後她跟寶惜說：

「夢一定跟愛沙有關，臀鈴是台東卑南族的法器與圖騰，高士佛人本來就與卑南關係密切，可能葬到東海岸卑南某部落由巫師看守著，一個有瀑布的地方。身首分別在東西岸，相隔幾百里，又隔著高山，這也太毒了，卑南的巫術是很可怕的。」

「有方向就好找了，玫瑰，還好有你幫忙。」

「雖然我是魯凱，但能為他族做一點事也很好。我可是慕妮的女兒。」

經過幾年的探尋，她與玫瑰在七〇年代入獄前找到愛沙另一個墓，就在卑南的清水部落，葬在巫師的後院，由巫師代代看守，他們保住這祕密一百年，剛好就在快滿百年時找到她的墳墓，沒有碑或任何文字，只用巨石壓住。要開這個墳，必須得到好幾族頭目與巫師同意，還好玫瑰在其中奔走，因為她是慕妮的女兒，大家對她有些敬畏，經過一次又一次的勸說，一次又一次的開會，玫瑰向他們說明愛沙的詛咒力量太強大，多少巫師都鎮不住，柯家也因此遭到種種厄運，接近滅族，應該把她的屍身送返，讓她安寧。

卑南族強悍善戰，因此清朝康熙年間曾被冊封為「卑南大王」，鄰近的阿美族和排灣族都要向其納貢。在這裡巫術十分盛行，因此讓其他族群的人都感到懼怕。巫術分為白巫與黑巫，白巫替人治病，黑巫施咒害人；現今卑南八社尚有多位祭師，光是卑南王就有二十幾位男、女巫師，負責部落性的祭儀。經過開會之後決定開墳，將她的屍身送返。

開墳前舉行許多儀式與祭典，卑南人喜歡花，集合了數千朵不同花朵，大麗花、雞冠、百合、蘭花……花是連結人與鬼神的媒介，它的香氣與美出於自然，又超脫於自然，連神鬼都會喜悅，怪不得卑南人愛花，相信愛沙看了這麼多花，在天上也會笑吧！那是原民前所未有的大祭典，有排灣、魯凱、卑南、阿美，還有聞訊而至的仲宗根後人，總有幾百人參與，寶惜與玫瑰也加入了，她們的身上都插滿花朵，光唱歌跳舞念禱詞就花了大半天，這樣盛大的安魂祭，愛沙應該停止哭泣了吧！當巨石移開，開始挖墳，巫師的禱詞一直持續，墳埋得很深，愛沙的身體被放在石棺中，身體被繩子捆綁，如今如剩白骨，繩子都腐爛了，當要接觸她的屍身時，忽然吹起一陣怪風，那些爛掉的繩子與骨頭化為粉狀的齏粉飛了起來，像一陣白雨，接著真的就下起細雨，巫師的禱詞更激烈更強大，這是偏好的跡象，代表著亡靈已獲得自由，接著是移靈，將愛沙的屍骨燒成骨灰，以琉球人的儀式接走，她的身上真的有一顆淚滴型的寶石，但不是祖母綠，而是碧玉，因埋在土中一百年，血水沁入玉中而成血玉。

琉球人將她送返故鄉歸葬，聽說她的墓在故鄉的海邊，每到東北季風吹起，可以聽見她的低語，再也不是哭泣與怒吼，比較接近歌聲。墳墓附近有許多鯨魚聚集，當它們跳躍或噴水時，景觀十分壯麗。

愛沙的生命就像一頭鯨魚，在海上自由游走，當她死後，如同擱淺死在沙灘的巨大屍體，其怨恨與詛咒化為一場爆炸，最後將重新回到海中，餵養海洋，化為空無。

那說不出的

知道愛沙的故事之後，綠色常想，愛沙聽說能占星也能卜卦，預見未來，她的詛咒力量如此巨大。而她那微弱的巫力頂多能看見亡靈並與之對話。理清盧家與柯家的歷史，她除了為祖母、姑婆祖辦畫展，還想幫英秀找回小曼，她問了英秀（現在該叫姨婆了）許多往事，聽了一天一夜，已經哭瞎眼睛的英秀邊說邊哭，她只有轉移話題：

「小曼姑姑最喜歡什麼？」

「自然是花。」

「誰不愛花？」

「她特別愛，說是花有靈性。」

「有沒有她以前的東西，拿一件給我！」

「有一些衣服，她最後的那封信，還有一頂草帽。她的東西本來都沒動，等她回來，後來麵包店頂給別人，想到處找她，就把東西丟了，沒辦法，現在想來心就疼死了。她是不是死了，否則那會這呢沒情？」

「不會，陰間沒有她，把信給我吧！」

又是文字，她看到文字頭就疼得厲害，那陣子她有許多幻象，大都跟花有關，一個女人被許多花包圍，或站在花樹下，她在等人，或者在聆聽，臉上有焦急的表情。

她請以前警察局的同事找，劉小曼、余香儀，用這兩個名字搜尋都找不到，一定是改了名字，有一次夢見捷與那一再出現的女子一起站在花下，她跟捷在網上聊天聊到這件事，捷說：

「真假？我母親在家叫小曼，一般是用劉蘋蘋這名字。」

「她喜歡花？」

「何止，她還開花店呢！」

綠色腦袋轟一聲，所有的人事物這麼遠也這麼近，捷從不提他母親或身世，命運開了一個大玩笑，這無意無知的亂倫也是詛咒之一嗎？但她暫時不想跟捷說明這一切，只要了小曼的地址。

捷雖然沒說，他在想要不要問母親，他寧願處在黑暗與無知中，因為這樣，他可以用文字上天下地求索尋問，就算這麼多文字也不能填滿心的破裂，無父之子，無根無葉，無土無國，跨越古今，後退回到只知其母不知其父的古代，那是巨大的虛空造成的混亂，隨生隨滅，對他來說他永遠是個世界的陌生人，文字如洪水後土石流或走山，地層錯位，意識亂流，腦中的蟻群是虛空的產物，它們東西遊走，無遠弗屆，只要一陣雨，便化為蟻之雨，鑽進每個縫隙。他的文字或者如同這白水蟻，不斷鑽動啃噬，這一切只是在呼喊父親！父親！

香之路

小曼自從到日本學了香道，動作更慢了，現在她靜坐的時間越來越長，收藏的香具也越來越多，在香几上有香爐、燃線香的臥爐、香盒、香匙、香鏟、香篆、香押、香刀、切香盤……道具一應俱全，這些大都只是擺設用，她鮮少焚香，只是喜歡焚香與品香的過程。她最喜歡的還是天然的花香，而且是活的香，室內擺著幾盆她接種的茶花，或白或粉或紅，茶花的樣態最是多采多姿，花形高雅，香氣更是幽美，缺點是易凋，從開放到凋零只在一天之內，她常將整盆吐著花苞的茶花放在香案上，看它們的開放與凋零，彷彿會動般，每時每刻都不同，在花盛放時不久就會凋落，將落花放在有水的大盤子上，還會活個一兩天，她光撿拾的落花已擺滿好幾個大盤與大缽，這時的茶花最惹人憐愛，金黃的花心與桃紅花瓣，這樣嗆的配色居然很古雅很耐看，這麼多花匯集成香的天堂，她可以坐在花前大半天。日子以接近花開花落的姿態前進，而花的香氣改變時間與空間，連空氣的分子都變大了，香擴大了空氣的質量，那是不使之輕浮的安定力量，讓一切下沉，然後降落，心念也跟著靜止，那凝結一切的香氣，有時會休歇，似乎變得無味，然後在下一刻轉得更為強烈，原來香也有間隙，或者感官也有空白頓點，是的，為了抓住那空白，感官變得越來越靈敏。

人大多數依賴視覺與聽覺，視覺引發欲念紛雜，聽覺則與幻覺相連，自從失去聽覺之後，她大半依賴嗅覺與觸覺、味覺為生，嗅覺有兩個通道，一通向情欲，一通向空無，因嗅覺時斷時續，聞久變無味，她把這視為空性的表現，這是香道的精義；然嗅覺也是打開想像與感官之門，嗅覺靈敏，身體也更為靈敏，思緒可以飄得很遠，常有不可思議的感悟，嗅覺好的，味覺也好，吃了不乾淨的馬上能查察，譬如放了農藥的茶是苦的，不新鮮的魚是臭的，對人工添加物更為敏感，為此她很少外食，寧願花半天的時間弄出一餐飯，她喜歡觸摸陶瓷器與棉麻布的質感，她自己染布，五顏六色的布匹曬在院子裡，隨處都是畫意，讓人感到夢境般詭麗多彩。

她的香之路十分曲折，剛開始只是單純的愛花人與種花人，高準入獄後，她雖開著花店，卻極度厭惡那些被工具化、醜化的花，花圈與花籃上都是切花，也就是花的屍體，短則三天，至多五天就萎盡，為了活下去必須靠這些花屍，那十年中她看到花就想吐。之後開了花店，以設計為主，花只是素材，跟瓶子、剪刀、水沒有不同，不管是東洋花道或西洋花藝都不吸引她，她只接茶藝展場，多半要表達清簡枯瘦的境界，大量的枯枝與少量的花並置，或把整株梅樹或漂流木移到茶宴中，有時也有人要求以花為主，那時她才憑自己的感覺插花，她插的都是大件，如大把金黃的連翹插上紅如雞冠的佛塔花，有藏風，又不易凋零，又如易凋的伯利恆搭白色繡球花，是她最喜歡的純白，可光剪修過程就掉了一地花朵，真真是夢幻泡影，她在撿拾落花時想著，插花之所以為道，在於凝神專注的過程，視覺、嗅覺、觸覺三重刺激，在這緩慢的過程中，花的色香觸法已完整經歷，花的魂魄也已吸取大半，此後都是空的，通過眼耳鼻色聲意之後，空性顯現，如此花開花落又何妨？

在感官中香最為奇特，沒有形體，卻明確存在，原來她喜歡花是為了香氣，形體是次要的，所有具象的都是已被填空，再無想像空間；而香更遼闊，她會為了某種特殊的香氣心跳不已，或全身發麻。以前她討厭焚香或香水，因嗅覺未被打開，一旦開啟那個世界，是無止境的探索，而所有探索的目的都是一樣的，最後都是空無，沒有人，沒有香。

黃庭堅曾說香有十德：「感格鬼神，清淨身心，能拂污穢，能覺睡眠，靜中成友，塵裡偷閒，多而不厭，寡而為足，久藏不朽，常用無礙。」她最同意清淨身心、靜中成友，像她這樣活在繭中的人，只能與香為友，也只願與香為友。

有時她會聞到自己身上的香氣，隨著年紀，香氣會轉化，年輕時是曇花香，高準說是百合香，可能在戀愛時期香氣會隨著體味的變化而變濃，生下高捷後又回到曇花香，接近中年，氣味變淡，像是若有似無的水仙香。小時候聽母親說她原叫「香儀」，那時她還是活潑的香孩子，自從改為小曼，她的個性變得沉靜，動作越來越慢，母親愛說笑，香儀這名字很適合她，為什麼要改呢？她始終沒問。

她也喜歡西洋的長柄玫瑰與繡球花、薰衣草，為此到過荷蘭、哥倫比亞，在荷蘭時，她每天都到花卉市場逛，但這裡最吸引她的是風車與滿街跑的雞，荷蘭人不吃雞，那些雞長得特別美特別悍，羽毛光鮮發亮，在泥地上悠哉悠哉地散步，空氣中有草香花香土香，她不愛人工香水，路過一家天然香水店，一股從沒聞過的香讓她全身起雞皮疙瘩，原來這世界還有許多沒聞過的香，那香甜甜的不像花香，很複雜也很單純，有奶香，還有她分辨不出的成分，像她嗅覺這麼靈敏居然聞不出，讓人困惑到難過，這香會勾人魂魄，遠離後還有記憶，隔天她回那家店找，因說不出名字，只好一個個聞：玫瑰、尤加利、天竺葵、馬鞭草、香橙、茉莉、薰衣草……她從來沒這麼急，店員一個個拿給她聞，都不是，人在尋找氣味時像一隻焦躁的蜜蜂，毫無頭緒地亂轉亂飛，最後找著時是那麼感動與興奮，原來是無花果，它的香氣由熟成的堅果味與嫩芽的清氣及果樹枝椏的牛奶香構成，原來是堅果與無花果嫩芽，那有長久文化與詩意蘊含的香氣，難怪令人魂飛，令她想起沙弗那充滿花香的詩：

甘露滴落在新鮮的
玫瑰、柔美的百里香
和開花的甜木樨上，她
漫遊著，思念著溫柔的
阿狄司，在她纖弱的胸中
她的心上掛著沉重的渴望
她高喊一聲：來吧！千耳的夜神
重複著這一叫喊，越過
閃光的大海，傳到我們耳邊

香氣是這麼神祕的不可見物質，它直接觸動內心與情緒，跟愛欲類似，以纏繞不去之姿，繚繞著你，波動著你，只要被牽動，就不能自主地尋找，渴望擁有，害怕失去，她買下那瓶香精，命名為「沙弗」，她不搽香水，只拿來聞，點在水氧機中，每晚在堅果香嫩芽香牛奶香中甜美睡著。

她回國後找了無花果種子在溫室中栽培，她想聞嫩葉的味道，無花果確實有堅果味，或許可以自己製香，它是薔薇目桑科榕屬，這些都是很親和的類屬，它生長快速，葉子大而肥厚，此樹在一萬多年前已在中東栽種，印度人稱之為「優曇缽」，在經文中提到都以「無花果樹裡尋花」來形容一件沒意義或不可能的事情，或一件不存在的事物。不存在的事物，那也可說是無有之樹，令人可以忘我。

當樹上結滿纍纍的果實，她將它榨汁，與嫩葉一起攪拌，做成精油，氣味略有不同，然而想必還沒有提煉法之前，古人就是這樣製出最早的香，這種香真的足以迷惑亞當，怪不得在無花果下犯罪。

果實切片做菜，會有特別的香氣，無花果醬淋鴨肉片或小羊排，風味豐美，她喜歡待在花房中，聞各種植物氣味，上天讓她失去聽覺，她還有嗅覺，像一只香爐般只為焚燒香氣承載香氣而生。

在花海中生活，她沒特別喜歡哪種花，以前她最厭惡的劍蘭、大麗花、菊花總讓她想到拜拜或葬禮，現在的劍蘭依然便宜，一枝十元八元，如此賤價的花，大把插的時候很是大氣磅礴，台灣的花卉已改良到無花不美，這也是眾花平等。花在土中是最美的，切花就是殺花，一般人以為賣花的人懂得美，其實是花的劊子手。後來她只種花，少切花，只賣些進口花材與「永恆玫瑰」，這花可擺個一兩年不凋，就算枯萎顏色也不改，這是花的永生幻術，一朵可叫價到幾百到一千，她設計了一組永生主題，將花放在透明杯皿中，它很難跟其他的花搭配，一般是仙人掌科不易凋的植物，然這世界上哪有不凋的花，那已經不是花了，沒有香氣，沒有生氣，就跟緞帶花沒兩樣，彷彿花的化石，她通常是結合貝殼與石頭或蜻蜓珠，沒想到廣受歡迎，三朵花叫價五千。人為追求永生不死，發明巫術；這靈感也許來自花，花太易凋零，於是發明「永生花」。如果這世上真有彼岸花，那應該是永生花。

自從哥倫比亞栽種出品種優良的「永生玫瑰」，已成花卉大國，尤其被稱為「藍精靈」的永生玫瑰特別受到喜愛，男女之間常以此為定情物，象徵永恆不朽之愛，一朵喊價千元以上，還有人在花中藏著鑽戒求婚，花店常是缺貨的狀況，為此她特地到哥倫比亞住過一段時間，尋找通路。因飛行時間太長，時差調了一個星期，她住波哥大市區的民宿，每天做長長的散步，她喜歡慢慢走慢慢看，有一次在穿街走巷中見到一棟白房子後面的花園十分可觀，她走了進去，是一間慈善機構與紀念館，紀念什麼呢？一樓是辦公廳，二樓是紀念館，牆上掛著許多照片，都是台灣人，而且是五〇年代幫助哥國防治瘧疾的醫生，其中有幾張是房子捐贈者余久義的照片，長得高壯的他曬得好黑，笑容就像黑人牙膏，裡面有一張余久義妻子（未署名）抱著初生女兒的照片，小曼盯著這照片許久，覺得影中人很熟悉，而懷中那三個月大的女嬰跟她小時候長得好像，是的，嬰兒都長得差不多，但為什麼她偏偏叫香儀，而這紀念館就叫「香儀樓」，她望向園中的玫瑰，一陣虛脫感與崩潰感讓她暈眩，繞過大半個地球，因香而來，她卻找到自己的另一魂魄。

小時候她也曾想像另有個身分，有另外的父母，但都被自己壓到潛意識，或許她是知道的，只是裝作不知道，把它視為孤兒幻想的一種，那些令她著迷的孤兒小說《塊肉餘生錄》、《簡愛》、《咆哮山莊》等不都是孤兒幻想的產物，成年後再也不願讀它，它們像某種迷幻藥混淆她的感覺。感覺太多只有痛，她寧願只剩嗅覺，像小獸般無感無知地活著，常是失魂的狀態，但為何她現在這麼痛，所有的香亦是逃避的一種，當痛感打敗嗅覺之後，只有無盡的空虛，她想凌空飛去，就像牆上的題字：

悠然凌空去，縹緲隨風還。世呈有過現，薰性無變遷；就是水中月，波定還自圓。

所有的所有都是鏡中花水中月，從小她越執著的人事物，越是容易瓦解：高準、高秋、父親、母親……有一天高捷是否也會離她而去，因為受到太多驚嚇逃避到花朵與香的世界，或許這也是種幻覺，花本無因而開，無果而落，如果沒有去挑動與追求，花無香無臭地開，為何固著於香呢？許多嗅覺不靈敏的人，也許一輩子不知香為何物，也有那厭香之人，聞香而走，越執迷之處越存在著空無，一如她被虛構的名字，虛構的人生。

她走在玫瑰園中，在雙色與彩虹的永生花朵中，醒悟永生或許存在，不在未來或過去、現在，而是與此生同在，只要切換，就能進入另外的次元。

彼岸花

勿忘我又名匙葉花、匙葉草、三角花、斯太；勿忘我原產歐亞大陸。多年生草本植物，葉互生，狹倒披針形或條狀倒披針形。喜陽，能耐陰，易自播繁殖。勿忘我花小巧秀麗，藍色花朵中央有一圈黃色蕊心，色彩搭配和諧醒目，尤其是卷傘花序隨著花朵的開放逐漸伸長，半含半露，惹人喜愛，令人難忘。

一、二年生草本植物，莖高十至五十公分，特別在野生狀態中，尤為細小纖弱，花雜藍色。有變種白花勿忘我與紅花勿忘我。

小曼翻閱花草圖鑑，不確定有沒有見過勿忘草，好像有，但不記得何時何地，忘記於她是經常的事，眼前圖片中的「勿忘我」的藍是一種無法形容的顏色，介於藍、紫、白之間，聽說屏女有幾株，栽花的人一定很雅，她該去看看嗎？

近來小曼變得焦躁易怒，她已經五十三了，前兩年就跟丈夫分房，不讓他碰她，一個人常發呆好幾個鐘頭，往事剛剛始像針尖一般細細地滲進來，洞越來越大，且溫熱如淚，這是初老的症狀嗎？她的身上有無數個我，漁港的香儀、餅店的小曼、高準的小曼、花店的小曼……在漁港只停留幾個月沒有記憶，但她知道她頑強地存在她的身心中，以前她能冷靜地退出某個我，但現在彷彿一群賽跑的選手一起奮力奔馳，而餅店的小曼似乎遙遙領先，奔馳過了終點，依然繼續往前奔，到底要奔去哪裡呢？就是不知道才會反覆在夢中出現，晨起後讓她陷入怔忡與憂鬱中，母親，她想念母親，不知是否還在人世，算算年紀也有七十多了，母親生她時二十三歲，在其時不算年輕，她生高捷時也二十三歲，算是年輕，但那一段記憶好像毀損的錄影帶，只有光與線的交雜，這是動機性遺忘嗎？多少年來她只能靠安眠藥與抗憂鬱藥入睡，藥物嚴重毀壞她的記憶與感情，常覺得自己是冷漠沒有情感或者情感傳達系統故障，近來她又把藥加重了，這些藥應該能麻木情感，那為何像還魂草般讓往事一點一滴回來。

「去哪走走罷！看妳整天悶在屋裡，花店三兩天不去沒關係的。這裡有張畫展邀請卡，去南部看看吧！上面還有捷的留言，說一定要去。」丈夫不知何時來到她的背後，幾乎要觸摸到她的背，卻停下手來。多年來他養成說話扯大嗓門，嘴型咬字清楚，有時太大聲，小曼還會露出不悅的神色，她還有一些聽力，不是聾子，她的臉充滿表情。怎樣拿捏她的感受與心情，他變得過度小心，她是個很難親近的女人，也不愛他，但只要他愛她就好。

「去哪？沒地方可去！」

「這樣吧！到墾丁走走，現在搭火車很快。」

「墾丁，會經過東港嗎？」

「也可以去，現在剛好是鮪魚祭。」

「媽說我出生在那裡，但是從沒記憶的故鄉。」

「那更該去走走。」

兩人搭火車到屏東，小曼心中情怯說：

「先在這裡下車，我想去屏女。」

「誰讀過屏女？」

「沒！我媽才小學畢業。聽說校園前身是植物園，想去看看。」

走進屏女校門，兩排印度櫻花開得正好，走進中庭，古木林有五層樓高，靠近圖書館處，有叢藍色的花，因年深日久長到半人高，小曼不自覺奔跑，心中有鈴聲在響，靠近那叢花，藍色的花朵纖細而優雅，比圖片還美，那藍是顏料無法調出的奇妙之色，悲劇性的花朵卻是如此絕美。她蹲下來捧住花，這一切有點熟悉，是前輩子來過，還是心理學上所謂的疊影，也就是你到一個陌生的地方，感覺很熟悉，好像你做過的夢，而你正在夢裡重複上演夢境。

中庭正在舉行創校九十年畫展，大多數是學生的畫作，少數是老師的作品，屏女的繪畫風氣很盛，從日據時代開始，就出過許多有名的畫家老師如陳進、盧寶惜、盧品方、何文杞……現在各展出他們的一幅畫，都是花卉，陳進的畫她早已看過，喜歡她畫人物的愛美精神，尤其是女人，她給她們戴上別致的耳環與項鍊，穿上華美的服飾，人世的繁華盡堆在人身上，令人感到的不是華美而是悵惘，她們都有過去性與追憶感，也許是這樣，情感是有層次的。

盧品方的作品是油畫人物，畫的是再度為人母的寶惜，手中抱著初生女兒，坐在花廳中，寶惜的面容和美中帶著悵惘，整幅畫有快融化的溫暖，初為人母的幸福她是知道的，悵惘也是相似的，但自己眼中汩汩流出的眼淚是她不明白的，她已經很久不哭了，也沒有眼淚，安眠藥奪去她過多的思緒與情感，常讓她覺得無情冷漠，一切事物都疏離，此刻不知何來遙遠的悲痛滾滾而來，淚水不管如何擦拭只有越流越多，她更不明白靜靜地淚流為何變成哽咽的低泣。

「你怎麼了？」

「不知道，看了這幅畫想哭。」

「你看畫的說明，盧品方與盧寶惜是姑姪耶，她們互畫彼此，這太有意思了，她們都是戰爭前後第一代女畫家。這幅畫中的盧寶惜，和你長得好像，你看淡褐色的頭髮、淡褐色眼珠，這……」

又是這個女人抱著恍若是她的圖像，在哥倫比亞以為只是幻覺，現在以畫像更鮮明地展現，連名字都有了，署名「盧寶惜」的字不斷放大。

其實兩張畫不同時期，寶惜的畫在東京美術學校時期，畫中的品方著和服，面貌優雅柔美，品方的畫在一九五〇年，正是小曼出生那年。

英秀從未提及她的身世，也不講自己的過去，但常撫著她的臉疼惜地說「寶惜，寶惜」。她以為是疼愛的意思，沒想到真有人的名字叫寶惜，看資料兩個畫家都是東港人，盧寶惜死於一九七八年。母親英秀也是東港人，她們之間會不會有什麼關係，想到這裡她打了好幾個哆嗦。

「我們去一趟東港吧！」小曼說。

車行在屏鵝公路上，天空的藍看來純淨夢幻，有幾朵像剪出來的白雲浮貼著，那藍是無法形容的藍，好像天空絞盡腦汁調出來的新色：

「哇！這裡的天空真不是蓋的，有寶光耶，如果能剪下來當衣服該有多好！」

「俗人！那顏色該怎麼形容呢？」

「ㄟ，土耳其藍……應該是蒂夫尼藍。」

「更俗氣，我覺得那是『勿忘我』藍。」

說得小曼心神飄忽，就是這個「勿忘我」像個生命密碼一路指引她到這裡，遠方有人在呼喚她「勿忘我，勿忘我」，多年來她已習慣不去理它，但今天那聲音特別強烈，催促著她往前奔去。

叫車到東港只要四十分鐘，走在遊客如織的小鎮上，兩夫妻亂走亂繞，走到東隆宮，進去拜拜，沿著廟前那條街走五十公尺即是盧家老宅，殘存的花朵開得特別茂盛，無人看顧長成了野花，那一叢一人高的玫瑰從陽台的欄杆大把大把地長到外面來，曇花的葉子肥似仙人掌，布滿灰塵。

「有曇花耶，這家主人一定很愛花。」

這時綠色從家中出來，看也不看一眼錯身而過，最近盧家老宅也成為東港觀光景點，每天都有遊客，她看煩了。

她們是陌路也是親人，但只要再多看一眼，她一定會呆住，她長得跟祖母寶惜實在太像了，只要她沒看見，一切的事就煙消雲散。

然而，就在她離開家門一小段路，小曼昏倒了，她丈夫的叫聲，以及圍攏的鄰居，讓她返身去看，然後她看到寶惜（小曼）的臉，在緊急中要大家扶小曼到家中休息。

「怎麼樣，要不要送醫院，我幫你們叫救護車。」

「她有時會這樣，嚴重貧血，今天又受太多刺激。」

像寶惜的人在盧家門口昏倒，這件事很快在小鎮傳開，住在附近的品玉與品月的兒女也跑來看，扶著快九十歲的品月，品玉幾年前過世，當小曼悠悠醒來，看見品月驚喜得眼眶泛紅，她們一直盯著她看，叫著她另一個名字：

「香儀！香儀！」

「妳媽找你快三十年，眼睛都哭瞎了，終於把你盼回來！」

「怎麼這麼慢，叫猴嬰開車去載英秀來，已經過二三十分總有。」品月急乎乎的。

香儀？英秀？小曼一臉迷茫，然後她就看到有人扶著母親英秀慢慢走過來，看見失明的母親近身，她就要返回真身，太痛了這一切，她必須阻止：

「不要過來，你不是我媽，我不是小曼也不是香儀。」

「你怎麼這麼狠心說這種話，你媽為了你吃盡苦頭。」

「別罵她，我了解她，她只是太害怕，她吃的苦頭太多了。」

英秀坐在離她十步遠的一張椅子上，這時她已不再流淚冷靜地說：

「我老了，也許明天就要死了，早該跟你說實話，我的確不是你媽，這就是你出生的地方，你媽是盧寶惜，也許是她在天上保佑才能喚你回來……」

「英秀，麥講啦！你心肝哪會這呢雄。」品月說。

「讓我講完，你媽跟我情同親姐妹。你媽被警方調查，為了你的安全，把你交給我當女兒，我女兒還沒出生就死了……」

小曼聽英秀講她的身世，好像是別人的故事，一切都有前兆，怪不得她在母親的畫前流淚，畫中初生的女嬰就是自己，原來那才是她的真身。她哇的一聲大哭，爬到英秀的腳下抱著她的腳：

「阿母！我真不孝！你打死我！打死我！」

花東婦好之二

登婦好三千，登旅萬乎伐羌。

（婦好率兵三千，討伐羌人。）

這是青壯時期的婦好，手拿銅鉞，奔馳沙場，在長年的征戰中，她獲得武丁的寵愛，受封為王，並擁有自己的封地，這時群臣爭相巴結，她的珠貝財富與金玉首飾不僅人間少有還引領時尚，她插著骨頭細雕的髮簪，戴著組玉佩，手上的瑪瑙手鍊發出火燄般的光，武丁二十八年，婦好三十歲，名聲威望達到頂點，她在媚塢幽谷訓練大批巫史巫官，並以皇后身分出潼關祭河神，引領殷商大車隊進入周侯西安都城，在嬴秦面前展示精美青銅兵器與馬車，周人原為游牧民族，由殷人幫助轉為農耕，民風簡樸，他們被婦好的華美陣仗嚇呆了，在禾魂祭中，婦好親自登壇主持，美麗的女巫們歌舞，典雅隆重的儀軌，供應不絕的糕點水果與美酒，祭典長達三天三夜，周人表面上驚嘆，心裡面卻想著：「這麼奢華不太好吧？有違我們的祖訓。」周侯心裡埋下一個異樣的思想，將來政權穩固，不再依賴殷商，必將滅巫。

巫在其時不稱巫而稱靈，如《雲中君》：「浴蘭湯兮沐芳，華采衣兮若英。靈連蜷兮既留，爛昭昭兮未央。」王逸注：「楚人名巫為靈子。」所以靈、巫在古時本同一字。「靈」字下半部就是「巫」字。許慎《說文解字》亦解「靈」字為巫。

周人追求的理性與實際，恰與殷人走了兩個極端，殷人以巫柱國，以商隊般的快速移動力建造一個不斷移動的國家，並擴大疆域，他們並無一統天下的野心；而周人務實，他們痛恨巫術、巫官，將祭典與祖先崇拜轉化為慎終追遠禮樂教化，並以史官代替巫師，禮為情感的合理表現，樂為情感的合理發洩，史官掌官方文獻與史料收集，這起初是始於農民的思考，後來形成強大的政教體系，他們經過勵精圖治，證明此法可長可久，他們最大的企圖便是滅巫，以禮樂教化統一天下，要滅巫，必先滅智簡國女巫，要滅巫，就要以毒攻毒，以巫攻巫，讓南巫滅北巫，他們也參與烏鼓國女巫的計劃，他們厭惡她們，但為了現實不得不利用她們。

周人早期居於陝西武功一帶，公劉時，周部落則已遷居於豳（今陝西旬邑）。由游牧部族漸變為農耕為主的城邑。他們耕田養豬，家家戶戶拜豬神，因豬的繁殖力驚人，故以豬為家神，建立多子多孫的宗法制度，他們居住的周原，物產豐富，土地肥沃，灌溉便利，農耕條件優越，經濟發展快速。至古公亶父時造田營舍，建邑築城，國力迅速壯大。遷到周原以後，周與商開始有了聯繫，為了保障部族安全，古公亶父與中原共主的商朝建立起穩定的同盟關係，剛開始卑事商王武乙，在商的羽翼下培養力量，有選擇性地接受了商朝的文化系統，特別是有關於天命的觀念，周朝建立之後，這套天命觀念經過了周公旦（姬旦）的加強與改造，成為立國的政治法理基礎，進而形成了影響後代王朝數千年「奉天承運」的君權神授理念，並在這之下形成以父權為主的宗族體系。他們反巫滅巫之心一直隱藏著，只要女巫的勢力存在，他們的理念就無法實現。

一直到季歷之時，商與周關係轉為密切，《後漢書・西羌傳》載：古公亶父傳位季歷，季歷不僅與商聯姻，娶妻商室，還被商王文丁封為「牧師」，所謂牧師即祭典程序師，他們到處幫人安排各種禮儀，周人對儀禮特別專長，所謂儀禮三千，能把繁複的程序記住，且大為推廣，所到之處人人以禮相待，一派文質彬彬，因此成為商王朝在西方最為重要的一位方伯，季歷的名字能出現在甲骨文，可見關係不尋常，他在甲骨文中稱為「公季」。周到此已是商朝屬下一強大方國。雖然關係密切，殷商卻總是時刻警戒著這股新生勢力，女巫群亦時刻提防。周國陸續併吞其他小國，尤其是親商的附屬國。日漸強大的周與日漸衰落的商很快進入角力，還沒有度過蜜月期，就開始相互猜疑，相互指責，進而相互征伐。最終，商王文丁為遏制周族勢力發展，殺死不再那麼聽話的季歷，周商已勢不兩立。[1]

商人根本瞧不起破落寒酸的周人，而把鬼方當作最大的敵人，根據卜辭統計，殷人伐鬼方的戰役總計一百七十七次，武丁三十年，婦好三十二歲，婦好率領聯軍六萬，親自登壇主持伐閱大軍禮，並由女史女巫舉行戰魂聖祭，宰殺大批牛羊，集合一大缸鮮血。婦好持咒欽點將領，賜酒血一碗，這時由四名女巫抬著牲血走成軍旅陣形，戰鼓催起驚天動地，婦好全副戎裝站在巨斧之前，接受軍隊禮敬，許多女巫夾在隊伍之中散布糕點米果，舉行方位祭之後是風神祭，牲血與香氣四溢，引來大批飛鳥老鷹盤旋天際，風吹的方向即是指引，這是由神靈護佑的神兵天將。

女巫團與周人的矛盾越來越大，那是神性與理性、女性文明與男性文明、巫術與禮教之戰，

1 《巫帝國藏在甲骨文裡》，王泰權著，二〇一四，橡實文化。

它們最後終究要一戰，其時周人還是農民集團，勢力雖還未壯大，然組織嚴密，十人一組，十戶為一里，百戶為一社，社皆供奉巨石與巨木，為陽具的象徵，他們善於遊說各國，聯合各部族以壯大勢力，農民人人皆徵召為兵，一手拿鋤頭，一手拿兵器；女巫團則以花草或百鳥為圖騰，她們採精兵制，為數不多的戰士，都是貴冑出身，或是武士世家。女巫團最後與農民兵團交戰於巴蜀平原，征戰十數年，女巫團因厭戰不戰而走，征戰的過程十分慘烈，從車馬戰到短兵交接，兵器的精良至為重要。農民兵團以製作新武器為主，如長弓、長戈、長劍，那時的兵器益發精良，如吳地就專產吳戈吳劍，戈是中國商周時期出現的長兵器的一種，頂端是青銅製的橫刀，十分鋒利，另外還有吳劍，吳越以出寶劍聞名，除了因為擁有煉劍所需的礦產、水源以及技術出眾的鑄劍師外，還因吳、越之地以丘陵、盆地為主且水網縱橫，中原的戰車和馬匹無法輕易踏入，戰爭以水兵和步兵為主，劍成為近距離格鬥戰爭中不可或缺的兵器。再來是吳、越之民為夏禹之後人，天性堅忍不拔，故而吳、越民族好勇輕死。《漢書・地理志》中就有：「吳粵（越）之君皆好勇，故其民至今好用劍，輕死易發。」南方的兵器益發精進，北方也不遑多讓，「鄭之刀，宋之斤，魯之削，吳越之劍，遷乎其地而弗能為良，地氣使然。」冷兵器的時代來臨，女巫團因不好戰，以談判講和為先，終於面臨殘酷的挑戰。

當巫的勢力與數量過於龐大，滅巫的勢力也在滋長。他們指出巫術是騙術，巫女是騙子集團，什麼呼風喚雨、煉鐵為金、長生不死都是騙術，而且師徒相教，法不外傳，如同祕教。主要是巫參差不齊，有那較低級的巫下蠱害人，媚惑君王，叫人妻離子散……就像中古世紀的鍊金師，他們能引起人對黃金與長生不老的渴求，投入所有財力，才發現他們是個騙子。當周人為了滅巫，喊出巫術是騙術之時，女巫團偏偏吃了敗戰，所有有關巫的信仰與美好傳說動搖了。

女巫不好兵器研發，也不好練劍，她們作戰以布陣與兵法為先，以車戰為主，在冷兵器時代，自然落了下風，此役之後，智簡國分崩離析，女巫遠颺，從屈原《九歌》中可見冷兵器時代的戰爭場面：

操吳戈兮被犀甲，車錯轂兮短兵接；
旌蔽日兮敵若雲，矢交墜兮士爭先；
凌余陣兮躐余行，左驂殪兮右刃傷；
霾兩輪兮縶四馬，援玉枹兮擊鳴鼓；
天時懟兮威靈怒，嚴殺盡兮棄原野；
出不入兮往不反，平原忽兮路超遠；
帶長劍兮挾秦弓，首身離兮心不懲；
誠既勇兮又以武，終剛強兮不可凌；
身既死兮神以靈，子魂魄兮為鬼雄。

相傳《九歌》為夏歌，吳越為夏之後人，可能是集合前代之巫史、巫歌，子魂魄疑為子國兵將之自稱，其中落敗的是否為女巫兵團？要不然為何會出現「身既死兮神以靈，子魂魄兮為鬼雄」，靈與子皆為巫之代稱。在《九歌》中還可看到女巫們的裝扮與清平之氣：

撫長劍兮玉珥，璆鏘鳴兮琳琅；
瑤席兮玉瑱，盍將把兮瓊芳；
蕙肴蒸兮蘭藉，奠桂酒兮椒漿；
揚枹兮拊鼓，疏緩節兮安歌；
陳竽瑟兮浩倡；
靈偃蹇兮姣服，芳菲菲兮滿堂；
五音紛兮繁會，君欣欣兮樂康。

她們滿身玉飾，穿著華麗，蒸煮蘭草，釀花酒花漿，在花香中彈琴奏樂唱歌，她們不好戰鬥，婦好雖然善戰，但也是少數中的異數，她的兵器為銅鉞，在長刀長劍的時代已落伍，且長期使用重器，她的骨頭脊椎漸漸衰弱。

也許是天要滅鬼方，氣候異常導致乾旱，只見草枯土裂，牛羊紛紛倒地，馬最後也撐不住了，甘肅寧夏在長期乾旱中成為半個沙漠，鬼方一戰即潰敗，武丁命令男丁一率滅絕，婦女全收為奴隸。兩百年的最大邊患終於解決，但戰事綿延兩年，兩方交戰激烈，飲食作息不定，身體勞頓，常覺得全身無力，中年的婦好得了腹大如鼓的怪病，起初以為是懷孕，其實是肝病引起的腹水，為了戰事隱匿不報：

貞唯龍司豈婦好
（婦好生病，是否得罪龍方的神祇，遭到詛咒？）
貞婦好禍凡有疾
（婦好招禍，因此生病不癒？）
丙申卜榖貞婦好孕弗以婦葬
（婦好腹中積水如鼓，死後形象不得瞻仰，是否不用后葬，改為火化？）

換命與人身符咒經過十年的施法，漸漸剝奪婦好的健康，才三十幾的她生著各種怪病，所有的巫醫聚集在王宮為婦好治病，連女巫長墨胎都來看她，墨胎一進宮就覺得不對，婦好的額頭發黑，連面貌都轉醜，病狀奇怪，判定是中黑巫術長期之毒，於是上奏捉拿施蠱者。烏麗早在聞說墨胎要來，便連夜逃回南方。墨胎將婦好遷到離宮有溫泉之地，為她施行退蠱之法。婦好一離開皇宮，身體大為好轉，經過休養，臉上漸有血色，美貌也恢復，在離宮休養好一段時間，人身符咒雖已去除，然已被破壞的身體卻無法挽回，再加上替身之黑巫法沒被察覺，皇后生命垂危，連帶的婦好一日比一日進入大凶險之中。

智簡國臥底的黑巫女大概有多少，墨胎從婦好案例發現白巫女的危機，有些白巫女因對黑巫術好奇，暗中與黑巫女往來，有些黑巫女則長期偽裝成白巫女，她們都是神體，外表相似，最大差別在心，白巫女在殷商達到前所未有的權力高峰，甚至有「巫王」之稱，所謂的十巫幾乎掌握所有政教、經濟、文化、醫藥、藝術、貞卜之要務，權力的高度集中，自然引來許多反對與覬覦者，不僅周人暗中支持烏鼓國，鬼方也是主要的後台，智簡國要清除黑巫女，勢必要與烏鼓國女巫大戰一場，巫與巫的戰爭都是檯面下的，她們自己沒有軍隊，像婦好這樣能征善戰的不是沒有，她們可以領軍，通常不親自作戰，當時許多戰役的統領或軍師多為巫女，她們足智多謀，參與的戰役無數，像對鬼方的戰爭，婦好為統領與統帥，其她幾位白巫女為軍師與參謀，因此才能殲滅鬼方。

從鬼方的戰役中，她看到周人派出的男性軍師，頭綁白巾身穿白衣，跟農夫沒兩樣，差別只在他們崇拜智慧老人，年紀通常很大，手上拿把扇子裝模作樣，他們是新興的軍師勢力，並非巫系統，也沒有神體，他們只講求知識與理性，嘴上講禮樂教化，這些也是從白巫女偷走的皮毛，有些修長生不死之術，但跟巫女相比只能說淺薄。他們打著反「白巫女」的旗號，卻暗中助長黑巫術，只因烏鼓國偏安南方，對北進並無野心，而獨霸北國的白巫女成為他們的頭號敵人。

真正要對付的不是烏鼓國，而是貌似老實愚蠢的周人，與那些男性軍師，智簡國鼓動商王殲滅周人，然商王沒把周人看在眼底，墨胎希望婦好趕快好起來，只有她才能說服武丁，與智簡國聯手打敗周人。

這個發現太遲了，婦好的身體一日比一日敗壞。

她的氣力漸漸衰弱，連打扮都無心，不知原因的疲憊讓她恐懼，她怕失去武丁的寵愛，委說牙痛，她才三十幾，蛀牙加上牙周病，牙齒掉了近一半，連肉也咬不動，只能喝羊奶，身體消瘦到脫形，她很恐懼每日無間斷地祈神占卜。

毋庚婦好齒？

（婦好的牙痛好了嗎？）

武丁聽說婦好消瘦的原因是牙痛，無法進食，於是進行占卜，當卦象顯示有病，但並非單純的牙病，她成天喊痛，躺在床上無法起身，到底是什麼病呢？連武丁也覺得可疑。

婦好其，有疾？

（婦好生病了嗎？）

婦好面容憔悴，染有惡疾的謠言漸漸在宮中傳開，到底是什麼病？有人說是婦女病，也有人說是性病，為了澄清病情，武丁特地為她舉行向神祈安的儀式，並逕行卜卦，刻上的卜辭一片又一片，火燒後龜甲並無開裂，占卜師們拚命在龜甲的背面鑿洞敲打，再加火烤，還是沒有動靜。

貞：婦好冥（娩），不其（嘉）？

（婦好懷孕，還好嗎？）

婦好臥床近十天開始有懷孕的徵兆，武丁開心的進行賞賜，但這次的懷孕特別辛苦，畢竟是高齡懷孕，幾乎吃什麼吐什麼，口中乾澀，全身乏力，無一刻舒坦，只好天天躺在床上，她不想懷孕，每懷一次她的身體就更差，最大的小孩都已快娶親，還懷孕來攪亂，她已勸武丁多娶媵妾分勞，但是武丁擁有眾多妻女，最愛的還是她，兩人只要有幾夜歡好就懷上了，現在懷孩子不是要她的命嗎？牙齒與骨頭的痛加劇。平日過於操勞的婦好，缺乏保養，年輕時產後也不休息立刻上戰場，初生的孩子都還未抱在手，馬上就被一群奶娘帶走，她有更大的任務，再苦也要忍受，如此南征北討，骨質大量流失，全身痠痛，脊椎彎曲發炎，手臂痛到無法抬起，常常半夜痛醒，她想自己是不是得了絕症，死神已向她挨近。

產後的婦好更加衰弱，眾人扶起也無法走路，多年征戰的骨傷，加上肝病，肚子的腹水讓她痛苦不堪，她痛得在地上爬，尤其是晨起時最嚴重，人也變得時而憂鬱時而暴戾，武丁又展開大型的祭典與占卜，卦象很複雜，巫師的解釋不一。

貞：婦好骨凡有疾？

（婦好的骨頭有病嗎？）

病中的婦好想到外面走走也難，武丁知道她愛花，遂在她的住處四周種滿奇花異草，連綿幾里，各方爭相獻上奇花異卉，婦好的花園越來越大，就像一個巨大的花卉展覽館，有爬滿曼藤的紫薇、薔薇，也有那花形奇特的菊花，紫色的茶花，丹砂紅的牡丹，為了抵抗乾旱的氣候，二十四小時輪班澆水，開不停的花有種絕望的氣息，像夢般不真實的巨大花園，只有奴僕四處奔走，主人無福消受，她只能遠遠地從窗口看那一片繁花密樹，不停嘆氣。

婦好請求見墨胎，墨胎進宮看到婦好已病得脫形，而且中蠱毒與詛咒多年，在病榻前想為她驅邪，但她的命體已散，無從下手，不禁嘆氣：

「巫術有何用，人還是要死的。」

「姐姐，聽說巫女能長生不死是嗎？」

「巫女確實比一般人活得長些，還是會死的。只是她們的屍身不會被看見，通常魂歸雪嶺，那是巫女祖靈聚集之所，在祖靈的護佑下，在雪山屍體不腐，所以才有不死的說法。」

「我也想魂歸雪山，姐姐，這世上沒有永生是嗎？」

「永生與此生同在，在意識層次中是存在的。」

「如何看到永生呢？」

「在凝神中看到沒有變異的本體。」

「靈魂會再生嗎？」

「再生已非原來面目。」

「我們所擁有的靈性是為了什麼？」

「為了看見那不變動的本體，像夢中的一瞬，我們都在一場夢中，因此死亡不能改變什麼。」

「彷彿有那麼一瞬間看見，但太短暫了。姐姐，我如不能魂歸雪山，如何藏住自己的屍身呢？這是作為巫女最起碼的尊嚴。」

「我會幫你的，這你放心。」

婦好露出滿足的笑，她閉上眼睛，凝神靜心，希望來得及看到永生。

不久，皇后生命垂危，只剩一口氣，這時婦好的命也將被索去，一命換一命仍需一個引子，宰相有希依巫師之命，送進那最關鍵的索命符，他跟巫師討論：

「這不是殺她的好時機嗎？她只剩一口氣了，有一種產自中亞的花名沙羅麗，會開出五種不同花色的魔魅之花，先是雪白，然後粉紅，桃紅，血紅，深紫，花香清幽，而且永不凋零，因此被稱為『永恆之花』，這花的花蕊含有劇毒，一日接觸陷入昏迷，多日接觸必然毒死，她不是愛花嗎？死於花毒最是應當。」

「計謀雖好，她是巫師，又深懂花卉，一定會分辨有毒與否，再說她被花毒死，大王會不追究嗎？」

「每個計謀都必須是冒著失去性命的遊戲，這花也奇怪，健康的人聞了沒事，體弱或病重的人最怕這種花毒。你不殺她，難道等她來殺你？」

當婦好看到十盆沙羅麗擺在宮門外，它們實在太美了，花形似牡丹而略小，一株花分五色，真是奇花，聽說永不凋零，連她都沒看過，但直覺告訴她，越嬌豔的花越要小心，但她病得快死了，多活一天都是折磨，如果要陪葬，她也只會選擇花，只有花讓她開心。

「把花統統搬進來吧！」

「這……大王說獻給你的東西，都要經過他的檢查……」

「拿進來……我都快死了……」

花搬進來沒幾日，婦好陷入昏迷，武丁看婦好躺在五色繽紛的花中，就像花海一般，但嗜血的他同時聞到死亡氣息，他的眼淚直流。
「是朕害了你，都是朕！」
「大王，不要哭，我是天下最幸福的女人，能死在你的懷中還有這些花，我死後不要進皇陵，不能魂歸雪山，就把我葬在那一座花園中，將我火化，重造一個新人，我的靈魂將永遠護佑你。相信我，我將活千年。而且墨胎將為我施行詛咒與巫法，日後取我骨，盜我墳者，將自斃，不得好死，而我的墳有重重巫法保護，幾千年無人能碰觸。」
「你是神人，我相信你。我也會召集所有女巫施行『詛葬』。」
「我是個貪心的女人，你看，連死都要比別人長久與美麗。」
婦好帶著滿足的笑容死去，得年三十五，遺體以火化處理，剩餘的骨灰以石臼舂成碎粉，和著香草精油和秫米麵團，塑成生前的樣貌，植上毛髮，臉龐以寶石為眼，寶玉為鼻與嘴，一切按照婦好的遺言，這樣靈魂得以長存創造了永生，並為她披上皇后衣冠，立於高台寶座之上，供人瞻仰數日才入殮，陪葬品搜羅各種珍奇高達數千件，遠遠超過歷代殷王。
婦好葬在皇宮花園東方，和皇族葬墓區有一大段距離，因此逃過歷代盜墓劫難，她靜靜躺在地下三千三百年。
婦好死後，武丁終日陰鬱，常獨坐太廟追思故人，新后無法忍受因而自殺，武丁還把婦好的靈位供入祖廟，後人誤以為武丁把婦好嫁給祖先：
貞婦好有取

（婦好已娶好了嗎？）

貞唯唐取婦好

（將婦好與先王商湯並祀。）

寅卜㱿貞其有稱婦好麗

（寅日占卜，㱿看龜甲兆象，我們為婦好的塑形妝扮是否美麗？是否符合婦好要求？）

相傳武丁為婦好的死瘋了，武丁的作法更加深眾人對女巫團的不滿，這時周人引領的軍師與史官，手中拿著羽扇個個能說善辯，大加抨擊巫術是騙術，巫女是騙子，他們都是滿口仁義，說仁者人也，義者宜也，所有的大道要建立在人的基礎上出發，而非聽任鬼神主使；而義者理也，凡說得通的才是道理，義者宜也，行事適宜不誇張才合宜，巫術是違反人道，以鬼神為上帝，行事誇張，應是低級信仰。他們的言論動搖女巫群的地位。而史上最有地位的女巫婦好的死去，代表著女巫歷史的落幕。

婦好躺在花園的東方，相傳巫女死後都要藏在有花有樹之處，那裡是否是歷代巫女群的墓園？為巫咸、巫盼、巫彭、巫姑、巫真、巫禮、巫抵、巫謝、巫羅的歸葬之所，她們都帶著詛咒與巫法藏住自己的墓園，在某個花草濃密之地隱藏，而至無人可以找到她們的藏身之地，婦好算是一次意外，但也經過三千多年才被發現，其她的女巫群藏在何處，有人說女巫之首的巫咸藏於湖底，常化身為一尾白色鯉魚，或者游出海去；另有墨胎之墓，聽說分葬好幾處，至今無人知道其她女巫們葬在何處。另有一說十巫回到海拔五千公尺雪山，從此再也不下山，也不再與人往來，如《莊子》中提到「藐姑射之山，有神人居焉；肌膚若冰雪，綽約若處子；不食五穀，吸風飲露；乘雲氣，御飛龍，而遊乎四海之外；其神凝，使物不疵癘而年穀熟」。此神女為雪之神，常牽著雪獅與獒犬，有一說為藏族之祖。

周人滅商，其中另一個的目標是滅巫，尤其是女巫智簡國，而婦好不幸成為最大的犧牲者，她的死去，是邑商世婦的美名的高點，也是衰敗點，更是子國勢力的瓦解點，自她死後，白巫女遠颺，女性與母系之國衰微，男性與父權將捲起更大的腥風血雨。

一切都在變動，只有花不變

周寧並未死去，只是被囚禁，這裡沒有食物與水，撐不了多久就會自然死去，雅各寧可她死，也不願古物外流，是誰對物質更執著呢？和她關在一起的青銅器與古物，一件比一件珍稀，如今再度埋藏，它們就只是陪葬品，葬的是她。

屋內又濕又暗，周寧的意識漸漸迷糊，現在她剩下的只有回憶，回憶中有外婆的棗園，還有南陽那些可怕的監獄，生命充滿隱喻，那些個令她嚇昏的黑房子，變成她最後的歸宿，從小她迷戀各種皮製品，她有個羊皮做的袋子，是她最喜歡也是唯一的玩具，羊皮散發的羊奶味，有種豐美的感覺：十三歲讀中學時母親寄來一雙豬皮鞋，她捨不得穿，藏在衣櫃裡，過一年拿出來竟發霉變硬，怎麼擦都擦不掉，鞋子硬邦邦，腳塞不進，她抱著那雙鞋大哭；還有她的第一雙高跟鞋，是在深圳買的5A Gucci三吋大紅鞋，那雙鞋她穿最久，跟壞了鋸成兩吋，皮壞的補皮，這雙鞋跟著她南征北討，就算她後來擁有一堆真正的名牌包包與鞋子，她還是迷戀那雙紅鞋，穿著它，從土豆變麻豆，從五A變古董狂，那是她的戰鞋。唉，人都要死了，淨想這些小東西。她想起不知多少年前，不滿十歲吧！第一次在雜誌上看到古埃及法老出土文物，有金面具、金燭台、金犬，還有石棺上的象形文字；那時把它當寶藏來讀，古物有股神祕氣息，透過它，我們好像也看到古人，不可否認的有偷窺的快感，所謂的神祕與私密通常相關，古物之美還有一種說不出的味道。

古董分軟件、硬件，軟件指書畫、舊版書、織品等；硬件指金石陶瓷古玉之屬，第一流的藝術品，遲早都會進入帝王家，戰亂時流到百姓人家，太平盛世百姓又獻給國家，如此循環不已，看起來古物無損，損失的只是收藏家的財物和一片癡心，他因這痴心乾枯了，並散發出乾枯的靈性。

她最後跟這些乾枯之物在一起，最後也將乾枯。

大收藏家的下場都不會太好。聰明人為何如此執著於那些無用之物？漢娜・鄂蘭說：「一個收藏物只有一種非專業的價值，沒有任何使用價值，因而也就拯救了物品，因為它不再是實現某種目的的手段，而是具有內在的價值。」收藏家營造個人私密空間，爭取到此私密空間，也就爭取到自由，雖然它是消極的自由。可以說收藏家拯救物品，從而也拯救自己。

這是多麼大的反諷，如今她已失去自由，因為這些古物失去自由，先是人身自由，那麼心靈可跳脫其外，超越物質獲得自由嗎？她以自己的身心驗證這一切，事實上通過物質的擁有，精神獲得的自由只是過程，最後都將受另一種禁錮，只有死亡才能逃逸，然而她害怕死亡，在死亡面前，再美好的物品都失去意義，那些物品不但不美，相反的還發出陰沉腐朽的氣息，她想嘔吐，往事像潮水般湧進腦海，出現的都是人，姥姥、父親、母親、雅各、高捷、老王……這輩子她應該愛過，並擁有過真愛吧！只有姥姥的愛是鮮明的，而她永遠停留在童年那一刻，在姥姥的注視下，她的身體像植物一樣抽長茁壯，這些被遺忘與壓抑的時刻一再重現，也許她一直是愛著雅各，雅各也一直愛著她，所以結局必定是如此，過於強烈的愛必然要遭封存，作為一種永恆的紀念物。如果生命能重來，她會選擇高捷，讓他帶她去一個乾淨明亮的地方，愛情太長了太重了，她只需要作為人應該有的生活，燒飯、吃飯、做愛、睡覺、呼吸，現在她只剩下呼吸，四周靜極了，現在她聽得見自己的呼吸，越來越喘，最後將轉為微弱，終至沒有。

廚房與糞坑的外頭通常不種花，這被認為不潔的所在通常與花無緣，這老屋的廚房倒有一行茶花，百年的茶花應該是乏人照顧，白色的花朵像衛生紙般皺在一起，周寧常望著那垂頭喪氣的花發呆，古董王被判無期徒刑，而她呢？也許下一刻就會死去，雅各留下一些食物與水，但她不想吃。幸好還能夠跟這排花相對，如果是紫薇花該有多好。她喜歡紫薇，花色紫中帶紅，是她最喜歡的顏色，以前念書時讀過「絲綸閣下文章靜，鐘鼓樓中刻漏長；獨坐黃昏誰是伴，紫薇花對紫薇郎」，古董王曾說她紫微坐命，「貴不可言，最犯孤高」，貴不可言當然沒有，孤高倒是真的。往事很淡很遠，她誰都不想，一個沒人可想的人應該是悲哀，但這樣最好，了無牽掛。

偶爾夜半她會發出如狼低吼的哭聲。

聽說墨胎的墓藏在山坳，如果是洞穴葬，裡面的墓室應該相當巨大，墓門好幾重，只有用炸的，古董王在挖墓時好在荒山野嶺，方圓數十里沒有人住，炸到第二道門時，裡面噴出氣體，並流出丹水，不久引起巨大的爆炸，同夥死的死傷的傷，古董王是在送往醫院的時候被捕的，他的新聞報導只有一小方塊，連名字也沒有，他們這種人註定是無名氏。而他們炸的墓是空的，是個偽葬，只有巫詛是真的。

古董王住的監獄，外面一片沼澤地，一根毛都長不出來。古代流放的罪犯常住在這種惡土，沼澤的氣味跟墓坑很像，帶著濃濃的水氣與腐臭味，如果沒有把玩過那麼多好東西，他會因無聊而發瘋，現在他一天念一千次《心經》，並回想他曾擁有的寶物，覺得這輩子玩太瘋，眼睛養得很肥，五色令人目盲，現在他要一一放下這些東西，他不甘心，也不願放棄，他每念一次經，就出現一件古物，倒像是長長的收藏品目，這是另一座博物館，有佛像、法器各種經典與刻經，他的意識穿梭在異次元的物的串流中，一直出不來，他的心早已被物囚禁，也習慣被囚禁，現在他渴望解脫。

一切崩毀是怎麼開始的呢？大約在世紀之交，一大堆的出土品，一大堆的高仿品，景德鎮基本上已不生產新品，大都生產仿品，什麼樣的仿品都做得出來，那些高仿品跟真品看來差不多，中國富了，稍微有錢的都追求高端的東西，越貴越有人要，為了因應大量的收藏市場，出土品與高仿品紛紛湧出，這是古物鑑定最混亂的時候，連國家級的古物研究員都說不準，也不敢確定，他的許多藏品被指為出土品或贓品，盜賣品甚至是高仿品，逼得他只好先關閉博物館，然後是小沈的事爆發，他逃亡了一段時間，本想帶走幾件最珍貴的東西，然而他找得滿身盜汗，最後跪在地上乾嘔。當他看著那堆被指為仿品的東西，以往的光輝盡失，如果真有所謂物之神，那他就是來讓人眼盲心盲，而至癡迷，讓他從雲端掉到地獄中，他對物的眼光與鑑定力難道都是虛妄的嗎？就在那時他到拉薩去見大寶法王並皈依，他問仁波切：「我曾擁有許多人一輩子都看不到的寶貝，但我還是那麼空虛，內心裡的黑洞越來越大，我要修什麼法門？」法師回答：「修慈悲喜捨。」什麼是慈悲喜捨呢？他為此脫去一身華服與名牌，那段在藏區的時間，他穿著破袍，一餐一張餅幾杯酥奶茶就飽了，他去看了天葬，如今只能低調地做，已死去的人將自己的屍身施捨給老鷹與四方，這是最慷慨的捨了吧？但他絕對做不到這樣。聽說在山那頭的藏區，沒有監獄，做錯事犯罪的人就造一座白色尖塔，罪越大造的塔越高，雪原中布滿著白尖塔，沒有監獄，只有造塔，這才是真正的慈悲喜捨，怪不得永樂皇帝要造九層白瓷塔，他殺了父母兒女，其罪只有與十八層地獄相抗的高塔能比，白是洗清也是聖潔，有一天他要在這雪山中造一座最高的白尖塔，這是他的第一個誓願，說也奇怪，就在許願完回程的途中被捕。

如今他只有在幻想中造高塔，報恩寺由鄭和等人擔任監工官，因其中間幾次下西洋，歷時十九年，他在牢中可能也要待那麼久，或許更久，他只有在幻想中再造那座高塔。

大報恩寺整個寺院規模極其宏偉，有殿閣三十多座、僧院一百四十八間、廊房一百一十八間、經房三十八間，是中國歷史上規模最大、規格最高的寺院，為百寺之首。其中以四天王殿及大殿最是壯麗，下牆石壇欄楯均用白石，其中琉璃寶塔高達七十八．二米，塔身白瓷貼面，也就是中國最早的真正白瓷，當時稱為甜白瓷，它的顏色如糖霜般雪白，而那是十三世紀，其祕方不能外傳，那座會唱歌的塔勾起人的貪念與執著，西方人花了四百年，由煉金師傾一國之力，燒窯如燒錢，最後才破解是由高嶺土與白布子結合而成，高嶺土堅硬，白布子柔軟如糯米，一硬一軟燒成的瓷器潔白如霜雪，堅硬如花崗石，甜白瓷通常有暗花，如鬼影般若影若現，如果沒有罪孽與救贖的力量，如何能造出這天下第一塔。古董王看過歐洲人留下的圖像，想像自己走在塔中，那拱門琉璃門券，門框上裝飾著獅子、白象、飛羊等佛教題材的五色琉璃磚，穿過那道門，他會一一數著塔內外一百四十六盞長明燈，它晝夜都亮著，塔簷上掛著瓷鈴，每當風吹時，白霜般的鈴發出清靈的響聲。如同一八三九年丹麥著名作家安徒生在他的《天國花園》中這樣寫道：「我剛從中國來──我在瓷塔周圍跳了一陣舞，把所有的鐘都弄得叮噹叮噹地響起來！」

他似乎可以聽見那鈴聲，像一首梵歌，隨著鈴聲跳起舞來。

那座白瓷塔於明嘉靖四十五年（一五六六）時一度毀於雷殛，二度盡毀於一八五六年的太平天國運動戰火，如今在他的幻想中重生。

窗外有時飛過一些麻雀，如果有一棵樹，哪怕是幾株草，一點點綠意就好了。有一天他發現遠處裂開的牆縫長出幾根草，他開心一整天，草越長越多，幾個月後，出現紅紅的點狀物，那是花嗎？應該是眼花吧！花越長越明顯，紅色的野花生命力如此頑強，像鮮血染紅土牆！

寫實

小說要像鏡子一樣反映現實，這是前輩作家寫作的金科玉律，就算到了二十一世紀，寫實主義還是陰魂不散。

高捷閱讀柯純的《愛沙的詛咒》，是以白描的筆法貼近史實，作者只為死者平反，並不在乎是否表現自己的個性，個人退到歷史的後面，這是某個時代作者的小說理念，時代大於個人，作者肩負的是良心與使命，而柯純書寫愛沙更大的目的是為解除詛咒，沒有出版的意圖，追求的是客觀的真實；更為私密、更無出版意圖的品方日記，是為貼近自己，追求主觀的真實；而像他這種類型作者，只為出版為市場而寫作，表演性大於真實性，他覺得都無法真正表達自己，這也是他一再修改一再延宕的原因，什麼才是真正的真實，他想到夢中那道橋。

只要越過那道橋，就能抵達夢土，問題是如何抵達那個幻想的國度，當寫作者沉迷於自己創造的未知世界，極好與極壞的誘惑一起湧來，一是過去讀過的經典與雜七雜八的複製品與記憶，可稱是世俗與魔鬼的誘惑，如向它靠攏即可成為一部平庸之作，甚至還可以拿獎；一是尚未掘開的無人之地發出北極寒光，令人畏卻，這時只有抵死頑抗，只要堅持下去，它會像融冰一般化開，那畫面如此鮮明生動，陌生又熟悉，彷彿是心靈深處的家，一直在那裡，你只是回家，讓自己重新被生出來。如果生命是一本書，我們都活在一個詛咒中，不是這個詛咒就是那個詛咒，它是原罪的另一種自我安慰的說法，東方人沒有原罪概念，於是創造了詛咒，而所有的原罪與詛咒，追求的不過是救贖，因人是這麼渺小與軟弱，需要被框架，所有的神話與創作都存在一個框架，人總想去除這框架，以獲得自由，然而真正的自由是不存在的，因為宇宙也在另一個更大的框架中。人活著只是其中一頁，那在我們不知道的下一頁，可以允許人生重來嗎？如被聖水洗刷後，新鮮的生命再出生一次，儘管只有一次也好……

花東婦好之三

欲望是從哪一個起點生起的？婦好記得四五歲時，她開始變得多話，每天醒來總有些念頭像小蟲子一般鑽進她的腦袋，「我要吃熱熱的燒餅」、「我要穿那件水紅的衣裳」、「好想跟父王去打獵」……欲望多而不能遏止，前陣子她還搞不懂昨天跟前天，好久是多久，很快是多快，那對時間的迷惘讓她變成愛哭鬼，每當天色變暗，她對著門口哭啼一兩個小時方休，家門口那條長長的黃土路，通向不可知的凶險之地，父王出門不是打獵就是出征，出征前勇士們齊唱戰歌，聽來像死亡之歌，然而她還不知道死亡是什麼，只知道道很多人一出去就沒有回來。父王出門前會摟她親她，一再保證會很快很快回來，但是等待是如何痛苦的事，她一面哭一面反覆說數十遍：「不是說天黑就回來嗎？天黑了啊！」這時母親摟著她哄著：「才一點黑，要很黑很黑才算。」「很黑是多黑呢？」「要完全看不見手指才行，你看得見你的手指嗎？」婦好看到手指如蠶蛹般有形而蒼白，遂捂著眼睛說：「看不見了！」「小女兒，你這樣一直說，媽媽好煩哦，你在怕什麼呢？」「父王不回來是不是不愛我了？」由自己的話語射中真實的憬悟，讓她大慟哭號，那是她對於時間糾纏不已的分叉點，語言常無法說明什麼，常言在此而意在彼。這讓她又對著黃昏哭號一年。

然後是死亡，當最疼她的舅舅戰死沙場，屍體抬回來時安放在神殿，第一次她看見母親捶胸跌腳崩潰哭號，舅舅的屍身不全，雙眼怒張，雙拳緊握，宮人怕她害怕欲抱走她離開神殿，婦好說：「我不要走，我要陪舅舅和姆姆。」婦好的冷靜令人吃驚，她坐在舅舅的屍身旁，在舅舅的耳邊說：「舅舅你放心走，我會為你復仇。」這時舅舅的手慢慢鬆開，七竅流出血水，婦好替舅舅拭去眼角血水，雙手蓋在他眼皮上，過一陣子再放手，雙眼已合上。婦好的表現令在場的人稱奇，撫慰亡靈的工作只有巫師做得到，年方五歲的婦好難道是天生有神力？

原來死亡就是這樣，死亡是腐朽、冷峻、無情，但人的精神不朽，這安慰存活者絕望的痛苦。她把死者的圖像畫在地上、牆上，都是一群人圍繞著死者哭泣，而死者卻在微笑，她給他們畫上誇張的笑臉，只有這樣才能化解死亡的恐懼，這時她傍晚哭喊的句子變了：「父王為什麼還不回來，他死了嗎？」

領悟死亡讓人堅強，依族裡的信仰，死者是與生者長相左右的，只是形體不見了，族裡只要誰家的羊走失，就會對空中說：「父父，你把羊牽走了嗎？您不會宰羊，晚上烤隻羊給你吃好嗎？」如果誰牙痛就說：「父父，您生氣了嗎？肚子餓了嗎？」祖先因肚子餓到不行，讓子孫牙痛不能吃東西，這種推敲極合理。那時巫師能治百病，對牙痛束手無策，通常是拔掉壞牙，然工具不良，傷口因感染發炎常腫得像豬頭，一痛就是幾個月，連勇士都怕牙痛。

時間是什麼呢？以黑夜為分界嗎？時間起於何時要終於何時？這些念頭讓她困惑至極，直至她的感官在一夜之間變得靈敏，花的香天的藍樹的紋理蝴蝶的繽紛多彩，她想要蝴蝶一般的花花衣裳、想吃甜滋滋的米漿、想坐著大輪子的車、想看市集的熱鬧，許許多多的欲望排山倒海而來，這讓她變得多話，剛開始是為了要這個要那個，後來覺得語言的效力與反應更有趣，譬如當她說：

「姆姆，我要這個小泥馬。」姆姆說：「不行，妳已經有幾十個小泥馬，光是今天就要了三個！」被嚴拒後哇地大哭且坐在地上不起來，姆姆拗不過她總是會妥協又給她買一個小泥馬，這時她抱著小泥馬，漸漸的小泥馬多了又要小泥人，姆姆說：「貪心鬼，你到底要多少才滿足？」「要跟天上的星星一樣多，組成一支軍隊，幫父王打仗！」小女孩的甜言蜜語大都說過即忘，但母親當真了，被她的溫情攻勢打敗，等到小泥人小泥馬可以組成一支軍隊，姆姆帶她上街，她的手指又指向路過的女人脖子上的瑪瑙珠鍊：「我要那個我要那個！」「不行，小孩不能戴那個。」哇的哭更大聲，母親趕緊帶離誘惑現場，但她的眼珠子已經黏在那已不見蹤影的女人脖子上，一面哭一面喊：「我好想要，給我，給我！」她繼續哭，一直哭到姆姆給她一條牛骨項鍊。原來欲望這麼自由放縱接踵而至，比我們想像的還要強大，而你必須擁有相對應的語言才能表達一二，欲望越多言語越多，言語越多恐懼越多。

她最恐懼的當然是失去愛，幼時父母便是愛的代稱。她不能一刻見不到父王或姆姆，一醒來看不見他們的臉便哭，當時大家都叫她「小蜜蜂」，就是很吵很吵的意思。

六歲她變安靜，這不代表欲望不見了，而是轉為好奇，許許多多的疑惑讓欲望像浪打過來又打過去，為什麼天是圓的地是方的，太陽從東邊出來西邊下去？死去的人變成神，那也跟人一樣打打殺殺，愛吃又愛美？她常一個人在林子中走半天，覺得一切的東西都新奇，有時爬到大樹上，這樣可以看很遠，直看到天邊，樹上常有蛇或長臂猿，她知道如何打死蛇，嚇走猿猴，第一次舉起巨石打死一條蛇，她才知道自己的力氣有多大，這點父王與姆姆是不擔心她的，更何況衛士總遠遠地跟隨保護她。她力氣跟衛士一樣大，欲望越大力氣越大嗎？衛士能吃一整隻羊腿，她能吃兩隻呢！

疑問越多越苦惱，這苦惱焦躁得令人渾身癢得難受，怪不得大人每天都在問神，占卜時只有王與巫師能入神殿，她想去，大人每每攔阻她，「不可以，不論誰闖進去都會被殺死，尤其是女人。」她只有裝病假昏，生病時父王會替她占卜，讓她躺在神聖之火的旁邊，貞人會將龜殼丟進火中，不是什麼骨頭都能丟，龜因長命被視為神獸，後來因為神龜難尋，改為牛骨，人死後變成骨骸，骨骸不朽也是神靈的力量表現，神之骨燃燒的時間通常很久，直到龜殼發出ㄅㄅㄅ，就像小孩剛學講話，發出的第一個字不是ㄅㄅ就是姆姆的唇音，所有美好之物親密之物都是唇音，父親是papa，母親是mama，貓咪是meme，擁抱是paipai，丈夫是fufu（夫），妻子也是fufu（婦）……美妙的唇音，只有神發出如父papa的變聲，聲如pupu，聲音是一種神奇的語言，是原創的，比較上，文字只是摹仿。那刻在龜甲上的文字不過是要抓住神的語言。

美妙的唇音啊！

現在她有著更大更恐怖的欲望，那就是掌知神的文字，文字之神……

捷與綠色

「這麼說，我們是表姐弟。」綠色說。

「是有血緣，有點近又有點遠！」

「不算亂倫吧？」

「差不多。」

「那該受天譴。」

「我們遇到的事比天譴還痛苦，天譴不過是死亡或發瘋，而天底下比那更可怕的是無知的苦難，莫名其妙的宿命像土石流一樣將你掩埋，我寧可死或發瘋，也不想看見苦難一直來一直來，人活在大監獄一般的人生，沒有自由的可能。」

「也許我的病就是天譴。一個通靈者連自己都看不清楚，那他也算目盲。」

「不要亂說。」

「其實在遇見你之前，我爸一直出現，他說將有一個高高的男子出現，不要接近他也不要跟他說話。後來你出現了，不僅長得高，又姓高。」

「那為什麼要滑過來？如果你不過來也許就沒事了！」

「你站在那邊，那還是十一月，天氣並不冷，紅色的圍巾蒙到鼻下，穿著黑色短大衣，牛仔褲，攀在籠子外，像隻被關住病重的鸚鵡，這個人好冷好寂寞，我的心告訴我，這個人對你有意義，雖然那時的我不知是什麼意義，但你還記得嗎？那些談話的時光，你的話會開花，一朵一朵bling bling，閃得我睜不開眼。」

「你從沒談起你爸媽！」

「我爸從我有記憶就癱在床上，樣子很恐怖，阿嬤不讓我上樓，大家都說他是鐘樓怪人，後來阿嬤過世，他被送進療養院，逢年過節過去看一下，我大都在外面玩。他四十歲就死了，大家好像很累，彼此都解脫，不太想提，草草辦了喪事。母親聽說再嫁，很小的時候偷偷來看我幾次，但我都沒看見。」

「你比我可憐，有父母等於沒有。」

「還好啦！不去比較就好，我有阿嬤、姑婆祖、劉媽媽，現在是英秀姨婆……還有一個奇怪的表弟……」綠色很少自憐自傷，說話安慰自己，反而酸楚地流下眼淚。「你聽說過愛沙的詛咒嗎？」

「聽過，但我不相信，一直到我看到婦好墓以及寫她的故事，才相信詛咒是有它的力量的，巫也一直沒有消失，它只是轉化了。當初巫與文字密切相關，婦好一定將她的死亡用文字掩埋，並施行巫術，她為了讓別人找不到她，施行很毒的詛咒，盜墓者通常沒什麼好下場，尤其跟巫有關的甲骨文。」

「可以化解嗎？如何化解？」

「你是通靈者，你應該更瞭解化解之道。我是使用文字的人，以文字化解文字或許可能。」

「喔！我瞭了，品方姑婆祖一定知道愛沙的詛咒，她寫日記也是一種力圖化解的方法，上一輩的人都知道，寶惜祖母也盡力化解，甚至獻出自己的生命，我們至少還算完好的活著，你的母親，我的母親，她們知道這些，會心碎吧！我寧可她們不知道……」

「所有的詛咒被揭開之時，也是破解之時。而且要完全揭開，無所保留。她施行的一定是『詛葬』。」

「什麼是『詛葬』？」

「跟婦好一樣，高士佛人害怕她的詛咒，召集大量巫師進行封墓，並讓頭與身體分開埋葬，讓她的墓永不見天日，並施行化解詛咒法術，結果封墓成功，讓她的靈魂不安，詛咒的力量更大了。」

「巫術真的可以造成這麼大的力量嗎？太不科學了！這是一種偶然吧？」

「理性與信仰或者說靈力一向是相互排斥的，我們有這麼長的靈力與巫歷史，它並沒有消失。我們只相信肉眼看得到的，這世界還有肉眼看不到的事物。」

「理性的力量會對抗並且消滅它們的。」

「不可能完全消滅，它像水一樣會滲透到別的地方。」

「能夠共存嗎？」

「是以彼消我長的方式共存，或者說它們互在平行世界中。」

「有時候我覺得它們是在古與今之間移動。」

「它有點像量子——不在此處，也不在彼處，而是在移動中。」

「像是害羞的麋鹿，那麼靈活與敏捷。」

「像夢中的一瞬。」

「我以為我們在不同的夢中，原來都在同一場夢裡。」

文學叢書 543

花東婦好

作　　者　周芬伶
總 編 輯　初安民
責任編輯　陳健瑜
美術編輯　林麗華
校　　對　呂佳真　鄧心怡　陳健瑜

發 行 人　張書銘
出　　版　INK 印刻文學生活雜誌出版有限公司
新北市中和區建一路249號8樓
電話：02-22281626
傳真：02-22281598
e-mail：ink.book@msa.hinet.net
網　　址　舒讀網http：http：//www.inksudu.com.tw

法律顧問　巨鼎博達法律事務所
施竣中律師
總 代 理　成陽出版股份有限公司
電話：03-3589000（代表號）
傳真：03-3556521
郵政劃撥　19785090 印刻文學生活雜誌出版有限公司
印　　刷　海王印刷事業股份有限公司

港澳總經銷　泛華發行代理有限公司
地　　址　香港新界將軍澳工業邨駿昌街7號2樓
電　　話　(852) 2798 2220
傳　　真　(852) 2796 5471
網　　址　www.gccd.com.hk

出版日期　2017年 9 月　初版
2021年 6 月 5 日　初版二刷
ISBN　978-986-387-190-3

定　價　450元

國家圖書館出版品預行編目資料

花東婦好 / 周芬伶 著；
--初版, --新北市中和區：INK印刻文學，
2017. 9　面；14.8 × 21公分.（文學叢書；543）
ISBN　978-986-387-190-3（平裝）
857.63　　106012337